E
NÓS
CHEGAMOS
AO FIM

JOSHUA FERRIS

E NÓS CHEGAMOS AO FIM

Tradução
MYRIAM CAMPELLO

Título original: THEN WE CAME TO THE END

© 2007 by Joshua Ferris

Essa edição foi feita em conjunto com Little, Brown and Company, Nova York, Nova York, EUA. Todos os direitos reservados.

Direitos de edição da obra em língua portuguesa no Brasil adquiridos pela EDITORA NOVA FRONTEIRA S.A. Todos os direitos reservados. Nenhuma parte desta obra pode ser apropriada e estocada em sistema de banco de dados ou processo similar, em qualquer forma ou meio, seja eletrônico, de fotocópia, gravação etc., sem a permissão do detentor do copirraite.

EDITORA NOVA FRONTEIRA S.A.
Rua Bambina, 25 — Botafogo — 22251-050
Rio de Janeiro — RJ — Brasil
Tel.: (21) 2131-1111 — Fax: (21) 2286-6755
http://www.novafronteira.com.br
e-mail: sac@novafronteira.com.br

CIP-Brasil. Catalogação-na-fonte
Sindicato Nacional dos Editores de Livros, RJ

F451e   Ferris, Joshua

       E nós chegamos ao fim : romance / Joshua Ferris ; tradução Myriam Campello. – Rio de Janeiro : Nova Fronteira, 2008.

       Tradução de: Then We Came to the End
       ISBN 978-85-209-2088-6

       1. Romance americano. I. Campello, Myriam. II. Título.

CDD 813
CDU 821.111(73)-3

Para Elizabeth

Não é a principal desgraça, no mundo, não ser uma unidade — não ser reconhecido como um indivíduo —; não produzir aquele fruto peculiar, que todo homem foi criado para produzir; mas ser incluído no grosso, na centena ou no milhar, do grupo, da comunidade a que pertencemos...

— Ralph Waldo Emerson

VOCÊ NÃO SABE O QUE HÁ NO MEU CORAÇÃO

ÉRAMOS MAL-HUMORADOS E SUPER-REMUNERADOS. Nossas manhãs careciam de expectativas. Os que fumavam tinham pelo menos algo por que esperar às 10h15. A maioria gostava de quase todo mundo, uns poucos detestavam indivíduos específicos, um ou outro amavam a tudo e a todos. Os que amavam a todos eram unanimemente insultados. Adorávamos *bagels* grátis pela manhã, aqueles pãezinhos em forma de rosca que apareciam de vez em quando. Nossos benefícios eram espantosos em amplitude e qualidade. Às vezes questionávamos se valiam a pena. Pensávamos que mudar para a Índia poderia ser melhor, ou voltar para a escola de enfermagem. Fazer algo em prol dos deficientes ou trabalhar com nossas próprias mãos. Ninguém jamais concretizou tais impulsos, apesar de essas idéias nos ocorrerem diariamente ou mesmo de hora em hora. Em vez disso, nos reuníamos em salas de conferência para discutir as questões do dia.

Geralmente as tarefas apareciam e nós as executávamos de modo pontual e profissional. Às vezes mancadas aconteciam. Erros tipográficos, números trocados. Como nosso negócio era publicidade, os detalhes eram importantes. Se o terceiro dígito depois do segundo hífen do número 0800 de um cliente fosse seis em vez de oito, se o anúncio fosse impresso assim e aparecesse na revista *Time*, quem o lesse não poderia ligar agora e fazer o pedido hoje. Pouco importava que pudessem acessar o site pela internet; teríamos que morrer no preço do anúncio. Isso já está entediando você? Pois nos entediava diariamente. Nosso tédio era contínuo, coletivo e jamais morreria, porque nós jamais morreríamos.

Lynn Mason, uma das sócias da agência, estava morrendo. Na realidade, não havia certeza disso. Quarenta e poucos anos, câncer de mama. Ninguém sabia exatamente como todos tinham tomado conhecimento do fato. Seria um fato? Alguns o chamavam de boato. Contudo, não havia boatos. Havia fatos, e havia aquilo que não surgia nas conversas. O câncer de mama é tratável se descoberto nos primeiros estágios, mas Lynn deve ter demorado demais. A notícia sobre sua doença nos trouxe à mente Frank Brizzolera. Lembrávamo-nos de olhar para Frank e pensar que lhe restavam seis meses, ponto final. O Velho Brizz, como o chamávamos. Fumava como um condenado. Saía do edifício num tempo horroroso apenas com um colete de lã e tragava alguns Old Golds. Naquele momento — e só naquele momento — ele parecia indômito. Quando voltava, o fedor da nicotina o precedia à medida que caminhava pelo saguão, ali permanecendo muito depois que Frank entrava na sua sala. Então ele começava a tossir. De nossas salas ouvíamos a expectoração do sedimento solidificado em seus pulmões. Alguns o colocavam todos os anos no Bolão da Morte de Celebridades por causa da tosse, embora ele não fosse oficialmente uma celebridade. Frank também sabia disso; sabia estar na mira da morte e que alguns que apostavam no bolão se beneficiariam com seu desaparecimento. Sabia disso porque era um de nós, e nós sabíamos de tudo.

Não sabíamos quem estava roubando objetos das mesas de trabalho dos outros. Eram sempre itens pequenos — postais, porta-retratos. Tínhamos nossas suspeitas, mas nenhuma prova. Acreditávamos que o fizessem mais pela excitação do que pelo furto propriamente dito — o viciante prazer do ladrão de lojas —, ou talvez fosse até um pedido de ajuda patológico. Hank Neary, um dos poucos redatores negros da agência, não se conteve:

— Ora, por favor... Quem poderia estar interessado na minha escova de dentes de viagem?

Não sabíamos quem era o responsável por colocar o rolinho de sushi atrás da estante de Joe Pope. Nos primeiros dois dias, Joe não tinha a menor idéia do sushi. Então começou a cheirar furtivamente as próprias axilas e levar as mãos em forma de concha ao nariz para sentir seu hálito. No final da semana, teve certeza de que não era ele. Nós também sentíamos o cheiro. Persistente, penetrante, tornou-se pior que o de um animal moribundo. Joe tinha ânsias de vômito cada vez que entrava em sua sala. Na semana seguinte, o cheiro passou a ser tão atroz que o pessoal do edifício pôs-se em atividade, vasculhando o local à procura do que descobrimos ser um *sunshine roll* — atum, savelha, salmão e couve-de-bruxelas. Mike Boroshansky, o chefe da segurança, tapava continuamente o nariz com a gravata como um verdadeiro policial na cena do crime.

Tínhamos o hábito de agradecer uns aos outros após cada troca de idéias. Nossos agradecimentos nunca eram falsos ou irônicos. Agradecíamos pela tarefa ter sido executada tão rapidamente, por alguém ter se esforçado tanto. Depois de uma reunião, agradecíamos aos que a tinham organizado. Raramente dizíamos algo negativo ou depreciativo sobre as reuniões. Todos sabiam que havia muita inutilidade em quase todas; na verdade, uma em cada três ou quatro era quase totalmente inútil ou sem propósito. Muitas delas, porém, revelavam o ponto principal que era necessário ao trabalho. Assim, participávamos das reuniões e depois agradecíamos uns aos outros.

Karen Woo tinha sempre algo novo para contar e nós a detestávamos por isso. Punha-se a falar e nossos olhos vidravam. Às vezes, voltando para casa, receávamos ser indivíduos duros, insensíveis, incapazes de solidariedade e cheios de rancor uns para com os outros, sem nenhuma razão senão sua proximidade e intimidade. Tínhamos revelações súbitas de que aquele emprego, aquele período cotidiano das nove às cinco, estava nos afastando da melhor parte de nós. Deveríamos abandoná-lo? Isso resolveria? Ou tais características eram inatas, condenando-nos à mesquinharia e à pobreza de espírito? Esperávamos que não.

Marcia Dwyer ficou famosa por mandar um e-mail a Genevieve Latko-Devine. Marcia geralmente escrevia para Genevieve depois das reuniões. "É realmente irritante trabalhar com gente irritante", escreveu certa vez. Então enviou e aguardou a resposta. Geralmente, quando recebia o e-mail de Genevieve, Marcia — que era diretora de arte e não redatora —, em vez de responder, o que demoraria muito, dirigia-se à sala de Genevieve, fechava a porta, e as duas conversavam. A única coisa suportável do evento irritante envolvendo a pessoa irritante era a idéia de contar tudo a Genevieve, que entenderia melhor que qualquer outra pessoa. Marcia poderia ter ligado para a mãe; sua mãe a teria ouvido. Ou para um de seus quatro irmãos; aqueles brigões de South Side teriam ficado muito felizes em espancar a criatura irritante. Mas não entenderiam. Teriam se solidarizado, mas isso não era a mesma coisa. Genevieve nem teria que concordar com a cabeça para Marcia se sentir totalmente compreendida. Todos conhecíamos a necessidade básica de se conseguir a compreensão de alguém. O e-mail que Marcia recebeu em resposta, contudo, não foi de Genevieve, e sim de Jim Jackers. "Você está falando de mim?", perguntou ele. Amber Ludwig respondeu: "Eu não sou Genevieve." Benny Shassburger escreveu: "Acho que você deu uma mancada." Tom Mota escreveu: "Ha!" Marcia ficou mortificada. Recebera sessenta e cinco e-mails em dois minutos. Alguém do RH — Recursos Humanos — pediu-lhe que fosse mais prudente ao mandar e-mails pessoais. Jim escreveu uma segunda vez: "Pode me dizer, por favor. Sou eu, Marcia? A pessoa irritante de quem você está falando sou eu?"

Marcia queria engolir Jim vivo porque em algumas manhãs ele se arrastava até os elevadores e nos cumprimentava dizendo: "E aí, meus negos?" Sua intenção era irônica, um esforço para ser engraçado, mas Jim simplesmente não era o cara certo para se sair bem com uma brincadeira. Fazia a gente se sentir constrangido. Sobretudo Marcia. Sobretudo se Hank estivesse presente.

Naqueles dias não era raro que alguém fosse empurrado corredor afora numa cadeira giratória. Brincadeiras à parte, passávamos a maior parte do tempo em intervalos longos e silenciosos, debruçados em nossas mesas individuais, trabalhando em alguma tarefa urgente, mergulhados nela — até que Benny, entediado, aparecesse à porta. "O que andam aprontando?", perguntava.

Poderia ser qualquer um de nós. "Trabalhando", era a resposta habitual.

Então Benny batia de leve com seu anel de topázio da formatura na moldura da porta e se afastava.

Como detestávamos nossas canecas de café! E também os *mousepads*, os relógios de mesa, os calendários, o conteúdo das gavetas. Até as fotos dos entes queridos presas aos monitores para nos animar e apoiar transformavam-se em lembretes saturantes do tempo gasto no serviço. Mas quando conseguíamos uma sala nova, uma sala maior, e levávamos nossas coisas para lá, como voltávamos a adorar tudo! Estudávamos cuidadosamente onde colocá-las, olhando com satisfação no final do dia como nossos velhos objetos ficavam bem naquele espaço novo, aprimorado e importante. Nesses momentos, não tínhamos qualquer dúvida de que havíamos tomado as decisões certas, embora na maior parte do tempo nos sentíssemos indecisos. Para onde quer que se olhasse, nos corredores ou nos banheiros, na cafeteria ou na lanchonete, nos saguões ou nas salas de impressão, lá estávamos com nossas dúvidas.

Parecia só haver um apontador elétrico em toda a droga do lugar.

Não tínhamos muita paciência com os desconfiados. Todos éramos desconfiados em um momento ou em outro, mas pouco nos beneficiava ficar desdenhando nossa sorte inacreditável. Em nível nacional, as coisas tinham funcionado a nosso favor e o dinheiro empresarial aparecia facilmente. Carros disponíveis para uso particular, que mal cabiam na garagem de casa, exerciam sobre nós um apelo marcial; a promessa de que, uma vez dentro deles, nenhum mal poderia acontecer a nossos filhos. Só se falava em IPO, oferta inicial de venda ao público que uma empresa fazia. Era IPO isso e IPO aquilo. Todos conhecíamos um banqueiro também. E como era adorável passear pela reserva florestal num domingo de maio com nossas *mountain bikes*, garrafas d'água e capacetes de segurança. O nível de criminalidade era baixo o tempo todo e sabíamos de pessoas que anteriormente tinham vivido de seguro-desemprego e que agora tinham um emprego fixo. Novos produtos para cabelo eram lançados no mercado a cada dia e as prateleiras de vidro dos nossos cabeleireiros estavam repletas deles. Observávamos os produtos pelo espelho enquanto conversávamos, certos de que *há ali um que é perfeito para mim*. Mesmo assim, para alguns de nós era difícil arrumar namorados. Para outros, era difícil trepar com as esposas.

Certos dias, na hora do almoço, encontrávamo-nos na cozinha do sexagésimo andar. Havia espaço somente para oito à mesa. Se todas as cadeiras estivessem ocupadas, Jim Jackers teria que comer seu sanduíche na pia e tentar, dali mesmo, atrair a atenção dos demais. Era bom para nós, pois de onde ele estava poderia nos passar uma colher ou um pacotinho de sal, caso precisássemos.

— É realmente irritante trabalhar com gente irritante — disse Tom Mota à mesa.

— Vai se foder, Tom — retrucou Marcia.

Os caçadores de talento nos perseguiam. Assediavam-nos com promessas de cargos melhores e aumentos de salários. Alguns cediam, mas a maioria ficava. Gostávamos das perspectivas que tínhamos onde estávamos, não nos interessavam os discursos sobre conhecer novas pessoas. Tínhamos levado algum tempo para nos familiarizar com o local e nos sentir à vontade ali. No primeiro dia de trabalho, os nomes entravam por um ouvido e saíam pelo outro. Num determinado momento você era apresentado a um sujeito de cabelos vermelhos flamejantes, pele clara e sardenta. Logo depois estava diante de outro, e depois de mais outro. Após algumas semanas começava gradualmente a ligar o nome à pessoa, e certo dia havia um estalo e não esquecia mais: o ruivo ansioso chamava-se Jim Jackers. Não havia mais jeito de confundi-lo com "Benny Shassburger", cujo nome se via geralmente em e-mails e circulares, mas que ainda não se associava ao rapaz judeu ligeiramente corpulento com cara de broa, cachos de mola e riso fácil. Tantas pessoas! Tantos tipos físicos, cores de cabelo, estilos diferentes!

O cabelo de Marcia Dwyer parara nos anos 80. Ela escutava uma música horrível, bandas que havíamos abandonado desde o segundo grau. Alguns nem sequer conheciam as músicas e achavam inconcebível que Marcia apreciasse tal ruído. Uns simplesmente não gostavam de música alguma, outros preferiam ouvir notícias, e um grande número mantinha seus rádios sintonizados em estações que tocavam músicas antigas. Depois que todos voltavam para casa à noite, depois que todos dormíamos e a maioria das luzes da cidade se apagava, os antigos sucessos musicais continuavam tocando no escritório abandonado. Imagine a cena — apenas um paralelogramo de luz na entrada. Uma alegre melodia cantada no escuro pelos Drifters às duas, três horas da manhã, enquanto em outros lugares ocorriam assassinatos, tráfico de drogas e assaltos execráveis. Pela manhã, nossos DJs preferidos voltavam, tocando as músicas antigas favoritas. Muitos de nós comiam primeiro a cobertura, e só depois o resto dos bolinhos. Eram as mesmas músicas que tocariam num inverno nuclear.

Tínhamos lembranças vivas e viscerais de horas tediosas e intermináveis. Então passávamos um dia em perfeita harmonia com nossos projetos, nossa família e nossos colegas de trabalho e não conseguíamos acreditar que estávamos sendo pagos para fazer aquilo. Decidíamos celebrar com jantar e vinho. Uns gostavam de um determinado restaurante, enquanto outros se espalhavam pela cidade, experimentando e fazendo a crítica. Assim, éramos raposas e porcos-espinhos. Para Karen Woo, era fundamentalmente importante ser a primeira a conhecer um novo lugar. Se alguém mencionasse um restaurante que Karen não conhecesse, podíamos apostar nosso último centavo que ela estaria lá naquela mesma noite, experimentando e analisando. E quando chegasse na manhã seguinte, contaria aos que não conheciam o restaurante como o lugar era fantástico, como todos devíamos ir lá. Os que seguiam a sugestão de Karen davam o mesmo conselho aos que não tinham ouvido a sua sugestão, e logo todos esbarrávamos uns com os outros no novo restaurante. A essa altura, Karen não seria vista lá nem morta.

No início da época dos rendimentos estáveis e da notável alta da NASDAQ, recebíamos camisas pólo de algodão de primeira qualidade com o logotipo da agência bordado no lado esquerdo do peito. A camisa era para algum evento de equipe e todos a usavam com orgulho da empresa. Com o fim do evento, era raro ver alguém usando novamente a camisa — não que não tivéssemos mais orgulho da empresa, mas sim por ser um pouco constrangedor que usássemos algo que todos sabiam ter sido recebido de graça. Afinal de contas, nossos portfólios estavam repletos de ofertas da NASDAQ, e, se nossos pais só conseguiam nos comprar roupas da Sears, agora podíamos arcar com roupas da Brooks Brothers; não precisávamos de camisas grátis. Então as doávamos para obras de caridade, as deixávamos mofando nas gavetas ou as vestíamos para cortar grama. Alguns anos depois, Tom Mota exumou sua pólo orgulhoda-empresa de alguma caixa debaixo da cama e a usou para trabalhar. Provavelmente a encontrara quando os bens do casal estavam sendo divididos por ordem judicial. Ele havia usado a pólo junto conosco no dia-de-usar-a-pólo, mas, como sua vida mudara drasticamente desde então, achamos que sua atitude agora era um indício do seu estado mental, já que não se importava de ser visto com uma camisa que a maioria de nós usava para lavar o carro. Era realmente um algodão muito bom. Então Tom voltou com a mesma camisa no dia seguinte. Cogitamos onde estaria dormindo. No terceiro dia, ficamos preocupados com sua higiene. Quando Tom passou uma semana inteira com a mesma pólo, esperávamos que a camisa começasse a cheirar mal. Mas ele devia estar lavando-a, e nós o imaginávamos de peito nu diante de uma Laundromat observando sua única pólo revirando-se na secadora, porque a esposa não o deixava voltar para casa em Naperville.

No final do mês entendemos finalmente que aquilo nada tinha a ver com o divórcio de Tom. Trinta dias seguidos com a mesma pólo da empresa — era o início do seu processo de perturbação mental.

— Você vai trocar de camisa algum dia? — perguntou Benny.

— Adoro esta camisa. Quero ser enterrado com ela.

— Quer a minha, para que pelo menos possa trocar?

— Adoraria — disse Tom.

Assim, Benny deu sua pólo a Tom, mas Tom não trocou a que estava usando. Em vez disso, usava a camisa de Benny sobre a sua. Duas pólos, uma por cima da outra. Não contente com isso, pediu as nossas pólos também. Como Jim Jackers aproveitava qualquer oportunidade para fazer média, logo Tom perambulava pela agência com três pólos.

— Lynn Mason está começando a fazer perguntas — disse Benny.

— Orgulho da empresa — disse Tom.

— Mas três de uma vez?

— Você não sabe o que há no meu coração — disse Tom, batendo três vezes com a mão fechada no logotipo da agência. — Orgulho da empresa.

Em certos dias a verde ficava por cima; em outros, a vermelha ou a azul. Depois descobrimos que Tom era o único responsável por colocar sigilosamente o rolinho de sushi atrás da estante de Joe. Era o responsável por muitas coisas, inclusive mudar as estações de rádio de todo mundo, colocar protetores de tela pornográficos nos computadores e deixar seu sêmen no chão dos banheiros masculinos do sexagésimo e do sexagésimo primeiro andar. Soubemos que era o responsável porque, depois de ser demitido, as estações de rádio foram deixadas em paz e os zeladores não se queixaram mais à administração.

Era a época dos *take-ones*, os cupons de desconto, e dos *tchotchkes*, os brindes promocionais. O mundo transbordava de dinheiro da internet e nós recebemos uma fatia considerável. Nossa opinião era a de que o design de logotipos era tão importante quanto a performance do produto e suas estratégias de distribuição. "Muito maneiro" eram as palavras que usávamos para descrever nossos desenhos de logotipos. "Padrão Bush" era como descrevíamos os logotipos de outras agências — a não ser que fosse um logo realmente bem desenhado. Nesse caso, nos curvávamos diante dele como os antigos maias diante de seus deuses pagãos.

Nós também pensávamos que isso nunca chegaria ao fim.

ENTRA UM NOVO SÉCULO

1

DEMISSÕES — A ÚLTIMA HORA DE TOM — A TRAGÉDIA DE JANINE GORJANC — A RECESSÃO — MEDIDAS DRÁSTICAS — O DEBATE SOBRE TOM — FOTOS SINISTRAS — A HISTÓRIA DA CADEIRA DE TOM MOTA — ANDANDO NA PRANCHA — SANDERSON — DOIS E-MAILS — A HISTÓRIA DA CADEIRA DE TOM MOTA, PARTE II — OS ANÚNCIOS BENEFICENTES PARA LEVANTAR FUNDOS — ÁCIDO LASTIVO — LYNN MASON

As demissões caíram sobre nós. Boatos tinham corrido durante meses, mas agora era oficial. Tendo sorte, você poderia entrar com um processo. Se fosse negro, idoso, mulher, católico, judeu, gay, obeso ou deficiente físico, pelo menos tinha fundamento para processar. Mais cedo ou mais tarde todos fomos demitidos. Esperávamos ser demitidos por causa do processo de Tom — sem dúvida haveria um. Embora Tom não tivesse fundamento algum para um processo, a não ser que "babaca" tenha sido acrescentado à lista. E não era apenas a nossa opinião. A ex-mulher *detestava* o cara. Havia uma medida cautelar contra Tom, que não podia ver os dois filhos pequenos sem supervisão. A ex-mulher se mudou para Phoenix só para ficar longe dele. Não o chamaríamos de babaca sem termos chegado a um consenso. Amber Ludwig fazia objeção à palavra porque passou a rejeitar expressões chulas desde que engravidou, mas realmente não havia outro termo, e sua rejeição era na verdade só uma abstenção.

Quando Tom descobriu que seria demitido, quis atirar o computador pela janela da sua sala. Benny Shassburger estava lá. Benny não era um grande amigo de Tom ou coisa parecida, mas almoçava com ele ocasionalmente e nos contava o que acontecia. A notícia de que Tom tinha sido demitido espalhou-se rápido, e naturalmente Benny era o sujeito que daria uma sondada. Benny contou que Tom estava andando de um lado para o outro como um homem que acabara de ser preso. Disse que conseguia imaginar Tom na noite em que chegou na casa de Naperville com um bastão de beisebol de alumínio e as autoridades foram chamadas para detê-lo. Nunca tínhamos ouvido essa história. Naquele momento tivemos que pedir a Benny que parasse de contar a história da última hora de Tom, para que nos contasse primeiro a história do bastão de alumínio. Benny estava chocado por não sabermos dessa história. Estava certo de que sabíamos. Não, nunca soubemos.

— Ah, sem essa. Vocês já ouviram essa história.

Não, nunca ouvimos. Nossas conversas eram sempre assim. Então Benny nos contou a história de Tom e o bastão, e, depois, a história da última hora de Tom. As duas eram interessantes e juntas fizeram uma boa hora passar. Alguns adoravam matar uma hora do tempo da empresa, outros se sentiam culpados posteriormente. Mas fosse qual fosse a opinião de cada um sobre o assunto, tínhamos que explicar o gasto da hora; portanto, a cobrávamos de um cliente. No final do ano fiscal, nossos clientes nos tinham pago uma substancial quantia de dinheiro para ficarmos ali falando bobagens e repassavam essas despesas para você, consumidor. Era o custo de fazer negócios. No entanto, alguns temiam ser aquilo uma indicação de que o fim estava próximo, como o desregramento que antecedeu a queda do Império Romano. Havia muito dinheiro envolvido, e parte dele chegou mesmo a respingar em nós, uma pequena quantia que nos permitia viver na camada do 1% mais rico do mundo. Foi uma diversão duradoura, até que as demissões começaram.

Tom queria atirar o computador pela janela, mas só com a certeza de que a máquina quebraria o vidro e se espatifaria na rua. Estava debaixo da mesa puxando os fios das tomadas.

— São sessenta e dois andares, Tom — disse Benny.

Tom concordou que não seria uma boa idéia se não conseguisse quebrar o vidro. Se não quebrasse, diriam que Tom Mota não conseguia sequer fazer uma cagada direito — e ele não daria *esse* gostinho àqueles canalhas. Em parte, nós éramos os canalhas a quem ele se referia.

— Mas acho que o computador não vai quebrar o vidro — disse Benny.

Tom parou de mexer no computador.

— Mas preciso fazer *alguma coisa* — disse ele, agachado.

Não tínhamos esse tipo de urgência. Nosso edifício ficava na Magnificent Mile, no centro de Chicago, numa esquina a alguns quarteirões do lago Michigan. Exibia toneladas de *art déco* e duas portas giratórias douradas. Nós nos arrastávamos escada acima em direção às portas giratórias, temerosos do que nos esperava lá dentro. No início, éramos demitidos em grandes números. Depois, quando a prática se refinou, passamos a ser descartados um a um, à medida que achavam conveniente. Tínhamos medo de acabar num bairro pobre. Desempregados, não teríamos salário; sem salário, seríamos expulsos de casa; expulsos, acabaríamos num bairro pobre, dividindo o espaço com carrinhos de compras e exibindo pés negros e gelados. Em vez de batalharmos pelo acréscimo de "sênior" a nossos cargos atuais, vasculharíamos os becos em busca de guimbas fumáveis. Imaginar o possível desespero era divertido. E também desesperador. Não acreditávamos de fato que levaríamos buzinadas dos Lexus de antigos colegas quando passassem pelo bairro pobre a caminho de suas casas nos subúrbios da cidade. Não achávamos que seríamos forçados a acenar para eles de nossos tonéis de óleo acesos. Mas preencher um formulário de desemprego pela internet não estava fora de cogitação. E lutar para pagar um aluguel ou hipoteca era uma perspectiva real e assustadora.

Mesmo assim ainda estávamos vivos, tínhamos que lembrar. O sol ainda brilhava ao nos sentarmos à mesa de trabalho. Em certos dias bastava olhar as nuvens e o topo dos edifícios. Antes, aquilo nos enchia de um leve ânimo. A vista nos deixava "felizes". Podíamos até ficar incomumente amáveis. Como na vez, por exemplo, em que contrabandeamos Old Golds para o quarto de hospital de Frank Brizzolera. Ou quando assistimos ao funeral da filhinha de Janine Gorjanc, achada estrangulada num terreno baldio. Para nós, era difícil acreditar que algo assim pudesse acontecer com algum conhecido. Você nunca viu ninguém chorar até se deparar com uma mãe no funeral da filha assassinada. A menina tinha nove anos e fora raptada à noite por uma janela aberta. Estava tudo nos jornais. Primeiro foi dada como desaparecida. Em seguida seu corpo foi encontrado. Observar Janine no funeral rodeada pelas fotos de Jessica com a família tentando contê-la partiu até o coração de Tom Mota. Depois, quando estávamos no estacionamento da funerária conversando pesarosamente, Tom começou a bater em seu Miata 1994. Não tardou muito para que chamasse a atenção de todos. Golpeava as janelas com os punhos e soltava terríveis gritos de "Porra!". Chutava as portas e os pneus. Finalmente desmoronou arrasado perto do porta-malas do carro, em soluços. Não era um comportamento tão irracional dadas as circunstâncias, mas ficamos um pouco surpresos de que Tom parecesse o mais afetado. Estendido no estacionamento da funerária, de terno e gravata, chorando como uma criança. Alguns se aproximaram para confortá-lo. Imaginamos que parte de seu comportamento tivesse alguma ligação com o fato de sua ex-mulher ter levado os filhos para Phoenix. De uma coisa nós sabíamos: apesar de todas as nossas certezas, era muito difícil adivinhar o que um indivíduo pensa num determinado momento.

Pensávamos que as recessões houvessem se tornado obsoletas devido à engenhosa tecnologia da nova economia. E que fôssemos imunes a coisas como o fechamento de fábricas em Iowa e Nebraska, onde americanos de lugares distantes lutavam contra telhados que desabavam e dívidas de cartão de crédito. Víamos esses trabalhadores braçais sendo entrevistados na televisão. Durante a entrevista, era impossível não perceber a tristeza e a angústia que sentiam por si mesmos e por suas famílias. Mas logo passávamos à previsão do tempo ou aos esportes, e, quando pensávamos de novo naqueles operários, lembrávamos que era numa fábrica e numa cidade diferentes. Além disso, o Estado oferecia programas para trabalhadores desempregados, readaptação, treinamento e oficinas de aprendizado. Eles ficariam bem. Graças a Deus não tínhamos que nos preocupar com tais infortúnios. Pertencíamos a uma grande empresa, cidadãos sustentados por diplomas de nível superior e protegidos pela gordura corporativa. Estávamos acima das forças traiçoeiras da superprodução e da má gestão.

Contudo não consideramos que, numa recessão, *nós* representaríamos a má gestão e que, portanto, estávamos prestes a ser jogados no lixo como uma sobra de componentes eletrônicos importados. Voltando do trabalho para casa, cogitávamos, intrigados, quem seria o próximo. Scott McMichaels foi o próximo. Sua mulher tinha acabado de ter um bebê. Depois foi Sharon Turner. Ela e o marido tinham acabado de comprar uma casa. Nomes — apenas nomes para os outros, mas, para nós, indivíduos que despertavam a mais profunda solidariedade. Aqueles que guardavam seus objetos numa caixa, apertavam algumas mãos e iam embora sem se queixar. Aliás, não tinham outra escolha, e mostravam uma tranqüila resignação diante de seus malfadados destinos. Quando iam embora, aquilo nos parecia quase um auto-sacrifício. Eles partiam para que nós ficássemos. E ficamos, embora nossos corações fossem junto com eles. Então chegou a vez de Tom Mota, que quis atirar o computador pela janela.

Tom tinha um cavanhaque e uma constituição de buldogue: troncudo, com membros curtos e uma sucessão ondulante de pescoços. Ele não pertencia ao meio publicitário. Mais que condescendência, isso era a tentativa de reconhecer uma magnânima verdade. Tom teria sido mais feliz em outro lugar — próximo às árvores de uma floresta ou lançando redes para uma empresa de pesca do Alasca. Em vez disso estava de roupa cáqui, tomando um expresso num sofá, discutindo o melhor modo de fazer com que a marca de fraldas de nosso cliente fosse um sinônimo para "mais absorvente". Isto é, quando ainda tínhamos o cliente das fraldas. Após decidir não atirar o computador pela janela, Tom ficou obcecado por suas revistas.

— Cara, você tem que pegar as minhas revistas com o Jim — disse Tom a Benny. — Não vou embora sem elas, mas não posso ir lá. O babaca está com as revistas há dois meses. Não vou embora sem elas, mas não posso ir lá. Não quero ver ninguém.

Quando Benny nos contou isso, sentimos pena de Tom. Claro que Tom não ia querer que sentíssemos pena dele, teria cuspido na nossa cara. Ninguém quer ser digno de pena. Quem é demitido só quer dar o fora do lugar, não ser mais visto, aliviar o sentimento de ridículo e depois esquecer toda a infeliz experiência. Não se pode fazer isso andando pelos corredores para pegar revistas de volta. Benny voltou à sala de Tom dez minutos depois com números antigos da *Car Magazine*, *Rolling Stone* e *Armas e Munições*. Sentado no chão da sala, Tom dava corda no relógio.

— Tom — disse Benny. Não houve resposta. — Tom? — repetiu.

Tom continuou a dar corda no relógio. Então se levantou, abriu a gaveta da mesa e retirou dela uma das camisas pólo da empresa que havia usado vários dias seguidos. A azul (de Benny) e a verde (de Jim) também estavam na gaveta. Tom tirou sua camisa social e vestiu a pólo vermelha.

— Eles pensam que sou palhaço — disse Tom.

— Não. Ninguém pensa que você é palhaço, Tom. Eles pegam a pessoa pelos colhões, cara... Todos sabem disso — disse Benny.

— Passe-me aquela tesoura — pediu Tom.

Benny disse que olhou para trás e viu uma tesoura na estante, e contou que não quis entregar a tesoura a Tom.

— Eles pensam que sou palhaço — repetiu Tom. Andou até a estante para pegar a tesoura e começou a cortar sua bonita calça preguedada na altura do joelho.

— O que você está fazendo, Tom? — perguntou Benny, com uma risadinha pouco à vontade. Ainda segurava as revistas velhas do colega, e ficou olhando enquanto Tom cortava uma perna da calça horizontalmente até que escorregasse até o seu tornozelo. Então começou a cortar uma das mangas da pólo, do lado oposto à perna da calça cortada. — Tom! — exclamou Benny. O braço bronzeado de Tom logo se mostrou visível até o ombro. Uma tatuagem de arame farpado serpenteava em torno de seu bíceps. — Tom, é sério... O que você está fazendo?

— Por favor — pediu Tom —, faça um buraco nas costas da minha camisa.

— Tom, por que está fazendo isso?

Às vezes medidas drásticas eram necessárias. Em certos momentos alguém precisava levar de carro um pacote até Palatine para a agência da FedEx com o horário de funcionamento mais extenso *do estado* apenas para garantir a chegada de uma entrega da noite para o dia. Uma entrega para um novo cliente a ser feita impreterivelmente na segunda-feira significava uma semana inteira de noites em claro até uma da manhã e poucas horas de sono num sofá qualquer no domingo. Eram chamados de alarmes de incêndio, e, quando surgia um, tinha que se largar todo o resto. Nada de academia de ginástica. As entradas de teatro eram canceladas. Você não via ninguém, nem seu filho de cinco anos, nem seu conselheiro matrimonial, nem sua madrinha. Nem mesmo seu cachorro. Tínhamos medo do alarme de incêndio. Ao mesmo tempo, estávamos naquilo juntos, e era surpreendente a transformação da equipe depois de cinco dias de sufoco. Pedindo comida pelo telefone, rindo num cubículo, pensando juntos para resolver um problema difícil — cinco ou seis dias disso e ninguém estava imune à camaradagem. O pessoal com quem trabalhávamos — com todos os seus tiques, carolices e limitações — não era nada mal, tínhamos que admitir. De onde vinha *aquilo*? De onde surgia tal capacidade de *amizade*? "*O amor por seu irmão que inunda você*", dizia Hank Neary citando alguém. Estava sempre citando uma coisa ou outra e nós o detestávamos por isso, a não ser que estivéssemos no meio de um alarme de incêndio, quando o amávamos como a um irmão. Esse amor se dissipava em uma semana. Mas, enquanto durava, o trabalho era uma fonte de energia, um verdadeiro foco gerador de luz, o nutriente de uma comunidade bem-amada.

Então veio a recessão e não houve mais alarmes de incêndio. Nenhuma viagem rápida a Palatine, nada de noites de trabalho até uma hora da manhã. Nenhum amor por nosso irmão nos inundava mais.

Benny foi até o elevador com Tom. Com suas roupas cortadas em tiras, Tom parecia alguém que tinha ido parar na praia depois de um naufrágio, esfarrapado e agarrado a uma única tábua. Estava sem sapatos e meias, que foram deixados na sala com as revistas, as fotos dos filhos e os retalhos de suas calças e pólos.

— O que você vai fazer? — perguntou Benny.

— O que acha que vou fazer? — perguntou Tom retoricamente, no exato momento em que chegaram ao saguão. — Procurar um novo emprego.

— Quero dizer agora — disse Benny. — O que você vai fazer neste exato momento?

Saíram do elevador. Tom havia tirado as canetas e os lápis de uma caneca vazia sobre sua mesa, e aquela caneca era agora seu único bem. Finalmente parou no patamar de mármore diante de um elevador, observando a descida dos outros elevadores.

— Você já leu Ralph Waldo Emerson? — perguntou Tom.

Benny não sabia o que Tom pretendia nem por que haviam parado diante dos elevadores.

— O que você está pensando em fazer, Tom?

— Escute o que Emerson dizia — disse Tom, começando a citá-lo: — *Apesar de nossa sabedoria barata, apesar de nossa escravidão aos hábitos que destrói a alma, não se deve duvidar de que todos os homens têm pensamentos sublimes.* Ouviu, Benny? Ouviu ou preciso repetir?

— Ouvi — respondeu Benny.

— Eles nunca me conheceram — disse Tom, sacudindo a cabeça e apontando para os canalhas. — Eles nunca me conheceram.

O primeiro elevador chegou e apareceu o pessoal da firma de advocacia que saíra para almoçar. Tom estendeu a caneca para eles.

— Ajuda para o desempregado? — pediu, sacudindo a caneca. — Ei, ajuda para o sem-trabalho?

— Tom — disse Benny.

— Porra, Benny, deixe-me em paz! — E continuou: — Ajudem, por favor. Acabei de perder o emprego.

E aquela foi a última hora de Tom.

Soubemos disso por Benny logo depois que nos contou a história da chegada de Tom à casa de Naperville com um bastão de alumínio, quando ficou sabendo que os filhos estavam na casa da avó. Então, tudo que era considerado legalmente "de Tom" no acordo de divórcio, tudo que era "de Tom" e que podia ser esmagado e espatifado com um bastão de alumínio sofreu os golpes dele até que a polícia o dominasse.

Amber Ludwig, que tinha o corpo compacto e atlético de uma foca, mãos pequenas e olhos escuros muito próximos, disse temer que Tom voltasse e atirasse em nós, como se costuma ler nos jornais.

— É sério — disse Amber —, acho que ele endoidou. Na verdade, nunca foi muito bom da cabeça.

Ainda não era visível, mas todos já sabiam da gravidez de Amber. Ela havia cogitado fazer um aborto, mas, para grande decepção de Larry Novotny, parecia estar desistindo da idéia. Larry teria que decidir o que fazer com a esposa, que havia tido um filho havia pouco tempo. Lamentávamos por Larry, que, além disso, havia sofrido a primavera inteira torcendo pelo Chicago Cubs, mas achávamos óbvio que ele devia ter mantido o pinto dentro das calças. Lamentávamos também por Amber, mas, como todos sabem, precisa-se de dois para um tango. Só esperávamos que não transassem em cima de nossas mesas.

Perguntamos a Amber se achava mesmo que Tom fosse capaz de provocar um banho de sangue.

— Acho — respondeu Amber. — Acho que é capaz de tudo. Trata-se de um doido.

Tentamos convencê-la de que esse tipo de coisa só acontecia em fábricas e armazéns, e apenas em South Side. Seguiu-se um debate. Será que Tom era um caso clínico? Ou apenas um palhaço? E no funeral da filhinha de Janine, quando Tom chorou e continuou chorando mesmo depois que chegamos ao bar? Isso não provava que o cara tinha coração?

— Ok, ok — disse Amber. — Mas como classificariam alguém que fica em pé na frente do sistema de aquecimento e que mostra a bunda para os nadadores da janela da sala?

Amber se referia à piscina no telhado do Holiday Inn, para o qual dava a sala de Tom, e à mania deste de ficar em pé diante do vidro e mostrar as nádegas. "Bagunça!", exclamamos. "Diversão! Isso não é loucura!" Amber foi derrotada nos votos. Nós conhecíamos Tom. Conhecíamos Alan Glew, Linda Blanton, Paul Saunier. Conhecíamos Neil Hotchkiss, Cora Lee Brower e Harold Oak. Nenhum deles voltaria aqui com um arsenal dentro de uma mochila. Demitidos, tinham encaixotado as coisas e partido de vez. Jamais voltariam.

FOI UMA SURPRESA PARA TODOS quando Janine retornou. Estava subentendido, claro, que poderia voltar quando quisesse. Mas ignorávamos que fosse voltar para cá e retomar a velha rotina, considerando-se tudo por que havia passado. Como isso poderia aplacar seu sofrimento? Mas talvez fosse exatamente disso que precisasse, de algo para distrair sua mente. Janine parecia mais velha, principalmente nos olhos. Usava blusas amassadas. Seu cabelo castanho estava sem volume e seco, quando antes costumava penteá-lo todos os dias com estilo. Algumas vezes até cheirava mal. No dia de sua volta, Janine nos agradeceu pelos folhetos. Foi Lynn Mason quem teve a idéia de imprimir folhetos quando soubemos que a menina havia desaparecido. Genevieve Latko-Devine — talvez a mais amável e doce de nós — foi de carro até North Aurora, onde moravam os Gorjanc, para pegar uma foto de Jessica. Voltou ao escritório ao meio-dia com um retrato de escola da menina, que estava na quarta série. Depois de escaneá-lo, nós o colocamos no servidor e começamos a criar o anúncio.

Genevieve estava no computador fazendo o trabalho. Jessica era uma menina comum, pálida, de cabelos claros e um sorriso lamentavelmente torto. Dissemos a Genevieve que Jessica estava ficando desbotada.

— O que querem que eu faça? — perguntou Genevieve.

— Vamos trabalhar nela — disse Joe Pope. — Coloque-a no Photoshop.

Trabalhamos nos Macintoshes. Alguns tinham Macs novos, outros, notebooks de alto desempenho, e algumas almas desafortunadas precisavam girar a manivela furiosamente para manter seus modelos extintos em funcionamento. Fizemos os layouts no QuarkXPress e toda a manipulação da imagem no Photoshop. Genevieve pôs a imagem da menina no Photoshop e começamos a trabalhar no cabelo e nas sardas dela. Demos uma espiada e todos concordaram que ainda estava desbotada.

— Tente deixar essa área aqui mais escura — sugeriu Joe, circunscrevendo o rosto da menina com o dedo. — Nossa, sua tela está imunda — acrescentou. Tirou um lenço de papel da caixa de Genevieve e limpou a tela. Olhou novamente. — Agora a menina está mais desbotada do que nunca.

Genevieve fez algumas tentativas. Olhamos para a imagem. Joe sacudiu a cabeça.

— Agora ela parece queimada de sol — disse ele. — Diminua um pouco.

— Acho que estamos perdendo de vista nosso objetivo — disse Genevieve.

Mas tínhamos medo de que, se a menina ficasse desbotada, as pessoas não prestassem atenção no folheto.

Genevieve recebeu mais sugestões.

— Aumente um pouco o "DESAPARECIDA" — disse Jim Jackers.

— E destaque a recompensa de dez mil dólares — sugeriu Tom. — Não sei como... Use uma fonte diferente ou algo assim.

— E você precisa ajustar o *kerning* — lembrou Benny.

Todos queríamos ajudar. Genevieve trabalhou no folheto por mais uma hora, retocando aqui e ali, até que alguém sugeriu que consertasse o sorriso da menina para que ficasse menos torto. Isso embelezaria Jessica.

— Pronto, aqui terminamos oficialmente — disse Genevieve.

Naquela tarde imprimimos cópia colorida após cópia colorida e as empilhamos na sala de montagem. Muitos de nós fomos de carro a North Aurora e passamos o final da tarde colocando os folhetos na biblioteca pública, na Associação Cristã de Moços, nos corredores das mercearias, na Starbucks, nos cinemas, numa loja de brinquedos e em todas as cabines telefônicas do bairro. Três dias depois a menina foi encontrada morta num terreno baldio, embrulhada num plástico.

Enfeitamos a sala de bandeirinhas e levamos bolo para a volta de Janine. No dia seguinte, Joe Pope a encontrou chorando em frente ao espelho do banheiro masculino. Janine havia se confundido e entrado na porta errada. Era difícil obter notícias por Joe Pope, já que ele não falava com muita gente. Provavelmente não saberíamos que havia encontrado Janine no banheiro dos homens se Joe não tivesse contado a Genevieve Latko-Devine. Genevieve falou com Marcia Dwyer, que falou com Benny Shassburger, que falou com Jim e Amber, que falaram com Larry, Dan Wisdom e Karen Woo. E não havia ninguém com quem Karen não falasse. Mais cedo ou mais tarde todos souberam de tudo, e foi assim que descobrimos que Janine não superara a dor, de modo nenhum, porque se confundira e entrara no banheiro dos homens. Nós a imaginamos diante das pias, apoiando-se na borda de mármore, a cabeça inclinada e os olhos fatigados transbordando de intensas lágrimas, sem se dar conta dos mictórios refletidos no espelho. Depois que Janine voltou ao trabalho, raramente falava durante o almoço.

Comentamos o fato de Janine ter entrado por engano no banheiro masculino. Ninguém achava que isso devia ser mantido em segredo, mas tomamos cuidado para não ridicularizar o episódio ou transformá-lo numa piada. Alguns o fizeram, mas não muitos. Obviamente era algo trágico. Sabíamos do que havia ocorrido, mas como poderíamos saber de tudo? Alguns discutiam o assunto para quebrar a rotina, mas a maioria usava a informação para explicar o motivo de Janine ficar quieta na hora do almoço. Então arquivamos o incidente. Isto é, até que Janine começou a levar fotos de Jessica para o escritório, colocando-as sobre o aparador, nas prateleiras e pendurando-as nas paredes. As fotos abundavam por ali, disputando espaço umas com as outras. Centenas de fotos da filha morta de Janine a encaravam nos sete metros quadrados de sua sala. As três na parede à sua frente eram as coisas mais tristes que já tínhamos visto. Era totalmente sinistro. Chegamos ao ponto de evitar sua sala. Quando éramos obrigados a fazê-lo, por algum motivo urgente de trabalho, nunca sabíamos onde pôr os olhos.

―

Lynn Mason marcara uma reunião de *input* numa terça-feira de maio às 12h15 e nos apresentamos à sala dela. Tais reuniões nos deixavam contentes, pois significavam que tínhamos tarefas a fazer. Trabalhávamos no departamento de criação desenvolvendo anúncios, os quais considerávamos muito criativos, mas, desde que as demissões começaram, não tinham a metade da criatividade do que escrevíamos toda manhã de segunda-feira na folha de cronogramas para "encher lingüiça". Uma reunião de *input* significava que tínhamos trabalho de verdade, que tornaria os cronogramas menos intimidadores na semana seguinte. Contudo, alguns não gostavam de reuniões marcadas para 12h15.

— É quando a maioria de nós vai almoçar, ora bolas — disse Karen Woo. Almoço para Karen era sagrado. — Por que não marcá-la para 11h15? — perguntou. — Ou mesmo para uma da tarde?

A maioria pensou: "Grande coisa, é só almoçarmos uma hora depois."

— Mas eu fico com fome — disse Karen. Não parecia muito solidária com o fato de Lynn Mason ter acabado de descobrir que estava com câncer e poder ter outras preocupações em mente. Além disso, Lynn podia marcar um *input* sempre que quisesse, pois era sócia da empresa. — É claro que ela pode marcar um *input* sempre que quiser — continuou Karen. — Mas *deveria*? Essa é a questão. Se *deveria* fazê-lo. — Muitos achavam que Karen devia se considerar com sorte por ainda ter um emprego.

Enquanto esperávamos a chegada de Lynn, matávamos o tempo ouvindo Chris Yop nos contar a história da cadeira de Tom Mota. Adorávamos matar o tempo e desenvolvemos várias técnicas para fazê-lo.

Perambulávamos pelos corredores com papéis que indicavam alguma missão profissional, quando na verdade estávamos em busca de um doce grátis. Enchíamos de novo as canecas de café em andares que não eram o nosso. Hank Neary era um leitor ávido. Chegava cedo, de casaco de veludo cotelê marrom, com um livro que havia pego na biblioteca, copiava todas as páginas do volume na máquina de xerox e sentava-se à mesa lendo o que pareciam ser, para quem passasse, simples folhas de trabalho. Devorava um romance de trezentas páginas a cada dois ou três dias. Billy Reiser, que trabalhava em outra equipe e mancava, adorava beisebol e era um torcedor fanático dos Chicago Cubs. Ele tinha um amigo que instalava antenas parabólicas. Os dois conseguiram subir ilegalmente no topo do edifício, colocaram uma parabólica num local escondido e a posicionaram de modo que o sinal fosse transmitido do edifício ao lado até o escritório de Billy. Então o amigo de Billy instalou uma televisão embaixo de sua mesa, inclinada num ângulo tal que, sentado a uns trinta centímetros de distância, Billy pudesse olhar para baixo e ver a tela. Depois de tudo terminado, ele dispunha de duzentos canais e podia assistir aos Cubs até em jogos fora de casa. Nós nos reunimos lá em pequeno número quando Sammy Sosa estava quase quebrando o recorde de *home runs*. O problema era que Billy ficava preocupado que alguém descobrisse a parabólica; então, cada vez que Sammy fazia um *home run* e gritávamos como loucos, éramos chutados para fora.

Tom Mota tinha sido demitido uma semana antes de Chris Yop nos contar a história da sua cadeira. Yop disse que estava limpando a própria mesa quando levantou os olhos e viu a coordenadora de escritório em pé na porta. Ela cheirava a hamamélis e a fibra de carpete, tinha um sinal enorme na bochecha esquerda e nunca cumprimentava ninguém. Corria o boato de que era capaz de agüentar algo que tivesse várias vezes o seu próprio peso, como uma formiga. Ela parou na entrada da sala de Yop de braços cruzados, apoiada no batente da porta, olhou para a estante e perguntou se era de Tom Mota. Yop nos contou:

— Então eu perguntei: "Do Tom Mota? O quê, isso aí?" "É, a estante", ela respondeu. "É do Tom?" "A estante? Não, não é do Tom. É minha", eu disse. "Bem, alguém tirou a estante do Tom da sala dele e tenho que levá-la de volta", ela disse. Tom tinha sido demitido havia quanto tempo? Um dia? Isso foi na última terça-feira. Quero dizer, a cadeira ainda nem tinha esfriado e ela já estava me acusando de roubo? Então repeti: "Essa estante não é do Tom, é minha." Nisso ela entrou na sala. "E essa cadeira, é dele? Você está sentado na cadeira do Tom?", perguntou, apontando para a cadeira. Ela achava que a cadeira fosse dele, mas era minha. A estante era dele, claro. Tirei da sala do Tom quando ele foi demitido e a levei para a minha. Mas a cadeira não, droga! A cadeira era minha! Então eu disse: "Esta cadeira? Esta cadeira é minha." Aí ela entrou na sala, chegou bem perto de mim, uns trinta centímetros talvez, e então disse, apontando a cadeira: "Você se importa se eu der uma espiada no número de série?" Agora me digam, quem sabia disso? — perguntou-nos Yop. — Quem sabia da existência dos números de série?

Nenhum de nós tinha ouvido falar desses números.

— É, números de série — continuou Yop. — Eles colocam números na parte de trás de todas as coisas. Assim podem rastrear tudo, quem tem o que e em que sala está. Sabiam disso?

Deixamos que prosseguisse falando sobre os números de série porque sua indignação era típica da época. Chris era nervoso e, enquanto falava, todo o seu rosto parecia estremecer. Suas mãos se agitavam e tremiam um pouco, como se lutassem contra uma crise de abstinência de cafeína. Ele nos incentivava a chamá-lo de Yop porque isso o fazia se sentir mais jovem, mais legal, mais aceito. Mantinha o cabelo grisalho comprido, que cascateava em cachos sobre as orelhas, mas a idade fizera seu cabelo rarear no alto. Sua mulher chamava-se Terry, e nos fins de semana Yop tocava músicas ruins de rock em uma banda *cover* dos anos 70. Estava sempre perguntando a todo mundo o que andavam ouvindo ultimamente. Achávamos meio nobre, meio patético quando ouvíamos em sua sala um novo álbum de rap no CD player, pois sabíamos muito bem que ele queria mesmo era ouvir *Blood on the Tracks*, de Bob Dylan. Escutamos sua história sobre a cadeira de Tom Mota de vários pontos da sala atulhada de Lynn, com a mesa de tampo de vidro e o sofá branco de couro. Ficamos na entrada, apoiando-nos nas paredes, matando tempo enquanto a esperávamos. Karen Woo consultava o relógio e suspirava por Lynn estar atrasada para sua própria reunião.

— Aí eu perguntei: "Número de série?" — continuou Yop. — E ela disse bem atrás de mim: "Dê uma olhada." Então me levantei da cadeira e dei uma olhada. Um número de série! Na parte de trás da minha cadeira! "De onde veio isso?", perguntei. Ela não respondeu. Em vez disso, perguntou: "Pode me emprestar uma caneta?" Ela queria uma caneta para anotar o número de série! E naquele momento pensei que aquela fosse uma espécie de organização fascista. "Ei! Esta cadeira é minha!", eu disse. Mas ela não estava prestando a mínima atenção, simplesmente anotou o número de série! Então foi até a gestante, começou a anotar o número de série dela e perguntou: "E essa gestante?" Agora estou ferrado porque menti sobre a gestante, claro, apesar de ter dito a verdade sobre a cadeira. Eu não dava *porra* nenhuma pela gestante. Leve a gestante, mas me deixe a cadeira!

Dissemos a Yop que ele queria dizer *estante*.

— E o que foi que eu disse? — perguntou.

Gestante.

— Gestante?

É. No início dissera *estante*, mas depois passara a dizer *gestante*.

— Não liguem para mim — disse Yop. — Falei a palavra errada. O negócio é o seguinte: leve a estante, mas me deixe a cadeira. A cadeira é minha. "Mas a estante é *sua*?", ela perguntou. Para aquela mulher, era uma questão de honra. Então eu disse: "É, é minha, mas pode levar, tá bem? Não quero mais a estante." Eu não queria mais a estante? Quem não ia querer aquela estante? Mas eu não queria perder a minha cadeira, minha cadeira *legítima*. Então eu disse: "Vá em frente, pode levar."

Não queríamos interrompê-lo de novo, mas era preciso lembrá-lo de que aquele era o trabalho dela como coordenadora de escritório: saber o paradeiro da mobília e coisas assim.

Yop nos ignorou.

— O que é que ela tem no pulso? — perguntou.

Ele queria saber da tatuagem da coordenadora, um escorpião cuja cauda envolvia seu pulso esquerdo.

— Agora me digam, por que uma mulher faria isso consigo mesma? — perguntou Yop. — E por que contrataríamos uma mulher que faz isso consigo mesma?

Era uma boa pergunta. Imaginamos que ele conhecesse a brincadeira.

— Que brincadeira? — perguntou.

O escorpião estava lá para proteger o dedo anular dela.

— Vou lhe dizer uma coisa — disse Yop. — É engraçado, mas aquele dedo não precisa de proteção alguma. Mas tudo bem, que seja, ela só estava fazendo o trabalho dela. Não imagino como contratamos alguém com um escorpião no pulso, mas tudo bem, ela só estava fazendo o trabalho dela. O negócio é que aquela era minha cadeira legítima. Era a *minha* cadeira. Ela não tem autoridade para levar a minha cadeira. Então ela me perguntou: "Por que você está me oferecendo sua gestante se você já disse que é sua? Se for sua eu não quero, só se for do Tom. Todas as coisas do Tom sumiram e a minha tarefa é pegá-las de volta." Então, tentando bancar o inocente e o desligado, perguntei: "O que foi que pegaram?" E ela: "Bem, vejamos... Pegaram a mesa, a cadeira, a gestante, o..."

Nós nos desculpamos por interromper, mas ele estava fazendo aquilo de novo.

— Fazendo o quê? — perguntou Yop.

Dizendo *gestante*.

Yop levantou os braços. Vestia uma camisa havaiana surrada e os pêlos de seus braços começavam a ficar grisalhos.

— Vão me escutar ou não? — gritou Yop. — Querem, por favor, ouvir o que estou dizendo? Quero contar pra vocês algo realmente importante. *Eles sabem de tudo!* Eles sabem de tudo que nós pegamos! Então que escolha temos? "Você pode ficar com a gestante, ok?", eu disse para a mulher. "*Só não leve a minha cadeira!*" "Mas essa cadeira é *do* Tom?", ela perguntou. Era *isso* que importava pra ela. E insistiu: "Você tirou essa gestante da sala do Tom?" Então me ocorreu de repente: vou ser demitido só porque peguei a gestante do Tom.

"Estante!", exclamamos.

— Isso! — exclamou Yop de volta. — E por uma besteira assim vou ser demitido! Ei, tenho que pagar a hipoteca. Tenho mulher. Sou um profissional, porra. Se eu for demitido nessa altura da carreira é o meu fim. Isso é um jogo para jovens. Estou velho demais. Quem vai me contratar se eu for demitido? Eu não via alternativa senão sair daquilo limpo, então disse pra ela: "Tudo bem, olha só: se a questão é essa gestante, eu a levo de volta para a sala do Tom. Prometo. Desculpe." E ela: "Mas você não está respondendo à minha pergunta. A gestante é dele? Você a pegou?" Nesse ponto vocês já sabem o que eu estava pensando. Tentei ser honesto, extrair dela algo humano e emotivo, mas não estava funcionando. Ela é uma burocrata! Então eu disse: "Só sei de uma coisa: a gestante estava aqui quando voltei do almoço." E ela, olhando o relógio, disse: "São 10h15." E eu: "É mesmo?" "São 10h15 da manhã", disse ela. "Você almoçou a que horas? Nove e meia?" Então apontou para a gestante e perguntou: "Todos esses livros apareceram quando você voltou do almoço também? Seu almoço às nove e meia?" Eu não disse mais nada. Então ela falou: "E a bela cadeira na qual você está sentado? Também apareceu do nada?" Eu me mantive calado. Ela continuou: "Volto depois que conseguir fazer uma verificação dos seus números de série. Se essa gestante for do Tom, sugiro que você a devolva logo à sala dele. E o mesmo vale para tudo que pertence ao Tom." Foi então que eu disse: "Ei, segure sua onda, dona. Como assim *pertence* ao Tom? Nada aqui pertence ao Tom. O Tom só trabalhou aqui. Nada *nunca* pertenceu ao Tom. Nada pertence a *ninguém* aqui, porque eles podem tirar tudo de você de uma hora pra outra." — Yop estalou os dedos. — Sabem como ela me respondeu? — perguntou Yop. — "Ah, não, desculpe. Acho que tudo isso aqui pertence a *mim*."

Yop levantou as mãos numa súplica e seus olhos saltaram. Esperava que ficássemos indignados com a coordenadora por ter dito uma coisa daquelas, mas na verdade não ficamos nem um pouco surpresos. De certa forma, tudo aquilo pertencia mesmo a ela, que não seria demitida. Todos precisam de um coordenador de escritório.

— Porra, eu estava tão irado! — continuou Yop. — Nada me enfurece mais do que gente mesquinha por aqui, que tem *esse* poder, que dá ordens e mais ordens até ter o controle TOTAL sobre você. E agora ela vai checar o número de série e descobrir que estou com a antiga cadeira de Ernie Kessler.

Espere um minuto. A cadeira não era do Yop?

— É, desde que o Ernie se aposentou — disse Yop, mais calmo. — No ano passado.

Não podíamos acreditar que a cadeira não fosse dele.

— Agora é. *Era* do Ernie. Até ele se aposentar.

Nós nos sentimos enganados. Yop havia dado a impressão de que pelo menos a cadeira era sua.

— A cadeira *é* minha — disse Yop. — O Ernie me deu. Eu pedi e ele a trouxe para mim. Levou minha cadeira e a colocou na sala dele. Quando se aposentou. Simplesmente trocamos de cadeira. Não sabíamos sobre esses números de série. Agora que sei, acho que é o meu fim. Essa coordenadora vai contar pra Lynn que eu peguei a gestante do Tom e que peguei a cadeira do Ernie também, embora ele a tenha me dado. Então que escolha eu tenho? Se eu quiser manter meu emprego, preciso fingir que é a cadeira do Tom e empurrá-la para sua sala! A cadeira não é dele, alguém está com a cadeira do Tom. Mas na semana passada fiz exatamente isso. Empurrei a cadeira de Ernie Kessler para a sala de Tom Mota depois que todos tinham ido embora. Eu precisava fingir que a cadeira era do Tom. Estou fingindo há uma semana, embora tenha que sentar nessa outra cadeira, nessa porcariazinha, só para não ser demitido. Aquela era minha cadeira *legítima* — disse, com os punhos à sua frente, tremendo de angústia.

Não o censuramos por estar perturbado. Sua cadeira era uma maravilha — ajustável, assento de molas especiais que só cediam um pouco assim que se sentava.

———

As MEDIDAS DE AUSTERIDADE começaram no saguão, com as flores e as tigelas de guloseimas. Benny gostava do cheiro das flores.

— Sinto falta das lindas flores — disse.

Então recebemos um memorando cancelando nossa folga de verão.

— Sinto mais falta da minha folga de verão do que das flores — observou Benny.

Numa reunião de toda a agência no mês seguinte, anunciou-se a suspensão das contratações. Soubemos depois que ninguém estava recebendo bônus.

— Eu não dava a mínima para a folga de verão — disse Benny —, mas agora até o meu bônus?

Finalmente as demissões começaram.

— Flores, folga de verão, bônus... Por mim, tudo bem — disse Benny. — Mas pelo menos deixem o meu emprego.

No início chamávamos aquilo de um modo comum: ser demitido, ser mandado embora. Depois ficamos mais criativos: receber o bilhete azul, ser chutado para escanteio, ser mandado para o olho da rua.

Ultimamente, uma nova frase havia feito sucesso: "andar na prancha". Alguém a havia retirado de uma música de Tom Waits, mas era uma expressão muito, muito antiga, como lemos em um dicionário de expressões idiomáticas. "Forma de punição imposta por piratas", dizia o dicionário, "em que o prisioneiro, geralmente de olhos vendados, era obrigado a andar em uma prancha de madeira, que se estendia para fora do navio, até que caísse na água para que morresse afogado ou devorado pelos tubarões". Aquilo parecia combinar com a nossa situação. Na música, Tom Waits canta sobre caminhar para uma execução, e aquilo parecia combinar também. Como no corredor da morte, assistíamos à caminhada solitária do demitido pelo longo corredor acarpetado, com a coordenadora de escritório abrindo caminho, e em seguida o demitido desaparecendo atrás da porta de Lynn Mason. Alguns minutos depois, víamos as luzes baixas provocadas pela queda da voltagem, escutávamos o barulho da eletricidade e sentíamos o cheiro de carne cozida invadindo o ambiente.

Então, em nossas mesas, girávamos para observar os aviões descendo para o aeroporto de O'Hare. Colocávamos os fones de ouvido. Recostávamos a cabeça na cadeira, fechando os olhos. Todos tínhamos o mesmo pensamento: "Graças a Deus não fui eu."

Jim bateu à porta de Benny.

— Você tem visto o Sanderson por aí ultimamente, Benny?

— Quem?

— Sanderson. Will Sanderson.

Mesmo assim Benny não sabia de quem Jim estava falando.

— Ora, Benny. O Sanderson. Aquele de bigode.

— Ah, tá. Will Sanderson? Eu achava que o nome dele fosse Bill.

— O nome dele é Will — disse Jim.

— Não tenho visto o sujeito por aí há... semanas.

— Semanas? Você não acha...

Ficaram quietos.

— Sanderson... — disse Benny. — Puxa, cara! Eles pegaram o Will Sanderson!

Podia-se fazer algo divertido para diminuir a tensão desde que as demissões haviam começado: entrar na sala de alguém e mandar um e-mail de seu computador para toda a agência. A mensagem podia ser simples como: "Meu nome é Shaw-nee! Você foi capturado! Ha! Cocozinho, cocozinho, cocozinho!" O pessoal chegava pela manhã, lia aquilo e as reações eram bem variadas.

Jim Jackers leu a mensagem e imediatamente mandou um e-mail que dizia: "Obviamente alguém entrou na minha sala na noite passada e escreveu um e-mail em meu nome, enviando-o a todos. Peço desculpas por qualquer inconveniência ou ofensa, embora eu não tenha tido culpa, e agradeceria um pedido público de desculpas por parte de quem o fez. Já li esse e-mail cinco vezes e ainda não entendi nada."

Ninguém pediu desculpas. Sabíamos quem tinha feito aquilo. Jim também sabia, porque afinal ele era um de nós, e indagou Tom Mota sobre o incidente. Isso ocorreu alguns meses antes de Tom andar na prancha. O que você acha que Tom fez? Contou a Benny sobre o encontro dos dois no almoço, como a fúria de Jim não tinha limites, e como incitou o Nanico a bater nele. "Nanico" era o apelido que Tom tinha dado a Jim, embora os dois homens fossem mais ou menos da mesma altura.

— Venha, Nanico, seu filho-da-puta, venha me bater — Tom contou para Benny o que havia dito a Jim. Contou como tudo tinha sido engraçado. Naquela época ainda estávamos no terceiro mês de demissões. Jim nunca mais saiu da sala sem fechar seu programa de e-mails.

Nem sempre os e-mails de Tom consistiam de provocações grotescas. Às vezes eram sérios e vinham do seu próprio computador. Nós nos divertíamos com seu tom sincero e sua conversa sobre o infinito valor do homem. Tais mensagens vindas do fundo do coração, cheias de complexidade e sentimentos que colidiam de forma alucinante com o comportamento de Tom no dia-a-dia, eram inadequadas e risíveis, esquizofrênicas em tom e conteúdo, e sempre bem-vindas para dar uma trégua num dia comum. Tom era malvisto pela irreverência de seus e-mails e por escrevê-los no horário de trabalho, pois tinha colhões de mandá-los não apenas para todos nós, inclusive Lynn Mason, mas também para os outros sócios, sempre organizando a lista de envio segundo a hierarquia, uma regra tácita. Sempre os enviava também ao pessoal da contabilidade, ao departamento de mídia, ao setor de criação, ao RH, à equipe de apoio e à pessoa responsável pela lanchonete. "*Passei uma noite ruim ontem*", assim começava seu último e-mail. O assunto era: "Entrego você e seus sapatos de golfe a um bairro pobre".

Os tomates da minha horta não estão nascendo. Talvez porque eu só tenha o fim de semana para trabalhar na horta, ou talvez porque o jardim continue sendo aparado pelos latinos desgraçados que cuidam dos terrenos pertencentes ao complexo de apartamentos em que moro desde que o Estado me obrigou a vender minha casa em Naperville e Barbara levou as crianças para Phoenix para viverem com o Piloto Bob. Se tenho uma horta de verdade? A resposta é um grande e sonoro não, porque a desgraçada da mulher do escritório da propriedade não ouve a voz da razão. Continua insistindo que aquela é uma propriedade ALUGADA, *não o meu quintal. "Um canteiro de flores é o que todos nós queremos", diz ela. Então as pestes dos latinos vão lá e cuidam dos cravos-de-defunto dos canteiros. Vocês sabem, estou falando de gordos, maduros, suculentos e deliciosos tomates vermelhos que eu desejava fazer crescer com as minhas próprias mãos através do mistério e da generosidade abundantes da natureza! Esse sonho terminou quando Barb começou a dormir com o Piloto Bob e desistimos de Naperville. De qualquer forma, será que eu gostaria de uma horta?* SIM. *Na verdade, eu gostaria de uma fazenda. Mas, no momento atual, acho que só tenho o apartamento 4H em Bell Harbor Manor, que não é nem um abrigo, nem uma mansão, e não possui* NEM UM ÚNICO SINO.[1] *Quem de vocês, magos da espirituosidade, inventou o nome "Bell Harbor Manor"? Que suas línguas astutas sejam arrancadas de seus almofadados forros vermelhos e postas para secar sob o sol nativo de uma terra canibal. Ha! Serei convocado ao escritório por essa, mas vou deixá-la, porque o que tento mostrar aqui é que* NÃO SEI SE ALGUM DE NÓS SABE *até que ponto nos afastamos não apenas da natureza, como também das condições naturais de vida que prevaleceram por séculos e que obrigavam os homens a atingir os extremos limites de sua capacidade física a fim apenas*

---

1 Em inglês, "*bell*" significa "sino", "*harbor*" significa "abrigo", e "*manor*" significa "mansão". (N.E.)

de alimentar, vestir e prover de outras coisas suas famílias, fazendo com que retornassem todas as noites para um sono doce, exausto, restaurador, imperturbável e merecido. Sono que nunca conheceremos de novo. Agora há Phoenix, aviões para levar você até lá, e o Piloto Bob, que consegue cuidar de TUDO, *embora provavelmente não saiba nem aparar sua própria grama. Mas não esqueça, Bob, e todos os Bobs por aí, que "o trabalho manual é o estudo do mundo exterior". Acho que é verdade. Agora, o que provavelmente vocês se perguntam é: "O que Tom Mota está fazendo então? Por que está desperdiçando seus dias num escritório atapetado tentando esconder a mancha de café de sua roupa cáqui? Tom é melhor que o Piloto Bob?" Infelizmente, acho que não sou nem um pouco melhor. Não estou estudando o mundo exterior. Estou tentando é lucrar um dólar para o cliente, de modo a gerar vinte e cinco cents para nós, de modo a gerar cinco cents para mim e ter algum tostão depois que Barbara conseguir o que o tribunal determinar. Por esse motivo adoro meu emprego e não quero perdê-lo, então espero que ninguém que leia isso me ache presunçoso ou ingrato. Só estou tentando sugerir que, embora nos encontremos nessa circunstância especialmente infeliz, equivocada e profana da civilização, não percamos de vista as manifestações mais nobres do homem e o lado mais grandioso de seu caráter, que não consiste em slogans ou em resultados financeiros, mas sim no amor, no heroísmo, na reciprocidade, no êxtase, na bondade e na verdade. "Que monte de besteira", podem dizer vocês. E que bom para vocês. Fiquem à vontade para dispararem à queima-roupa em minha cabeça.*

Paz,
Tom.

Não muito depois de enviar o e-mail Tom foi despedido, e se não fosse pelo lastimável corte de pessoal, poderíamos pensar que a sua demissão não fazia parte de uma série, mas que era uma demissão por justa causa. A verdade é que Tom provavelmente já estava na mira. Seu e-mail apenas acelerou os acontecimentos, como a pneumonia pode condenar um paciente de câncer.

Já que Lynn Mason ainda estava atrasada para a reunião de 12h15 daquela terça-feira de maio, Chris Yop continuou a contar a história da cadeira de Tom Mota. Naquela mesma manhã, limpando sua mesa, levantara os olhos e vira a coordenadora de escritório de pé na porta mais uma vez, de braços cruzados.

— Então ela me disse: "Vejo que você devolveu a gestante do Tom" — contou Yop. — Então agi como se ignorasse completamente o fato e disse: "Desculpe, não sei do que você está falando." Continuei limpando a mesa, mas ela não foi embora. Quando levantei os olhos, ela me disse: "E vejo que você não tem mais a sua cadeira também." Então eu falei: "Gostaria que você parasse de ficar me intimidando. Existem regras contra esse tipo de comportamento no manual do funcionário." E ela: "Você acha que estou intimidando você?" Eu: "Acho sim. E não gosto disso." Então ela disse: "Talvez devêssemos submeter o caso à Lynn." E eu: "Acho ótimo." E ela perguntou: "O que você está fazendo nesse exato momento?" Aí respondi: "Bem, ao contrário de certas pessoas, estou tentando trabalhar. Algumas pessoas realmente geram lucro por aqui, sua inútil." Eu não devia ter dito isso. Só estava apontando a diferença entre um coordenador de escritório e um redator como eu, que gera lucro. Então ela retrucou: "Ah, claro, compreendo, você é *tão* importante que tudo *desmoronaria* à nossa volta sem você. Mas, caso não se importe, quer me acompanhar por favor?" Então eu perguntei: "Acompanhar você? Para onde?" E ela: "Lynn gostaria de lhe dar uma palavrinha." Eu: "O quê, agora?" Ela: "Se você conseguir um tempinho..." Aí eu perguntei: "Ela quer me ver *neste instante*?" Ela não disse mais nada, apenas fez um gesto para que eu a seguisse. Então levantei da cadeira, aquela porcaria (quero dizer, meu rabo fica como se estivesse sob efeito de Novocaína naquela coisa), e nos dirigimos à sala da Lynn. Que escolha eu tinha? Se ela me diz que Lynn quer me ver, que escolha eu tenho?

Perguntamos há quanto tempo havia sido aquilo.

— Talvez há uma hora — respondeu Yop. — Então chegamos lá. Não vou mentir para vocês. Meu coração estava quase pifando. Tenho quarenta e oito anos. Isso é um jogo para jovens. Quem ia me contratar se eu fosse demitido? Não sei Photoshop. Em alguns dias não consigo nem mexer no Outlook, acreditam? Vocês me conhecem pelos e-mails. Se eu fosse demitido, quem ia me pagar o que mereço? Sou velho. Ganho muito bem. Mas eu tinha que ir até lá. A coordenadora entrou primeiro. Eu entrei depois e fechei a porta. "Ok", disse Lynn. E vocês sabem como ela consegue se inclinar para a frente e olhar para você como se estivesse prestes a fatiar seu crânio com raio laser saindo dos olhos, não sabem? Então ela perguntou: "Bem, o que está acontecendo?" A coordenadora deu logo o serviço: primeiro, que eu tinha roubado a gestante do Tom. "Onde está a prova?", exclamei. Ela não me deixava falar. "Hã? Onde está a prova?", perguntei. Ela não respondia. Então contou a Lynn que eu a vinha intimidando. Eu intimidando ela! Não consigo acreditar no que ouvi. Mas ela não disse nada, nem uma palavra, *nem uma palavra* sobre a cadeira. A questão toda era a cadeira! Era esse o motivo de estarmos ali! Eu queria proteger a minha cadeira. Então eu perguntei: "E a cadeira?" E ela disse... Querem saber o que ela disse? Disse: "Que cadeira? Que cadeira é essa?" Então eu disse: "Que cadeira?! A *cadeira*. A *minha cadeira*." E ela disse para Lynn: "Não sei de que cadeira ele está falando." Ela negou que tinha uma cadeira na história! Então eu disse, furioso: "Ora, que cadeira?! Você sabe que cadeira, droga!" E então ficamos em silêncio. Aí ela disse: "Desculpe, Lynn. Não sei do que ele está falando." E eu disse: "Você sabe muito bem que cadeira é, porra! Ela sabe que cadeira é, Lynn! Ela tentou me tirar a minha cadeira. Minha cadeira *legítima*." Então seguiu-se outro silêncio e, em seguida, Lynn disse: "Kathy..." Kathy... Alguém sabia que ela se chamava Kathy? Lynn disse: "Kathy, pode me dar um minuto com o Chris, por favor?" Então "Kathy" disse: "Claro." E Lynn disse: "Pode fechar a porta, por favor, Kathy?" Aí Kathy disse: "Claro." E ouvimos a porta fechar. Meu coração estava pifando, vocês sabem, e Lynn disse: "Chris, lamento, mas vamos ter que despedi-lo."

Yop parou de falar. Abaixou a cabeça e sacudiu-a lentamente. Todos silenciamos.

— Fiquei sem fala — continuou após um momento, a voz mais baixa. — Perguntei se aquilo tinha algo a ver com a cadeira de Ernie Kessler. Ela disse que não, que não tinha nada a ver com a cadeira de Ernie Kessler. "Porque não preciso da cadeira dele", eu disse. "Sinceramente, tenho sentado numa dessas de plástico barato na última semana e tudo bem. É uma boa cadeira." E ela disse: "Isso aqui não tem nada a ver com a cadeira do Ernie." Não conseguia acreditar no que ela estava me dizendo. Então eu perguntei: "São os meus erros? Porque estou melhorando. É como meu cérebro trabalha às vezes, mas estou melhorando. De qualquer forma, a maioria desses erros é sanada quando verificamos a ortografia. Sei que não é o ideal num redator e agradeço sua paciência, mas estou melhorando." E ela disse: "Não, não são os erros, Chris." "Então o que é?", perguntei. "Não é nada pessoal, são os negócios", ela respondeu. "É porque ganho muito? É isso?", perguntei. E ela respondeu: "Não, não exatamente." "E se eu tivesse um corte no salário?", perguntei. "Posso ter um corte no salário e ficar?" "Não é exatamente o dinheiro, Chris", ela disse. Então que diabo era, droga? "Escute, vamos lhe dar um mês de aviso prévio e seu plano de saúde vai ser coberto durante um ano. Realmente não é nada pessoal, Chris." Ela continuava dizendo isso, "não é nada pessoal, Chris", então imaginei que devia ser algo pessoal. "Mas o que é, Lynn?", perguntei, e talvez minha voz tenha tremido um pouco. "Se não é nada pessoal, o que é?" "Chris, por favor", ela disse. Porque naquela hora eu desmoronei...

Perguntamos o que queria dizer com aquilo.

— Comecei a chorar — disse Yop. — Não era só o emprego. Era toda a idéia de mim mesmo. De ser velho. De pensar na Terry. De não ter um filho. E, agora, de não ter um emprego. — Yop e a esposa tinham tentado ter um filho durante anos. Quando desistiram, foram considerados velhos demais pelas agências para adotarem uma criança. — Eu estava pensando que tinha de dizer a Terry que tinha sido demitido. Eu não queria chorar. Deus sabe que não, foi mais forte do que eu. Abaixei a cabeça e fui tomado pela emoção por um minuto. Simplesmente perdi o controle. Então tive que ir embora. Nunca chorei na frente de ninguém assim. Não podia continuar ali. "Vamos, Chris", ela disse. "Você vai ficar bem. É um bom redator." Foi isso que Lynn me disse quando eu estava sendo demitido. Não falei mais com ela desde então.

Não podíamos censurá-lo por sua perturbação, mas era típico dele, o Yop durão, desistir de repente da cadeira pela qual tinha lutado tanto, se isso o fizesse salvar a própria pele. E, se aquilo não funcionasse, seria típico dele implorar por um corte no salário. E, se aquilo também não salvasse seu emprego, Chris Yop seria exatamente aquele dentre nós que desmoronaria. Tom Mota quis atirar o computador pela janela; Chris Yop atirou a si mesmo aos pés de Lynn.

Pouco antes de Lynn Mason aparecer, quinze minutos atrasada para a reunião de *input* que havia marcado, perguntamos a Yop o que ainda fazia ali.

— Não sei — respondeu. — Não posso ir para casa. Ainda não. Acho que não está certo.

"Mas você devia mesmo estar *aqui*?", perguntamos. "Na sala da Lynn?"

— Bem, nós dois não tivemos chance de terminar a nossa conversa — disse Yop. — Eu desmoronei. Fui embora. Vocês acham mesmo que eu devia ir embora de vez, quando nem tivemos chance de terminar a conversa?

Ninguém respondeu. O silêncio significava: "Yop, achamos que provavelmente você devia ir embora sim."

— Não sei — disse Yop, olhando em volta. — Essa reunião estava na minha agenda há muito tempo.

Toda a conversa arrefeceu quando Lynn finalmente chegou. Era hora da conversa profissional. Não brincávamos nas reuniões de *input*. Brincávamos antes e às vezes depois; durante, podia haver uma piada ocasional. Mas, fora isso, ficávamos tão solenes quanto fiéis na igreja. Qualquer um podia ser despedido a qualquer instante, e tal fato não saía de nossa mente.

Lynn Mason era intimidante, dinâmica, inacessível, elegante e muito profissional. Não era uma mulher alta — na verdade era mais para pequena —, mas, quando à noite pensávamos nela em casa, Lynn parecia alta. Quando estava com disposição, não queria papo. Vestia-se como uma modelo da Bloomingdale e comia como um monge budista. No dia da reunião de 12h15, usava um *tailleur* cor de azeitona e uma blusa simples cor de marfim. Entretanto, o que realmente admirávamos nela eram os seus sapatos. Como aficionados do design, nós — especialmente as mulheres da equipe — sentíamos uma reverência temerosa pela singularidade, cor requintada e elegância artística de seus sapatos, contemplando-os como outros diante do braço de uma cadeira de Charles Eames, ou da asa negra de um caça do Pentágono. Cada par — e Lynn devia ter cinqüenta deles — merecia sua própria redoma no Museu de Arte Contemporânea, perto daquela coisa de polietileno e daqueles sinais de néon. Nunca víramos nada tão bonito quanto aqueles sapatos. Quando alguém finalmente teve a coragem de perguntar a Lynn de que marca eram, ninguém reconheceu o nome, fazendo-nos concluir que eram feitos por designers de butiques italianas que se recusavam a exportar seu produto, mas que eram trazidos por seus amigos em viagens internacionais, já que todos sabiam que Lynn jamais tirava férias.

Quando Lynn entrou, atrapalhando a história de Chris Yop, carregava para a reunião documentos recém-saídos da fotocopiadora. Havia um cheiro de *toner* planando atrás dela. Sem dizer uma palavra, colocou as cópias em sua mesa e começou a juntá-las, umedecendo o indicador e o polegar, grampeando as folhas e passando o maço para Joe, que estava sentado imediatamente à sua direita.

— O grampeador da máquina está quebrado — explicou Lynn.

Joe passou à direita as folhas do documento, que continuou seu caminho até Karen Woo, sentada na outra extremidade. Lynn grampeou por mais alguns minutos e então parou para tirar os sapatos altos de couro.

— Por que tenho a impressão de que acabei de entrar num funeral? — perguntou Lynn, finalmente olhando para nós. Ninguém disse uma palavra. — Espero que não seja alguém que eu conheça — acrescentou, voltando a juntar as páginas e a grampear.

Nossa informação havia vindo de fontes confiáveis, mas revelava apenas os detalhes básicos. Sua cirurgia estava marcada para o dia seguinte. Como o tumor invadira a parede torácica, Lynn precisava de uma mastectomia total. Queríamos lhe perguntar: estava com medo? gostava dos seus médicos? quais eram as chances de recuperação total? Mas Lynn ainda não havia dito uma palavra sobre isso a nenhum de nós, e não sabíamos nada a respeito do seu estado de espírito. Cogitamos por que estaria trabalhando no dia anterior à cirurgia. "Ela precisava pôr em ordem suas prioridades", pensamos. Mas nenhum de nós tivera algum dia nossas prioridades em ordem. Todos tínhamos a ilusão de que a empresa inteira iria direto para o inferno sem nossas contribuições diárias. Então que fantasia era essa de pôr em ordem as prioridades, esse sonho que jamais seria realizado? Além disso, o que mais ela devia fazer senão seguir em frente? Pensávamos que, vindo trabalhar na véspera da cirurgia, Lynn se recusava a deixar que o espectro da morte a distraísse das coisas comuns da vida, que bem poderiam ser ao mesmo tempo um conforto e uma arma para alguém com câncer de mama. Estava totalmente certa em vir trabalhar no dia anterior. A não ser que preferisse ficar em casa, encomendando comida pelo telefone e brincando com os gatos no sofá. Mas só ela poderia dizer.

Sem uma só palavra sobre a presença de Chris Yop entre nós, Lynn viu os documentos serem passados adiante. Todos pegaram uma cópia; Chris Yop pegou uma cópia também. Ele pretendia mesmo ficar ali sentado durante toda a reunião, embora não fosse mais funcionário da empresa? Lynn tirou o casaco, jogou-o na cadeira, sentou-se e disse:

— Ok, vamos começar esse funeral.

Então começou a ler o documento. Quando virávamos a página, Yop virava a página. Era difícil nos concentrarmos em outra coisa. Lá estava Lynn, lendo o documento para a reunião, e lá estava Yop, também lendo o documento — uma tinha acabado de demitir o outro, mas lá estavam os dois, agindo como se absolutamente nada tivesse acontecido. Será que Lynn não o havia notado? Será que estava preocupada com outras coisas?

O projeto em questão seria beneficente. A agência havia doado nossos serviços a um evento popular que levantava fundos para combater o câncer de mama, patrocinado pela Aliança Contra o Câncer de Mama. Nossa tarefa, explicou Lynn lendo o documento, era ampliar a visibilidade do evento e incentivar doações por todo o país. Faríamos isso anunciando em revistas de distribuição nacional e na parte de trás das caixas de cereal.

Fomos obrigados a pensar: "Seria apenas uma bizarra coincidência?" Achávamos que Lynn pudesse finalmente dizer algo sobre seu diagnóstico. Nós a observávamos, mas ela não oscilou na sua leitura contínua do documento. Não deu nenhuma demonstração de que aquele projeto fosse diferente dos outros em qualquer aspecto. Nós nos entreolhamos e fitamos novamente o documento. Depois que Lynn terminou, explicou algumas questões irrelevantes e então perguntou se tínhamos alguma dúvida. Dissemos que parecia um ótimo projeto e perguntamos como tínhamos nos envolvido nele.

— Ah, eu conheço a presidente do comitê — respondeu Lynn. — Venho recusando-o há dois anos e simplesmente não tenho mais energia para continuar dizendo não. — Deu de ombros. Observando algo com o canto do olho, virou-se e tirou um fiapo de tecido do ombro. — Alguma outra pergunta? — Ninguém disse uma palavra. — Ok, o funeral acabou.

E, com isso, todos nos levantamos e saímos da sala. Yop estava quase no corredor quando Lynn o chamou de volta.

— Chris, por favor, posso dar uma palavrinha com você? — disse Lynn. — Joe, feche a porta quando sair, está bem?

Yop se virou, arrasado e hesitante. Lynn se levantou para fechar as persianas. Yop tornou a entrar, a porta se fechou e foi a última cena que vimos deles.

Fomos para nossas salas e nossos cubículos, deixando-os imediatamente para nos reunirmos em pequenos grupos no corredor e na sala de impressão, a fim de discutir o projeto beneficente e quase irreal que tínhamos nas mãos. Durante a reunião, Lynn nos tinha pedido para imaginar um ente querido recebendo o diagnóstico da doença — uma esposa, uma mãe — para que pudéssemos realmente nos solidarizar com os pacientes de câncer e criar uma comunicação mais eficaz. Bem, *ela* tinha a doença. Se alguém podia nos dar um *insight* para essa solidariedade a fim de obtermos uma comunicação mais eficaz, quem seria melhor do que ela? E mesmo assim nem uma palavra. Todos sabíamos que Lynn Mason era uma pessoa reservada, e nós tínhamos reputação de fofoqueiros. Não era de se esperar que ela simplesmente aparecesse e anunciasse que estava com câncer. Mas era também uma publicitária muito dedicada, e nesse aspecto talvez fosse estranho, apesar de sua discrição, que não se expusesse para nos fazer entender melhor, por exemplo, o horror da doença ou a dureza do tratamento, se fosse necessário entender tais coisas para se conseguir um anúncio melhor. Na verdade, não sabíamos se havia sido realmente obra do acaso Lynn conhecer uma presidente de comitê que a tinha atormentado até que concordasse em doar nosso tempo de trabalho.

Lynn Mason tinha um domínio da política de negócios como ninguém que já havíamos conhecido. Em 1997, brigou com Roger Highnote. Ele foi embora e nossas vidas melhoraram excepcionalmente. Lynn era inimiga do mínimo denominador comum. A regra principal da publicidade sempre tinha sido: "Faça sua comunicação tão boba que possa ser entendida por um aluno do primeiro grau." A conselheira de Lynn Mason, a lendária Mary Wells, tivera como mentor o lendário Bernbach, que dissera certa vez de modo esplêndido: "É verdade que há uma mentalidade de doze anos nos Estados Unidos. Toda criança de seis anos a tem." Como Wells e Bernbach, Lynn respeitava a inteligência americana, e por isso saíram muitas coisas boas: a campanha da lhama falante, os *spots* do Rapaz do Herpes Labial. Claro, Lynn era a pessoa que fazia todo mundo andar na prancha, mas ainda não havia obrigado nenhum de *nós* a fazê-lo — e isso fazia uma grande diferença.

Lynn Mason era extremamente escrupulosa. Certa vez, Karen Woo e Jim Jackers estavam redesenhando a embalagem de uma caixa de biscoitos produzidos por um grande conglomerado, que depois partiu nossos corações ao nos trocar por outra agência. A caixa era algo padrão, superanimada, com personagens característicos do biscoito e frases de efeito como "Chocolicioso!" e "Derrete na boca!", em letras arredondadas e muito coloridas. Essas características obrigatórias tinham que permanecer; tornaram-se sagradas no espesso fichário vermelho de orientações sobre as marcas do cliente. Portanto, o trabalho de Karen e Jim era bastante simples — só lhes foi pedido que descobrissem um modo de acentuar o valor nutritivo do biscoito. Num mundo cada vez mais consciente da saúde e preocupado com o peso, todas as caixas de biscoito faziam isso. Então Karen escreveu um texto para a caixa que falava sobre a importância da niacina e do ácido fólico. Depois foi até o cubículo de Jim, debruçou-se sobre o computador e lhe pediu que escrevesse com fontes pequenas na parte de baixo da frente da caixa: "Zero grama de ácido lastivo." Jim obedeceu.

— O que é ácido lastivo? — perguntou ele.

— Não é algo que você queira ter no corpo — respondeu ela.

Levaram a caixa a Lynn, que examinou as mudanças. Praticamente tudo era o mesmo, exceto o texto numa das laterais da caixa falando sobre os bons efeitos da niacina e do ácido fólico. Lynn ficou contente com o resultado até chegar na parte que dizia — e nesse ponto parou de ler em silêncio e começou a ler em voz alta:

— *E nossos biscoitos chocoliciosos contêm zero grama de ácido lastivo, tornando-os a escolha mais saudável para um lanche que derrete na boca.* O que é ácido lastivo? — perguntou Lynn.

— Estava pensando em uma coisa tipo, você sabe, nada saudável — disse Karen.

— Mas o que é?

— Seja lá o que for, deve ser terrível — disse Jim.

— Provavelmente não é algo que se queira ter no corpo — disse Karen. — Ácido lastivo. Dá a impressão de que ficaria no nosso organismo por mais tempo que o formaldeído.

Enquanto isso, Lynn vasculhava os documentos fornecidos pelo cliente.

— Não estou vendo nada sobre "ácido lastivo" aqui — disse, fitando Karen.

— Não existe. Eu inventei — disse Karen.

O rosto de beleza fria e distante de Lynn, pouco envelhecido aos seus quarenta e poucos anos de idade, fora arquitetonicamente desenhado para esse tipo de confissão ultrajante. Seus ossos malares conservavam os olhos protegidos do colapso de uma sobrancelha descrente, os olhos quase sem rugas nunca se apertavam desagradavelmente, e sua boca, flanqueada em ambos os lados por linhas de riso gentilmente esculpidas, permanecia em perfeito equilíbrio diante de revelações que teriam provocado, em profissionais menores, um queixo caído de desgosto ou uma enxurrada contínua de reprimendas. Lynn simplesmente fixou Karen do outro lado da mesa e perguntou sobriamente:

— Você inventou?

— Bem, não a parte sobre conter zero grama.

— Karen — disse Lynn. E Jim nos contou mais tarde que a única manifestação de irritação que ela se permitiu foi puxar a cadeira para mais perto da mesa e colocar dois dedos na têmpora esquerda.

— Eu estava tentando pensar fora da caixa — explicou Karen.

— Eu... Eu não sabia, Lynn — gaguejou Jim.

Lynn mudou brevemente seu foco para se dirigir a ele.

— Jim, você nos dá licença por um minuto, por favor?

Era esse tipo de coisa que nos mostrava como Lynn havia desenvolvido ao longo dos anos um princípio moral que a guiava na prática da publicidade, ao qual se aferrava com absoluta autoridade. Nós a respeitávamos por isso e queríamos estar à altura desses altos padrões. Sempre que fazíamos algo impensado ou estúpido, ou quando não rendíamos o que se esperava de nós em um projeto ou em outro, tentávamos insinuar, cada um a seu modo, que estávamos tão desapontados conosco quanto ela própria, sugerindo implicitamente que estávamos fazendo todo o esforço para melhorar. Não conseguindo, talvez, captar esses sutis pedidos de desculpas — não queríamos divulgar nossas falhas, então raramente as admitíamos abertamente —, Lynn geralmente não respondia. Quando o fazia, porém, seus comunicados eram breves, inconclusivos e freqüentemente perturbadores. Ela poderia nos deixar uma mensagem de voz dizendo "Deixa para lá" ou enviar um e-mail dizendo apenas "Não se preocupe tanto". Passávamos horas tentando decodificar essas mensagens simples. Íamos à sala uns dos outros, exigíamos que parassem de fazer o que estavam fazendo e os recrutávamos para o incessante trabalho político de decifrar as respostas aflitivamente inadequadas de Lynn a nossos pedidos de apaziguamento. "Não se preocupe *tanto*?", perguntávamos uns aos outros. "Por que não apenas 'Não se preocupe'?" Queríamos lhe perguntar essas coisas, mas ninguém ousava, exceto Jim Jackers, cuja insaciável demanda pela confirmação de que não era um idiota irremediável o levava à sala de Lynn com a regularidade de sessões de análise. Como Lynn arranjava tempo e por que tinha uma queda por Jim eram mistérios semelhantes aos seus e-mails cifrados, e a hipótese absurda proposta por alguém de que ela também poderia ser receptiva a nós outros — se apenas tivéssemos coragem de bater à sua porta — foi descartada como uma triste falta de percepção.

Portanto, Lynn não ia dizer nada sobre sua doença. Nós nos sentimos perturbados, aborrecidos e um pouco perdidos. Queríamos que ela se abrisse, ainda que por dez minutos. Para que estávamos ali se não fosse também para aquilo? Só para trabalhar? Esperávamos que não. De qualquer modo nada nos foi contado, nem mesmo em prol de um anúncio melhor. Ainda não tínhamos nenhuma palavra oficial de que Lynn se afastaria do trabalho enquanto convalescesse da cirurgia. Oficialmente, trabalharia a semana inteira, e, no prazo estipulado, deveríamos lhe mostrar os conceitos dos anúncios cedidos contra sua vontade — segundo nos fizera crer — a uma chata levantadora de fundos que a perseguia.

2

MANHÃS — O DESAFIO DE BENNY — QUEM É JOE POPE? — CARL GARBEDIAN — A PRIMEIRA INTERRUPÇÃO — KAREN WOO ARGUMENTA — LEVE-ME PARA CASA — A SEGUNDA INTERRUPÇÃO — O BONECO JOE POPE — UMA HISTÓRIA MELHOR DO QUE ESSA — O *UPLOAD* DE BENNY — O LEGADO DE BRIZZ PARA BENNY — PASSANDO INDIFERENTEMENTE POR BRIZZ — PRESENTE DE TOM PARA CARL — A CONFISSÃO DE CARL — A "RAIVA" DE TOM — DEUS NO LOCAL DE TRABALHO — O RAPAZ DO HERPES LABIAL — ESCRITO NA PAREDE

A MELHOR HORA ERA SEMPRE de manhã cedo. As manhãs tinham a seu favor a quietude nos corredores, luzes ainda sem sua capacidade máxima e uma sensação de ansiedade em suspensão. Era também a pior hora do dia, devido à expectativa pelo término dessas coisas.

Gostávamos de nos reunir na sala de Benny. Ele voltou com uma caneca cheia de café e disse:

— Então ontem...

Mal podíamos olhá-lo.

— O que foi? — perguntou.

Dissemos que tinha algo...

— Onde?

No lábio. Benny procurou. Era no outro lado. Esperávamos ansiosamente que ele o limpasse logo. Finalmente recolheu a migalha e olhou-a.

— *Cream cheese* — disse.
Onde tinha pãezinhos?
— Na cozinha — respondeu.
A história de Benny teria que esperar pelos que desejavam comer *bagels*. Os que estavam mais interessados na história continuaram à sua volta.
— Muito bem — retomou Benny —, ontem eu quis ver se conseguia ficar o dia inteiro sem tocar no meu mouse ou no meu teclado. — Acomodou-se com prazer contido na cadeira, com cuidado para não derramar o líquido da caneca. — O dia inteiro sem tocar no mouse ou no teclado. Impossível, certo? Quero dizer, quantas vezes usamos essas duas coisas durante o dia? Se vocês fazem como eu quando estão criando um anúncio, vocês digitam ou clicam umas dez mil vezes por dia. Vinte mil. Nem sei, nunca contei. Enfim, um monte de vezes. A gente começa a pensar que nossa vida inteira está se consumindo lentamente nesses cliques. Então ontem pensei: e se eu conseguisse? O que é que eu tenho sempre que fazer? Tenho que clicar e abrir, clicar e arrastar, clicar e colorir, clicar e alinhar, clicar e reajustar o tamanho, clicar e sombrear...

Benny continuou, usando os dedos gorduchos para contar.
— Depois tem as funções do teclado, certo? Control-x, control-c, control-v, control-f...

Dissemos para ele continuar. Gostávamos de matar o tempo, mas pouca coisa era mais irritante do que desperdiçar nosso tempo com algo que não valia a pena.

— Então escutem como consegui fazer — disse Benny, a cara de broa sorrindo sardonicamente.
— Você não trabalhou o dia inteiro — disse Marcia.
— Não é verdade — objetou Benny, repentinamente solene, o que não era o seu habitual. — Eu precisava entregar umas coisas ao Joe, tinha prazos a cumprir. Eu precisava usar o mouse e o teclado ontem. Então escutem o que fiz.

Benny nos contou a história de como passou o dia todo sem digitar ensinando Roland a usar o Photoshop. Roland, que nunca havia cursado uma faculdade, achava que não conseguiria aprender o Photoshop. Benny lhe disse que aquilo era uma idiotice. Que, com o professor certo, Roland não levaria mais de duas horas para aprender. Roland trabalhava na segurança. Fazia a vigilância na mesa da entrada do saguão ou perambulava pelo perímetro do edifício com seu casaco azul-marinho típico de guarda de segurança. Ficava o dia inteiro em seu solitário posto no saguão ou caminhava de um lado para o outro em torno do edifício, com os pés doloridos. Sentar-se numa sala com Benny seria um prazer. A única condição que impôs a Benny era que se fosse bipado pelo Motorola por Mike Boroshansky, chefe da segurança, provavelmente teria que ir embora. Esperávamos muito pouco da segurança naqueles dias.

— Qual dessas fotos você acha que funciona melhor para este anúncio? — perguntou-lhe Benny.

Roland olhou para o monitor de Benny e disse:

— Não sei. Esta?

— Ora, Roland, você tem mais de mil fotos para escolher e só olhou umas seis. Vai passando, cara! Clica!

Então Roland examinou o banco de imagens por cerca de uma hora enquanto Benny ficava longe do mouse. Era um prazer para Roland: boa companhia e uma cadeira estofada.

— Não, essa não — repetiu Benny várias vezes. — Você não tem muita intuição artística, Roland. Sem ofensa.

— Ora, Benny, se você não reparou, eu não estudei isso nem nada — disse o outro, na defensiva.

Mas mesmo assim clicava na página seguinte e fazia a tela descer, repetindo a operação para as outras imagens. Sempre que Roland esbarrava com uma foto de que Benny gostava, este anotava seu número de referência num *post-it*. Quando obteve números de referência suficientes, chutou Roland para fora da sala e ligou para o banco de imagens. Eles mandaram um e-mail com os *thumbnails* das imagens para que ele escolhesse uma. Depois Benny foi almoçar. Então, ao voltar do Potbelly, já era hora de começar a montar o anúncio. Pegou o telefone, ligou para a segurança e chamou Roland.

Quando Roland voltou à sala de Benny, estava bem contente por descansar os pés.

— Sabe quantos quilômetros por dia eu ando em torno desse edifício? — perguntou Roland.

— Quantos? — disse Benny.

— Não sei, nunca contei — respondeu Roland.

— Você devia instalar um daqueles pedômetros — sugeriu Benny.

Duas horas depois tinham terminado o rascunho do layout do anúncio de que Joe Pope precisava logo no início da manhã. O prazo estabelecido por Benny para não clicar terminaria pela manhã, quando então poderia finalizar o anúncio. E foi assim que fez. O dia inteiro sem clicar uma só vez, afirmou Benny. Mas ele acabou estragando tudo às 16h45, quando se permitiu checar os resultados do beisebol virtual.

— Não acho essa história muito divertida — disse Amber Ludwig. — E se Tom Mota voltasse aqui e um dos seguranças estivesse na sua sala montando um anúncio? Isso faz com que eu me sinta *muito* segura, Benny.

— Ah, Amber — disse Benny. — Tom Mota não vai voltar aqui.

Subitamente Joe Pope apareceu à porta de Benny.

— Bom dia — disse Joe.

— Ah! — gritou Amber e encolheu-se instintivamente, agarrando a barriga grávida. Não parecia que estava grávida, nem deveríamos saber de nada. Mas, como sempre, sabíamos de tudo. — Joe, você me assustou!

— Me desculpe — disse Joe.

Ele ficou na entrada com a perna direita da calça ainda dobrada para evitar que ficasse suja de graxa. Joe Pope ia sempre de bicicleta para o trabalho, exceto nos dias em que o tempo estava mais inclemente. Na maioria das manhãs, subia pelo elevador como um mensageiro, com seu luzidio capacete fluorescente, a perna da calça dobrada e sua mochila. Empurrava a bicicleta até sua sala e a deixava encostada na parede. Depois, colocava a tranca. Fazia isso dentro da própria sala, como se estivesse cercado de ladrões e bárbaros por todos os lados. A bicicleta era o único bem pessoal de Joe Pope em sua sala. Ele não tinha pôsteres, postais, bugigangas, globos de neve, retratos emoldurados, reproduções de obras de arte, suvenires, lembranças, nenhum livro de humor nas prateleiras e nada para atulhar sua mesa. Estava naquela sala havia três anos e ela ainda parecia provisória. Todos os dias cogitávamos que diabo de pessoa era, afinal, aquele tal de Joe Pope. Não que tivéssemos algo contra ele. Talvez fosse uns três centímetros mais baixo do que deveria ser. Escutava música esquisita. Não sabíamos o que fazia nos fins de semana. Que espécie de sujeito aparece na segunda-feira e não se interessa em compartilhar o que se passou durante os dois dias da semana em que a verdadeira vida das pessoas acontece? Seus fins de semana eram nuvens sombrias de mistério. Tudo leva a crer que Joe passava os dias de folga no escritório, desenvolvendo seu plano-mestre. Nas segundas-feiras, quando chegávamos revigorados e confiantes, Joe já estava lá, pronto para despejar algo sobre nós. *Talvez nunca saísse dali.* Por certo nunca se aproximava com uma caneca de café para dar uma palavrinha conosco nas manhãs de segunda-feira. Não o criticávamos por isso, contanto que Joe não criticasse nosso hábito de começar devagar uma nova semana de trabalho.

Quando Joe aparecia, era apenas para dizer coisas como: "Desculpe interromper, Benny, mas por acaso você montou aquele anúncio para mim ontem?"

— Está bem aqui, Joe — trombeteou Benny, com uma piscadela sonsa na nossa direção, enquanto entregava a obra de Roland.

A presença repentina de Joe era o agente dispersor, e recolhíamos nossos corpos pesados e sonolentos de volta às mesas de trabalho. A manhã havia começado oficialmente para nós.

Por que em algumas manhãs era quase tão aterrorizante quanto a morte voltar à própria sala e atravessar sozinho sua entrada? Por que esse horror era tão sufocante? Na maioria dos dias não tinha problema. Trabalho a ser feito. Um docinho. Através da janela, nuvens de tempestade ameaçadoras pareciam sublimes. Mas em uma a cada cem manhãs era impossível respirar. O café tinha gosto de veneno. A visão de nossas cadeiras nos oprimia. A luz imutável era mortífera.

Lutávamos contra a depressão. Uma ou outra coisa não funcionavam em nossa vida, e por um longo período lutávamos para superá-las. Tomávamos duchas sentados e não conseguíamos levantar da cama nos fins de semana. Finalmente consultávamos o RH sobre os detalhes de marcar uma consulta com um especialista, que nos receitava remédios. Marcia Dwyer tomava Prozac. Jim Jackers tomava Zoloft e mais alguma coisa. Vários outros tomavam comprimidos o dia inteiro; inúmeros comprimidos que nos esforçávamos para identificar, de cores e tamanhos diferentes. Janine Gorjanc ingeria um coquetel de vários remédios, inclusive lítio. Depois da morte de Jessica, Janine e seu marido Frank se divorciaram. Entendíamos que o divórcio fosse uma conseqüência comum após a perda de um filho. Não havia amargura entre os dois, apenas uma separação de caminhos. Agora cada qual vivia sozinho com suas memórias. Retratos de Frank com Jessica também pendiam da parede da sala de Janine, e, para ser sincero, era quase tão comovente ver os retratos dele quanto todas as fotos da menina perdida. Frank com Jessica no colo, Frank surpreendido de avental e luvas térmicas durante um feriado — aquele homem tinha desaparecido do mundo como Jessica. As costeletas peludas haviam sumido, assim como os espessos óculos escuros, e ele já não tinha mais mulher nem filha. Passando dois minutos na sala de Janine olhando aquelas fotos e contemplando o destino das felizes pessoas retratadas ali, você também esticaria a mão em busca de um dos vidros de comprimidos espalhados pelo local.

No entanto, apesar de toda a depressão, ninguém jamais pedia demissão. Quando isso acontecia, não conseguíamos acreditar. "Vou virar professor de canoagem no rio Colorado", diziam. "Estou fazendo uma turnê pelas cidades universitárias com minha banda de garagem." Ficávamos atônitos. Era como se vivessem num outro planeta. Onde tinham encontrado essa capacidade de correr riscos? O que fariam com as prestações do carro? Nós nos reuníamos para tomar uns drinques no último dia de trabalho deles e tentávamos esconder nossa inveja, lembrando a nós mesmos que ainda tínhamos a liberdade e o luxo de comprar indiscriminadamente. Tom sempre se embebedava e depreciava os que partiam com brindes inadequados. Marcia sempre procurava bandas de época no *jukebox* e nos sujeitava a suas baladas melosas enquanto relembrava os dias dourados na Escola George Washington. Janine sempre bebericava silenciosamente suco de amora, transmitindo uma impressão de luto e maternidade. Jim Jackers contava piadas chatas e de mau gosto. Joe ainda estaria no escritório trabalhando. "Todo navio é um objeto romântico", discorria Tom, "a não ser que estejamos lá dentro, navegando". Concluindo, ficava de pé e erguia o copo. "Então boa sorte para você", brindava, terminando o martíni, "e foda-se por ir embora, seu babaca".

Os CORREDORES DA EMPRESA ERAM AMPLOS. Alguns continham salas dos dois lados; outros, salas de um lado e cubículos do outro. O cubículo de Jim Jackers era único por estar instalado num canto. Dali Jim tinha uma vista maravilhosa devido à localização, e nos questionávamos se ele merecia aquele lugar. Para chegarmos lá, tínhamos que passar pela mancha de tinta de impressora no carpete do sexagésimo andar. Jim compartilhava aquele espaço especial com outra pessoa, uma mulher chamada Tanya alguma coisa, que trabalhava na equipe de outro sócio. Uma parede retrátil os separava, feita de um espesso vidro fosco, do tipo que se usa nas divisórias dos chuveiros. Por trás dele a pessoa se movia, aos olhos da outra, como se estivesse se esfregando e limpando, quando na verdade estava apenas arquivando ou recebendo dados.

Estávamos nas primeiras semanas de demissões quando Benny nos contou a história de Carl Garbedian despedindo-se da mulher. Estávamos reunidos no cubículo de Jim por alguma razão eventual — era um mistério como e por que alguns de nós se viam amontoados no mesmo lugar ao mesmo tempo. As histórias de Benny eram mais freqüentes antes da recessão, quando nos sentíamos com muito mais estabilidade e dinheiro. Nossa preocupação de nos surpreenderem reunidos era menor. Então chegou a recessão, a carga de trabalho desapareceu e, embora tivéssemos mais tempo do que nunca para ouvir as histórias de Benny, temíamos mais ainda que nos pegassem amontoados, uma indicação de que o trabalho havia diminuído e que as demissões seriam necessárias. Estávamos numa sinuca — o que fazer com as histórias de Benny? Concordamos em continuar a ouvi-las, mas sem nos entretermos, pois ficávamos muito preocupados de sermos vistos por alguém. Escutávamos com um ouvido só e com um olho sempre vigiando por cima do ombro, no caso de termos que voltar voando para nossas mesas e fingir que nossa carga de trabalho estava maior do que nunca, porque só assim não seríamos demitidos.

Carl Garbedian tinha trinta e poucos anos, mas exibia a audácia de um colegial. Usava tênis e jeans sem marca, apertados demais, o que para nós indicava até que ponto havia desistido de tudo. Sua mulher o levara ao trabalho numa certa manhã e Carl se recusara a sair do carro. O próprio Benny havia visto isso, mas o que não soube em primeira mão ouviu depois de Carl, quando o sondou na hora do almoço. Praticamente todos compartilhavam seus segredos com Benny porque todos o adoravam, razão pela qual alguns de nós o odiavam.

Pouco antes de sair do carro, no exato momento em que Marilynn devia estar dando um beijo de despedida em Carl, o celular dela tocou.

Ela era oncologista e se sentia obrigada a atender ao telefone no caso de uma emergência.

— Alô? — disse Marilynn. — Pode falar, Susan, estou te ouvindo bem.

Carl ficou imediatamente irritado. Benny nos contou que Carl detestava o modo como a mulher sempre dizia ao interlocutor que podia ouvi-lo bem. Detestava o gesto dela de tampar o ouvido oposto com o dedo, bloqueando eficazmente qualquer outro barulho. E detestava que as outras obrigações da mulher sempre o anulassem. Afinal de contas, estavam se despedindo, pelo amor de Deus. O beijo de despedida não tinha importância? O que Carl realmente odiava, o que jamais havia admitido para a mulher, era que se sentia o menos importante dos dois por não ter obrigações que se comparassem às dela, fato que poderia usar para anulá-la também. Marilynn recebia ligações por causa de pacientes que estavam morrendo. Vamos encarar os fatos, a chance de que um de nós ligasse para Carl por uma questão de vida ou morte era zero. Fosse lá o que quiséssemos perguntar a Carl, poderíamos esperar até que o encontrássemos no corredor no dia seguinte. Isso o fazia pensar que o trabalho de Marilynn fosse mais importante do que o dele; e, seguindo essa linha de raciocínio, que portanto *a esposa* fosse mais importante do que ele. Cara, os pensamentos de Carl eram *sinistros*, o que não propiciava um casamento fácil. Era só ouvir trechos das conversas telefônicas que às vezes escutávamos sem querer ao passar pela sala dele.

Benny nos contou que, quando Marilynn atendeu o celular, Carl pensou em sair do carro e bater a porta, mas, em vez disso, decidiu ficar e olhar pela janela. Então notou o homem que pedia esmola perto do nosso edifício. Ele estava sempre lá, sentado próximo a uma das portas giratórias, sacudindo um copo da Dunkin Donuts, com as pernas esticadas e cruzadas na altura dos tornozelos. A visão do homem, só a visão do homem — que cinco anos antes poderia levar Carl a esvaziar os trocados do bolso —, era um dispositivo de tortura mnemônica que agora descarregava sobre os ombros de Carl, com angústia tenebrosa, a lembrança de inúmeros dias. As lembranças tinham sumido na noite anterior, por uma ou duas horas. Agora, porém, mesmo antes de entrar no edifício — por Deus, antes mesmo de ter a chance de sair espalhando outra fofoca de Karen Woo ou de ver a testa brilhante de Chris Yop —, elas haviam reaparecido, todo o conjunto dos dias de trabalho de Carl, com o peso extra e esmagador de mais outro dia.

"Vá trabalhar!", Carl quis gritar para o vagabundo. Quase abaixou o vidro e fez exatamente aquilo. Ficava ofendido que o homem simplesmente permanecesse ali por causa do seu dinheiro. Outros vagabundos tinham se *posicionado*. Tinham rótulos. "Veterano do Vietnã com AIDS". "Mãe de três filhos desempregada". "Tentando voltar para Cleveland". O sujeito com o copo da Dunkin Donuts não tinha *nada* — nenhuma palavra numa cartolina, nem sequer um cachorro ou um bongô. Por algum motivo aquilo enfurecia Carl. É, em épocas passadas teria dado tudo que tivesse nos bolsos; agora daria ao sujeito metade de suas economias se ele *escolhesse outro edifício*!

Benny viu os Garbedian sentados ociosamente no carro junto ao meio-fio, esgueirou-se por trás do veículo e bateu na janela de Carl. Irritado, Carl o enxotou com um gesto. Benny imaginou que estivessem brigando, então os deixou em paz. Mas, como Benny era Benny, demorou-se na entrada da frente, perto da caixa do correio, onde não seria percebido facilmente. Dali tinha uma boa visão do carro.

Marilynn ainda estava ao celular, discutindo uma questão de importância médica numa linguagem invejada por Carl. Ele resolveu dar seu próprio telefonema. Puxou o celular do bolso do jeans, apertou o botão de discagem rápida e levou o telefone ao ouvido. Marilynn disse ao celular:

— Pode esperar um minuto, Susan? Estou recebendo outra chamada. — Examinou o visor do celular e fitou Carl, que olhava pela janela. — O que você está fazendo? — perguntou-lhe.

Carl se virou para a mulher.

— Dando um telefonema.

— Por que está ligando para mim, Carl? — perguntou Marilynn com uma estupefação cautelosa, mas firme.

Ultimamente as manhãs tinham ficado irascíveis entre os dois Garbedian, e, às vezes, extremamente perigosas.

— Espere um segundo — disse Carl para Marilynn, levantando um dedo —, estou deixando uma mensagem de voz. Oi, Marilynn, sou eu, Carl. Estou ligando por volta de — ergueu o braço e consultou o relógio num gesto formal — por volta de oito e meia. Sei que está muito ocupada, meu bem, mas se você puder por favor me ligar, eu adoraria... Só para bater um papo. Você tem o meu número, mas, caso não tenha, vou lhe dar. É...

Marilynn voltou a colocar o celular no ouvido e disse:

— Susan, vou ter que ligar para você depois.

— Ok, tchau, meu bem — disse Carl.

Ambos desligaram os celulares ao mesmo tempo. Logo depois a luz de uma nova mensagem no celular de Marilynn começou a piscar.

Joe Pope enfiou a cabeça no cubículo de Jim Jackers exatamente quando Benny chegava à parte interessante da história. Algumas paredes de cubículos eram feitas de compensado envolvido numa fibra barata cor laranja ou bege, e eram tão frágeis que balançavam apenas com uma corrente de ar. Outros cubículos, como o de Jim, tinham sido feitos pouco antes da recessão, e poderiam agüentar um furacão. A história de Benny foi interrompida abruptamente. Alguns voltaram imediatamente a suas mesas, enquanto o resto encarava Joe nervosamente. Joe perguntou a Jim se os modelos em que estava trabalhando ficariam prontos para serem recolhidos às cinco horas.

Joe costumava nos interromper. Às vezes era uma coisa boa. Poderíamos nos esquecer da vida numa das histórias de Benny, o tempo voaria e então alguém mais importante que Joe poderia aparecer e nos ver, o que seria pior. No início — bem no início — gostávamos de Joe. Então certo dia Karen Woo disse "Não gosto de Joe Pope" e deu suas razões. Continuou a falar a respeito de Joe por quase meia hora, intrigas muito ousadas, até que finalmente pedimos licença para voltar ao trabalho. Depois disso ninguém teve dúvida do que Karen Woo pensava de Joe Pope. E muitos outros concordaram que a bronca de Karen era legítima — que de fato a situação tinha sido narrada com fidelidade e que Joe não era de modo algum uma pessoa gostável. É difícil dizer agora qual era exatamente o motivo da bronca. Vejamos... deixe-me tentar lembrar... não, não está vindo. Na metade do tempo não conseguíamos nos lembrar de três horas atrás. Nossa memória naquele local não era muito diferente da do peixinho dourado. Aquele peixinho que todas as noites fazia uma viagem numa pequena bolsa transparente com água e de manhã voltava ao seu aquário. Lembrávamos apenas que Karen não parou com as intrigas por dias a fio durante uma semana inteira. Quando a semana terminou, todos nós tínhamos uma idéia mais clara sobre Joe do que nos primeiros três ou quatro meses de nosso convívio.

Jim Jackers levantou a cabeça do computador.

— Estarão prontos sim, Joe — respondeu. — Estou fazendo a finalização deles agora.

A observação de Jim era a deixa para Joe ir embora. Em vez disso, permaneceu junto à parede do cubículo. Isso ocorreu entre sua primeira promoção e a segunda.

— Obrigado, Jim — disse Joe, e olhou para nós.

Continuamos ali. Não queríamos ser intimidados e impelidos de volta à mesa de trabalho por Joe Pope quando Benny estava no meio de uma boa história.

— Como está todo mundo? — perguntou Joe.

Olhamos em torno e demos de ombros. Muito bem, dissemos.

— Ótimo — disse Joe.

Finalmente foi embora e erguemos as sobrancelhas, trocando olhares.

— Isso foi uma desagradável exibição de poder — concluiu Karen Woo.

Dissemos a Jim que, se era ele quem estava atraindo a atenção de Joe Pope, tinha que sair dali. Se Jim era o motivo de Joe se aproximar de nós, tinha que ir embora.

— Mas estou no meu cubículo — disse Jim.

— Talvez ele esteja apenas tentando ser amigável — sugeriu Genevieve Latko-Devine.

Genevieve era loura, com olhos cor de cobalto e uma elegância soberba e gélida. Até mesmo as mulheres admitiam sua beleza superior. Certo ano, no Natal, demos a Genevieve um presente de brincadeira que consistia numa dentadura com dentes tortos, sugerindo-lhe que a usasse o ano inteiro para quem sabe se igualar a nós. Mas, quando ela a colocou, descobrimos — isto é, os homens — um desejo por dentes podres que jamais havíamos imaginado. Pedimos a Benny que continuasse a história.

Benny retomou de onde havia parado. Carl e sua mulher haviam ficado sentados no carro em silêncio por muito tempo depois de desligarem os celulares. Finalmente Marilynn, com uma insistência terna e firme, virou-se para o marido e disse:

— Você precisa ir a um médico, Carl.

— Não preciso, não — respondeu Carl, sacudindo a cabeça resolutamente.

— Precisa, sim — disse a mulher. — Você não aceita e isso está prejudicando nosso casamento.

— Eu não estou deprimido.

— Você é um caso clássico de depressão — insistiu Marilynn —, e precisa *urgentemente* de remédios.

— Como é que você sabe? — perguntou Carl, interrompendo-a bruscamente. Afinal se virou para fixá-la com uma expressão insultada e desolada. — Você não é psiquiatra, é? Não pode conhecer *todos* os ramos da medicina, ou será que pode?

— Acredite ou não, pacientes com câncer não são as pessoas mais felizes do mundo — disse Marilynn, exasperada. — Recomendo antidepressivos para muitos pacientes. Sei quando uma pessoa está deprimida, conheço os sintomas, conheço os danos que a depressão pode causar às famílias, ao...

Marilynn desapareceu momentaneamente para Carl. Naquele instante, Janine Gorjanc atravessava a rua a caminho do trabalho. Janine lhe pareceu perfeitamente maternal. Não era bonita nem feia. Riponga, mas não gorda. Com o rosto inchado, mas com uma beleza jovial escondida em algum lugar que poderia ter feito alguém ficar louco para convidá-la ao baile de formatura do ginásio. "Um filho", pensou Carl, "não é o único resultado do parto. Nasce uma mãe também". Você as vê todos os dias — mulheres desinteressantes com um volume no ventre, com uma ligeira papada. Eternamente com quarenta anos. A mãe de alguém, você pensa. Em algum lugar há uma criança que transformou essa mulher em mãe e, por causa do filho, ela alterou sua própria aparência para desempenhar melhor o papel. Como estava oculto dentro do carro, Carl podia olhar Janine sem o impulso de fugir, e era a primeira vez que ele a via há meses, talvez anos.

— Carl? — disse Marilynn. — Carl?!

— Marilynn, está vendo aquela mulher? Aquela lá, com a blusa amassada. Parece uma mãe, não é? — Marilynn seguiu o olhar dele.

— Aquela é Janine Gorjanc, a mulher de quem eu lhe falei, que teve a filha assassinada, lembra? A menina foi seqüestrada, eu lhe contei sobre ela. Eu fui ao enterro.

— Lembro — disse Marilynn.

— Ela fede.

— Ela fede?

— Exala um tipo de cheiro, não sei qual é. Não é sempre. Mas acho que tem dias que ela simplesmente não se cuida. Não toma banho ou algo assim.

Carl a observou entrar no edifício. Marilynn não olhava para Janine, mas para o marido. Ela o ouvia, tentando entendê-lo.

— Marilynn, odeio aquela mulher por causa do cheiro que tem.

— Já tentou conversar com ela sobre isso?

— Mas eu me odeio mais ainda por odiá-la — continuou ele, desabotoando a camisa social. — Você pode imaginar pelo que ela tem passado?

— Carl, o que você está fazendo?

— O seqüestro, depois a espera, a terrível espera — continuou ele, distraído.

— O *que* você está fazendo? — exclamou ela.

— E logo depois encontrar o corpo... Imagine encontrar o corpo, Marilynn.

Carl estava nu até a cintura. Havia tirado a camisa social e puxado a camiseta por cima da cabeça.

— Não quero trabalhar hoje — anunciou, virando-se para a mulher. Inspirava e expirava com a pança exposta, um morro peludo, uma barriga pálida e fulgurante.

Quando Benny nos contou tudo isso, falou que Carl havia lhe dito depois que esperava que Lynn Mason o encontrasse naquele momento, visse aquela sua característica nada atraente e o mandasse andar na prancha em nome do senso estético.

— Vista a roupa! — exclamou Marilynn.

— Não quero ser a pessoa que odeia Janine Gorjanc — disse Carl. — Se eu entrar, serei essa pessoa porque vou sentir o cheiro dela. Não quero sentir o cheiro dela. Se eu sentir, vou odiá-la, e não quero ser essa pessoa. Você tem que me levar para casa.

— Ficou *completamente* louco? — perguntou Marilynn enquanto o via tirar os sapatos, abrir o zíper do jeans e abaixá-lo até os tornozelos.

No segundo seguinte estava sentado no banco da frente só de cuecas.

— Estou exausto — disse Carl, virando-se para a mulher. — É isso, Marilynn. Estou realmente exausto. Se você me fizer entrar, vou entrar assim.

— Isso não! — gritou Marilynn. Então sacudiu a cabeça e riu. — Essa ameaça não funciona *comigo*, Carl.

— Estou tão exausto! — repetiu Carl.

— Carl, ponha a roupa, entre lá e hoje à tarde marcarei uma consulta para você com um bom psiquiatra.

— Não vou me vestir até que você me leve para casa.

— Carl, tenho uma cirurgia daqui a dez minutos! — exclamou a mulher. — Não posso levar você para casa!

— Não me obrigue a sair — disse Carl. — Por favor, Marilynn, não me obrigue a sair.

— Ah, Jim, só mais uma coisa...

Levantamos os olhos e vimos Joe Pope no exato momento em que colocou a cabeça por cima da divisória do cubículo de Jim Jackers pela segunda vez. Benny calou a boca, Jim girou na cadeira, Amber Ludwig sobressaltou-se de medo e Marcia aproveitou a oportunidade para pegar sua Coca Light e ir embora, enquanto os poucos que ficaram ouviram Joe informar a Jim que tinha acabado de voltar da sala de Lynn Mason. Tinham discutido os modelos que deviam ser entregues no final daquele dia e trocado algumas idéias, fazendo mudanças aqui e ali. Quando ouvimos *aquilo*, nós nos levantamos um por um e fomos embora. Sabíamos que as mudanças de Joe Pope significavam mais trabalho. Com aquele cara era sempre mais trabalho. O último de nós sem querer ouviu Joe dizendo: "Desculpe interromper, Jim... É uma hora apropriada?" E Jim respondendo: "Claro, claro, Joe, é uma ótima hora. Entre e fique à vontade."

Naquele mesmo dia, mais tarde, a notícia se espalhou como um incêndio. Joe Pope havia recebido sua segunda promoção.

Joe Pope tinha um estilo único que não seguia exatamente a moda da estação e sempre cogitávamos onde o adquiria. Que revistas estaria lendo? No ano seguinte todos usávamos também brim, mas àquela altura isso pouco interessava. Durante um ano inteiro Joe havia parecido um idiota. "Bonito?", perguntávamos para Genevieve. "Joe Pope?" Não, era baixo demais. Fazia da nossa vida um inferno e era também muito inconveniente. Mas como explicar isso? Não era o mesmo constrangimento que sentíamos com Jim Jackers. Jim nos cumprimentava no corredor dizendo "E aí, cachorrão?", pergunta que tinha a ousadia de fazer até mesmo para Lynn Mason ao passar por ela. Era um comportamento confuso. Certa vez, quando fomos todos a uma festa, Jim levou sua própria caixa de vinhos. Também se referia abertamente ao seu intestino como o "Sr. I". "Desculpe", dizia Jim antes de ir ao banheiro, "mas o Sr. I vai se pronunciar".

Jim Jackers fazia com que nos revirássemos de constrangimento, mas ficávamos constrangidos por *ele*. A inconveniência de Joe Pope causava um constrangimento totalmente diferente, sendo difícil classificá-lo.

— *Ele não é só o constrangimento em si* — declarou Hank Neary, nosso poetastro —, *mas a causa de haver constrangimento nos outros homens.*

Como sempre, não tínhamos a mínima idéia do que Hank dizia. A não ser que estivesse dizendo que a presença de Joe Pope *nos* deixava constrangidos. Isso era verdade. Joe não sentia qualquer obrigação de conversar. Cumprimentava e era cumprimentado como um ser humano normal, mas, fora isso, permanecia impassível e estoicamente silencioso. Mesmo numa reunião ou numa teleconferência, o homem podia deixar longos períodos de silêncio encherem a sala enquanto pensava no que queria dizer. Não pigarreava nem hesitava nervosamente para preencher o opressivo silêncio que pesava sobre nós. Talvez isso pudesse ser chamado de serenidade, mas deixava os outros tão pouco à vontade, que Hank, decidido a apurar aquilo, voltou com uma segunda citação retirada de sua infinita lista de erudição inútil: "*Ele inspirava desconforto. Só isso! Desconforto! Não uma desconfiança definida. Apenas desconforto, nada mais.*" E, quando aquela citação correu entre nós por e-mail, cumprimentamos Hank por finalmente dizer algo compreensível. Desconforto. Era precisamente aquilo.

Joe Pope arranjava sempre um jeito de esbarrar com você de repente. Isso acontecia freqüentemente na sala de impressão. Uma vez, Tom Mota estava diante de uma impressora quando Joe apareceu subitamente ao seu lado e disse:

— Bom dia.

Naquele exato momento, Tom tinha algo constrangedor saindo da impressora colorida. Digamos que não era exatamente relacionado ao trabalho. Isso ocorreu antes que a política de regulamentação das cópias fosse implementada como parte das medidas de austeridade, o que também impediu Hank Neary de fotocopiar os livros da biblioteca pela manhã e ler as páginas xerocadas o dia inteiro em sua mesa. A tarefa de Joe era *sem dúvida* oficial, e o seu trabalho estava na fila atrás do de Tom. Azar de Tom. Então Tom perguntou para Joe:

— Você vai esperar? Vai ficar aí esperando o seu trabalho sair?

A resposta de Joe foi permanecer num imperturbável silêncio. Então Tom falou claramente:

— Estou imprimindo uma coisa, Joe, e para ser sincero, prefiro que você não veja. Tem uns peitos, e eu sei com quem você conversa. De qualquer modo, por que você sempre precisa correr para a impressora quando seu trabalho está na fila atrás de outros? — continuou Tom. — Por que você é tão ansioso? Você sabe que leva algum tempo para que os trabalhos saiam se estão todos na fila, não sabe?

Só Deus sabe como Joe reagiu a isso. Hierarquicamente estava níveis acima de Tom, embora fosse provável que tivesse suportado o homem com um silêncio ainda maior, esperando pacientemente que seu trabalho saísse da impressora. Talvez tivesse tentado dar uma espiada nos papéis de Tom, como este dissera, ou talvez tivesse continuado a olhar para a frente e pensado algo do tipo "Como se eu desse a mínima para o que esse cara está imprimindo". De um modo ou de outro, é provável que tenha permanecido inescrutável.

Essa era a palavra certa para Joe: inescrutável. Sua inescrutabilidade criava um desconforto desagradável. Por que tinha que ser um mistério tão estúpido? Nada em suas paredes, nada em sua sala, exceto uma bicicleta. Que ele *trancava*. Ouvíamos o clique todas as manhãs e tentávamos não nos ofender. Na nossa opinião, Joe era jovem demais para ser inescrutável. Se você está na casa dos trinta, você tem *interesses*. Envolvimentos com o mundo. Por que aquele cara estava sempre à mesa de trabalho, rodeado por paredes nuas? "Temos que lhe mostrar isso, esse é o nosso boneco Joe Pope." Provavelmente explicaríamos Joe Pope assim a um novo funcionário. Não que fôssemos contratar mais alguém. No entanto, se o fizéssemos, diríamos: "Nós o guardamos na sala de Karen Woo. Ela odeia Joe Pope. Venha ver. Agora observe, ele vai fazer uma imitação perfeita. Observe. Viu isso?" "Mas ele só fica sentado aí", diria o recém-contratado. "*Exatamente!*", exclamaríamos. "Joe está *sempre* na mesa dele. Agora veja como dobra os joelhos e puxa a cadeira pra frente! Observe como nos interrompe colocando a cabeça por cima da divisória do cubículo! Puxe a cordinha e escute Joe Pope não dizer nada! É o novo boneco Joe Pope Inescrutável da Hasbro!"

—

HAVÍAMOS TIDO CONTAS de uma loja de brinquedos, de um fabricante de carros, de uma empresa de transporte, de uma cadeia de petshops. Utilizávamos TV, imprensa, mala-direta e internet. Tínhamos um setor *business-to-business*, que gerenciava negócios entre empresas. Bebíamos demais nos fins de semana. Tínhamos a sorte fabulosa e as falhas de caráter típicas das gerações que jamais viram a guerra. Se estivéssemos nos recuperando dos efeitos posteriores a uma campanha importante, deveríamos estar gratos por termos chegado onde havíamos chegado. Até mesmo entusiasmados. Mas, no caso, éramos só nós mesmos e nossas lutas individuais para subir mais um degrau. Só fazíamos contar os retângulos do teto da sala de cada um para avaliar quem tinha a sala com mais metros quadrados. Sean Smith havia participado da primeira Guerra do Golfo, mas isso não nos impressionava: tudo o que fez foi dirigir um tanque através de um areal lamentavelmente livre de artefatos inimigos. Quando o pressionávamos para nos contar, só se lembrava daquilo. Frank Brizzolera podia ter visto a Segunda Guerra Mundial, mas havia morrido antes de lhe perguntarmos qualquer coisa. Tivemos um veterano do Vietnã, mas ele jamais falava sobre suas experiências e saiu da empresa depois de um ano. Talvez fosse uma testemunha da guerra cega na selva, da qual ouvíramos falar na escola, e em sua cabeça ainda ecoasse o som das batalhas. Quando olhasse pela janela a orgulhosa parada com bandeiras tremulando na ponte sobre o rio Chicago, talvez pensasse em sacrifícios individuais, homens que haviam morrido na guerra. Quem sabe pronunciasse seus nomes para si mesmo, sentindo com indiscutível gratidão o luxo de voltar para uma cadeira num edifício seguro. Imagine as histórias que poderia ter nos contado! Preso em aldeias incendiadas durante as noites mais escuras — labaredas nos leitos dos rios —, helicópteros aterrissando em campos de arroz. Estávamos sempre atrás de histórias melhores, de vidas mais interessantes, acontecendo em qualquer lugar fora do catálogo de um almoxarifado. Mas o veterano do Vietnã nunca falava de suas experiências, e dois meses depois de ir embora ninguém conseguia mais lembrar seu nome.

Talvez uma história melhor que as nossas fosse a de um homem e uma mulher que competiam no trabalho e encontravam o verdadeiro amor através da rivalidade, escrita por nosso Don Blattner. Blattner era todo voltado para Hollywood via Schaumburg, Illinois. Tinha outro roteiro sobre um redator pouco amigável, cínico e entediado numa empresa, enquanto sonhava em se tornar um roteirista famoso — que Blattner afirmava não ser autobiográfico. Blattner estava sempre falando de investidores potenciais e não nos deixava ler nenhum de seus roteiros, a não ser que assinássemos acordos de confidencialidade, como se tivéssemos nos colocado sub-repticiamente nessas vidas cativas para roubar os roteiros dele e despachá-los para Hollywood. Como Jim, Blattner fazia com que nos constrangêssemos, especialmente nas ocasiões em que chamava Robert De Niro de "Bobby". Estudava as receitas semanais das bilheterias com muita seriedade. Se um filme não tinha o resultado esperado pela indústria cinematográfica, Blattner chegava na segunda-feira de manhã com a revista *Variety* e dizia: "Os rapazes da Miramax vão ficar *extremamente* desapontados com isso." Besteiras desse tipo. Mesmo assim sentimos ter perdido algo quando anunciou que ia desistir.

— Preciso encarar a realidade — disse Blattner, com uma voz resignada e firme. — As oficinas não estão ajudando, os manuais não estão ajudando, e ninguém está querendo comprar nenhuma das minhas porcarias.

Deixamos de lado nosso deboche e praticamente imploramos ao homem que continuasse, mas Blattner sustentou, de forma firme e patética, a sóbria conclusão de que jamais seria coisa alguma além de redator. Passaram-se meses até que um de nós experimentasse o alívio de surpreendê-lo em sua mesa de novo enquanto tentava fechar secretamente o software com seu roteiro. A esperança ressurgiu como uma planta perene.

Tinha que haver uma história melhor do que essa, razão pela qual muitos de nós passavam tanto tempo perdidos em seus mundinhos. Don Blattner não era o único. Hank Neary, nosso escritor negro — que usava o mesmo paletó de veludo cotelê marrom dia após dia, de modo a concluirmos que nunca o lavava ou que tinha um armário cheio de paletós iguais —, estava trabalhando num romance fracassado. Ele o descrevia como "pequeno e raivoso". Pensamos todos: "Quem no mundo compraria um livro pequeno e raivoso?" Perguntamos sobre o que era.

— Trabalho — respondeu Hank.

Um livro pequeno e raivoso sobre trabalho. Bem, era um best-seller garantido. Uma leitura divertida para a praia. Sugerimos tópicos alternativos sobre assuntos importantes para nós.

— Mas esses não me interessam — disse Hank. — O fato de passarmos a maior parte de nossas vidas no trabalho, isso sim me interessa.

Verdadeiramente nobre, dissemos. Que nos dê um roteiro Don Blattner qualquer dia da semana.

Dan Wisdom havia sido estimulado na faculdade por Miles Buford, um pintor que dissera que em seus vinte anos como professor jamais tinha visto um talento como o de Dan. Então Dan se formou e foi trabalhar, sentou-se diante de um Mac, manipulando *pixels* para um cliente de adoçante artificial, e cogitou se a lisonja do professor Buford era só uma tentativa de ir para a cama com ele. Mas continuava pintando, à noite e nos fins de semana, seus retratos um pouco grotescos, apesar de discernirmos neles uma visão original e um traço firme. Talvez obtivesse sucesso. Dan disse que não. Disse que a pintura figurativa estava morta. Mas gostávamos do que ele conseguia fazer com peixes.

Salvem-nos! Praticamente se podia ouvir aquele grito implorando das profundezas da nossa alma, porque nenhum de nós queria terminar como o Velho Brizz.

Entre os primeiros a serem demitidos, Brizz andou na prancha como ninguém. A temporada das demissões era interminável, e, para dar um sentido àquilo, a demissão do Velho Brizz ocorreu um ano antes de Tom Mota receber o bilhete azul. O Velho Brizz lidou com o fato muito melhor do que Tom. Ele veio a cada uma de nossas salas para se despedir. Geralmente as pessoas saíam correndo para fugir de nossos olhares. Brizz disse que não queria ir embora sem se despedir. Aquilo era elegância diante do cadafalso, e ele se portou com dignidade e orgulho. Não se importou com o fato de que sabíamos que a diretoria não o valorizava tanto quanto nos valorizava. Porque basicamente era isso que diziam quando faziam alguém andar na prancha. Brizz não se importou de falar conosco mesmo depois que lhe disseram isso explicitamente. Ou talvez nem tenha chegado a pensar nisso dessa forma. Talvez não tivesse entendido nossa conversa sobre valor. "Isso não tem nada a ver com quem vale mais", Brizz poderia ter dito. "Vocês acham mesmo isso? Pessoal, escute a opinião de um velho que está nesse negócio há muito tempo. Esse processo não tem nada a ver com mandar embora o pior de todos para que sobrem apenas os talentosos e produtivos. Ora, não se iludam! Ah! Não sejam bobos! Ah! Ah! Não sejam ingênuos!" Podíamos ouvir seus pulmões estertorantes rindo de nós. Seu aparecimento tão calmo e autocontrolado para se despedir foi um pouco enervante. O que significava aquilo? Minutos depois de andar na prancha, o Velho Brizz teve a compostura de nos sugerir que não nos preocupássemos com ele. Visitou as salas individuais uma a uma, falou com o pessoal nos cubículos e com as recepcionistas. Nós o vimos falando até com um dos rapazes que trabalhavam no edifício. O pessoal do edifício raramente dizia algo. Apenas ficavam na escada entregando coisas uns para os outros, para cima e para baixo, conversando em tons abafados. Não havia muita oportunidade de conhecê-los. Mas, diante do elevador, o Velho Brizz conversou com um rapaz do edifício por meia hora enquanto segurava sua caixa de objetos pessoais. Um falava e o outro assentia com a cabeça. Então riram. Sabe Deus do que se pode rir com um rapaz do edifício. Mas Brizz havia descoberto a graça a ser compartilhada até mesmo no dia de sua demissão. Havia se incluído imediatamente na lista de desempregados, mas alguns meses depois ainda não tinha conseguido emprego. Fez alguns trabalhos *freelances* e então sumiu. Depois soubemos que estava no hospital. Não tinha plano de saúde. Brizz morreu rápido; infelizmente nossa previsão de que lhe restavam no máximo seis meses havia sido muito precisa. Nós o visitamos — as flores que recebeu de nós pareciam ser as únicas. Queríamos lhe perguntar: "Ei, Brizz, cara, cadê a sua família?" Em vez disso, lhe passamos furtivamente alguns cigarros, estritamente proibidos numa ala de pacientes de câncer. Pousamos em seu peito um desses cinzeiros com tampa que abafa a fumaça e o cinzeiro fez o seu trabalho. Brizz conseguiu dar três tragadas antes que o velho no leito ao lado se queixasse e fôssemos repreendidos pela enfermeira. Quando ele morreu, foi difícil acreditar que se fora. Não só andara na prancha — desaparecera de vez.

Quando Benny surgiu para recolher o dinheiro, não acreditamos. Ele não ia lucrar com aquilo, ia?

— Brizz estava na minha lista — disse Benny inocentemente.

"Ora, Benny! Que isso!", gritamos todos.

— Que isso o quê? — exclamou. — Ele estava em primeiro lugar na minha lista! Regras são regras.

Benny não estava errado. Essas eram as regras do Bolão da Morte de Celebridades. Cada um de nós lhe pagou dez dólares.

No funeral de Brizz, descobrimos que afinal de contas ele tinha algum parente: um irmão com uma saudável aparência de academia de ginástica. Nós o apelidamos de Bizarro Brizz por ter uma pele bonita e bronzeada. Provavelmente nunca tinha fumado um cigarro na vida. Era como se um Brizz corado e de maxilares fortes tivesse se despido de uma máscara horrorosa. Demos nossos pêsames e, depois de nos acomodarmos nos bancos da capela por um tempo, alguns foram à linha de frente. No caixão, Brizz parecia muito mais saudável do que à mesa de trabalho. Posteriormente, tentamos recordá-lo. Lembramos o dia em que ficamos com ele na garagem do edifício esperando que os latinos de gravata borboleta chegassem com nossos carros. Tínhamos gorjetas de um dólar dobradas na mão. Meu Deus, estava congelando. Estávamos protegidos do vento, sob a luz brilhante da garagem, mas Chicago em fevereiro — se você me permite uma homenagem a Brizz — é mais fria do que peito de bruxa numa caixa-de-gelo. Ele ainda chamava geladeira de caixa-de-gelo. Certa vez nos contou que, quando criança, o gelo era entregue em casa.

— Para vocês verem como sou velho — confidenciou Brizz num raro momento —, lembro do gelo sendo entregue em casa.

— Você chamava o Irã de Pérsia? — perguntou Benny.

— Não sou tão velho assim — disse Brizz.

Naquele momento, Joe Pope chegou à porta de Brizz e lhe perguntou se estava com os títulos dos anúncios prontos. Era sobre isso que conversávamos com o Velho Brizz enquanto esperávamos que os manobristas trouxessem os carros no último fevereiro congelante de seu período entre nós: certos aspectos da personalidade de Joe Pope. Por mais que tentássemos, não conseguíamos extrair nada do que o Velho Brizz pensava sobre Joe. Seu carro foi o primeiro a sair. Era um Peugeot cinza, um carrão no passado, mas agora enferrujado aqui e ali na lataria e amassado embaixo e em cima. Mas o mais interessante era o interior. Coisas, porcarias, lixo acumulado — impossível classificar de outra forma — enchiam o banco traseiro *até o teto*. Sobretudo papéis, e, amassados contra o vidro, também divisamos um chapéu de inverno, um resfriador de cerveja, um pacote fechado de meias de mulher, coisas assim. Ao longo do compartimento da porta, notamos moedas espalhadas e casinhas verdes de plástico do jogo Banco Imobiliário.

— Brizz — disse Benny —, todos esses adicionais vêm de fábrica?

— Vocês nunca viram meu carro antes? — perguntou Brizz com orgulho.

— Isso aí é um carro? — perguntou Larry Novotny. Dobrou os joelhos e tornou a ajustar o boné dos Cubs nos cabelos ralos, enquanto espiava a pilha de lixo dentro do carro.

O banco do carona estava um pouco melhor do que o de trás, mas havia um nicho escavado para o motorista. Fomos obrigados a pensar: "Quem é que deixa o carro assim? Brizz era mesmo uma *dessas* pessoas?" O manobrista saiu e lhe entregou o carro, mas Brizz nunca dava gorjeta. Era outra característica dele: geralmente ficava na sala e ali comia seus sanduíches de salsichão, mas, quando saía para almoçar conosco, tínhamos que completar sua parte da gorjeta para não prejudicar a garçonete, o que nos fazia odiá-lo momentaneamente. Quando alguém lhe perguntou certa vez por que era tão pão-duro, Brizz respondeu:

— Tenho uma *dica* para você: nunca compre gato por lebre.

Ouvíamos aquilo de vez em quando — *nunca compre gato por lebre* —, até ter vontade de lhe dar uma martelada na cabeça. Exceto pela surpresa que tivemos com seu carro de sem-teto e pela conversa de meia hora com o rapaz do edifício no dia de sua demissão, o Velho Brizz era de uma previsibilidade cansativa. Chegava, revisava as provas com seus óculos dos anos 50, saía às 10h15 para fumar na primeira pausa do dia. Minha nossa, ainda podíamos vê-lo em pé fora do edifício, no inverno congelante, usando apenas um colete de lã surrado, com suas bochechas de buldogue, tragando seu estúpido cigarro. Entrava novamente cheirando a cinqüenta guimbas num cinzeiro. Ao meio-dia, abria o pacote de sanduíches de salsichão e os comia com o auxílio de uma garrafa térmica de café preto que preparava em casa, porque, como afirmava, o café do final do corredor era muito sofisticado para o seu gosto.

Certo dia, não muito depois da morte de Brizz, Benny nos chamou à sua sala. Lá tinha um monte de coisas bacanas: uma máquina de chicletes coloridos, carros movidos a controle remoto. Havia colocado um esqueleto anatômico junto à parede perto da porta, e o esqueleto o encarava à mesa. Todos perguntavam onde havia conseguido o esqueleto. Sua resposta era sempre a seguinte: "Algum cara que morreu." Prendera com fita adesiva um revólver de Buck Rogers na mão do esqueleto e coroara seu crânio liso com um chapéu de caubói.

Benny estava enviando um anúncio finalizado para o servidor quando Jim passou pela sala.

— Jim, entre aqui. Tenho uma novidade.

Jim entrou e se sentou.

— Estou fazendo um *upload* — disse Benny.

— É essa a novidade?

— Brizz me deixou como beneficiário no testamento dele. Blattner! Entre aqui, tenho uma novidade.

Blattner entrou e se sentou perto de Jim, em frente à mesa de Benny.

— Olhe só: Brizz me deixou como beneficiário no testamento dele.

— Ah, sem essa! — disse Blattner. — Isso é engraçado porque...

— Marcia!

Marcia passou pela porta da sala e então reapareceu. Deu um passo para dentro, parando na entrada perto de Buck, o esqueleto-caubói-espacial.

— Brizz deixou Benny como beneficiário no testamento dele — disse Jim, torcendo o pescoço para ver Marcia. Ela entrou e se sentou no banquinho.

— Isso é engraçado porque parece exatamente com o roteiro em que estou trabalhando — disse Blattner.

— Genevieve! — chamou Benny.

Genevieve parou na entrada da sala.

— Lembra aquele roteiro sobre o qual eu estava lhe contando? — perguntou Blattner. — Aconteceu com o Benny na vida real.

— Que roteiro? — perguntou Genevieve.

— Escutem só — disse Benny. Enquanto o computador enviava o material para o servidor, contou-nos que havia recebido uma carta de um advogado de South Side.

Genevieve tinha outros planos.

— Desculpe, Benny, não posso ouvir isso agora — disse ela, sacudindo algumas provas de revisão na mão. — Tenho que entregar isso ao Joe. — E foi embora.

Hank apareceu.

— O que está acontecendo? — perguntou, ajustando os enormes óculos escuros.

— Brizz deixou Benny como beneficiário no testamento — respondeu Marcia.

— E Blattner roubou a idéia para um roteiro — disse Jim.

— Não — disse Blattner. — Não, isso não é...

— Esperem até eu contar o que ele me deixou — disse Benny.

— Por que Brizz deixaria algo para *você*? — perguntou Karen, que entrara com Hank. — Você ganhou dinheiro com a morte dele.

— Karen — disse Benny pela milésima vez —, são as regras do Bolão da Morte de Celebridades. O que esperavam que eu fizesse?

Benny fora a um escritório de advocacia na Cicero Avenue para a leitura do testamento. O irmão de Brizz era a única outra pessoa presente. Benny e Bizarro Brizz reconheceram-se do funeral. Após apertos de mão e oferecimentos de café, o advogado sentou-se atrás de sua grande mesa de cerejeira.

— O testamento de Frank — disse o advogado, erguendo um envelope. Retirou a carta de dentro dele e examinou-a com os óculos bifocais. Depois ergueu os olhos e explicou que o autor do testamento havia escrito algumas palavras preliminares.

A vida havia sido muito boa para ele, explicava Brizz na carta. Fora abençoado com pais amorosos, tivera o irmão mais novo como um amigo extraordinário e o amara muito, mesmo que tivessem se afastado um pouco quando adultos. Amara a mulher, que havia lhe dado dezessete anos maravilhosos. O que mais amava na vida, escrevera Brizz, era a vida cotidiana: o *Chicago Sun-Times* chegando na varanda da frente pela manhã, uma xícara de café preto, um bom cigarro e ficar sozinho em sua casa aquecida no inverno.

— Ele era casado? — Marcia quis saber.

— Esse é o sentido da vida? — perguntou Hank. — Café, um jornal e um cigarro?

— E uma casa aquecida no inverno — disse Blattner. — Uma Casa Aquecida no Inverno... Meu Deus, que título bom! Benny, jogue-me aquela caneta.

— Escutem — disse Benny —, fica ainda melhor.

O advogado começou:

— *Eu, Francis Brizzolera, residente em Chicago, Illinois, sendo são de memória e mente...* — O advogado saltou um trecho silenciosamente. — *Para meu irmão Philip Brizzolera, lego as seguintes propriedades: todos os meus bens financeiros no momento de minha morte, incluindo quaisquer ações, apólices, fundos mútuos, poupanças e contas de banco, e todo o conteúdo de meu cofre. Deixo também para meu irmão Phil o meu carro...*

— Vou lhes dizer uma coisa — disse Benny —, como fiquei aliviado ao saber que Brizz não tinha me deixado o carro com todo aquele lixo dentro...

— *...e a minha casa* — continuou o advogado —, *juntamente com tudo que ela contém, exceto o que lego a Benjamin Shassburger.*

O computador fez um ruído indicando que o *upload* de Benny havia terminado. Provavelmente já era hora de voltarmos ao trabalho. Naquela época as demissões já estavam ocorrendo havia seis meses, e sem qualquer sinal de terminarem.

— *A Benny Shassburger* — continuou o advogado — *lego meu totem de madeira.*

Benny disse que se mexeu na cadeira e se inclinou para o advogado.

— Desculpe. Seu o quê?

O advogado olhou novamente para o testamento através dos bifocais.

— Aqui diz um totem de madeira.

No quintal da casa de Brizz, uma habitação simples em South Side cujo endereço e pontos de referência Phil havia conseguido com o advogado, encontrava-se um enorme totem de mais de sete metros de altura. Os dois homens o contornaram em silêncio. Cabeças de vários tipos estavam esculpidas ali — cabeças assustadoras, de águia, de criaturas híbridas. Algumas tinham orelhas pontudas; outras, focinhos longos. Eram complexamente esculpidas e pintadas em diversas cores vivas. O totem fora fincado com tanta firmeza no solo que, quando Benny lhe deu um empurrão — afinal de contas era dele —, nem se mexeu. Benny nos contou que, quando criança, ele e o pai tinham participado dos Guias Indígenas da Associação Cristã de Moços, que descreveu como a versão judaica dos Escoteiros. Lá, seu nome era Estrela Cadente e o do pai era Estrela Brilhante. Benny era um colecionador muito devotado de coisas indígenas naquela época, inclusive de totens baratos e mal esculpidos, que, com o tempo, tinham perdido a graça. Mas aquele que acabara de herdar, com seu rico brilho escarlate e seus marrons profundos, continha um poder autêntico e mágico que instilava em Benny um temor reverencial. Não só por seu tamanho e seus detalhes requintadamente esculpidos, como também por estar localizado no quintal de um velho bairro irlandês, entre fios de telefone, cadeiras no gramado e comedouros para pássaros. No caminho havia até mesmo uma gangorra em um jardim. Uma garotinha se impelia para cima e para baixo, para cima e para baixo, enquanto o totem de Brizz continuava impassível e resoluto. Homens de camisetas brancas manejavam seus cortadores de grama para frente e para trás, enquanto o objeto mudo e primitivo recusava-se a sair do canto de seus olhos. O totem podia ser vislumbrado entre as casas quando alguém passava de carro pela rua. Os meninos provavelmente paravam para olhá-lo atentamente de suas bicicletas. Os vizinhos tinham que afastar dele seus cachorros, que não paravam de latir. E, durante todo aquele tempo, o homem dentro da casa aquecida, sentado à mesa da cozinha lendo o jornal com um cigarro ardendo no cinzeiro, sentia-se contente de saber que no solo do quintal erguia-se a relíquia, o símbolo, a manifestação do seu... o quê?

— O que Brizz fazia com um totem? — perguntou Marcia.

— Aliás, isso não é nada parecido com o meu roteiro — anunciou Don Blattner para a sala.

— Ora, Benny — disse Jim, com os pezinhos de gueixa sobre a mesa, exibindo seus Nikes novos e cintilantes. — Um totem?

— Lá estava ele diante de mim — disse Benny, levantando-se subitamente e gesticulando como se estivesse diante de um espetáculo fantástico, uma lua cheia ou um alienígena. — E não era possível fingir que ele não existia. Então perguntei a Phil: "Seu irmão era um entusiasta dos indígenas?" "Pelo que sei, não", Phil respondeu. "Será que sua família tem sangue indígena?", perguntei. Com as mãos nos quadris, assim — disse Benny, demonstrando —, Phil olhou atenta e fixamente para o totem e, sem se virar para mim, sacudiu a cabeça lentamente e disse: "Brizzolera. Somos cem por cento italianos."

Benny entrou na casa com Bizarro Brizz. Diversos pratos, tigelas e recipientes atravancavam as bancadas da cozinha, como numa loja de objetos de segunda mão. Mais talheres do que um homem solteiro poderia usar em seis meses depositavam-se numa pilha arrumada sobre um pano de prato. Brizz tinha duas torradeiras encostadas uma na outra, perto de um forno elétrico. As paredes da cozinha estavam amareladas pela fumaça de cigarro, e o linóleo se enrolava nas quinas do piso. Curiosamente, nesse excesso de amontoamento estilo bazar de garagem — que definia não apenas aquele aposento, mas todos os outros —, Brizz tinha apenas uma cadeira à mesa da cozinha.

Benny observava enquanto Phil abria gavetas cheias de utensílios, luvas térmicas, tampas de panelas.

— Não nos afastamos só um pouco como ele disse — explicou Phil. — Nós nos afastamos bastante. Eu ligava para ele de dois em dois meses, sabe, mas se não fosse isso tenho certeza de que não nos falaríamos nunca. Não era por mal, era apenas... ele. Por ser quem ele era.

— Isso é muito estranho — disse Benny —, porque ele era um dos colegas de trabalho mais agradáveis que se podia ter.

— Ah, meu irmão era um sujeito doce, não posso negar. Mas sem dúvida era distante. Diga-me uma coisa: como era trabalhar com o Frank?

Benny pensou um pouco na pergunta: como era trabalhar com Brizz?

— Como lhe disse, ele era sempre muito agradável. Não era do tipo que fica sempre criando atrito, sabe?

"Uma resposta insatisfatória à pergunta de Phil", pensou Benny. Queria se sair com uma boa história sobre Brizz que desse a Phil uma verdadeira dimensão do irmão, algum ato dele que nos fizesse dizer "Esse era o bom e velho Brizz", que se imprimisse para sempre na memória de Phil. Mas Benny não se lembrou de nada.

— O que eu deveria ter dito ao homem? — perguntou Benny, muito depois do término de seu *upload*. E só pudemos chegar a um acordo sobre a visão de Brizz fumando fora do edifício no inverno, com o velho colete de lã como único agasalho. Era uma história que *pertencia* a Brizz, mas seria uma história? Ou podíamos ter contado a Phil sobre a conversa com o funcionário do edifício, mas isso também não era bem uma história. Para ser sincero, o que mais lembrávamos de Brizz era sua participação conosco nos protocolos mundanos para cumprir um prazo — seu fedor de nicotina numa teleconferência escutando as mudanças de orientação do cliente e Brizz sentado à mesa, de óculos de leitura, revisando cuidadosa e metodicamente as provas de um texto antes que um anúncio fosse impresso. É difícil construir uma história disso. Meu Deus, por que ninguém o havia abordado? Não sei por que nenhum de nós nunca parou e disse: "Desculpe interrompê-lo no meio de uma revisão, Brizz. Por que não entramos e nos sentamos? É, você fuma Old Golds, seu carro é uma bagunça... Mas o que mais, Brizz, o que mais? Adianta ficar reprimindo essas coisas? O que ferrou com você quando era criança? Que mulher arruinou a sua vida? O que foi que aconteceu que você não consegue se perdoar? O que é, cara, *o que é*? Por favor!" Passávamos pela sala dele, mas Brizz nunca erguia os olhos. Quantas vezes nos confinávamos em nossas salas, fazendo quase sempre a mesma coisa, trabalhando para cumprir mais um prazo, enquanto Brizz vivia e respirava com todas as respostas a trinta metros de distância?

— Quase todos os dias ele almoçava dois sanduíches de salsichão — disse Benny para Phil. — É o que mais lembro de seu irmão.

Genevieve reapareceu na porta depois de entregar as revisões para Joe.

— O que foi que eu perdi? — perguntou.

―

Alguns almoçavam num lugar novo a cada dia, transformando o almoço num evento. Outros, como o Velho Brizz, ficavam na sala e comiam a mesma coisa dia após dia. Algumas vezes para economizar. Outras, para evitar a companhia de pessoas, às quais, das nove ao meio-dia e da uma às seis, tínhamos que nos doar incondicionalmente. Por uma hora entre esses dois períodos, o tempo voltava a nos pertencer. Às vezes aproveitávamos essa pausa para nos trancar na sala e comer sozinhos.

Carl Garbedian fechava sua porta todos os dias e comia uma quentinha de *penne alla vodka* do restaurante italiano situado a um quarteirão de distância. Nunca saía para almoçar conosco, a não ser que fosse um evento de equipe gratuito. Como evento de equipe era uma coisa do passado, haviam transcorrido meses desde que víramos Carl pela última vez em uma mesa de restaurante, abrindo um cardápio e avaliando as opções.

Seis meses antes de ser demitido, Tom Mota bateu à porta de Carl, o que ocorreu poucos dias depois de Benny ter contado a história do striptease de Carl no carro. Tom desculpou-se com Carl por interromper seu almoço e perguntou se tinha um minuto. Então Carl convidou-o a entrar e Tom se sentou.

— Eu soube pelo Benny como você anda se sentindo ultimamente — começou Tom. — Quando escutei aquilo, achei que conseguia compreender sua situação, então comprei uma coisa para você. — Entregou um livro para Carl por cima da mesa. — Não fique zangado com o Benny, você sabe como ele fala pelos cotovelos. E isso não é nada de mais — acrescentou, indicando o livro —, é só algo que todos deveriam ter nas estantes. Conhece essa cara?

Fitando o livro — ensaios e poemas completos de Ralph Waldo Emerson —, Carl negou com a cabeça.

— Ninguém o conhece mais — disse Tom —, mas deveriam conhecer. Sei que parece um monte de bobagens pretensiosas, mas são bobagens nas quais acredito.

Carl examinou o livro e fixou Tom como se precisasse de instruções para usá-lo.

— Talvez possa parecer estranho eu comprar um livro para você — continuou Tom. — Não compramos livros uns para os outros aqui. Mas o Benny me disse que você não andava se sentindo bem ultimamente e, quando perguntei o motivo e ele tentou me explicar, achei que um pouco de orientação por parte desse cara aqui poderia ajudá-lo.

— Obrigado, Tom — disse Carl.

Tom sacudiu a cabeça, diminuindo a importância do presente.

— Por favor, não me agradeça, é um livro que custa seis dólares. Provavelmente você nem vai lê-lo. Ele vai ficar na sua estante e, quando esbarrar com ele de vez em quando, você vai pensar: "Por que aquele babaca me deu esse livro?" Sei o que é receber um livro ao acaso, acredite — acrescentou Tom —, mas será que posso ler algumas coisas para você entender melhor o que estou dizendo?

— Se você quiser — disse Carl. E entregou-lhe o livro.

Tom fez uma pausa.

— A não ser que prefira almoçar sozinho.

Carl retirou o guardanapo do colo e enxugou as mãos.

— Tudo bem se você quiser ler algo para mim, Tom.

Então Tom abriu o livro.

— Pode ajudar, não sei — disse, folheando nervosamente as páginas em busca do trecho que queria. Foi provavelmente um momento difícil para os dois homens. Um silêncio constrangido e frágil se estabeleceu enquanto Tom se preparava para ler. Quando finalmente localizou o trecho que queria, começou a ler, mas imediatamente se interrompeu de novo. — E olhe — acrescentou, inclinando-se na cadeira com abrupto entusiasmo —, sei que talvez seja esquisito falar que sua vida possa melhorar com este livro. Olhe para mim, sou um completo fracasso. Este último ano tem sido... Digamos que percebo os erros que cometi. Mas tem uma coisa engraçada. Percebo meus erros, mas basicamente não consigo tirar o pé da lama. Esse é a questão principal da minha vida desde que minha mulher me deixou. Portanto, por favor esqueça a hipocrisia de um herege pregando para você, mas acho que, quando leio Emerson, isso pelo menos me acalma.

— Tom, fico grato pelo seu gesto — disse Carl.

Tom fez um aceno descartando as palavras.

— *Que o homem então saiba seu valor e mantenha as coisas sob seu controle.* — Tom estava lendo alto para Carl. O embaraço na sala deve ter sido palpável. — *Que não espione, nem roube, nem se mova furtivamente para cima e para baixo com ares de órfão, bastardo ou contrabandista, no mundo que existe para si. Entretanto, o homem comum, não encontrando nenhum valor em si mesmo...* Vou só pular umas partes aqui — disse Tom. — Ok, o trecho é esse: *Aquela fábula popular do tolo recolhido completamente bêbado da rua, levado para a casa do duque, banhado, vestido e deitado na cama do duque, e, em sua vigília, tratado com a mesma obsequiosa cerimônia que o duque, sendo-lhe assegurado que passara um período em estado de demência, deve sua popularidade ao fato de que isso simboliza muito bem o estado do homem, que é no mundo uma espécie de tolo, mas que de vez em quando acorda, exercita a razão e se descobre um verdadeiro príncipe.* — Tom terminou a citação e fechou o livro. — Bem, é isso. Acho que ele tem um monte de coisas boas a dizer. *E se descobre um verdadeiro príncipe.* É difícil ter isso em mente aqui, sabe? Mas ele tenta nos lembrar, Carl, de que você e eu, todos na verdade, se exercitarmos a razão, no fundo somos príncipes. Sei que eu mesmo perco isso de vista na maior parte do tempo, quando tudo que quero fazer é abrir fogo contra esses canalhas. Veja bem, o problema de ler esse cara é o mesmo de ler Walt Whitman. Já o leu? Esses dois fodões não teriam durado dois minutos aqui neste lugar. De alguma forma ficaram livres da vida de escritório. Aquela era uma época diferente. E eles eram gênios. Mas, quando eu os li, comecei a cogitar por que *eu* tinha que estar aqui. Para ser sincero, isso para mim quase que torna mais difícil vir trabalhar. — Tom escorregou o livro novamente para Carl pela mesa e acrescentou com uma risadinha melindrosa, derrotada: — É um tremendo endosso, não? De qualquer modo, vou deixar você almoçar.

Quando Tom estava perto da porta, Carl chamou-o de volta.

— Posso lhe dizer algo em segredo? — perguntou Carl e fez um gesto para que Tom se sentasse de novo. Tom o fez, e Carl encarou-o por muito tempo antes de falar. No início da semana, confidenciou, esgueirara-se silenciosamente para a sala de Janine Gorjanc depois que todos tinham ido embora e pegou um vidro de antidepressivos da gaveta dela. Desde aquele dia, vinha tomando um comprimido por dia.

— Você acha isso sensato? — perguntou Tom.

— Provavelmente não — respondeu Carl. — Mas a última coisa que eu quero é que ela saiba que estou deprimido.

— Não quer que a Janine saiba que você está deprimido?

— Não, não a Janine. A minha mulher. Não quero que a Marilynn saiba que estou deprimido.

— Ah — disse Tom. — Por quê?

— Porque ela acha que estou deprimido.

— Ah — disse Tom. — Você não está deprimido?

— Estou. Só não quero que ela saiba. Ela sabe que estou deprimido. Só não quero que saiba que tem razão de achar que estou deprimido. Ela tem razão na maioria das vezes, sabe?

— Então é uma questão de orgulho — disse Tom.

Carl deu de ombros.

— Acho que sim. Se você coloca a coisa desse modo.

Tom mexeu-se na cadeira.

— Sabe, Carl, eu entendo isso. Posso entender isso perfeitamente, estar casado por muitos anos com uma mulher que sempre tem razão em tudo. Mas, cara, se você está tomando uma droga que não foi receitada especificamente para você...

— É, eu sei — Carl interrompeu-o rapidamente. — Sei de tudo isso, acredite. Sou casado com uma médica.

— Certo — disse Tom. — O que estou perguntando é: por que roubar o remédio? por que não pedir a alguém para receitar algo certo para você?

— Porque não quero ir ao médico — disse Carl. — Odeio médicos.

— Sua mulher é médica.

— Isso é um problema — disse Carl. — Além do mais, se eu fosse a um médico, a notícia podia chegar até ela de alguma forma, e então ela saberia que estava certa, que eu estou deprimido mesmo. É mais fácil pegar os comprimidos da Janine. Ela tem um milhão deles na gaveta.

Carl estendeu a mão para a gaveta de sua própria mesa, puxou um frasco com instruções no rótulo e entregou-o a Tom.

— Você entende alguma coisa disso aqui? — perguntou Tom, sacudindo suavemente o frasco e lendo o rótulo. Era um suprimento para três meses. — Trezentos miligramas. Parece um bocado.

— Eu apenas sigo as instruções do rótulo.

Tom perguntou se Carl havia notado alguma mudança em seu ânimo.

— Só tem uma semana — replicou Carl. — Provavelmente é cedo demais.

Ouviu-se uma batida na porta. Tom devolveu silenciosamente os comprimidos de Janine e Carl guardou-os na gaveta. Quando Carl respondeu, Joe Pope surgiu.

— Desculpe interrompê-lo na hora do almoço, Carl.

— Tudo bem.

— Na verdade estou aqui por causa do Tom — disse Joe.

Tom virou-se na cadeira e lançou a Joe um olhar traiçoeiro.

— Você poderia se juntar a nós para uma reunião de *input* hoje à tarde? — perguntou Joe.

— Claro — respondeu Tom —, a que horas?

— Três e meia, na sala da Lynn.

— Tudo bem.

Quando *aquilo* se espalhou — *Claro, a que horas? Tudo bem* —, não sabíamos *como* interpretá-lo. Tudo o que Tom poderia dizer era: "O que esperava que eu dissesse? 'Não'? 'Enfia a reunião no cu, Joe, eu lá quero saber disso'? Ora, tenho a pensão de um filho para pagar, cara. Acredite ou não, preciso desse emprego."

Não duvidávamos. Mas podíamos lembrar uma época na Sala Michigan em que Tom Mota era menos cordato com Joe Pope. Todas as nossas salas de reunião eram batizadas segundo as ruas da Magnificent Mile, e a vista da Michigan era estupenda. Toda a cidade estendia-se diante de nossos olhos, camada após camada de edifícios altos e baixos, largos e estreitos, uma gigantesca matriz de grande diversidade arquitetônica cortada por avenidas repletas de táxis cintilantes, por becos e pelo sinuoso rio Chicago; e cada superfície, desde uma janela lustrosa a um tijolo antigo, brilhava ao sol de agosto. A ironia da vista da Sala Michigan era que nos deixava loucos de desejo de estarmos lá fora, caminhando pelas calçadas da cidade, levantando os olhos para admirar os edifícios, juntando-nos à onda de pessoas e usufruindo o sol. Mas o único momento em que sentíamos esse impulso era quando estávamos grudados à janela da Sala Michigan. Caso contrário, ao sairmos do trabalho só pensávamos em nos desviar daqueles malditos turistas e ir direto para casa.

No dia em que Tom e Joe discutiram, mais ou menos um mês antes de Tom presentear Carl com o livro, havia ficado evidente que Joe finalmente soube o que era dito aqui e ali — durante o almoço, antes de uma reunião. Você sabe, especulação fútil. Às vezes, material para um debate sincero onde cada um escolhia um lado, mas, de um modo geral, a coisa não passava de uma brincadeira. Era o que fazíamos: nós *falávamos*. Nada que os gregos não fizessem em torno das fogueiras de seus acampamentos sombrios e promíscuos. E, pelo visto, nem Joe Pope, porque exatamente quando estávamos fechando nossas canetas, com todas as notas tomadas e perguntas respondidas, a apenas meio minuto do banheiro, do telefone ou da lanchonete — o que gritasse mais alto —, Joe, que na época já dirigia suas próprias reuniões de *input*, nos disse:

— Ah, uma última coisa. — Fez uma pausa. — Perdão, me dêem só mais um minuto. — Nós nos sentamos de novo. — Sinto que preciso chamar a atenção de vocês para isso — disse Joe. — Olhem, eu entendo a necessidade de falar. Na maioria das vezes é uma coisa saudável. Conversamos, rimos. Faz o tempo passar mais rápido. Mas não sei se temos sempre noção de algumas palavras ditas. Podemos não querer dizer nada com determinado comentário, isso ou aquilo pode ser apenas uma brincadeira, mas a questão é que, quando se espalha, às vezes uma pessoa ou outra toma conhecimento e se aborrece. Nem todas. Algumas riem e deixam para lá. Um exemplo disso sou eu, sei que falam a meu respeito. Para mim não tem problema nenhum. Eu não me ofendo. Mas quando outros escutam certas coisas, ficam ofendidos. Não se pode censurá-los. Ficam aborrecidos, magoados, constrangidos. Eu preferiria que esse tipo de coisa fosse reduzido ao máximo. Não estou dizendo para não conversarem. Só estou dizendo para aliviarem um pouco e se certificarem de que o que dizem não vai magoar ninguém. Ok?

Houve uma longa pausa, insuportável, enquanto Joe passeava o olhar por todos nós caso tivéssemos alguma pergunta.

— Ok, era o que eu tinha a dizer — concluiu. — Obrigado pela atenção.

Finalmente fomos liberados. Começamos a nos levantar de novo. Não sabíamos que Joe tinha em si o espírito de um reformador. Tínhamos sentimentos conflitantes em relação a reformadores. Alguns os consideravam nobres, e que provavelmente não mudariam nada. Outros eram totalmente hostis. "Quem esse cara pensa que é, porra?", reagiam dessa forma.

— Sabe, Joe — disse Tom Mota, no momento em que começávamos a sair da sala —, não há realmente nada de errado em ser gay.

Joe inclinou a orelha para Tom, mas conseguiu apenas encará-lo com firmeza.

— Em quê? — perguntou.

— Hank Neary é gay — continuou Tom, evitando a pergunta direta. Hank Neary, que naquele exato momento empurrava a própria cadeira para junto da mesa, levantou os olhos sobressaltado por ser o tema da conversa. — Você não é gay, Hank? E ele não tem nenhum problema com isso.

— Tom — disse Joe —, você não ouviu nada do que acabei de dizer.

— Ouvi sim, Joe. Ouvi muito bem.

As pessoas a caminho da porta pararam de repente.

— Então talvez não tenha entendido — Joe tentou esclarecer. — A questão, Tom, é que há conversa certa e conversa errada, e quem é ou não gay é uma conversa errada, entende? Esse tipo de assunto pode ser considerado difamação.

— Difamação?! — disse Tom. — Nossa, "difamação", Joe! Que palavra dispendiosa! Preciso chamar os advogados? Eu tenho advogados, Joe. Porra, eu tenho tantos advogados que não seria problema fazê-los trabalhar nesse caso.

— Tom — disse Joe. — Sua raiva.

— Como?

— Sua raiva — repetiu Joe.

— Que merda isso significa? — perguntou Tom. — "Sua raiva"? Foi isso que você disse? "Sua raiva"? — Joe não respondeu. — Que merda isso significa, "sua raiva"? — Joe saiu da sala. — Alguém sabe o que ele quis dizer com "sua raiva"?

Sabíamos o que "sua raiva" significava porque sofríamos da mesma raiva de tempos em tempos. Tínhamos todo tipo de doenças — problemas de coração, tiques nervosos, dores na coluna. Tínhamos a mãe de todas as dores de cabeça. Éramos afetados por mudanças climáticas, mudanças de humor e uma insegurança persistente típica da adolescência. Estávamos profundamente preocupados com o próximo a ser demitido e com os critérios que os sócios utilizavam para efetuar as demissões. Billy Reiser chegou com a perna quebrada. No início todos ficaram animados. Como aquilo havia acontecido? Reunimo-nos na sala dele logo que a notícia se espalhou, como que guiados por uma voz ou por um apito de alta freqüência. A conversa era como uma gripe: começava com um e logo contaminava todo mundo. Mas, diferentemente da gripe, não agüentávamos ser excluídos se algo estivesse acontecendo. Pedimos a Billy que nos contasse o que havia acontecido.

— *Softball* — explicou.
Só isso?
— Um escorregão feio — acrescentou.
Não pudemos evitar um certo desapontamento. Desejamos a Billy uma pronta recuperação e voltamos às nossas mesas. Um motivo daqueles não merecia que nos levantássemos. Então, nos dez ou doze meses seguintes, Billy continuou manquejando por ali com suas muletas, e juro por Deus que se podia ouvir o cara chegando a dez quilômetros de distância. "Jesus", dizíamos eventualmente, "você ainda não se livrou dessas coisas?".
— Complicações — disse.
Billy passou por uma série de cirurgias, com pinos de metal e tudo. Os médicos disseram que poderia mancar para sempre, o que o fez pensar em mover um processo. Lamentamos por Billy, mas ao mesmo tempo vê-lo arfando pelo corredor, as articulações das muletas rangendo como um baleeiro do século XIX... Pode não parecer muito, mas, dia após dia, aquilo começou a dar nos nervos. Entendíamos "sua raiva" sempre que Billy passava por nós, uma raiva irracional e implacável que fazia com que alguns de nós o chamassem, em um momento ou em outro, dos nomes mais depreciativos possíveis para um deficiente — nomes cruéis e insensíveis como "aleijado", "perneta" e "manco" —, enquanto nós mesmos inventávamos outros.
— O nome do cara é Reiser[2] — disse Larry Novotny —, mas ele não consegue nem ficar em pé nas duas pernas.
Amber o censurou pelas palavras vergonhosas, e o restante de nós, pela pobreza do trocadilho. Mas dali em diante nunca mais chamamos Billy pelo primeiro nome. Era sempre Reiser. Claro que, na maioria das vezes, tomávamos cuidado para que não percebesse nossa insatisfação com ele. Na maioria das vezes deixávamos as fraquezas humanas saírem de nós, como Jesus ordenava. "Que aquele sem pecado atire a primeira pedra", pois havia entre nós uma boa parcela de religiosos. Tínhamos um grupo de estudo da Bíblia que se reunia para almoçar todas as quintas-feiras na lanchonete. Uma turma heterogênea de executivos do conselho do condomínio, habitantes de South Side, anoréxicos

---

2 "*Riser*", em inglês, significa "aquele que levanta". (N.T.)

em recuperação, funcionários do edifício, recepcionistas. Era um grupo de fluxo-e-refluxo, imitando a própria fé. O Evangelho era a fonte que nos unia a todos. Entrávamos e saíamos do grupo tentando entender como o Evangelho se aplicava à nossa vida pessoal e ao cenário corporativo, mas a maioria de nós simplesmente se mantinha longe. "Mais poder para eles", gostávamos de dizer. "O que não conseguíamos entender?", pensávamos à noite. "Como era chato ouvi-los falar toda hora sobre Deus", cogitávamos toda quinta-feira ao meio-dia. E nos perguntávamos: "Aquele era *realmente* um lugar para Deus?" A visão de doze Bíblias abertas numa mesa de lanchonete e de rostos familiares completamente transformados — contrariando a impressão há muito estabelecida de quem aquelas pessoas eram — abalava-nos um pouco, como se nos obrigasse a enfrentar a possibilidade de que não sabíamos nada, absolutamente nada sobre a vida íntima delas. Mas isso passava rápido. Nosso escopo era infinito; nosso alcance, onipotente; nosso conhecimento, completo. Droga, às vezes parecia até que *éramos* Deus. Seria isso uma blasfêmia? Sabíamos tudo, tínhamos poderes exorbitantes, jamais morreríamos. Era de surpreender que a maioria de nós não se juntasse ao estudo da Bíblia?

— De fato não dou a mínima se o cara é gay ou não — disse Tom Mota mais ou menos uma semana depois da conversa com Joe Pope na Sala Michigan. — Só quero saber que diabo ele quis dizer com "sua raiva".

Havia um vão entre dois grupos de cubículos, com espaço suficiente para duas mesas redondas e várias cadeiras, onde nos congregávamos certas manhãs em torno de uma caixa de Krispy Kremes ou um saco de *bagels* que alguém, inspirado pela expectativa de um dia brilhante, tinha comprado e levado para lá, compartilhando-os com todos nós. O espírito humano resplandecia diante de todas as adversidades. Saboreávamos o café-da-manhã, tomando as primeiras xícaras de café, quando Joe Pope entrou carregando um anúncio recém-retirado da impressora e perguntou quem tinha trazido os pãezinhos.

— Posso comer um? — perguntou.

Genevieve Latko-Devine respondeu que era claro que podia. Joe lhe agradeceu e esperávamos que logo tomasse seu rumo, mas se retardou passando um pouco de *cream cheese* no pão. Depois sentou-se entre nós, agradecendo a Genevieve novamente. Era tudo muito casual, como se fosse uma rotina, nada fora do comum. Contudo, sentíamos bem *ali* a presença inesperada de Joe Pope. A cordialidade escafedeu-se.

As coisas ficaram muito silenciosas até que o próprio Joe finalmente quebrou o gelo.

— Aliás, como vocês estão indo com os *spots* do herpes labial?

Estávamos prestes a apresentar uma série de *spots* de TV para o fabricante de um analgésico que reduzia a dor e o inchaço do herpes. Absorvemos a pergunta de Joe lentamente, sem uma resposta imediata. Talvez tenhamos nos entreolhado. Isso ocorreu não muito tempo depois da segunda promoção de Joe.

"Estão indo bem, mais ou menos", respondemos. E depois provavelmente assentimos com a cabeça, uma concordância meio sem compromisso. A questão era a pergunta dele: "Como vocês estão indo com os *spots* do herpes labial?" Não parecia uma simples pergunta à espera de uma simples resposta. Logo após sua promoção, parecia mais uma afirmação contundente e altamente requintada de seu novo cargo. Achamos que não era tanto preocupação ou curiosidade sincera sobre o progresso nos *spots* do herpes quanto a intenção de nos dar uma alfinetada.

— Joe, você sabe que são só nove e meia da manhã, não sabe? Acredite ou não, vamos aprontar os *spots* para hoje — disse finalmente Karen Woo.

Joe pareceu realmente alguém que tinha sido mal interpretado.

— Não é por isso que estou perguntando, Karen. Tenho total confiança de que vocês vão conseguir. Perguntei porque eu mesmo tenho tido dificuldade em produzir alguma coisa.

Continuávamos desconfiados. Joe raramente mostrava dificuldade em produzir qualquer coisa.

— Minha dificuldade é a seguinte — explicou —: eles querem que sejamos engraçados, irreverentes e tudo mais, mas, ao mesmo tempo, não podemos ofender ninguém que sofra de herpes labial. Tenho a impressão de que essas duas coisas são mutuamente exclusivas. Pelo menos isso torna difícil para eu bolar um anúncio razoável.

Ao meio-dia, descobrimos que o filho-da-puta estava *certo*. Era extremamente difícil conseguir um equilíbrio entre o humor sobre os efeitos de um herpes labial, desagradável aos olhos, e ao mesmo tempo não ofender ninguém que tivesse essa doença e assistisse ao anúncio. Era um daqueles paradoxos impossíveis, excêntricos, que somente uma mesa-redonda de publicitários cheirando a loções pós-barba concorrentes poderia ter sonhado — num país diferente, numa era diferente, tais elementos seriam enigmas zen-budistas sem solução destinados a iluminar os *koans* favoritos da dinastia. Tivemos que admitir que a intenção de Joe Pope, ao fazer aquela pergunta de manhã, era apenas saber se estávamos tendo as mesmas dificuldades que ele com os *spots* do herpes labial, e que nossas conclusões apressadas eram resultantes de uma falha na comunicação. Mesmo assim, alguns continuaram a suspeitar dele, e, quando os pontos bons foram esquecidos, o episódio provavelmente não depôs a seu favor no cômputo geral.

As coisas não tinham melhorado quando nos reunimos na sala atulhada de Lynn Mason dois dias depois para lhe apresentar os conceitos para os *spots*, e Joe e Genevieve revelaram o Rapaz do Herpes Labial. Soubemos imediatamente que aquele não seria apenas um dos três conceitos que enviaríamos ao cliente, mas seria o *spot* que exibiriam inúmeras vezes até que você e todo mundo nos Estados Unidos ficassem íntimos do Rapaz do Herpes Labial. O filho-da-puta tinha *acertado na mosca*. Joe e Genevieve, a diretora de arte da dupla, simplesmente tinham acertado na mosca do grande *koan* dos publicitários do herpes labial. Portas se abrem nos subúrbios da cidade, habitados por classe média alta, e, em pé na entrada iluminada, está um belo casal de namorados. "Oi, Mamãe!", diz a garota. "Quero que conheça alguém muito especial para mim." O Rapaz do Herpes Labial estende a mão para Mamãe. Ele tem realmente um herpes desagradável e um tanto exagerado no canto direito do lábio superior. "Olá, eu sou o Rapaz do Herpes Labial." "Claro que é!", diz Mamãe, apertando a mão dele. "Entre!" Corte para a Cozinha. Pai de aparência severa. "Papai", diz a garota. "Quero que conheça o Rapaz do Herpes Labial." "Olá, Rapaz", diz Papai gravemente. "Que bom afinal conhecer o senhor", diz o Rapaz, apertando com firmeza a mão de Papai e sorrindo largamente com seu herpes labial. Corte para a Sala de Estar. Avó com aparência de doente de Alzheimer. "Vovó?", diz a garota, sacudindo vigorosamente a frágil senhora. "Vovó?" Vovó acorda, senta, olha para o Rapaz do Herpes Labial e diz: "Você deve ser o Rapaz do Herpes Labial!" "Olá, Vovó", diz ele. Uma voz em *off* explica as características e os benefícios do produto. Slogan: "Não deixe o herpes labial interferir na *sua* vida." Corte final para a Sala de Estar. Pai de aparência severa: "Mais purê de batatas, Rapaz do Herpes Labial?" "Ah, adoraria, senhor!" *Fade out*.

Recebemos tudo isso pela primeira vez somente em *storyboards*, mas a qualidade direta da mensagem era inegável, e sabíamos sem sombra de dúvida que Joe e Genevieve tinham acertado em cheio. Toda a família era receptiva. Gostavam do cara. Apertavam sua mão. Era engraçado, mas o assunto da graça era *aceito*. O Rapaz do Herpes Labial era o herói. Além disso, ele podia comer purê de batatas. Ninguém come purê de batatas com um herpes labial como o dele, mas o super-herói do Rapaz do Herpes Labial sim. E além do mais, *o anúncio nunca dizia que o medicamento podia curar um herpes labial*. Essa era sempre a manobra mais difícil de ser feita com aquele cliente específico. Podíamos dizer que o herpes labial podia ser tratado, mas era proibido dizer que podíamos curá-lo. O *spot* de Joe não dizia nada sobre tratar ou curar — apenas fazia com que o portador do herpes labial fosse uma pessoa simpática. O cliente adorou. E, quando escolheram o ator certo para interpretar o *spot*, o rapaz pareceu até mais simpático e atuou de modo hilário. O anúncio foi reprisado na internet, ganhou prêmios e tudo o mais.

No dia seguinte à apresentação do Rapaz do Herpes Labial para Lynn, Joe entrou em sua sala com a bicicleta, como fazia todas as manhãs, e deparou-se com a palavra VEADO escrita na parede com hidrocor preta. As letras eram inclinadas, com a caligrafia de uma criança ou um adulto com pressa, nada diferente do que se vê no lado interno da porta do banheiro de um botequim. *Agora* havia algo em sua parede — nada grande, mas nitidamente visível. "Claro", pensamos nós, "às vezes ficamos totalmente desequilibrados", mas não conhecíamos ninguém que pudesse fazer algo assim. Talvez fosse alguém com uma animosidade para com Joe em outra esfera da vida dele, e que, tendo passado pela segurança certa noite e encontrado sua sala vulnerável, tivesse desabafado por meio daquele gesto. Isso, contudo, não parecia muito provável, e fomos obrigados a concluir que o próprio Joe, tentando chamar a atenção do lugar, tinha escrito aquilo antes de ir para casa tarde da noite.

3

MAIS DEMISSÕES — POR QUE AS COMPRADORAS DE MÍDIA SÃO UM SACO — O OUTDOOR — YOP NA SALA DE IMPRESSÃO — A REUNIÃO DUPLA — LYNN NA CIRURGIA — SABEMOS O QUE JOE SABE — O ALMOÇO DE DOIS MARTÍNIS — A VERDADEIRA PREOCUPAÇÃO DE AMBER — TRABALHO HONESTO — UM SUJEITO FALA COM BENNY — A ACUSAÇÃO DE GENEVIEVE — JANINE GORJANC NA PISCINA DE BOLINHAS DE PLÁSTICO — A ARMAÇÃO — PEDIMOS DESCULPAS — BOLAS DE TINTA

Nas primeiras semanas de 2001, Kelly Corma, Sandra Hochstadt e Toby Wise foram despedidos. Toby tinha na sala uma mesa feita sob encomenda, usando como molde sua prancha de surfe favorita — era fanático por esse esporte. A mesa levou um tempo para ser desmontada, estendendo o período de permanência de Toby além do normal. Então ele pediu ajuda para transportar as peças até a garagem do estacionamento. Colocamos a mesa na traseira de seu Trailblazer e nos preparamos para a despedida. Era sempre o momento mais constrangedor. Todos tinham que decidir — aperto de mão ou abraço? Ouvimos Toby fechar o porta-malas do Trailblazer e esperamos que ele viesse até onde estávamos amontoados. Em vez disso, pulou para o banco do motorista e abaixou o vidro escuro da janela.

— Então nos vemos por aí — disse, com uma bonita falta de cerimônia. Em seguida fechou o vidro e partiu. Nós nos sentimos um pouco esnobados; um aperto de mão teria sido pedir muito? Se ele estava blefando, fingindo não ter uma mão ruim, se aquele era apenas seu semblante de jogador de pôquer, foi um blefe exuberante que nos atingiu. Toby parou na esquina para ver se vinha carro e depois partiu cantando ligeiramente os pneus. Foi a última vez que o vimos.

Nas semanas que desembocaram na demissão de Tom Mota, na primavera daquele ano, Tom foi visto freqüentemente saindo da sala de Janine Gorjanc. É difícil imaginar sobre o que eles conversavam. A coisa que mais adorávamos era matar meia hora especulando sobre romances no escritório, mas não podíamos conceber um par mais estranho. O petulante e tenso Napoleão exilado numa Elba de sua própria mente e a amarga mãe de luto. O amor funcionava de maneiras estranhas. Esquecíamos que eles tinham coisas em comum — filhos perdidos. Talvez se consolassem mutuamente. Partilhavam o longo e infatigável pesadelo de não saber o que fazer com o fardo de um amor materializado, que recusava seus pedidos íntimos para que desaparecesse, se rompesse — por favor, vá embora —, e assim se descobriram dirigindo aquele amor um para o outro. Mas aquilo era só o nosso modo de matar o tempo. Na verdade, não havia nenhum caso de amor. Tom só queria que o outdoor fosse retirado.

Nossas compradoras de mídia, como Jane Trimble e Tory Friedman, geralmente eram mulheres pequenas, vivas e bem vestidas, que usavam perfumes fortes e eram hábeis em dialogar. Guardavam sacos de guloseimas nas gavetas de suas mesas e jamais engordavam. Passavam a maior parte do tempo ao telefone falando com vendedores; tarefa tediosa essa, que nos dava vontade de vomitar. Por seus serviços, recebiam presentes diversos e ingressos para eventos esportivos, clamorosa injustiça que nos enraivecia com uma inveja cega e assassina. Como faziam as encomendas e falavam com inflexões amigáveis na voz, eram subornadas generosamente, como guardas de trânsito sórdidos, e achávamos que mereciam um círculo especial do inferno, o círculo dedicado aos prefeitos corruptos, lobistas e compradores de mídia. Fosse como fosse, era assim que nos sentíamos durante nosso período no sistema. Quando um de nós andava na prancha e saía do sistema, pensávamos retrospectivamente nessas loquazes e sorridentes compradoras de mídia como algumas das pessoas mais simpáticas do mundo.

A bronca de Tom era com Jane.

— Ele tem que retirar o diabo daquele outdoor — disse ele depois de entrar na sala dela sem bater nem cumprimentar.

Infelizmente Jane sabia a quem Tom se referia: o vendedor a quem ela tinha feito a encomenda. Folhetos da menina desaparecida não eram os únicos esforços que havíamos feito para ajudar Janine e Frank Gorjanc no curto período de sua busca. Usando parte do dinheiro deles, complementado por fundos levantados com urgência, tínhamos a imagem de Jessica da quarta série com a palavra DESAPARECIDA e um número de telefone num outdoor na Interstate Highway 88, diante do tráfego deslocando-se para oeste. Muito tempo depois de a menina ter sido encontrada, o outdoor ainda estava lá. Jane tentou explicar a Tom que ninguém mais do que ela queria ver aquele outdoor sair dali, mas que aquelas coisas levavam tempo quando não havia uma substituição imediata.

— Substituição imediata? — exclamou Tom. — Já se passaram seis meses!

— Ele me jurou que está trabalhando nisso — replicou Jane com a cortesia e a paciência esperadas de compradores de mídia.

— Isso não é suficiente — gritou Tom. — Pelo menos mande-o rasgá-lo.

— Rasgá-lo infelizmente custa dinheiro, Tom — explicou Jane timidamente, sabendo como devia parecer grosseira.

O lugar em que o outdoor estava colocado não era nada atraente, esse era o problema. Bem longe na I-88, a oeste do rio Fox, a Chicago metropolitana efetivamente chegava ao fim, e seus parques industriais e conjuntos habitacionais suburbanos davam lugar a campos de alfafa e cidadezinhas com um único posto de gasolina. Outdoors na North Aurora eram bons para barcos-cassinos e anúncios de cigarro, e talvez para a ocasional campanha de conscientização sobre a AIDS, não muito mais que isso. O vendedor poderia receber algo sobre a taxa de aluguel, mas chegar a alugá-lo era provavelmente um grande bônus para ele, que provavelmente jamais recebera a queixa de um cliente pela exposição contínua depois que o aluguel expirara. Publicidade grátis — quem poderia se queixar disso?

Se havia uma oportunidade para queixa, nós nos queixávamos. A equipe de criação se queixava da equipe de contabilidade. A equipe da contabilidade se queixava do cliente. Todos se queixavam num ou noutro momento do setor de RH, que por sua vez se queixava internamente de cada um de nós. As únicas que não se queixavam eram as compradoras de mídia, porque choviam sobre elas subornos de ingressos e presentes. Mas, quando Janine se queixou a Tom do outdoor, Tom levou a queixa até elas. O outdoor, disse ele, anunciava Jessica como desaparecida quando Jessica já não estava desaparecida havia meses. Já tinha sido encontrada e enterrada. Tom se queixou de que Janine era obrigada a ver o cartaz à margem da I-88 todos os dias indo de casa para o trabalho, lembrando da semana que havia passado numa esperança entorpecida e desesperada de que aquela imagem pudesse ajudar a trazer sua menina de volta, e de seu sofrimento quando soube que isso não aconteceria nunca mais. Agora que, de sua grande altura, o outdoor era apenas uma lembrança ruim irradiando o destino cruel da menina, Tom não suportaria aquilo. Ele se queixou do vendedor filho-da-puta que agia de modo deliberadamente lento e da personalidade brilhante e acomodada de compradores de mídia como Jane Trimble — queixou-se tanto que Jane telefonou para o vendedor e se queixou. Quando desligou, Jane ligou para Lynn Mason para se queixar de Tom Mota — apenas mais uma queixa que deve ter contribuído para a demissão dele.

Na manhã de maio marcada para a cirurgia de Lynn Mason, no dia seguinte ao que havia despedido Chris Yop, este voltou ao edifício e estava numa sala de impressão. Marcia Dwyer sobressaltou-se ao vê-lo. Era de manhã bem cedo. Marcia viera fotocopiar a história inspiradora de uma sobrevivente de câncer publicada num número antigo da revista *People*. Quando Yop se virou e a viu, estremeceu como um animal encurralado.

— Jesus Cristo! — disse ele. — Pensei que fosse a Lynn.

— Lynn está fazendo uma cirurgia hoje, lembra? — disse ela.

Marcia falava com um marcante sotaque de South Side, e, para acompanhá-lo, usava um penteado alto com franja. Seus cachos pretos eram mantidos no lugar por algum fixador miraculoso. Segundo o que sabíamos dela, enquanto falava com Yop provavelmente estaria com uma das mãos no quadril, com o pulso virado para dentro.

— O que você está fazendo aqui, Chris? — perguntou.

— Trabalhando no meu currículo — respondeu Yop, na defensiva.

Marcia nos contou sobre esse encontro meia hora depois, quando o dia havia começado oficialmente. Havíamos nos reunido nos sofás para uma reunião dupla. No dia seguinte a uma reunião com Lynn, geralmente tínhamos uma reunião pós-reunião dirigida por Joe, quando os melhores pontos do projeto eram mastigados sem desperdiçar mais o tempo de Lynn. Ultimamente, Lynn passava os dias em reuniões com seus sócios num esforço para nos manter solventes. Não desperdiçar o tempo dela tornou-se imperativo.

Era a nossa cara ter duas reuniões para um projeto. Ninguém jamais cogitou se a existência de reuniões duplas poderia ter alguma relação prática com a necessidade de Lynn de ter reuniões de solvência — ou, se alguém o tinha cogitado, manteve a boca fechada. Afinal de contas, gostávamos de reuniões duplas. Só numa reunião dupla se podia perguntar o que se tinha relutado em perguntar na primeira reunião, por medo de parecer tolo na frente de Lynn. Teríamos vontade de morrer se parecêssemos tolos na frente de Lynn, mas não nos importávamos de bancar os tolos na frente de Joe.

Sabíamos que uma agência em São Francisco havia mandado buscar arquitetos para desenhar o projeto de um andar que incluísse árvores vivas, um alvo de dardos, ladrilhos, painéis solares, quiosques de café e meia quadra de basquete, grande o suficiente para um jogo de três contra três. Esses patifes sortudos não conheciam coisas como uma sala de conferência ou uma porta de vidro fosco. Tivemos que agüentar tais insultos, mas, como recompensa, nos foi dada mobília recreativa especial, destinada a inspirar o impulso criativo e na qual fomos incentivados a relaxar. Localizados em espaços abertos onde as janelas eram amplas, permitindo que a luz do sol entrasse, esses lugarezinhos interessantes eram uma boa mudança dos corredores e cubículos; íamos sempre para lá a fim de participar das reuniões duplas. Marcia empoleirava-se na beira de uma das espreguiçadeiras, com seu penteado particularmente alto e escultural naquela manhã.

Marcia nos contou que Yop pareceu ofendido quando ela lhe perguntou o que fazia na sala de impressão.

— Era como se ele achasse que eu fosse uma vaca estúpida e estivesse prestes a gritar, chamando a segurança — disse Marcia —, mas eu apenas perguntei o que ele estava fazendo ali. Quer dizer, o cara foi despedido ontem e esta manhã já está de volta ao edifício? O que é isso?

Não podíamos acreditar que Yop tinha voltado ao edifício.

— Eu perguntei a ele: "Você não devia estar aqui, né?" Ele me respondeu: "Não, não devia." Então eu disse: "E se alguém pegar você?" Ele respondeu: "Bem, aí estou fodido." "Como assim?", perguntei. E ele: "Invasão de propriedade!"

Não conseguíamos acreditar. Invasão de propriedade? Ele seria preso por isso?

— É, você acredita? — perguntou Yop para Marcia. — Foi o que me disseram depois da reunião de ontem, quando a Lynn me chamou de volta à sua sala, lembra? Minha presença no edifício seria interpretada como *ação criminosa*. Eu disse: "Lynn, você está brincando, né? Depois de tudo que eu fiz por este lugar, vai mandar me prender por invasão de propriedade?" Ela parou de baixar a persiana. Nem estava me olhando quando disse aquilo! Mas, enfim, ela se sentou... E vocês conhecem aquele olhar dela, como se quase queimasse nosso cérebro com seus olhos de raio laser? Então puxou a cadeira mais para perto da mesa, me lançou aquele olhar e disse: "Desculpe, mas você não pode continuar aqui, Chris. Você foi demitido." Então eu respondi: "É, eu sei disso, Lynn, mas quando estávamos conversando antes e eu não consegui me conter, lembra?, e tive que ir embora de sua sala?, eu achava que não teria de fato que *ir embora* até ter uma chance de terminar nossa conversa, como estamos fazendo agora. Porque ainda tenho uma coisa importante para dizer antes de ir." Então ela falou: "Chris, diga o que tem para dizer, mas depois precisa ir embora. Entendeu? Não posso me arriscar em ter você no edifício." Que merda, não é? Ela não pode se arriscar em me ter no edifício? O que vou fazer, roubar a cadeira do Ernie? Talvez eu pudesse descer com ela pelo corredor e entrar no elevador de serviço. Mesmo assim tenho que passar pela segurança. Como vou sair do edifício com a cadeira do Ernie? "Vá em frente", disse Lynn. "O que tem a me dizer?" "Ok, só quero saber uma coisa: você sabia algo sobre os números de série?" Foi isso que lhe perguntei. "A frase *números de série* significa algo para você?" Como ela respondeu? Disse: "Números de série?" E olhou para mim como se eu fosse doido. "Não sei do que você está falando, Chris. Números de série?" Está vendo? Eu sabia! — uivou Yop num sussurro frenético, atirando um olhar furtivo para a entrada da sala de impressão. E numa voz mais suave: — *Eu sabia, porra!* Aquela coordenadora inventou tudo! *É o sistema pessoal dela!* Não há absolutamente nada de oficial sobre os números de série! Ela tem um dispositivo de etiquetar. Você sabe do que estou falando? É de lá que vieram! Os números de série! Lynn nem sabia deles! Ela perguntou: "Números de série?" Então eu lhe contei tudo sobre eles, como a coordenadora os tinha inventado, pondo etiquetas em tudo como se fosse o Big Brother ou coisa assim. Então Lynn escutou educadamente e disse: "É só isso?" E eu: "Bem, é, mas..." Achei que no mínimo ela chamaria a coordenadora e começaríamos de novo. Dessa vez eu levaria a melhor. Mas era óbvio que não havia chance de ela me devolver o emprego. Foi então que ela disse que, se me encontrasse no edifício de novo, teria que avisar a segurança, que chamaria a polícia, que me prenderia por invasão de propriedade. Pode acreditar nisso? — Os olhos túmidos e remelosos de Yop esbugalharam-se para Marcia. Ele realmente não estava no auge de sua saúde. — Depois de todo o meu tempo aqui — continuou. — Foi aí que pensei: *Ah, é? Bem, então veja como vou voltar amanhã e imprimir meu currículo nas suas impressoras.* Você sabe quanto a Kinko's cobra para imprimir uma coisa dessas? Não há possibilidade de eu gastar meu último salário na Kinko's. Fiz muito por este lugar e acho que deviam me permitir poupar alguns dólares de impressão. Por falar nisso, você faz essa revisão para mim?

— Então perguntei: "Revisão de quê?" — contou Marcia pouco antes de a reunião dupla começar. — Ele queria que eu revisasse o currículo dele! Eu não conseguia acreditar. Então eu disse: "Chris, sou diretora de arte. O redator é você. É você quem faz a revisão, lembra?" Sinceramente, repeti o negócio com todas as letras como se fosse uma pessoa internada num hospício. Mas ele respondeu: "É, eu sei, mas mesmo assim dê uma outra passada de olhos no currículo." E então me entregou a caneta, uma caneta vermelha! Queria que eu fizesse aquilo ali mesmo, diante das impressoras!

Diante disso, Marcia ficou em frente à copiadora lendo o currículo de Yop, lançando olhares para a porta de vez em quando porque não queria ser vista com alguém que poderia ser preso por invasão de propriedade. Enquanto trabalhava, Yop conversava com ela. Perguntou se ela queria saber o que havia de tortuoso em ser despedido.

— A coisa realmente doentia e tortuosa... — disse Yop. — Quer saber o que é?

— Eu tentava me concentrar no currículo dele e também vigiava a porta porque não queria que me vissem com o cara — disse Marcia. — A coisa doentia e tortuosa eu já sabia qual era: aquele idiota ter voltado ao prédio. Mas eu não disse isso porque estava tentando ser simpática.

— A coisa realmente doentia e tortuosa é que eu *quero* trabalhar — confessou Yop. — Você acredita? Eu *quero* trabalhar. Não é doentio? Entende o que estou dizendo, Karen? Acabei de ser demitido e na minha cabeça ainda estou trabalhando!

— Ah, meu Deus — disse Marcia, levantando os olhos do currículo. — Meu nome é Marcia.

Marcia continuou o relato:

— Naquele ponto eu já estava *farta*. O sujeito nem sabia o meu *nome*?

— O que foi que eu disse? — perguntou Yop.

— Você acabou de me chamar de Karen — respondeu Marcia.

— Karen? — Yop afastou os olhos e sacudiu a cabeça. — Eu chamei você de Karen? Desculpe. Sei que você não é Karen. É Marcia, eu sei. Você e eu trabalhamos juntos há muito tempo, sei quem você é. Você é Marcia, de Berwyn.

— Bridgeport.

— Sei quem você é — disse Yop. — Karen é outra pessoa. É a moça chinesa.

— Coreana.

— Minha cabeça está totalmente pirada esta manhã, só isso. Espero que me perdoe. De qualquer forma, eu estava tentando...

— O quê? — gritou Marcia para nós de seu poleiro na espreguiçadeira. — O que você está tentando, seu asno gago? De *Berwyn*? Eu não acreditava que o cara tinha trocado o meu nome.

— O que eu estava tentando dizer é que me peguei pensando no levantamento de fundos — respondeu Yop. — Você acredita?

— Que levantamento de fundos? — perguntou Marcia.

— O levantamento de fundos — replicou Yop. — Os anúncios que temos de fazer para o levantamento de fundos.

— Ah, para o câncer de mama — disse Marcia, assentindo com a cabeça. — O projeto beneficente. — Naquele instante, ela lembrou que em poucos minutos tinha que ir a uma reunião dupla.

— Mas então pensei: *ele* não precisava ir! — exclamou Marcia. — Eu só queria lhe dizer: "Minha nossa, Chris, você não *trabalha* mais aqui. Desista dos anúncios para levantamento de fundos. Vá embora. Revise você mesmo essa merda de currículo!" Mas, Deus do céu, ele não parava de falar. Então me disse: "Você acredita que mentalmente não consigo parar de trabalhar? Continuo trabalhando e trabalhando. Isso não é doentio e tortuoso?" É sim! É doentio e tortuoso. *Você não trabalha mais aqui!* Mas eu não disse isso. Estava tentando ser simpática. Realmente tento ser simpática às vezes. Portanto, embora ele não soubesse meu nome, continuei revisando seu currículo idiota, que estava cheio de erros. Como é que chegamos a contratar aquele cara como redator? Eu estava apontando os erros para ele, as grafias erradas, os erros de digitação e coisas assim, quando ele disse, sem quê nem pra quê... quero dizer, não tenho a *mínima* idéia de onde veio aquilo. Mas eu sabia que algo estava errado porque ele não estava mais falando sem parar, estava apenas olhando para mim. Então levantei os olhos do currículo e perguntei: "O que foi?" E ele disse: "Vai acontecer com você também, sabia? Não pense que não vai." Então perguntei: "O que é que vai acontecer comigo?" "Ser despedida", disse ele. "Vai acontecer com você do mesmo modo que aconteceu com os outros, e aí você não vai agir como se fosse superior a todo mundo, como agora." Eu não podia acreditar no que estava ouvindo — contou. — Eu estava revisando a porra do currículo do cara, eu!, *melhorando* a coisa, e ele me diz que vou ser despedida? E não só isso, mas também que eu agia como se fosse superior a todo mundo? Só porque eu agia como se fosse superior àquele infeliz não quer dizer que eu agisse assim com todo mundo. Eu estava tentando ajudar o cara a arranjar outro emprego, pelo amor de Deus! Não estava sendo solidária? Quer dizer, que completo idiota! Ele é um completo idiota de me dizer: "Ah, sabe essa coisa ruim que acaba de me acontecer? Vai acontecer com você também." E se Brizz tivesse feito isso? Se tivesse dito: "Obrigado por me visitarem no hospital, pessoal. Mas, sabem, um dia vocês todos vão morrer também, e, quando esse dia chegar, não conseguirão respirar também, sentirão muita dor e angústia e depois morrerão. Portanto, boa sorte, palhaços!" Então rasguei seu currículo em pedacinhos e joguei na cara dele. Um dos pedacinhos grudou na sua testa, ele estava suando muito. Então lhe disse coisas horríveis, não consegui evitar. Eu disse: "Você sua tanto que me dá náuseas." Eu não devia ter dito isso, mas adorei dizer, porque é *repulsivo* como ele sua. Porra, que babaca! Dizer-me que vou ser despedida. Vocês se lembram muito bem. Vocês têm que me compreender. Venho *pisando em ovos* desde a reunião de ontem.

Então lhe perguntamos por que vinha pisando em ovos. Marcia olhou em volta de forma conspiradora, o que era incomum nela, pois geralmente não dava a mínima para quem a ouvia falar qualquer coisa. Marcia nunca havia pisado em ovos. Nascera e fora criada em Bridgeport, trocava o óleo do próprio carro, escutava Mötley Crüe.

— Porque fui *eu* quem pegou a cadeira de Tom Mota — confessou. — Entenderam? A cadeira do Tom está na *minha* sala. A regra sempre foi: quando alguém vai embora, quem entrar lá primeiro pode levar a cadeira da pessoa. Fui a primeira a entrar lá e peguei a cadeira do Tom. Eu não sabia nada sobre os números de série. Não até aquele retardado começar a tagarelar sobre eles ontem na reunião. Desde então venho pisando em ovos. Isso me deixa louca. Queria me livrar dela, mas, como o Chris levou a cadeira do Ernie para a sala do Tom tentando fingir que era realmente do Tom e não do Ernie, não posso levar a verdadeira cadeira do Tom para lá porque então o Tom ficaria com *duas* cadeiras. Não vai parecer suspeito? Mas se eles procurarem e virem que eu tenho a cadeira com os números de série do Tom... Entenderam, eu tenho a cadeira com os números da série! O que devo fazer? Quem sabia desses números de série? Eu não sabia. Vocês sabiam?

Marcia estava tão sem fôlego e aflita quanto o próprio Yop. Pedimos que se controlasse. Chris Yop não tinha sido despedido só porque fora pego com a gestante de Tom Mota, e sim porque não conseguia sequer escrever o próprio currículo sem milhares de erros tipográficos. Lynn Mason e os outros sócios não podiam confiar campanhas de publicidade de um milhão de dólares a redatores desmazelados — isto é, se algum dia tivéssemos de novo campanhas de um milhão de dólares. Esse tinha sido o motivo da demissão de Chris Yop.

Mesmo assim, achávamos prudente Marcia ir à sala de Tom e trocar a cadeira de Ernie pela de Tom. Era uma época delicada, e em épocas delicadas fazia sentido tomar todas as precauções. Melhor ser pega com a cadeira de Ernie do que com a de Tom. Quando estávamos dizendo exatamente isso, descobrimo-nos discutindo coisas como qual seria a melhor cadeira com que Marcia poderia ser apanhada. Naquele instante percebemos a gravidade de nossa decadência.

JOE APARECEU NA REUNIÃO DUPLA levando sua agenda, o que era previsível e irritante. Ficávamos irritados pela contínua familiaridade com aquela agenda desgraçada. Às vezes quase achávamos que podíamos gostar se, uma em cada dez vezes, deixasse a agenda com capa de couro em sua mesa. Mas não. Como o divã, os dois sofazinhos e as espreguiçadeiras de couro já estavam ocupados, Joe teve que se sentar no chão.

Numa reunião dupla, certas coisas sempre aconteciam. Joe nos dividiu em equipes, um diretor de arte para cada redator. Em teoria, depois da reunião dupla, cada equipe se juntava e fazia um *brainstorm* para produzir idéias. Mas na prática sempre funcionava um pouco diferente. O redator tomava seu próprio rumo e o diretor de arte também, gerando idéias independentemente um do outro. Então os dois se reuniam para competir. Quem era mais espirituoso, quem era mais inteligente, quem acabava as tarefas mais rapidamente. Todos rezávamos pela mesma coisa: *Por favor, que seja eu*. Independentemente de quem fosse aquele eu, a pessoa tentava ser muito discreta quando obtinha uma resposta afirmativa. Mas não havia como negar, a pessoa reinava vitoriosa por um dia enquanto nós outros voltávamos às mesas de trabalho lambendo as feridas. Tínhamos perdido, e nossa pobreza de espírito nos deixava vulneráveis às críticas, às difamações murmuradas e à perspectiva medonha de ser o próximo a ser despedido.

Portanto, imagine nossa surpresa e pesar quando nos instalamos nos sofás com o café na mão para uma reunião dupla — nas quais apenas ajustávamos detalhes e solicitávamos esclarecimentos — e Karen Woo anunciou que já havia concebido os conceitos. Já tinha toda uma *campanha*.

— Sabem de uma coisa, estou farta de ver mulheres atraentes de sessenta anos sorrindo para a câmera e dizendo: "Olhem para mim, sou uma sobrevivente. Derrotei o câncer de mama." Isso é besteira — disse Karen. — A publicidade precisa deixar de lado o lixo do sorriso feliz e apresentar alguma verdade desagradável.

Nós a fitamos, o cheiro dos copos de café flutuando entre nós. "Espere aí!", queríamos gritar. "Você não pode ter os conceitos. Ainda nem tivemos a reunião dupla!"

— Qual é a sua idéia? — perguntou Joe.

Sua idéia? Nós vamos lhe dizer a idéia dela, Joe. Assassinar. Ninguém fala sobre isso, ninguém diz uma palavra, mas o verdadeiro motor funcionando no local é o desejo primitivo de matar. Ser o melhor publicitário da agência, inspirar inveja, derrotar todos os outros. A ameaça de demissão simplesmente transformou o lugar numa máquina mais eficiente.

— Estou surpreso por você já ter os conceitos, Karen — disse Larry Novotny. Karen e Larry não se davam bem. — Estou realmente surpreso.

— Iniciativa — disse Karen, satisfeita consigo mesma.

— Não quero falar por mais ninguém, mas, francamente, isso nos surpreende pra cacete — acrescentou Larry.

Karen inclinou-se para frente no sofá e virou-se para Larry em sua espreguiçadeira. Era difícil ver os olhos dele sob a aba arqueada do boné dos Cubs. Ele estava usando uma de suas horrorosas camisas de flanela. Olharam-se fixamente. Karen e Larry não se davam bem porque Larry era um diretor de arte e Karen, uma diretora de arte sênior, e títulos significam tudo. Cada DA quer ser um DAS. Se você fosse um DAS, sonharia em ser um Dicra. O Dicra era nossa tradução fonética para diretor de criação adjunto. O Dicra queria ser um Dicrão (diretor de criação), e cada Dicrão invejava os Vipes. Você podia ser um Vipecri (vice-presidente executivo de criação) ou um Vipecon (vice-presidente executivo de contas), mas as duas espécies aspiravam igualmente a se tornarem sócios um dia. Os sócios sonhavam com algo do nível de Magalhães, Vasco da Gama, Colombo etc.

A questão era que levávamos aquela merda a sério. Haviam tirado nossas flores, folgas de verão e bônus, estávamos com os salários congelados, e as pessoas voavam porta afora como manequins desmantelados. Ainda tínhamos uma coisa a nosso favor: a perspectiva de uma promoção. Um novo cargo: é verdade que não trazia qualquer vantagem financeira; o poder era quase sempre ilusório, o cargo era um dispositivo barato e astucioso concebido pela administração para evitar que nos amotinássemos. Mas, quando circulava a notícia de que um de nós tinha subido um degrau, a pessoa em questão ficava um pouco mais quieta naquele dia, levava mais tempo almoçando que o habitual, voltava com bolsas de compras, passava a tarde falando suavemente ao telefone e ia embora quando queria naquela noite, enquanto o restante de nós trocava e-mails sobre assuntos sublimes como Injustiça e Incerteza.

— Karen, qual é a sua idéia? — perguntou Joe.

Karen desviou os olhos de Larry e virou-se para Joe.

— Dê uma olhada.

Ela apresentou três conceitos aprimorados, que chamou de campanha dos "Entes Queridos". Do banco de imagens Karen havia recebido *close-ups* de rostos individuais, todos de homens. O primeiro era um garoto negro; o segundo, um homem asiático; o último, um senhor branco, idoso. Eles encaravam diretamente a câmera, sem expressão. Todos pensamos: "Ela esteve no site da Photonica nas últimas dezoito horas procurando essas preciosidades." Os textos eram um exercício de simplicidade e da arte de provocar. Cada um deles era uma citação. Com algum trabalho no Photoshop, Karen fizera o garoto negro segurar um cartaz branco onde estava escrito: "Minha Tia". No cartaz do asiático lia-se: "Minha Mãe". O do senhor branco exibia: "Minha Esposa". Era só isso, as imagens e os textos. Chamavam a atenção o suficiente, acreditava Karen, para que qualquer um que se defrontasse com eles fosse impelido a ler o corpo do texto, onde o testemunho de uma pessoa explicava a angústia de perder um ente querido para o câncer de mama e a urgente necessidade de uma cura.

— Um pouco para baixo, não acha? — sugeriu Larry.

— Não, Larry, não acho. É pungente, franco e motivador, isso sim.

— Não é muito palatável.

— É muito palatável, Larry!

— É como ver crianças africanas morrendo de fome na TV, Karen. Talvez possamos convidar uma artista de cinema para colaborar.

— Joe — disse Karen.

— Larry — disse Joe.

— É a minha opinião, Joe — disse Larry.

Detestávamos Karen Woo. *Detestávamos* detestar Karen Woo porque temíamos a possibilidade de sermos racistas. Principalmente os caras brancos. Mas isso não ocorria só com os caras brancos. Benny, que era judeu, e Hank, que era negro, também detestavam Karen. Talvez detestássemos Karen não porque fosse coreana, mas sim por ser uma mulher de opiniões fortes num mundo dominado pelos homens. Mas isso não ocorria só com os homens; Marcia não conseguia suportá-la e era mulher. E Marcia adorava Donald Sato, portanto não podia ser racista. Donald não era coreano, mas asiático, e todos gostavam dele tanto quanto Marcia, embora ele não falasse muito. Certa vez Donald falou. Afastando-se do computador por um breve momento, virou-se para um grupo de quatro ou cinco e disse:

— Meu avô tinha uma coleção esquisita de orelhas chinesas.

Estávamos debatendo algo, não era como se a frase surgisse do nada. Mas ao mesmo tempo era comum que um dia inteiro se passasse com Donald dizendo apenas "Ahn, talvez" umas quatro ou cinco vezes, a metade sem nem desviar a atenção de seu computador. Então as cinco horas soavam e adeus Donald. Agora ele nos contava sobre o avô.

— Como assim uma coleção de orelhas? — perguntou Benny. — Você quer dizer orelhas verdadeiras?

— Orelhas de pessoas chinesas, sim — confirmou Donald, tendo se virado de novo para a tela do computador. — Uma sacola inteira delas.

O mistério se aprofundava.

— Uma sacola? De que tipo? — Sam Ludd, que fumava muita maconha e geralmente cheirava a batatas *chips* de milho sabor cebola, virou-se para Benny a fim de comunicar algo na linguagem secreta do riso.

— Mas é sério, porra — insistiu Benny, girando na beira da janela para olhar diretamente Donald —, do que você está falando, Don?

— E o que seria uma coleção não-esquisita de orelhas chinesas? — perguntou Sam, que tinha durado uns dois segundos e meio depois que as demissões começaram.

— São da guerra. Ele não gosta de falar disso — contou Don para a tela.

— Mas você a viu? — perguntou Benny.

— Há mais de uma — disse Don.

— Não, a sacola, a sacola — disse Benny.

Don olhou-o e assentiu com a cabeça.

— Mas ele... ele próprio as cortou? ou comprou? ou ganhou de presente? Responda, Don! — insistiu Benny.

— Não sei muito sobre isso. Sei que ele esteve na guerra. Talvez ele próprio as tenha cortado, não sei. Não é algo que realmente se possa perguntar a um avô.

— Ok, mas... — Benny estava agitado. — Você não devia falar sobre isso, cara, se não sabe de mais detalhes.

— Acho que você está errado, Don — disse Sam. — Acho que se pode perguntar a um avô se ele cortou orelhas de chineses.

— Qual era o aspecto delas? — perguntou Benny. — Pode me dizer isso?

Don disse, olhando para a tela, que não sabia bem qual era o aspecto delas. Pareciam orelhas. Velhas orelhas murchas e mortas. E a sacola era só uma coisa de feltro com um cordão de puxar. Benny assentiu com a cabeça e mordeu o lábio.

Mas voltando... Karen Woo. Não gostávamos dela porque éramos racistas, porque éramos misóginos, porque sua "iniciativa" causava amargura e sua ambição era visível demais, porque usava o título de sênior como um anel extravagante, ou porque era quem era e o destino nos obrigara a estar perto dela o tempo todo? Nossa diversidade garantia que era uma combinação de tudo isso.

— Acho que o problema que estou tendo com esse projeto, Joe — disse Benny, sentado transversalmente num braço do sofá —, é saber a abordagem fundamental que devíamos adotar. Isso é apenas um lembrete benéfico de que a pesquisa sobre o câncer de mama precisa de dinheiro ou queremos botar pra quebrar como fez a Karen com os pacientes mortos e fazer o pessoal mandar cheques da noite para o dia?

— Talvez algo entre as duas coisas — respondeu Joe, pensando um momento. — Isso não exclui esses conceitos, Karen. Gosto deles. Vamos deixar que alguns sigam uma direção, e o resto, a outra.

Debatemos datas de impressão, quem faria parte da equipe de criação, e depois nos dividimos em grupos. Joe foi o primeiro a se levantar. Pouco antes de ir embora, anunciou que não mostraríamos os conceitos terminados a Lynn; nós os mostraríamos a ele.

Quisemos saber por quê. Lynn não viria ao trabalho no resto da semana, respondeu Joe.

— No resto da semana? — perguntou Benny. — Ela está de férias?

— Não sei — respondeu Joe.

Mas é claro que sabia. Sabia assim como nós que ela estava se submetendo a uma cirurgia naquele dia, e estaria em recuperação quando os conceitos estivessem prontos — a diferença era que provavelmente obtivera a informação direto de Lynn, enquanto nós a recebêramos de outras fontes. Os momentos em que mais detestávamos Joe eram quando ele tinha a mesma informação que nós mas se recusava a dizer.

— Por favor, podemos parar de falar de Joe Pope por dois minutos? — perguntou Amber Ludwig quando Joe tinha ido embora depois da reunião dupla. Tínhamos ficado juntos para discutir o fato de que sabíamos o que Joe achava que não sabíamos, e como aquilo era irritante.

— Devemos falar de quê, Amber? — perguntou Larry. — Dos mortos da Karen?

— Eles se chamam "Entes Queridos", Larry.

Todos sabíamos que Amber estava preocupada com o que viera à tona na semana anterior, quando Lynn Mason recebera um telefonema da ex-mulher de Tom Mota informando-a de que Tom aparentemente desaparecera de vista.

Barbara, a ex-mulher, tinha recebido uns comunicados curiosos — e-mails, mensagens de voz, cartas manuscritas —, cheios de citações de várias fontes: a Bíblia, Emerson, Karl Marx, *A arte de amar* de Erich Fromm, mas também, de modo desconcertante, *A filosofia anarquista*, publicada pela McLenox. Amber procurou no site da McLenox e descobriu que eles produziam títulos como *Esconderijos embaixo da água e do solo* e *Como fazer uma certidão de nascimento falsa em seu computador pessoal*.

As mensagens de Tom para a mulher eram argumentos estranhamente claros para corrigir as enormes dificuldades de um indivíduo que se descobriu preso num modo de pensar estreito, com muitas alusões ao amor, à compaixão, à ternura, à humilhação e à honestidade, juntamente com algumas referências não tão claras quanto à intenção de realizar algo que "chocasse o mundo", como ele colocava, e que faria seu nome ficar na História. *Toda a História resume-se facilmente na biografia de algumas pessoas valorosas e sinceras*, citou Tom num e-mail que tinha sido enviado a todos do escritório às três da tarde da sexta-feira anterior. "Barbara", concluía o e-mail, "você pode rir, mas pretendo ser uma dessas pessoas".

Barbara telefonou para Lynn para saber se alguém sabia de Tom.

— E acho que para avisar você — acrescentou Barbara. — Detesto colocar a coisa desse modo, porque nunca pensei nele assim. Mas o Tom apareceu em casa com um bastão de beisebol e destruiu tudo que encontrou, o que me faz pensar que talvez eu jamais o tenha conhecido de fato. Não o conhecia naquela época, não sei o que é capaz de fazer agora e realmente não quero ficar por perto para descobrir.

— Entendo — replicou Lynn.

— Portanto, estou ligando para dizer que tenho tentado entrar em contato com ele só para me certificar... você sabe. Mas... não quero que você pense que Tom vá fazer alguma coisa... inesperada. Só achei que devia avisá-la de que não consigo achá-lo.

— Obrigada pelo telefonema — disse Lynn.

Ela desligou e chamou Mike Boroshansky, o polaco de South Side encarregado da segurança do edifício. Mike avisou a todos na segurança sobre a situação em potencial. Colaram uma foto de Tom na mesa da segurança no saguão e, durante o dia, Roland, o amigo de Benny, comparou-a com visitantes que entravam pelas portas giratórias. À noite, o outro guarda de segurança fez o mesmo.

Só nós tínhamos o distanciamento necessário. Tom Mota não faria maluquice nenhuma; ele era maluco, mas não era *maluco*. Não conseguíamos acreditar que estivessem tão preocupados. Mandar um retrato de Tom para a segurança? Todos sabiam que aquilo era maluquice.

Todos exceto Amber Ludwig, que lembrava, com aflição característica, Tom Mota depois de beber dois martínis na hora do almoço. Já era muito raro alguém tomar um martíni no almoço. Ver Tom tomar dois martínis foi um grande prazer.

— O que aconteceu com os Estados Unidos? — perguntou Tom, e então parou. — Ei, estou falando!

Tivemos que interromper a conversa e prestar atenção nele.

— O que aconteceu com os Estados Unidos — continuou — para que os dois martínis no almoço tivessem sido substituídos por essa, essa... — contemplou-nos com desdenhosos abanos de sua cabeça de buldogue — ...essa mesa cheia de frescos, todos vestidos de cáqui e bebericando o mesmo chá gelado? Ahn? O que aconteceu? — Tom queria mesmo saber. — A General Motors, a IBM e a Madison Avenue não estabeleceram o poder americano do pós-guerra baseado no almoço de dois martínis? — continuou, erguendo o novo martíni delicadamente no ar para não derramá-lo.

Era só o começo da vodca falando por ele.

— Saúde! — disse. — Esse vai para suas roupas de grife. — Buscou a taça com os lábios grossos e vermelhos enquanto tentava firmar a haste com a mão.

Após voltarmos ao escritório naqueles dias, nas horas monótonas entre as duas e as cinco, nunca sabíamos o que esperar dele. Às vezes Tom tirava uma soneca numa cabine do banheiro masculino. Às vezes ficava em pé sobre a mesa, de meias, e removia os painéis de luzes fluorescentes do teto de sua sala. Passando por ali, perguntávamos o que estava fazendo. "Por que não vão se foder, seus babacas?", sugeria ele. Era sempre amável assim, mas não tinha o comportamento de um louco, na nossa opinião. Tom Mota era alguém inconsolavelmente preso numa cela, ficando mentalmente perturbado, agressivo, precisando se libertar — o que afinal de contas era o motivo para o almoço de dois martínis. Passávamos muito tempo conversando sobre como o trabalho e o divórcio o estavam transformando num alcoólatra.

Um alcoólatra — fosse um bêbado crônico, um bêbado funcional ou um bêbado fracassado — era sempre um assunto de conversa. Quem trepava com quem era outro. Todos sabiam que Amber Ludwig trepava com Larry Novotny. Amber queria que agora parássemos de comentar o assunto. Mas não era verdade? Se não fosse, nem mais uma palavra a respeito. Então, Amber? Nenhuma reação. Ok, e aí? Se não podemos conversar sobre você e Larry trepando e você acaba de pedir para não falarmos mais de Joe Pope, vamos falar de quê? Afinal de contas, o princípio democrático sustenta essa loucura. A palavra é sua. Alegue de novo que não se sente mais segura aqui, que Tom Mota sempre lhe deu calafrios, e que o que consideramos extravagância e comédia barata você chama de insanidade homicida. Amber?

— Na noite passada tentei dormir mas não consegui. Estava preocupada demais — disse.

Afirmamos-lhe pela qüinquagésima vez que Tom não ia voltar. Amber olhou em volta como se fosse Marcia, como se tivesse o poder de Marcia de, com um único olhar fulminante, reduzir-nos a seres insignificantes e ridículos. Mas, quando o fez, o olhar se virou para dentro e revelou algo a seu respeito: que se sentia incompreendida e, portanto, magoada.

— Do que é que vocês estão falando? — perguntou Amber. — É sobre Tom Mota de novo? Como é que podem falar de Tom Mota num momento destes?

De *quem* ela estava falando?

— De quem mais? — perguntou. — De quem eu poderia estar falando neste momento?

Sem dúvida já era hora de voltarmos para nossas mesas e tentarmos alcançar Karen na busca do melhor conceito para levantar fundos, mas, por algum motivo, ninguém se mexeu.

— Vocês acham que ela está sendo operada agora? — perguntou Amber. — Quer dizer, neste exato momento. Alguém sabe qual era a hora da cirurgia?

— Acho que ninguém sabe — disse Genevieve.

— Na noite passada, não sei por quê, eu estava pensando se ela teria um namorado — continuou Amber.

— Ah, eu até sei algo a respeito — anunciou Genevieve.

Amber se espantou.

— O quê? O que é que você sabe?

— Que Lynn está namorando um advogado.

— Como é que sabe disso? Ela contou pra você?

— Ah, não. Eu estava num restaurante com meu marido e vi os dois. Meu marido conhecia o cara. Eles defenderam lados opostos num caso.

— Você os viu num restaurante? Como ele é?

— Um tipo meio pesado, se bem me lembro. Mas não gordo. Eu o achei sexy. Achei que formavam um casal bonito.

— E o que aconteceu? Ainda estão juntos?

— Ah, isso eu não sei — disse Genevieve. — Só os vi naquela vez no restaurante.

Houve um silêncio. Era evidente que todos cogitávamos o que Lynn Mason fizera naquela noite ao ir para casa. Assistia televisão ou achava isso uma perda de tempo? Que hobby tinha? Ou teria sacrificado qualquer hobby pela ambição profissional? Fazia exercícios? Sua dieta era particularmente ruim? Teria uma história de câncer na família? Quem era sua família? Quem eram seus amigos? O que tinha acontecido entre ela e o advogado? E como se sentia, sendo quarentona e ainda solteira?

— Eu quis ligar para ela na noite passada e me oferecer para levá-la ao hospital — disse Amber. — Pode imaginar isso? Ela diria "Amber, por favor, não ligue para minha casa às onze horas da noite" e desligaria na minha cara.

— Ah, não sei — disse Genevieve. — Poderia ficar tocada pelo gesto. Lembra do aniversário dela? — Tínhamos feito um infomercial para Lynn em seu aniversário, editando depoimentos de todos dizendo como era fantástica. — Ela ficou muito comovida — disse Genevieve. — Acho que não a consideramos um ser humano.

— É difícil — disse Benny. — Lynn é assustadora.

— Não consigo imaginá-la num encontro amoroso — disse Larry.

Seguiu-se outro silêncio até que Genevieve perguntou:

— Acham mesmo que ela precisava de uma carona para o hospital?

NÓS NOS SEPARAMOS. Descemos para o qüinquagésimo nono, subimos para o sexagésimo terceiro e nos dirigimos também aos andares intermediários. Se o rádio estava ligado, baixamos o volume. O tempo lá fora, para quem olhava pela janela, estava carregado, mas não frio. A primavera finalmente havia chegado. Concentramo-nos nos anúncios para levantar fundos. Abrimos um novo documento Quark ou pegamos os lápis. De vez em quando um lápis lindamente apontado quebrava na página com o impacto e tínhamos que ir em busca de um apontador elétrico. Aquilo era irritante. De volta às cadeiras, batíamos com a borracha nos dentes. Se um clipe de papel por acaso estivesse ali, era provável que o torcêssemos em outro formato. Alguns sabiam como transformar um clipe num projétil que podia atingir o teto. Se nossa atenção estivesse voltada para o teto, geralmente recontávamos os retângulos. Ao voltarmos à tela do computador, apagávamos qualquer linha inicial que víssemos, subitamente constrangidos. Tínhamos a sensação de que nossas idéias ruins eram talvez piores do que as idéias ruins dos outros. Naquele ponto, os que trabalhavam com blocos de rascunho já estavam engajados no passatempo clássico da vida corporativa americana, o lançamento de bolinhas de papel. Mais do que qualquer outra coisa, era isso que a "hora cobrável de algum cliente" significava. Era sempre irritante quando uma pálpebra começava a tremer. Fazíamos um pouco de arrastar-e-soltar. O que estava faltando era uma paleta de cor interessante; então nos encostávamos novamente no espaldar da cadeira e refletíamos a respeito. Que cores Pantone seriam perfeitas para um anúncio de levantamento de fundos? Ninguém o admitia publicamente, mas em certos dias a frustração sexual era extrema. O telefone tocava. Não era nada. Checávamos nosso e-mail. Abríamos o Quark novamente e estabelecíamos novas orientações às quais recorrer. Às vezes o computador travava e tínhamos que recorrer à assistência técnica. Ou precisávamos de algo da sala de suprimentos. Ultimamente, o estoque da sala de suprimentos parecia metade do que costumava ser, e as prateleiras lembravam tristemente programas de TV documentando estações de seca e safras de baixa produtividade na história de um povo do passado. Mas em geral não precisávamos de nada da sala de suprimentos. Puxávamos nossos pacotes de biscoitos das gavetas ou roíamos as unhas. Subitamente um flash ofuscante de algo óbvio caía sobre nós, e o som de uma chuva de toques no teclado inundava o corredor. Pensávamos: "Isso não é má idéia." Era tudo de que precisávamos, um pequeno *insight*. Em pouco tempo a impressão mais grosseira, a mensagem mais crua começava a se modelar de modo coerente. Quando chegávamos a esse ponto, inevitavelmente parávamos para ir ao banheiro.

Para sermos francos, qual era a probabilidade de esse único anúncio de levantamento de fundos, um entre mil, por maior quantidade de doações que recebesse, levar-nos para mais perto da cura do câncer de mama? Quem sabe; talvez levasse. Nenhum de nós entendia como funcionavam os avanços na ciência médica. Talvez precisassem apenas de mais um dólar e nosso pedido os colocaria no páreo.

Também encarávamos o trabalho daquele dia como um favor pessoal a Lynn, mesmo sentindo que, ao decidir não nos contar que estava com câncer, ela tinha destruído uma de nossas mais caras ilusões — a de que não estávamos fazendo aquilo estritamente pelo dinheiro; de que também nos preocupávamos com o bem-estar daqueles à nossa volta.

Talvez o motivo de Lynn não ter nos contado fosse o seguinte:

Não muito depois que as demissões haviam começado, passaram a sumir coisas de nosso local de trabalho. As algemas de Marcia Dwyer, o colar Mardi Gras de Jim Jackers. Inicialmente achamos que talvez os tivéssemos colocado em lugares errados. Talvez tivéssemos emprestado os objetos ou tivessem caído atrás de uma estante. Don Blattner ainda tinha cenas de filmes emolduradas nas paredes, com uma ênfase especial em cenas de *Os garotos perdidos* e *A um passo da eternidade*. Larry Novotny tinha uma coleção de bandeirinhas do campeonato americano de beisebol de 1984. Quem poderia explicar a necessidade de exibirmos tais objetos em nossas salas? Para alguns, ajudava a dizer: "Alô, isso sou eu!" Outros apenas gostavam de ter essa porcaria inútil no local onde passavam a maior parte do tempo. Quando a porcaria inútil começou a desaparecer, ficamos zangados.

Nunca suspeitamos da equipe de limpeza. Aquelas almas pacíficas não arriscariam seu status legal por um peso de papel e alguns brinquedos de plástico movidos a corda. Era uma maravilha — nunca sumia um discman, uma carteira deixada por acaso numa mesa da noite para o dia. Em vez disso, o globo de neve de Karen comprado no Havaí sumiu. A placa dourada com o nome de Chris Yop. Retratos em molduras baratas de nossos pais obesos em férias. Coisas de valor sentimental ou prático apenas para nós e ninguém mais.

Roland, o amigo de Benny da segurança, trabalhava ocasionalmente no turno da noite. Certa sexta-feira de manhã, durante esse período, Benny lhe perguntou:

— Então, o que achou lá?

— Bem, eu procurei — disse Roland. — Primeiro nos armários dos arquivos. Nada. Procurei até nas próprias pastas dos arquivos. Depois nas estantes, mas não há tantos livros assim na estante dele.

Referia-se à estante de Joe Pope. Alguns tinham convencido Benny a ter uma conversa com Roland, só para ver o que sairia daquilo. E Roland tinha levado Benny extremamente a sério.

— Procurei nas gavetas da mesa dele também — continuou Roland. — Não tinha nada lá, a não ser esse pé de coelho.

— Um pé de coelho? — perguntou Benny. — Deixe-me ver.

Roland passou-lhe um chaveiro preso a um pé de coelho. Antes de o dia acabar, Benny o havia mostrado a todo mundo, e dissemos: "Não, nas nossas porcarias inúteis não havia um chaveiro com pé de coelho."

— Deve ser do antigo ocupante — concluiu Roland quando Benny lhe devolveu o pé de coelho.

Depois daquilo, alguém que continuará anônimo entrou na sala de Benny e disse que tinha algo a lhe sugerir. Benny deu uma risadinha. Então o sujeito disse:

— Preste atenção, Benny... Não estamos brincando. É sério.

E Benny, ainda rindo, disse:

— É, engraçado, maneiro...

O sujeito o interrompeu. Benny não estava *escutando*, não estava *ouvindo* o que ele dizia.

— Estamos falando muito sério — disse o sujeito.

Então Benny viu que o outro não brincava.

— Está falando sério? — perguntou Benny.

— Você está me ouvindo ou não, Benny? — perguntou o sujeito. — Estamos falando muito sério.

— Ah, pensei que estivesse brincando — disse Benny.

— Não estamos brincando — disse o sujeito. — Nós não estamos brincando.

— Quem é *nós*? — perguntou Benny.

— Benny — disse o sujeito —, não seja tão burro, porra! O que me diz, está dentro ou não?

— Você está falando de armar deliberadamente para cima dele? — perguntou Benny.

— De brincadeira! É só uma brincadeira estúpida! — exclamou o sujeito.

— Não me parece certo — disse Benny.

— Por que não?

— Não sei. É só algo que eu não quero fazer.

O sujeito espalmou as mãos nos joelhos e se levantou.

— Ok — disse —, como quiser.

Depois que o sujeito foi embora, Benny ligou para a segurança.

— O que posso fazer por você, Benjamin? — perguntou Roland.

— Olhe, acho que você devia parar de inspecionar a sala do Joe — disse Benny. — Quantas vezes você já esteve lá?

Roland disse que dava uma passada lá sempre que trabalhava no turno da noite, toda quinta-feira.

— E não descobriu nada?

— Não, a não ser aquele pé de coelho para dar sorte.

— Escute — disse Benny —, no outro dia só estávamos brincando quando dissemos que o Joe poderia ser o cara que estávamos procurando porque ele é o único que fica aqui até nove ou dez da noite. Ele faz a gente se sentir como se não estivesse trabalhando duro só porque não ficamos aqui metade do tempo que ele fica. Mas era só uma brincadeira, Roland. Ele não é o nosso cara. Não pegou nossas bugigangas.

— Mas se não é ele, então quem é? — perguntou Roland.

— Ora, Roland, você é o segurança daqui. É você quem deveria me dizer.

— Mas achei que você tivesse dito que sabia quem era.

— De brincadeira! — exclamou Benny. — Foi uma brincadeira! Não é ele!

— Bem, se você está dizendo que eu deveria procurar em outra parte, então não vou mais lá.

— É o que estou dizendo — confirmou Benny. — Você não vai encontrar nada lá.

Um ou dois dias depois dessa conversa, Joe Pope foi procurar Paulette Singletary. Paulette era uma doce negra de uns quarenta anos, com o cabelo partido ao meio quase tão perfeitamente quanto um telhado de colmo. Ela cumprimentava todos nós, um por um. Isso pode não parecer muita coisa, mas, num escritório grande como o nosso, víamos todos os dias pessoas cujos rostos conhecíamos melhor do que o de nossas mães, e, mesmo assim, nunca lhes havíamos sido apresentados. Talvez sentássemos juntos numa reunião ou as víssemos numa função que reunisse toda a agência, mas, como não tínhamos sido apresentados, desviávamos os olhos quando cruzávamos com elas no corredor. Paulette Singletary era a única de nós que abordaria alguém e diria: "Acho que ainda não nos conhecemos. Eu sou Paulette." Podia ser um costume do sul. Paulette vinha da Georgia e conservava um leve sotaque. Cumprimentando cada um, com um sorriso caloroso e um riso fácil, Paulette era a favorita de todos. Era um desafio encontrar alguém que fosse unanimemente aprovado, a não ser que fosse Benny Shassburger, e mesmo Benny tinha os seus detratores.

Joe foi procurar Paulette, mas, não a encontrando à mesa de trabalho, tomou a liberdade de pôr no lugar o pequeno vitral que trazia na mão — um anjo azul e castanho-avermelhado — e que sabia pertencer à parede do cubículo dela, pois já o tinha visto lá durante vários meses. No instante em que notou o vidro cintilando inesperadamente do canto de sua sala, Joe soube de quem era.

No dia seguinte, um dos novos e potentes laptops tinha sumido.

— Vocês estão armando alguma coisa — disse Genevieve Latko-Devine, apontando para vários de nós —, e acho que deveriam parar com isso.

Um ou dois dias tinham se passado depois do roubo do computador. Difícil lembrar se o comentário dela — na verdade uma acusação, uma grande e acima de tudo injusta acusação — veio antes de uma reunião de *input*, no almoço, na lanchonete, ou talvez num momento em que muitos se amontoavam em torno da mesa de alguém antes de voltar às suas próprias mesas. Joe lhe contou como tinha ficado intrigado ao descobrir o vitral de Paulette Singletary em sua sala. Não o teria notado se a porta tivesse ficado aberta àquela hora da tarde, mas a fechara para fazer um trabalho e lá estava o vitral no canto, reluzindo ao sol.

A maioria de nós sinceramente não tinha nenhuma idéia do que Genevieve estava dizendo.

— Ah, foi o mesmo caso de quando alguém escreveu VEADO na parede dele?

— Aquilo foi o Joe quem fez — disse Karen Woo.

— Ah, pelo amor de Deus, Karen. Isso é ridículo e você sabe que é.

— Eu não acho ridículo — disse Tom.

— Vocês estão loucos — disse Genevieve.

— Prove — replicou Tom.

— Ok — disse Genevieve. — Lembram quando enfeitaram a sala do Joe com fita de risco biológico?

Naquele mesmo ano alguns tinham posto as mãos num rolo de fita adesiva amarela de risco biológico, com a qual fizeram uma bela decoração na sala de Joe. Se ele algum dia entendeu essas insinuações em especial — de que, como "veado", era portador de uma doença desagradável —, não se sabe. Na verdade, Joe jamais discutiu o fato. Apenas retirou a fita da porta e da cadeira, e, após estacionar e acorrentar sua bicicleta, prosseguiu como se nada tivesse acontecido. Não procurou nomes ou correu para Lynn Mason. Simplesmente jogou a fita na cesta de lixo.

— Ou quando — continuou Genevieve —, e esse é um dos meus preferidos, quando o bloquearam do servidor?

Como todas as nossas tarefas centralizavam-se num único servidor, se alguém tinha um trabalho aberto em seu computador, ninguém mais podia abrir aquele trabalho. Era uma questão de protocolo — apenas uma única pessoa trabalhava numa tarefa num determinado momento. Desse modo eliminávamos redundâncias e coisas desse tipo. Espalhou-se a notícia de que Joe estava num projeto com prazo de entrega e precisava ter acesso a um documento específico. Para bloquear o seu acesso ao documento, só era necessário que alguém o abrisse. Quando Joe descobriu que não tinha acesso ao servidor, mandou um e-mail, depois outro, e em seguida um terceiro pedindo a quem estivesse com o documento aberto para fechá-lo, pois ele tinha prazo para terminar o trabalho. Ninguém respondeu. Joe foi obrigado a perambular por ali espiando todos os computadores. Quando finalmente descobriu quem o fizera, o dono do computador se desculpou, fechou o documento e em seguida ligou para alguém de um andar diferente, num computador distante, que abriu o documento antes mesmo de Joe voltar para sua mesa, bloqueando-o novamente do servidor. Então Joe voltava ao primeiro sujeito, que alegaria inocência; meia hora depois achava o segundo sujeito, que se desculparia, fecharia o documento e ligaria para outro colega, reiniciando novamente o ciclo. Segundo eles, se Joe Pope gostava de ficar trabalhando até tarde da noite, eles lhe dariam um motivo.

— Doentes mentais — disse Genevieve.

Primeiramente, não tínhamos nada a ver com o fato de o vitral de Paulette Singletary ter ido parar na sala de Joe Pope, dissemos. E o incidente do VEADO? Mike Boroshansky investigara e inocentara pessoalmente cada um de nós de qualquer responsabilidade, e isso incluía Tom Mota.

Era tão maluco assim, perguntamos a Genevieve, sugerir que o próprio Joe havia feito aquilo? Talvez ele quisesse chamar a atenção, ou tivesse mania de perseguição. Além disso, continuamos a nos defender; não estávamos tentando justificar o comportamento de ninguém, mas Joe Pope não era o cara mais sociável do mundo. Drinques depois do trabalho para Joe Pope? Nem pensar. Almoço? Pode esquecer.

— Qual foi a última vez que alguém aqui chamou o Joe para almoçar? — perguntou Genevieve antes de sacudir a cabeça e se afastar.

◂

GENEVIEVE FEZ SUA ACUSAÇÃO mais ou menos no mesmo momento em que Karen Woo parou no cubículo de Jim Jackers certa tarde e fez seu anúncio infame:

— Acabo de voltar do McDonald's.

O modo como disse aquilo era uma espécie de revelação. Jim levantou os olhos do que o preocupava à mesa de trabalho.

Karen se aproximou mais. Sentando-se na cadeira de plástico ao lado da mesa dele, repetiu:

— Ah, meu Deus, acabo de voltar... — fez uma pausa para aumentar o efeito — ...do McDonald's.

— Que McDonald's? — perguntou Jim.

Em defesa de Jim, devo dizer que era impossível não prestar atenção em Karen quando ela parava perto de nossa mesa de trabalho. Sua voz era uma força da natureza; sua conversa, uma cachoeira de redemoinhos fatais. Ela era como Hitler sem o anti-semitismo, Martin Luther King sem a compaixão ou a causa nobre. Ao mesmo tempo, Jim era um alvo fácil. Ele pararia o que estivesse fazendo e ouviria qualquer um.

— Bom, eu *nunca* vou ao McDonald's — disse Karen. — Não vou ao McDonald's provavelmente desde a faculdade. Acordei esta manhã e senti que estava completamente alucinada por um sanduíche de filé de peixe.

— Esquisito — disse Jim.

— Não é? — disse Karen. — Do nada. Às sete da manhã eu estava completamente alucinada por um Filet-O-Fish. Bom, eu tinha que esperar até o almoço. Consegui esperar até onze e meia. Mas de qualquer modo eram só onze e meia! Não posso ir ao McDonald's às onze e meia e pedir um Filet-O-Fish. É inaceitável.

— Aquilo se chama mesmo Filet-O-Fish? — perguntou Jim.

— Por quê, você achava que era um Fish-O-Filet?

— Não, achava que era um McFilet — disse Jim.

— Não, não é McFilet, Jim — disse Karen. — Isso é bobagem. Uma grande bobagem. Não é McFilet. Quer ouvir a minha história? Pois bem, eu esperei mais meia hora, aquilo estava me matando, mas esperei. Então fui até lá. Eles *não tinham* Filet-O-Fish, porra! Em pé no balcão, comecei a gaguejar, ahn... ahn... e então praticamente morri.

— E pediu o quê?

— Não, Jim, a questão não é essa. Não pedi nada. Eu *odeio* o McDonald's. Não vou pedir nenhum produto bovino do McDonald's, é nojento. Eu queria um Filet-O-Fish.

— Mas acabou indo para onde?

Karen levantou os olhos para o teto e jogou a cabeça para trás, numa exibição monumental de exasperação.

— Jim, você não está entendendo. A questão não é essa. Quer, por favor, ouvir minha história? Como eu estava com muita vontade de fazer xixi — continuou —, atravessei a área de alimentação e fui até os fundos. Você já foi naquele McDonald's, não foi? Sabe que os banheiros ficam à esquerda, e a área de recreação, à direita. Sabe o que quero dizer com área de recreação, não sabe? Com os brinquedos e o carrossel de cheeseburguer?

— Um PlayStation — disse Jim.

— PlayStation, ou seja lá o que for — disse Karen.

— Não, PlayStation é o videogame — disse Jim. — PlayPlace!

— PlayStation, PlayPlace... Seja lá o que for, Jim. Você sabe do que estou falando, não sabe?

Jim assentiu com a cabeça.

— Ok — continuou Karen —, no PlayPlace eles têm uma dessas áreas separadas por uma rede cheias daquelas bolinhas de plástico. Sabe do que estou falando?

— Claro. A piscina de bolinhas de plástico — disse Jim.
— Você conhece? — perguntou Karen.
— Conheço — respondeu Jim.
— Então eu fui ao banheiro, saí e, por acaso, olhei através da porta para o PlayPlace e algo me chamou a atenção. Parei e olhei. Era Janine Gorjanc.
— Era a Janine? — perguntou Jim.
— Na piscina de bolinhas de plástico — disse Karen.
— O que você quer dizer com esse "na"?
— Ela estava *dentro* da piscina — disse Karen —, sentada lá dentro com as bolinhas até aqui.
— Sentada dentro da piscina de bolinhas de plástico? — perguntou Jim.
— *Dentro* — disse Karen —, com as bolinhas até aqui.
— O que é que ela estava fazendo lá?
— Estava sentada.
— Mas por quê?
— Como é que eu vou saber?
— Tem certeza de que era ela?
— Era Janine Gorjanc — disse Karen —, sentada dentro da piscina de bolinhas.

No dia seguinte, Karen convenceu Jim a ir com ela ao McDonald's. Pediram almoço — Karen finalmente conseguiu seu sanduíche de peixe — e se sentaram a uma mesa na frente. Antes mesmo da primeira mordida no sanduíche, Karen avisou a Jim:
— Volto já. — Quando voltou, disse: — Vai lá dar uma olhada.
— Janine está lá?
— Dê uma olhada.

Quando Jim foi ao banheiro, olhou atentamente através da porta do PlayPlace e não viu nada. Nervoso, disparou para dentro do banheiro dos homens. Quando saiu, porém, percebeu que tinha todo o tempo do mundo. Olhou atentamente através da porta e depois através da rede preta frouxa para o espaço escuro, onde geralmente as crianças ficavam brincando, atirando bolas umas nas outras e agarrando-se à rede para manter o equilíbrio enquanto vigiavam a superfície sempre mutável de centenas de bolinhas. Mas toda aquela alucinada atividade tinha sido substituída pela presença imóvel e enlutada de Janine, a mesma presença emudecida e carregada que arrastava consigo para toda parte no trabalho. Jim sentiu isso palpavelmente mesmo através da porta de vidro. Nenhuma bola se movia. Nenhuma criança feliz se agitava ruidosamente ali. Janine não estava submersa, como Karen a havia descrito no dia anterior. Suas pernas estavam apenas escondidas pelas bolas até os joelhos. Era como se ela descansasse à beira da piscina, o que de certo modo fazia, embora o seu derreamento imóvel não revelasse nenhum prazer ou relaxamento que a frase evocava. Seus cotovelos descansavam nos joelhos, enquanto o rosto abatido e os ombros arredondados curvavam-se desolados para as bolas amontoadas em torno dela, e sua expressão dolorosa dava a impressão de derramar lágrimas coloridas. Jim achou que Janine havia tirado os sapatos antes de entrar, pois um pequeno par de sapatilhas pretas descansava na frente da escada de tamanho infantil que levava à piscina.

Ele voltou à mesa e deslizou para a cadeira.

— Eu a vi.

— Não é a coisa mais esquisita do mundo?

— Não sei — disse ele, assentindo lentamente com a cabeça. — Ainda estou tentando acreditar no que vi.

No dia seguinte, Karen e Jim convenceram Benny Shassburger a ir ao McDonald's com eles. Não lhe contaram o motivo, apenas disseram que era algo que ele gostaria de ver. Todos fizeram seus pedidos.

— Então por que estamos aqui? — perguntou Benny quando se sentaram.

— Porque Janine Gorjanc... — começou Jim, mas foi imediatamente interrompido por Karen.

— Não conte a ele! — exclamou, dando um tapa na mão de Jim. — Não vai ter o mesmo impacto se ele ficar sabendo antes de ver.

— Ver o quê? — perguntou Benny.

— Muito bem — disse Karen —, quero que você vá ao banheiro e, no caminho, dê uma espiada através da porta que dá para a área de recreação. Você sabe a área de recreação, não sabe? Não olhe fixamente, não abra a porta. Apenas dê uma espiada pelo vidro. Entendeu?

Benny voltou e disse:

— Que diabo é isso?

— É Janine Gorjanc — disse Karen.

— É, eu sei, mas o que ela está fazendo ali? — perguntou Benny.

Jim e Karen deram de ombros sem falar nada.

— Tenho que ver de novo — disse Benny, levantando-se mais uma vez.

Ele demorou no banheiro masculino. Janine continuava curvada sobre as bolas coloridas com as pernas submersas. Tinha pego uma bola e a estava atirando lentamente de uma mão para a outra. Então recolheu várias bolas de uma vez e fez com que espirrassem de seu colo, algumas ficando presas ali enquanto ela passava os braços por baixo das coxas e se abraçava.

Benny voltou à mesa.

— É como uma criança de cinco anos — disse.

— Não é a coisa mais *esquisita* que você já viu? — perguntou Karen.

No terceiro dia levaram Marcia Dwyer com eles. Procederam da mesma forma. Quando Marcia voltou do banheiro, disse:

— É, isso é um pouco estranho.

— *Um pouco* estranho? — perguntou Karen. — É mais do que *um pouco* estranho, Marcia.

— Seus idiotas — disse Marcia, olhando o grupo de débeis mentais com os quais uma espécie de loteria a obrigava fortuitamente a conviver. — Ela está *fazendo o luto*.

— Fazendo o luto? — perguntou Jim.

— É, fazendo o luto — disse Marcia. — Sofrendo a perda da filha. Nunca ouviram falar disso?

— É o que ela está fazendo? — perguntou Jim. — Ela está fazendo o luto?

— *É claro* que ela está fazendo o luto — disse Karen. — Mas quem faz o luto assim?

Marcia respondeu sensatamente que pessoas diferentes fazem o luto de modos diferentes.

— Alguns nem choram. Outros não param de chorar. Depende.

— É, mas acho que você não está entendendo, Marcia — disse Karen. — Ela está numa piscina de bolinhas de plástico no meio do McDonald's. Isso é esquisito pra caralho!

Jim recusou-se a ir no dia seguinte, assim como Benny, mas Karen conseguiu convencer Amber Ludwig a comer no McDonald's com ela, e, com Amber, veio Larry Novotny. Quando Amber voltou à mesa, estava em lágrimas. No dia seguinte, Dan Wisdom acompanhou Karen ao McDonald's. Então o final de semana passou e na segunda-feira foi a vez de Chris Yop. Na terça, Reiser mancou até lá. Ninguém queria ir, na verdade. Afinal de contas era o McDonald's, e almoçar com Karen era sempre atordoante. Mas Karen era tão insistente que as pessoas iam para se livrar dela. Então lá estava Janine, sentada na piscina de bolinhas, e todos entendiam por que tinham vindo.

No decorrer das semanas seguintes, praticamente todos foram ao McDonald's. Se Karen não podia ir, eles iam sem ela. Isto é, *nós* íamos sem ela. Afinal todos falavam sobre o assunto. Não era algo que se pudesse perder. Você *tinha* que ir. Primeiro ouvia a respeito, depois precisava ver por si mesmo. Você ficava em frente ao banheiro como se quisesse entrar, mas, em vez disso, olhava atentamente através da porta, através da rede, e espiava a inequívoca e curva figura de Janine Gorjanc — às vezes fixando o nada; outras, manipulando as bolas de alguma forma, segurando-as ou jogando-as de um lado para outro ou passando a mão sobre a superfície ondulante. Você ia também para poder confirmar na volta que havia visto a cena — Janine Gorjanc na piscina de bolinhas — e que visão peculiar era aquela.

JOE POPE SUBIU PELO ELEVADOR com a bicicleta e percorreu o corredor até sua sala, onde encontrou Mike Boroshansky com um casaco azul-marinho, o traseiro apoiado no pequeno aparador preto, e o amigo de Benny, Roland, encostado à parede, esperando sua chegada. O laptop que tinha sumido na semana anterior pousava agora na mesa nua de Joe, assim como outras bugigangas da agência que se tinham mostrado finas o suficiente para escorregar entre a parede e a estante: placas verdes de Vermont, uma moldura de Burt Lancaster e Frank Sinatra em fardas da Marinha reunidos a outros num bar. Gente que passava reconhecia tais coisas porque estava acostumada a vê-las em salas diferentes.

— Por que você não fecha a porta, Joe? — sugeriu Mike Boroshansky. — A Lynn deve descer num minuto.

Tudo foi esclarecido em meia hora. Não muito depois de Lynn entrar, Genevieve Latko-Devine foi vista batendo à porta de Joe. O suspeito habitual foi levado para dentro — isso ocorreu vários meses antes de Tom ser demitido, mas ele estava sempre andando na corda bamba. Podíamos ouvir seus protestos abafados através das paredes finas como papel. Foram interrompidos por Benny Shassburger. Para sua própria sorte, Benny entrou lá voluntariamente. Não precisava fazê-lo; poderia ter ficado de fora. Roland jamais revelou a sugestão de Benny de que a sala de Joe Pope poderia ser suspeita. Lynn Mason queria saber quem era o responsável.

— Diga-me um nome, Benny — disse.

Benny esquivou-se do pedido.

— Acho que não foi ninguém — respondeu. — Foi mais como um *zeitgeist*.

— *Zeitgeist*? O que é um *zeitgeist*, Benny?

— Você sabe.

— Não sei não — rebateu Lynn. — Com todo o respeito, Benny, acho que diretores de arte deveriam evitar o uso de palavras fantasiosas. Se pode me dar o nome do responsável por isso, gostaria que o fizesse.

— Não sei de nome nenhum — disse Benny. — Havia apenas uns boatos correndo, muita gente falou a respeito. Achei que fosse uma brincadeira.

— A impressão que me dá é que você tem um monte de nomes para mim — retrucou Lynn.

— É, mas não um nome específico — disse Benny. — Com franqueza, não sei de quem foi a idéia e não sei quem fez aquilo. Mas posso lhe dizer que não foi o Tom.

— Juro por Deus que desta vez eu não sou culpado — disse Tom.

Lynn o ignorou.

— Da próxima vez que você esbarrar com um *zeitgeist* por aqui, Benny, quero ser a primeira pessoa a saber. Caso contrário, eu mesma vou apontar um nome, e acho que você não vai gostar do nome que vou apontar. Entendido?

— Entendido — disse Benny.

Enquanto ia embora, Benny ouviu Lynn dizer: "Deus do céu, essa gente faz as cagadas mais idiotas."

— Que bom que seu laptop está aí de novo — disse Mike Boroshansky.

— Joe — disse Lynn —, lamento pelo que aconteceu.

Joe fez um gesto descartando a coisa.

— O que você vai fazer? — perguntou ele.

— Que tal despedirmos todos esses filhos-da-puta? — respondeu ela.

Ao meio-dia, Benny disse a Roland:

— Cara, eu falei para você não entrar mais lá! Não falei que ele não era o tal sujeito?

— Falou — disse Roland.

— Então por que tinha que entrar lá?

— Um turno noturno é muito chato, Benny — replicou Roland, na defensiva. — Você já passou por isso? A gente faz de tudo para matar o tempo. Eu não esperava encontrar coisa alguma. Mas estava tudo lá! Aí, o que é que eu podia fazer?

— É, mas se tivesse ficado longe de lá nada disso teria acontecido e eu não estaria encrencado com a Lynn — disse Benny.

— Como é que eu ia saber que estavam armando para o cara, Benny?

Respeitamos o fato de Benny não ter dedurado ninguém. Era bom saber também que, se um de *nós* fizesse algo estúpido, ele provavelmente guardaria aquilo só para si.

Um pouco depois naquela mesma tarde, vimos Joe Pope caminhando para a lanchonete, isto é, na nossa direção — havia poucos de nós ali, desfrutando uma pausa —, e estávamos curiosos: o que é que ele pediria? O que o inescrutável Joe Pope escolheria para beliscar? Mas ele passou pelo local dos pedidos e continuou vindo em nossa direção. Parou bem no meio de nossa conversa, interrompendo-a, e pensamos: *Ah, cacete... Lá vem merda.* Ele havia chegado ao limite. Nosso coração começou a bater forte. Cogitamos num relâmpago: "Até que ponto deveríamos ficar na defensiva? Até que ponto deveríamos ser hipócritas?" Era nosso costume sermos vergonhosamente hipócritas com Joe Pope, geralmente em questões sobre de quem era a culpa, ou o que tinha dado errado com determinada coisa, e depois que ele ia embora e nossos sensores retomavam o norte moral, provavelmente sentíamos uma ponta de remorso pela desonestidade. Claro que voltávamos logo a repeti-la e, nascidos no pecado, esquecidos e não emendados, éramos novamente hipócritas. Mas dessa vez talvez devêssemos não ser hipócritas. Talvez realmente lhe devêssemos um pedido de desculpas. Afinal de contas o cara tinha sido atropelado — tinha todos os motivos para estar furioso. Ele começou a falar calmamente, sem elevar a voz, encarando cada um de nós, cada qual de uma vez e pela mesma extensão de tempo.

— Tentei ao máximo não deixar que certas coisas me atingissem — começou Joe — e lidar com cada um de vocês individualmente, do modo mais imparcial possível.

Não pudemos argumentar contra isso e achamos que provavelmente merecia um pedido de desculpas, embora não tivéssemos certeza alguma de que ele o receberia. Já tínhamos sido severamente censurados por Lynn e diminuídos por Genevieve, que disse, assim como em outras ocasiões, que havia rompido conosco para sempre.

— Mas minha imparcialidade chegou ao fim — continuou Joe — no minuto em que vocês colocaram Janine Gorjanc nas suas brincadeiras.

— Janine Gorjanc? — disse Hank Neary, tão surpreso quanto o resto de nós. — Quem faria alguma coisa contra a Janine?

Joe ficou ali com um impressionante silêncio, que nos deixou extraordinariamente constrangidos. Naquele momento não parecia de modo algum ter pouca estatura. Não deu uma explicação nem fez qualquer ameaça. Não estava ali para buscar satisfação pelo mal que lhe tinham feito. Apenas disse:

— Chega. Não a aborreçam mais na hora do almoço. Não parem na frente do banheiro para ficar espiando de boca aberta. Deixem a mulher em paz.

Tom Mota havia contado para Joe o que andávamos fazendo no McDonald's. Tom Mota, entre todas as pessoas! Não podíamos acreditar. Então soubemos que também tinha contado para Janine. Depois disso tivemos que fazer fila para lhe pedir desculpas. Amber Ludwig, Larry Novotny, Benny Shassburger e Jim Jackers. Don Blattner disse algo a Janine perto das impressoras. Genevieve Latko-Devine ligou para ela de casa. Veio outra segunda-feira e nos desculpamos de novo.

— *É estranho* — admitiu Janine para nós.

Ela não precisava explicar nada, dissemos.

— Mas eu sei que *é* estranho — insistiu. — É que aquele era um dos lugares da minha filha. Ela só tinha nove anos, mas já tinha lugares preferidos. Ainda vou a lojas de brinquedos e ao Gymboree. Lá também acham que eu sou maluca. É que passaram a ser os meus lugares preferidos, eu estava com ela ali. E ainda não sei como abrir mão deles. De qualquer modo, eu estaria lá se ela estivesse viva, não é?

Pedimos mais desculpas nos sentindo péssimos. Tínhamos feito da vida e do sofrimento de Janine um espetáculo, e prometemos solenemente — pelo menos a maioria de nós o fez — que não haveria mais espetáculos.

—

Tom escalou os degraus meio apodrecidos da escada de mão de madeira, segurando-se cuidadosamente no apoio. O mau estado da escada era um sinal do desleixo sofrido pelo outdoor naquele lugar remoto e abandonado, excessivamente a oeste, onde as pistas do tráfego se estreitavam de oito para quatro e a distância entre as saídas se estendiam a quilômetros. Mas seria um equívoco atribuir a decrepitude ordinária de um outdoor maltratado só à localização. Outros outdoors naquela área, especialmente os que anunciavam os barcos-cassinos, eram estruturas novas e sólidas de metal sem um milímetro de tinta lascada, algumas iluminadas por *spots* de luz vinte e quatro horas por dia. Era o desgraçado do vendedor que merecia censura por deixar a coisa chegar àquele ponto. Enquanto subia, Tom refletia sobre o mistério de o local não ser melhor aproveitado. Com aquilo sempre se poderia fazer algum negócio. O retrato de quarta série de Jessica Gorjanc, ampliado a dimensões sobrenaturais, fora deixado definhando muito depois de a própria menina ser enterrada, e isso não era só uma cruel indiferença pelo sofrimento humano. Era um mau negócio.

Ainda estava escuro quando Tom apontou seu Miata, que começava a ficar velho, para o profundo recesso fora da estrada, onde crescia um pequeno bosque a cem metros da rodovia. Então subiu a escada lentamente e com esforço, por causa dos suprimentos que carregava na mochila — inclusive, e o mais importante, uma garrafa térmica pela metade de martíni, que sacudira rapidamente fazendo soar os cubos de gelo antes de fechar a mala e seguir o caminho apontado por sua lanterna. O ruído dos grilos cortava a escuridão sonolenta. Táticas de sobrevivência haviam ensinado a Tom um excelente truque: cobrir com fita adesiva a base de uma lanterna poderosa mas compacta permitia-lhe segurar confortavelmente a lanterna entre os dentes ao subir, iluminando o caminho acima dele enquanto lhe deixava as mãos livres. Precisava de uma delas para segurar o rolo de tinta. Foi a primeira coisa que colocou na plataforma ao chegar ao alto. Suspendeu-se e colocou a ampla mochila de viajante que trazia nos ombros perto do rolo. Fazendo correr a luz da lanterna pela extensão da plataforma, viu o que estava procurando: três pranchas de madeira acinzentadas, que lhe dariam o mesmo espaço que tem um lavador de janelas pendurado no sexagésimo segundo andar. Antes da primeira tonalidade rósea da alvorada, ele destampou a garrafa térmica e serviu-se da bebida; serviço de bar à luz de lanterna. Tirou a lanterna da boca e tomou um gole.

Depois retirou os suprimentos — duas latas de tinta branca doméstica, uma bandeja funda para tinta, dois rolos para pintar e uma vara de extensão telescópica para os rolos. Bebericou da tampa da garrafa enquanto misturava e derramava a tinta, e os vapores se ergueram para saudá-lo. O sol tênue mal o tocava quando Tom percorria a plataforma passando o rolo de cima a baixo no cartaz, trabalhando eficientemente para cobrir toda a imagem desbotada da menina. Ela estava lá havia alguns meses, durante todo o rigoroso inverno do Meio-Oeste e o começo das chuvas da primavera, enrugada em alguns lugares, com bolhas de pintura rachadas ao meio. Graças à vara de extensão, Tom cobriu mais superfície do que achava possível. Mesmo assim ainda tinha muito a fazer; então abaixou o rolo, terminou o martíni e tirou uma pistola de tinta da mochila. Serviu-se de um segundo martíni e carregou a arma. De sua posição na plataforma só podia ver o rosto da garota obliquamente, o que o impedia de saber exatamente como mirar. Mas havia levado consigo muitas bolinhas brancas de tinta, que escolhera para combinar com a tinta que tinha em casa. Assim, enquanto bebericava o segundo martíni e o céu anunciava outro interminável e vazio fim de semana, Tom ia de um lado para o outro das tábuas carregando a arma e atirando, cobrindo a imagem da garota morta com uma mancha amarga de cada vez, porque as queixas dele a Jane Trimble não tinham dado em nada — e porque, na manhã anterior, Janine lhe dissera que não agüentaria olhar aquele outdoor com a imagem da filha nem mais um dia sequer.

4

AS ATIVIDADES EXTRACURRICULARES DE CARL — UMA CONFISSÃO A LYNN — O TELEFONEMA DE TOM É RETORNADO RAPIDAMENTE — VERMELHO EM DOBRO — O FUNDO DO POÇO — PAPO FURADO DE EQUIPE — A FONTE — UMA CONVERSA COM CARL — LYNN NA EMPRESA — UMA CONVERSA COM SANDY — A PORTA NOVA DE DEIRDRE — DEIXEM ROBBIE STOKES FORA DISSO — MARCIA, LIGUE POR FAVOR! — PAREM COM ISSO

CERTO DIA CARL GARBEDIAN PEGOU o monitor do computador e o colocou do outro lado da mesa. Não gostando dele ali, no final do dia tornou a colocá-lo no lugar de antes. Ao fazê-lo, porém, tinha notado como a mesa estava empoeirada; assim, na manhã seguinte trouxe material de limpeza de casa e limpou a mesa, o aparador e as estantes. Ficou até tarde e tirou também a poeira da mobília das salas que davam para o corredor. Com Marilynn trabalhando até mais tarde — claro —, Carl não tinha nada melhor a fazer, e a tarefa lhe era surpreendentemente prazerosa. Na noite seguinte, limpou as mesas e aparadores das salas de outros andares até que Hank Neary, trabalhando em seu romance fracassado até tarde certa noite, voltou do banheiro e encontrou Carl na sala dele, tirando o pó da cadeira.

— O que você está fazendo com a minha cadeira, Carl? — perguntou.

Ultimamente Carl vinha protegendo os olhos com um bloco durante as reuniões de *input*. Carl entrou na sala de conferência, deixou cair o bloco na mesa e apertou os olhos por causa da luz súbita.

— Nossa, como está claro — disse, erguendo a mão para proteger a vista. Piscou e apertou os olhos tentando se adaptar, mas depois teve que fazer uso do bloco de novo. — Minha nossa, como isso está iluminado. Não podemos apagar essa luz?

Com o canto dos nossos olhos obscurecidos e intrigados, nós nos entreolhávamos. Finalmente Tom Mota disse:

— Cara, a luz está apagada.

E era verdade — às vezes o sol entrando pelas janelas nos convencia a manter as luzes apagadas. Mesmo assim Carl continuou apertando os olhos e se protegendo com o bloco durante toda a reunião.

Algum tempo depois, saiu correndo pelo corredor. Em seguida, repetiu o ato. Na terceira vez, atravessou o corredor aos pulos ou coisa parecida. Alguns estavam à porta da sala de Benny Shassburger, conversando com Benny lá dentro. Quando Carl apareceu de novo, Tom lhe gritou:

— Carl! Que diabo, cara... O que você está fazendo?

Carl parou, sem fôlego, e sacudiu a cabeça para Tom. Então, como um gato que não raciocina, disparou para longe de novo.

— O que é que ele tem? — perguntou Benny.

Tom encolheu os ombros.

— Como vou saber?

Uma semana depois, Carl tinha escurecido as janelas de sua sala com papelão. Embora não exatamente sancionado pela administração ou pela coordenadora de escritório, aquilo era o tipo de coisa geralmente tolerado na firma, com base no fato de que devíamos usufruir um ambiente criativo e ter nossas peculiaridades encaradas com tolerância para continuarmos a elaborar textos inteligentes e designs atraentes. Por outro lado, Carl foi questionado sobre o fato e explicou que, sem qualquer motivo, passara a ter uma extrema sensibilidade à luz, apresentando como prova os óculos escuros quadrados que se vêem apenas em pessoas mais velhas e que afirmava estar usando sempre durante os últimos dias, inclusive no escritório. O fantasma de uma reclamação à empresa por parte de um funcionário parecia pairar em relação ao tratamento dispensado aos delicados olhos de Carl; assim, Lynn Mason mandou a coordenadora dizer a Carl que podia manter o papelão. Depois, quando Lynn teve dois minutos de folga, desceu à sala de Carl.

— Uma sensibilidade repentina à luz é estranha — disse ela à porta da sala dele. — Talvez você devesse ir a um oftalmologista.

— Ah, não.

— Não quero me intrometer, Carl, mas quando foi o último checkup que você fez?

— Ah, eu não preciso disso.

E continuou a explicar que, se não fosse por sua sensibilidade à luz, pela ocasional e terrível dor de cabeça, uma certa tonteira e uma transpiração incomum, jamais havia se sentido melhor em toda a sua vida.

— Isso afastou todas as minhas idéias de suicídio — explicou Carl.

Lynn ficou estupefata demais com a confissão franca de Carl para dizer "o que é *isso*? o que afastou essas idéias?". Em vez disso, entrou na sala dele, encostou a porta e perguntou:

— Carl, você andou tendo idéias de suicídio?

— Ah, sim. Ah, durante um bom tempo. Fiz pesquisas, Lynn. Eu sabia... Bem, duvido que queira ouvir todos os detalhes. Mas uma coisa posso lhe dizer, eu estava preparado.

Lynn o escutou como às vezes consegue fazê-lo, da mesma forma que um terapeuta pago por hora para isso. Sentou num canto da mesa, franzindo a testa de preocupação, enquanto Carl contava a história das longas noites em que Marilynn trabalhava até tarde enquanto ele ficava sozinho, como invejava a carreira dela comparada à sua, e como todas as atividades tinham repentinamente perdido o brilho para ele. Então Carl disse algo que deu a Lynn uma noção da profundidade, da incompreensível profundidade de seu desespero.

— Não se assuste com o que estou contando porque tudo isso passou — disse Carl —, mas um dos motivos, e fico muito envergonhado com isso, um dos motivos de eu querer me matar era que Marilynn encontraria meu corpo. — Abruptamente Carl desatou em lágrimas. — Minha mulher, minha linda mulher! Tão adorável, tão boa! — disse, enquanto a força das lágrimas começava a abrandar. — Ela é tão boa, Lynn, e me ama tanto! Sabe que o trabalho dela é o mais difícil que existe? Está sempre com gente muito doente, gente que sempre morre diante dela. Mas

Marilynn ama suas pacientes e me ama, e eu ia fazer essa coisa terrível com ela.

Lynn tinha se aproximado e colocado a mão no ombro dele. Tudo que se podia ouvir então era o choro baixo de Carl e a fricção suave do tecido sob a mão dela.

— Por que eu queria fazer isso? — perguntou Carl. — Para chamar a atenção? Que coisa vergonhosa. Eu sou horrível. Uma pessoa horrível.

Lynn continuou a confortá-lo. Depois de um momento, Carl empurrou a cadeira para trás, levantou-se e abraçou-a. Precisava abraçar alguém. Lynn retribuiu o abraço sem hesitação e provavelmente sem dar nenhuma importância a quem passava por ali e os via através da porta entreaberta. Ficaram ali na sala, abraçados.

— Ah, Carl — disse Lynn, dando tapinhas gentis nas suas costas. Quando os dois se separaram, Carl havia parado de chorar e começou a enxugar as lágrimas dos olhos.

Conversaram um pouco mais. Lynn lhe perguntou o que tinha dissipado sua vontade de suicídio, e Carl finalmente confessou que estava tomando um remédio. Não disse qual era, mas isso não tinha importância. Quando Lynn foi embora, sem dúvida percebeu como sabia pouco da vida pessoal de seus funcionários, como era impossível chegar a conhecê-los apenas com pequenos esforços aqui e ali. Provavelmente também sentiu um pequeno desconforto pelo tempo excessivamente longo durante o qual Carl a havia abraçado, da mesma forma que ele havia abraçado tantos de nós naqueles dias frenéticos e imprevisíveis.

Quando Tom Mota viu como Carl havia coberto as janelas da sala, soube que o dia em que devia ter contado a alguém aquilo que sabia já havia passado. Mas não queria dizer nada. Primeiro, a vida de outro homem não era absolutamente de sua conta. Segundo, Carl lhe fizera confidências, e Tom não tinha nenhuma vontade de trair essa confiança. Terceiro, havia algo repugnante e desagradável na atitude de Carl: um ódio freqüente, violento e implacável. Carl lhe contara que não queria que Marilynn soubesse de sua depressão porque a mulher lhe afirmara que estava deprimido, e ele não queria lhe dar razão. Tom também havia se casado com uma mulher que tinha razão o tempo todo, podendo entender o desejo de Carl de privar a pessoa que mais o amava de uma confirmação de seu bom senso. Fora da sala de Carl, contemplando as janelas escuras, Tom ouviu um grito vindo lá de dentro.

Na verdade era um uivo, um grito inarticulado de dor que se transformara num barulho de sufocamento. Se não fosse a hora do almoço de um dia calmo, o ruído terrível teria feito as pessoas saírem para os corredores.

Tom imaginava que a sala de Carl estivesse vazia. De onde estava não conseguia divisar ninguém em seu interior.

— Carl? — chamou Tom, entrando na sala.

Carl estava estendido no duro carpete corporativo atrás da mesa, as mãos agarrando os cabelos como se fosse arrancá-los. Mesmo na obscuridade, Tom via o rosto atormentado e vermelho do pobre homem, que não abriu os olhos com a aproximação do colega.

Tom voltou à sua própria sala e pegou o telefone. Mas, antes de levá-lo ao ouvido, enquanto o sinal de discar zumbia no ar, sacudiu a cabeça.

— Merda — murmurou.

Deixou seu nome e telefone para a mulher de Carl, que trabalhava no departamento de oncologia da Northwestern Memorial, um prédio vizinho. Então lembrou-se de que, antes de ser desviado por Carl, estava levando um trabalho para Joe Pope; assim, levantou-se novamente. Mas antes de sair o telefone tocou.

— Pombas — disse Tom para Marilynn —, nunca consegui que um médico retornasse minha ligação com tanta rapidez.

— Estou preocupada com o Carl — explicou ela.

— E se eu fosse um paciente comum — perguntou Tom —, quanto tempo você me deixaria esperando?

— Por favor, diga-me o que está acontecendo.

Tom explicou tudo que sabia — o dia em que tinha entrado na sala de Carl com o livro, a confissão dele de que estava tomando os remédios de Janine, o frasco com o suprimento para três meses, tudo. Contou-lhe que Hank havia encontrado Carl limpando sua cadeira, que protegia os olhos com um bloco durante as reuniões, que havia dado meia dúzia de voltas correndo pelo sexagésimo andar, e que não havia muito tempo vira Carl à mesa fitando pensativamente a própria mão de modo quase científico, virando-a e revirando-a lentamente, observando-a como se ela fosse uma descoberta rara ou um objeto estranho.

— Agora ele está deitado no chão do escritório. Ele cobriu todas as janelas com papelão. Acho que precisa de um médico — acrescentou Tom.

Marilynn era mesmo médica, pois não perdeu tempo e crivou-o de perguntas. Qual era o remédio? Quanto tempo ele o vinha tomando? Tom não sabia muito. As perguntas que menos o agradaram vieram no final, uma atrás da outra. Assim, não teve chance de respondê-las — pareciam retóricas e acusatórias.

— Há quanto tempo você sabia disso? Como é possível que não tenha me contado nada antes?

— Quer saber por que não lhe contei nada antes? — perguntou Tom. — Porque odeio a minha mulher, é isso.

Marilynn estava incrédula; Tom podia perceber isso, mesmo estando ao telefone.

— Porque odeia a sua mulher? Que resposta é essa?

Sempre lógico, Tom retrucou:

— Porque ela é uma puta. E se você fosse homem e não mulher, eu a chamaria de coisas piores.

Evidentemente Marilynn não soube como responder a isso, já que houve um período de silêncio.

— Olhe — disse Tom afinal —, não me orgulho disso, mas, quando Carl comentou que fazia aquilo pelas suas costas porque detestava quando você tinha razão, eu entendi muito bem, porque a puta da minha ex-mulher é outra que está *sempre* certa, pelo menos na maioria das vezes... Exceto quando levou as CRIANÇAS para a merda de PHOENIX e deixou que chamassem UM PILOTO BABACA DA PORRA DA UNITED DE PAPAI. PORRA, PAPAI BOB, COMO SE TIVESSEM DOIS PAIS, QUANDO EU SOU O ÚNICO PAI QUE ELAS TÊM, PORRA! FOI POR CAUSA DISSO! PODE ME PROCESSAR!

E desligou. Depois se controlou. Marilynn ligou novamente.

— Só quero saber se você acha que ele viria sozinho ou se preciso de alguém para trazê-lo.

— Para arrastá-lo?

— Há dois dias que ele não volta para casa — disse Marilynn. — Venho ligando sem parar. Não tenho idéia de como anda a cabeça dele agora.

— Ele não precisa de ninguém para arrastá-lo — disse Tom. — Só de alguém que o levante do chão.

Tom foi à sala de Carl e perguntou-lhe se se importava de acompanhá-lo ao hospital próximo. Como Carl não disse nada, Tom o ajudou a se levantar e o levou.

Carl recebeu o diagnóstico de envenenamento tóxico. Quando o visitamos, tinha os lábios rachados e sua pele parecia inflamada. A última vez em que estivéramos juntos num hospital fora visitando Brizz.

— Espero que você não acabe como ele, Carl — disse Jim Jackers.

— Jim — disse Marcia —, se vai fazer piadas infames, pelo menos que sejam um pouco engraçadas. — Virou-se para Carl. — Não ligue para esse idiota. Como está se sentindo?

Carl tinha vários travesseiros brancos enormes atrás dele e estava ligado a um soro.

— Estou vendo tudo vermelho e em dobro — respondeu.

Achamos extremamente difícil responder àquilo. Estava vendo tudo vermelho e em dobro? Bem, isso vai desaparecer, Carl. É apenas um efeito colateral temporário do *dano cerebral permanente*.

— Logo você vai estar de pé — disse Benny.

— Vou poder tocar piano? — perguntou Carl, cansado.

O fato de ninguém ligar para essa velha piada era uma amostra das atitudes esquisitas de Carl e de como eram estranhos alguns de seus comentários. Alguém respondeu com toda a sinceridade:

— Ah, claro que sim, Carl. Claro que vai poder tocar piano de novo.

— Eu estava brincando — disse Carl, levantando as mãos letargicamente; talvez uma indicação de que aquelas mãos não tocassem piano. — A Janine está aqui?

Todos agora já sabiam que Carl tinha roubado os remédios de Janine.

— No momento, não — disse Genevieve, num dos lados da cama. Marcia estava no outro. — Mas me pediu para lhe mandar lembranças.

Na verdade, Janine tinha voltado ao escritório, tentando calcular quantos frascos haviam sido roubados. O suprimento para três meses de seja lá o que Carl havia tomado não fora suficiente para ele, que abandonou as instruções do rótulo e durante várias semanas voltou à mesa de Janine tarde da noite para pegar outras drogas, realizando uma imprudente e destrambelhada experiência em si mesmo.

Como se pode ver no rosto de uma criança que recebe um golpe na cabeça, a ligeira pausa antes de sua expressão se transformar lentamente numa máscara de dor, observamos Carl assimilar a notícia de que Janine não estava entre nós e lutar para não chorar.

— Você gostaria que voltássemos mais tarde? — perguntou Genevieve. Enquanto se debruçava sobre ele, uma mecha do cabelo preso atrás da orelha se desprendeu e ela o colocou novamente atrás da orelha com a graça inconsciente com que lidava cotidianamente com seu sublime cabelo. — Devemos voltar, Carl?

— Eu queria dizer a ela uma coisa — disse Carl, mordendo o lábio superior.

— Quer que eu transmita o seu recado?

— Eu queria cantar uma música para ela.

— Cantar uma música para ela? — perguntou Genevieve.

— É.

No corredor, relatamos ao médico de Carl que este vinha dizendo e fazendo várias coisas bizarras havia semanas.

— Não tenho dúvida — disse o médico. — Ele estava à beira do abismo com essas drogas e dosagens extremamente altas. — Virou-se e tranqüilizou Marilynn de que conseguiriam desintoxicar Carl e que não previa nenhum dano permanente. Uma vez desintoxicado, dariam-lhe a medicação certa com a dosagem certa, e ele voltaria ao normal.

Achamos que era como dizer que Carl tocaria piano de novo. Para começo de conversa, o que seria o seu normal?

Marilynn, também vestindo um jaleco branco e com uma identificação na roupa — era uma mulher atraente, de cabelos louros e curtos —, agradeceu ao médico, chamando-o pelo nome. Ele sorriu e apertou gentilmente o ombro dela.

Depois que o médico foi embora, Marilynn virou-se para Tom Mota:

— Obrigada pela ajuda.

— Não vou pedir desculpas por não ter ajudado mais rapidamente — disse Tom. — E não vou pedir desculpas por gritar com você ao telefone. — Como uma criança, ele não a encarava. — Não posso me desculpar de algo pelo qual não me sinto culpado.

— Eu não estava querendo um pedido de desculpas — disse Marilynn, alta o suficiente para olhá-lo de cima. — Só queria agradecer.

— Então começou a se afastar.

— Você se importa se eu perguntar uma coisa? — disse Tom. Marilynn se virou. Tom foi até ela e, na nossa opinião, aproximou-se demais, inclinando a cabeça raspada como geralmente fazia ao se exercitar. Usava uma capa de chuva castanha que talvez acreditasse lhe dar uma aparência mais alta, com o cinto solto pendurado. — Só por curiosidade — disse e deu aquele terrível sorriso afetado. Era sinistro como insistia em olhar fixamente só para o pescoço dela. — Por que ele achava necessário tomar remédio até quase se matar? Como médica, você tem uma resposta para isso? O que faz uma pessoa induzir outra a se *envenenar*? — Marilynn silenciou, atônita. — É só uma curiosidade boba — disse ele, levantando os ombros. Finalmente a encarou.

Não podíamos acreditar a que ponto Tom estava fora dos trilhos. Havia chegado ao fundo do poço.

— Você é... extremamente grosseiro — disse Marilynn afinal, os lábios trêmulos. — Num momento em que meu marido está tão doente...

— Ah, vá se foder — disse Tom se afastando, levantando as duas mãos espalmadas como se a descartasse.

— ...quando tudo que fiz... — ela lutava para não desmoronar — ...foi tentar ajudá-lo. Eu *tentei* ajudá-lo.

— Ei, só estou tentando entender — disse Tom, dando meia-volta e apontando para ela — por que você nos odeia. E por que *nós* odiamos você.

Todos, exceto Tom, entraram para se despedir de Carl. Surpreendentemente, Lynn Mason chegou.

— Pensei que você não encarasse hospital — disse Benny, referindo-se à fobia dela.

— Não encaro hospital quando a cobaia sou eu — respondeu Lynn. — Quando é outro, eu encaro. — Virou-se para o homem na cama. — Carl, que diabo aconteceu? Que diabo aconteceu?

Suas palavras pareciam de censura, mas o tom era de uma perplexidade terna.

— Fiz merda — disse Carl.

Parecia se tornar mais coerente com a chegada dela. Era um período delicado, considerando-se as demissões à nossa volta, mas os negócios pareciam ter sido postos de lado no momento e, por dez minutos, quase fomos uma equipe saudável e eficiente de novo. Alguém até chegou a dizer algo parecido — Dan Wisdom, o pintor de peixes, que tinha se apoiado na parede para ficar fora do caminho dos outros. Dan disse que Carl tinha que melhorar logo porque era um membro vital da equipe. Lynn olhou para ele e sacudiu a cabeça.

— Não, vamos deixar de lado esse papo furado de equipe no momento — disse. — Vamos deixar essa bobagem no escritório por enquanto e falar apenas de vocês. Se estiverem precisando de algo, qualquer coisa, pouco importa, céus, falem comigo primeiro antes de fazerem uma coisa desse tipo. Carl, pelo amor de Deus!

— Fiz merda — repetiu ele.

— Vai ficar melhor?

— Vou tentar.

— Trouxe para você essas flores horrorosas — disse Lynn. De fato, era um buquê bastante patético. Todos pensamos: *Que merda! Esqueçamos as flores!* Lynn virou-se para Genevieve. — Essas floriculturas de hospital... Eles só tinham isso.

Depois que Lynn foi embora, perguntamos a Dan se tinha ficado ofendido com a resposta dela à sua inócua observação sobre a equipe.

— Está brincando? — disse ele. — Achei fantástica.

Seis meses depois, Carl tinha se recuperado do envenenamento tóxico e estava num tratamento de antidepressivos receitados especialmente para ele. Nenhum de nós podia dizer que tinha havido grandes mudanças. Talvez fosse uma vitória simplesmente vê-lo estável. Ele não estava mais limpando as salas dos outros em seu tempo livre nem dando saltos pelo corredor. Mas, por outro lado, ainda usava um jeans sem marca, sapatos feios e passava a hora do almoço atrás de uma porta fechada comendo a mesma coisa.

— Desculpe interromper, Carl — disse Amber. Alguns a tínhamos acompanhado e agora estávamos atrás dela à porta de Carl. Havíamos eleito Amber nossa porta-voz.

— Tudo bem. O que foi?

Amber deu um passo para dentro da sala e agarrou as costas de uma cadeira, fazendo uma pausa. Olhou para nós, que a incentivamos com o olhar. Finalmente disse a Carl que Karen Woo tinha informado a todos que a fonte era ele.

Carl enxugou a boca no guardanapo e deu de ombros.

— A fonte de quê?

———

No dia marcado para a cirurgia, Lynn Mason apareceu no escritório.

Karen foi a primeira a vê-la — Karen era sempre a primeira a saber de tudo. Esperávamos que fosse a primeira da mesma forma que esperávamos que Jim Jackers fosse o último a saber de qualquer coisa. Daquela vez não era diferente — Lynn Mason estava no escritório e Karen foi a primeira a vê-la. Deparara-se com ela no banheiro feminino.

Genevieve foi a segunda. Indo para a sala de Marissa Lopchek no RH, viu Lynn em pé diante da janela na Sala Michigan.

— A princípio, achei que não fosse ela — disse Genevieve. — Não podia ser. Ela devia estar em cirurgia. Mas, ao voltar da sala da Marissa, a Lynn ainda estava na janela. Estava ali, sei lá, há uns vinte minutos? Deve ter percebido que eu estava ali porque se virou, e, assim que o fez, comecei a me afastar rapidamente, porque não queria que me pegasse olhando. Mesmo assim ela me viu e disse "Olá", mas eu já estava na metade do corredor, portanto tive que voltar o caminho todo e dizer "Oi" porque não queria ser rude, mas ela já tinha se virado de novo para a janela... Ah, foi *tão* constrangedor! O que ela está fazendo aqui?

Dan Wisdom viu Lynn limpando a sala dela e, ajudada pela coordenadora de escritório, guardando coisas em caixas. Perguntamos que coisas eram e ele se pôs a enumerá-las: livros de fotos do banco de imagens, computadores velhos, revistas de publicidade há muito tempo fora de circulação, garrafas de refrigerante meio vazias... Como sócia, era seu direito e privilégio ter uma sala tão atulhada quanto desejasse, e todos nós estávamos acostumados a transferir coisas para o chão quando íamos a uma reunião na sala de Lynn.

— Vocês não reconheceriam a sala — disse Dan. — Um dos zeladores apareceu com um carrinho e levou para baixo nem sei quantas caixas de lixo velho.

Perguntamos por que ela estava limpando a sala.

— Não faço idéia — respondeu ele. — Achei que estivesse fazendo a cirurgia.

Benny também a viu. Certos lugares da agência andavam vazios havia algum tempo, desocupados por aqueles que tinham andado na prancha. Benny encontrara Lynn sentada em cima da mesa de um dos cubículos abandonados, antigamente ocupados.

— Vocês conhecem o lugar, no qüinquagésimo nono andar?

Sim, nós o conhecíamos de cor: todas as paredes nuas, nenhum rádio tocando, impressoras desligadas. A única esperança de revitalização corporativa do local era o fato de ninguém ter desligado ainda as lâmpadas do teto — nós também tínhamos sido vítimas das pontocoms. Nós não gostávamos do local; era um lembrete despido dos tempos em que vivíamos ali. Mas, se você precisasse de um lugar para pensar sem ser perturbado, nada melhor do que a seção abandonada do qüinquagésimo nono.

— A Lynn estava sentada em cima da mesa de um cubículo, com as pernas penduradas — disse Benny. — Foi engraçado vê-la assim. O que estaria fazendo ali? Fiquei tão surpreso de ver alguém no cubículo que quase dei um pulo para trás. Mas, quando olhei mais de perto e vi que era ela, achei muito mais estranho. Eu poderia ter dito algo, cara, mas a Lynn estava completamente desligada. Totalmente *fora do ar*. Ela deve ter me ouvido chegar, mas não olhou. Então dei o fora dali.

Marcia Dwyer encontrou Lynn na sala de impressão. Estava encostada na parede, perto da lata do lixo para reciclagem e das pilhas de caixas com papel A4. Marcia tinha ido lá para fotocopiar algo para nós, uma lista descoberta na internet de fatos interessantes sobre câncer de mama. Cumprimentou Lynn e isso pareceu arrancá-la de seu devaneio.

— O que foi? — perguntou Lynn.

— Eu só disse "olá".

— Ah! Olá!

Marcia foi até a copiadora. Lynn continuava em pé, encostada na parede.

— Ah, você vai precisar usar essa? — perguntou Marcia subitamente.

Lynn negou com a cabeça.

— Ok.

Marcia fez as cópias.

— Tchau — disse Marcia quando terminou.

Lynn ergueu os olhos.

— Tudo pronto?

— Tudo.

— Ok.

— Acho que nunca tive um diálogo mais esquisito em toda a minha vida — contou Marcia enquanto conversávamos sobre o fato na sala dela. — O que a Lynn fazia ali encostada na parede?

— Talvez isso tenha acontecido ontem — sugeriu alguém.

A frase não era tão absurda quanto parecia. Certos dias o tempo passava lento demais no escritório, e em outros, rápido demais; portanto, o que acontecia pela manhã dava a impressão de ter ocorrido há anos, enquanto o que acontecia há seis meses estava tão fresco em nossa memória como se tivesse ocorrido naquele momento. Era natural que ocasionalmente fizéssemos essa confusão com o tempo.

— Não, foi esta manhã — assegurou Karen. — Podem acreditar. Eu a vi. Lynn está na empresa.

— Provavelmente ela deu uma passada no escritório para terminar um trabalho de última hora e logo depois foi para o hospital — sugeriu Amber. — Portanto ela *não está* aqui. Só parou no caminho.

— Limpando a sala? — disse Larry. — Em pé na Sala Michigan por trinta minutos? Isso é um trabalho de última hora?

— Talvez.

— Ou talvez a cirurgia nunca tenha existido — disse Larry.

— Como assim? Claro que existiu.

— Pode ser que ela não esteja com câncer — continuou Larry.

— Ora, Larry. É claro que ela está com câncer.

— Como sabe que não é só um boato, Amber?

— Porque eu *sei*.

— Seja como for, a cirurgia dela estava marcada para as nove — disse Karen. — Ela não pode ter se recuperado nesse meio-tempo; então, não deve ter feito a cirurgia.

— Estava marcada para as nove? — disse Genevieve. — Achei que ninguém soubesse a hora da cirurgia. Como é que você soube disso, Karen?

— Sempre recebo minhas informações diretamente da fonte — disse Karen.

Como se vê, não tínhamos muita coisa para fazer. Precisávamos terminar os anúncios para levantar fundos, claro — mas o que eram eles comparados à nossa carga de trabalho de tempos atrás? Já tínhamos feito progressos com os anúncios e os terminaríamos logo. A questão mais urgente daquela manhã era descobrir por que Lynn resolvera vir trabalhar em vez de lidar com uma doença que ameaçava sua vida. Assim, quando Karen Woo nos contou quem era sua fonte, naturalmente fomos em busca de respostas.

— Não sou a fonte dessa informação — disse Carl diante de seu *penne alla vodka*. Negou saber qualquer coisa sobre a hora da cirurgia de Lynn Mason. E, se soubesse, não teria dito nada. Certamente não para Karen Woo.

— Mas a Lynn teve um diagnóstico de câncer, não teve? — perguntou Amber, na sala dele.

— Pelo que sei, teve — disse Carl. — Mas também não sou a fonte dessa informação e não sei por que a Karen está dizendo que eu sou... A não ser pelo fato de Marilynn ser oncologista no Northwestern. Mas o que a Karen não sabe é que me mudei há umas seis semanas, e, além disso, a Marilynn não me contaria nada... Não se a Lynn fosse uma paciente.

Era a primeira vez que ouvíamos falar da separação de Carl e Marilynn. Não perguntamos mais nada para não nos intrometermos. Indagamos do modo mais amplo possível como ele estava lidando com aquilo, e Carl respondeu, impassível, que fora a melhor decisão para ambos. Deduzimos então que provavelmente Carl não fora o primeiro a sair de casa.

— Não pretendo mudar de assunto — disse Amber.

— Por favor, mude — disse Carl.

— Então você não é a fonte.

— Fonte de quê? — perguntou ele, dessa vez de modo um pouco mais irritado.

— Da notícia de que a Lynn está com câncer.

Carl negou com a cabeça.

— Eu soube disso por Sandy Green.

Alguns achavam que Sandy Green estar na folha de pagamento era o segundo advento do Cristo, enquanto outros, o Diabo encarnado — tudo dependia do salário da pessoa. A sala dela era uma armadilha para incêndio composta de arquivos abandonados. Sandy tinha cabelos grisalhos e usava um daqueles protetores que envolvem os dedos, dando-lhe velocidade no esporte da contabilidade. Num remoto corredor no final do sexagésimo primeiro andar, sua sala sem janelas era conhecida como Batcaverna pela inacessibilidade e escuridão características.

— Conversei com o Carl há dois dias durante cinco minutos sobre descontos de imposto de renda retidos na fonte — disse Sandy. — Duvido muito que em cinco minutos eu tivesse falado com ele sobre o câncer da Lynn.

— Ok — disse Genevieve —, mas o que estamos tentando descobrir é se a Lynn está mesmo com câncer, e se por acaso você sabe disso.

Sandy pareceu genuinamente perplexa por um momento e logo depois seu rosto se iluminou. Ergueu o dedo de plástico no ar e o sacudiu três vezes.

— Agora lembrei. Eu disse a ele algo como "Vou discutir essa questão com a Lynn". E ele disse: "Tudo bem, eu falo com ela sobre isso." Então eu disse: "Mas é melhor fazer isso hoje, porque..." Mas não falei mais nada. Esperei que *ele* dissesse alguma coisa. E ele: "Ah, certo, vou fazer isso hoje." Foi então que eu disse: "Pobre Lynn." Aí comentou: "É, é horrível mesmo." Então ele já sabia. Mas tinha recebido a informação de outra pessoa.

— Mas como é que você soube? — perguntou Genevieve.

— Como eu soube?

— É, é isso que estamos querendo descobrir.

Em silêncio, Sandy apoiou o cotovelo na mesa e o rosto na palma da mão enquanto tentava lembrar.

— Um momento — disse. — Pegou o telefone. — Deirdre, foi você quem me contou sobre o câncer da Lynn? Ou foi a Michelle quem contou a nós duas? Não consigo lembrar. Tem certeza? Está bem, querida.

— Houve uma longa pausa. Então nos assustou com uma risada perversa.

— Da próxima vez deixe o espelho em casa, meu bem! Ok, tchau! — Desligou e se virou para nós. — A Deirdre disse que foi ela quem me contou.

DEIRDRE NOS INFORMOU que recebera a informação sobre o câncer de Lynn do diretor de contas Robbie Stokes.

— Ah, ótimo, minha porta nova chegou — disse Deirdre.

Com isso, os funcionários do edifício entraram com sua porta nova e todos saíram do caminho.

ROBBIE STOKES NÃO ESTAVA em sua sala, mas sim na gerência de contas. E, estranhamente para alguém de contas, havia pendurado na parede algo não-Monet: um anúncio em néon da cerveja Yuengling destinado à fachada de um bar. Ele zumbia e bruxuleava no silêncio mortal.

Alguém dentro do cubículo exclamou:

— Traga-me o mundo!

SAINDO DO EDIFÍCIO, Amber e Larry esbarraram com Robbie.

— Disseram que vocês estavam procurando por mim — comentou Robbie. — Não fui eu que comecei esse boato. Soube disso por Doug Dion.

Larry tranquilizou Robbie, ninguém estava dizendo que ele tinha começado coisa alguma. Só queríamos chegar à origem do boato.

— Bem, façam-me um favor — disse Robbie. — Não digam que eu comecei isso, ok? Não quero me encrencar com a Lynn.

Amber assegurou-o de que estávamos sendo discretos.

— Apenas me deixem fora disso — pediu ele. — Nem mencionem o meu nome.

Alguns voltaram à sala de Marcia e lhe explicaram o que devia fazer.

— Vocês perderam o juízo, porra? — respondeu Marcia.

Por acaso Benny entrou lá.

— Benny, escute o que esses imbecis querem que eu faça — disse Marcia.

O pintor de peixes Dan Wisdom apareceu e insistiu em interromper. Disse que encontrara Chris Yop na sala de impressão e lhe dissera que Lynn Mason se encontrava na empresa naquele dia.

— Estávamos lá — disse Dan —, e ele tinha uns cinqüenta currículos saindo da máquina de encadernação, sabe, coisa boa mesmo, quando lhe contei que afinal de contas a Lynn não estava em cirurgia. Ele disse imediatamente: "E eu andando pelos corredores o tempo todo!" Vocês deviam ter visto a cara dele. Então perguntei: "Não tem medo de que a segurança pegue você?" E ele: "Segurança? A segurança é uma piada. Nunca sobe até aqui." Nisso ele tem razão.

Todos concordamos.

— Mas depois que soube que a Lynn estava aqui, deviam ter visto como ficou assustado. Afastou-se olhando para os dois lados do corredor como num filme de espionagem. Foi a coisa mais engraçada que já vi.

— Você assistiu a *Top Secret*, com o Val Kilmer? — perguntou Don Blattner. — *Aquilo* é que é engraçado.

— Hank! — chamou Marcia. Sentada na cadeira que antes tinha pertencido a Tom Mota, ela rolou lateralmente até a extremidade de sua mesa para ver melhor o corredor. — Hank!

Hank voltou e parou bem à entrada da sala de Marcia endireitando os pesados óculos, um tique nervoso seu. Os óculos imediatamente escorregaram de novo por seu nariz.

— Escute o que esses imbecis querem que eu faça, Hank — disse Marcia. — Querem que eu ligue para o hospital, escute só, *finja* que sou a Lynn e diga: "Ah, estou um pouco confusa... alguma coisa assim... blá blá blá... e fiquei em dúvida, a minha cirurgia está marcada para hoje?" É, querem que eu ligue e finja que sou a minha chefe enquanto ainda estamos passando por demissões, *e por acaso estou usando a cadeira errada*. Mas o caso é que se trata de uma mulher que pode estar realmente doente. E querem que eu ligue e pergunte: "Ah, por favor, você por acaso sabe se estou com câncer?"

— Parece uma péssima idéia — disse Hank.

Tentamos lhe explicar por que esta era realmente a única opção, já que saberíamos de uma forma ou de outra com absoluta certeza.

— Em circunstâncias normais — disse Amber, que voltara com Larry para o escritório e comia agora uma salada apoiada no colo —, eu também não acharia uma boa idéia. Mas se a Lynn tinha um compromisso esta manhã e não foi, você não acha que deveríamos nos preocupar com ela?

— Então faz *você* o telefonema — disse Marcia.

— Acho que não... — disse Hank.

— Não era minha... — disse Amber.

— De modo nenhum isso seria... — disse Don.

— ...tráfico de boatos — disse Larry. — E você estaria fazendo a todos um grande...

— Parem! — disse Joe Pope.

Ele estava em pé bem atrás de Hank, na entrada da sala de Marcia, e ninguém havia notado. Todos se viraram e alguns se levantaram, enquanto Joe se moveu o suficiente para entrar na sala, que congelou.

— Posso escutar vocês *do elevador* — disse Joe. Havia uma nova autoridade em seu tom e o seu cenho estava perturbado, revelando um possível desdém. — Agora, por favor, parem com isso.

5

A NOTÍCIA INACREDITÁVEL — NÃO SABER DE ALGUMA COISA — CADEIRAS — MAIS DISCUSSÃO — AS OPÇÕES DE BENNY — PENSANDO EM BRIZZ — O GUARDA-MÓVEIS — A TRIBO YOPEWOO — A REUNIÃO TRIPLA — MUDANÇAS NO PROJETO — JIM É SEMPRE O ÚLTIMO A SABER — A MÃE DE TOM MORRE — TAREFA ABSURDA — TIO MAX — JIM EXAUSTO — O PEDIDO DE YOP — APOIAMOS KAREN

Certa vez alguém fizera circular um link para um artigo postado num site famoso que todos líamos e sobre o qual conversávamos durante dias. Era sobre o funcionário de uma empresa muito parecida com a nossa que teve um enfarte à mesa de trabalho, e pelo resto do dia as pessoas passaram pelo seu local de trabalho sem notar o que havia acontecido ao colega. Aquilo não era de modo nenhum uma notícia importante — havia o quê, cento e cinqüenta milhões de pessoas no mercado de trabalho? Isso tinha que acontecer com alguém. O que não conseguíamos engolir, o que tornava a morte banal desse homem uma notícia nacional era a incrível informação fornecida na primeira frase da notícia: "O funcionário de uma empresa de seguros de Arlington, Virginia, morreu de enfarte à sua mesa recentemente e só foi descoberto quatro dias depois, quando colegas se queixaram de um cheiro de fruta estragada."

O artigo explicava que a sexta-feira passara, viera o fim de semana e ninguém descobrira o homem caído em seu cubículo. Nem um colega, nem um funcionário do edifício, nem alguém recolhendo o lixo. Então éramos levados a acreditar que aquela *segunda-feira* havia chegado, com as reuniões e os retornos das ligações, a retomada da rotina e a volta dos deveres. No entanto, a *segunda-feira* chegou, terminou e continuaram sem descobrir o enfartado. Só na terça-feira à tarde, quando todos procuravam a banana podre, é que viram o colega morto no chão junto à mesa, escondido pela cadeira. Nós nos perguntávamos como aquilo tinha sido possível. Certamente *alguém* tinha que aparecer solicitando uma reunião. Alguém tinha que perguntar por que o cara havia faltado a uma reunião. Mas não — o pobre idiota não mereceu nem um bom-dia dos próprios vizinhos de cubículo. Não sabíamos como aquilo podia ter acontecido.

Detestávamos não saber de alguma coisa. Detestávamos não saber quem seria o próximo a andar na prancha. Como nossas contas seriam pagas? E como acharíamos um novo emprego? Conhecíamos o poder das companhias de cartão de crédito e das agências de cobrança, conhecíamos as conseqüências da bancarrota. Tais instituições não tinham nenhuma piedade. Colocavam nosso nome num sistema e daquele ponto em diante partes vitais do sonho americano nos eram privadas. Uma piscina no quintal. Um longo fim de semana em Las Vegas. Uma BMW do modelo mais básico. Talvez não fossem ideais jeffersonianos, ligados à vida e à liberdade, mas, naquele estágio avançado, com o Oeste conquistado e a Guerra Fria encerrada, eles também pareciam estar entre nossos direitos inalienáveis. Isso foi pouco antes da queda do dólar, antes do tempestuoso debate sobre a terceirização nas empresas e o espectro de uma multinacional de *yuppies* chineses e indianos superando nossa vantagem em banda larga.

Marcia detestava não saber o que poderia ocorrer se fosse pega com a cadeira de Tom Mota, com seus números de série que não combinariam com os da lista-mestra da coordenadora de escritório. Então trocou a cadeira de Tom pela de Ernie e deixou a de Tom na antiga sala dele. Mesmo assim ainda temia que a coordenadora procurasse a cadeira de Ernie na antiga sala dele — de onde Chris Yop a havia retirado, trocando-a por sua própria cadeira de qualidade inferior quando Ernie se fora

— e descobrisse os números de série de Chris Yop e não os de Ernie, e com tal descoberta fosse em busca da cadeira de Ernie, na qual Marcia se sentava atualmente. Temia que mais cedo ou mais tarde a coordenadora inevitavelmente descobrisse sua troca de cadeiras. Então quis pegar de volta sua cadeira original com Karen Woo, que a tinha recebido alguns meses antes quando Marcia pegara a cadeira de Reiser, quando Reiser a oferecera depois de pegar a cadeira de Sean Smith depois de Sean ter sido demitido. Assim, Marcia foi até Karen pedir sua cadeira de volta. Karen, contudo, não quis se desfazer da cadeira, afirmando não ser aquela a que Marcia lhe dera, afinal de contas, e sim a de Bob Yagley, que ela havia trocado com Marcia certa vez tarde da noite, depois que o gentil Bob de fala suave fora demitido. A antiga sala de Bob estava ocupada atualmente por Dana Rettig, que tinha pulado de um cubículo para uma sala mais pela percepção da administração de que tantas salas vazias não eram um bom panorama para os possíveis visitantes do que por mérito. Quando Dana deu esse salto, trouxe consigo a própria cadeira, que havia pertencido a alguém da gerência de contas e era melhor do que a de Bob, que na verdade era a de Marcia.

— O que há de errado com a minha cadeira? — perguntou Marcia.

Dana respondeu que não havia nada de errado com a cadeira em si; apenas ela, Dana, tinha se acostumado à cadeira da gerência de contas.

— Então onde está a minha cadeira? — perguntou Marcia.

Provavelmente no mesmo lugar em que a havia deixado, disse Dana, em seu antigo cubículo. Mas, quando Dana e Marcia foram até lá, encontraram alguém da produção recém-saído da faculdade — o rapaz parecia ter uns quinze anos — onde Dana costumava se sentar. Ele lhes disse que alguém passara pelo corredor alguns meses antes, retornara, bradara seu cargo na agência e levara a cadeira, que foi substituída pelo troço barato de plástico em que se sentava desde então. Todas as tentativas para que o escravo juvenil desse alguma informação sobre quem tirara a cadeira *manu militari* não tiveram êxito até que Marcia lhe perguntou à queima-roupa como esperava deixar o inferno da produção e chegar a diretor de arte assistente se não conseguia nem fazer o esboço de um rosto num bloco. Então o garoto da produção fez um esboço grosseiro do homem que levara a cadeira, e, quando estava preenchendo a parte do cabelo e dando os retoques finais nos olhos, Marcia e Dana examinaram o retrato e chegaram à conclusão de que era Chris Yop, sem tirar nem pôr. Talvez Yop tivesse enjoado da cadeira de Ernie Kessler, passado por uma cadeira que o agradasse mais e intimidado um joão-ninguém da produção para obtê-la, levando embora a cadeira de Marcia, na qual tinha se sentado até que se viu obrigado a levá-la à sala de Tom e fingir que era de Tom, de modo que, quando Marcia entrou para trocar a verdadeira cadeira de Tom pela de Ernie Kessler, esta não era de fato a de Ernie, mas sim a cadeira original da própria Marcia, que a levou de volta consigo. Marcia estaria novamente com sua própria cadeira?

— Tem certeza absoluta de que esse é o cara que levou a cadeira? — perguntou Marcia ao escravo da produção.

O rapaz respondeu que não tinha absolutamente nenhuma certeza daquilo. Marcia continuou sem saber a quem pertencia sua cadeira. Poderia ser a dela mesma, ou a de Ernie Kessler, ou a de alguma outra pessoa indeterminada. A única a saber com certeza era a coordenadora de escritório, que tinha a lista-mestra. Marcia voltou à sua sala atormentada pela ansiedade típica daquele período.

Larry Novotny detestava não saber se Amber Ludwig se convenceria de que fazer um aborto seria o melhor para os dois, porque detestava não saber o que sua mulher faria com ele se o caso viesse à tona. Já Amber detestava não saber o que Deus faria com ela caso consumasse o aborto. Amber era uma católica que detestava não saber as maneiras misteriosas utilizadas por Deus. Por exemplo, Deus poderia mandar Tom voltar à empresa com toda a ira divina para retificar os pecados que Amber tinha cometido ali sobre mesas que rezávamos que não fossem as nossas?

Também detestávamos não saber os detalhes das intenções de Tom para mudar a história. A maioria de nós achava que Tom Mota não era um psicopata, e que, se quisesse mesmo voltar, teria feito isso um ou dois dias depois de ter sido demitido. Agora já tivera tempo de se acalmar e colocar a cabeça no lugar. Mas alguns lembravam como Tom havia tratado Marilynn Garbedian no hospital no dia em que Carl dera entrada lá gravemente doente; lembravam como sorrira com desdém em sua capa de chuva e olhara fixamente o pescoço de Marilynn, como se estivesse prestes a desfechar um golpe no delicado local. Um perfeito comportamento psicótico por parte de Tom. Mas, para outros, aquilo era apenas a velha misoginia. Tom estava apenas confundindo Marilynn Garbedian com Barb Mota, sua ex-mulher; descontando em Marilynn o que desejava descontar em Barb. Mas se o caso era esse, argumentavam alguns, em quem ele descontaria da próxima vez? Tom tinha a assinatura de *Armas e Munições*. Tinha também uma enorme coleção de armas de fogo. A maioria daquelas armas, contudo, eram itens de colecionador, provavelmente nem podendo mais ser acionadas. Bem, pensavam alguns, nada impede Tom de sair e comprar armas novas. Era muito fácil visitar uma exposição de armas e três dias depois estar de posse de armas semi-automáticas ideais para a situação que estávamos imaginando. Lembramos que, devido à ordem de restrição quanto a Barb, Tom não podia se aproximar dela e provavelmente teria que esperar mais uns noventa dias. Além disso, Tom havia comentado que tais itens eram antiesportivos. "Rifles automáticos, cara... Onde está a esportividade disso?", costumava dizer. Para alguns, aquilo era um pequeno alívio. Seria pouco esportivo nos matar com armas antigas, e por isso Tom não iria nos matar? Não era um argumento convincente. Tom poderia ter facilmente mudado de idéia sobre aqueles itens mais pesados graças aos reveses recentes de sua vida fracassada, e, após fornecer dados falsos e negociar com um comerciante oculto pela internet, receber os itens antiesportivos pelo Correio enquanto nossa discussão corria solta. Alguns de nós achavam isso absurdo. Tom não ia voltar. Estava tentando prosseguir com a vida. Outros, contudo, lembravam que tínhamos a mesma convicção de que Lynn Mason não trabalharia no dia de sua cirurgia e olhem o que havia acontecido.

Detestávamos não saber por que Lynn Mason viera trabalhar no dia em que tinha uma cirurgia.

JIM JACKERS PASSOU SUA HORA DE ALMOÇO na sala de espera da ala de oncologia do Hospital Rush-Presbyterian rodeado por pessoas muito doentes. Também estavam presentes vários familiares robustos, olhando à distância, de braços cruzados ou pegando água para os entes queridos. Jim esperou bastante tempo pelo médico com quem seu pai o havia colocado em contato. Seu pai vendia equipamento médico e, quando Jim lhe contou sobre seu recente projeto, entrou em contato com um oncologista, que conversaria com o filho. Jim queria falar com o médico na expectativa de obter o *insight* necessário para chegar ao conceito vencedor para os anúncios de levantamento de fundos. Naquela hora específica, porém, o médico estava ocupado demais para conversar. Então Jim agradeceu à enfermeira e voltou para a agência.

Estava subindo para o sexagésimo andar, onde ficava seu cubículo, quando o elevador se deteve no qüinquagésimo nono e Lynn Mason entrou. Depois de se cumprimentarem, conversaram brevemente sobre a camisa de Jim. Como Lynn disse que gostava dela, Jim virou-se e mostrou-lhe seu desenho favorito, a dançarina de hula estampada nas costas. A roupa em qualquer departamento de criação será sempre casual; eles podem permanecer com o direito de tirar nossos empregos, mas jamais nossas camisas havaianas, jaquetas jeans e sandálias. Lynn disse que gostava da saia da dançarina de hula, que Jim podia fazer dançar se movesse os ombros para cima e para baixo. Ele se virou mais uma vez e fez uma demonstração.

— Eu costumava dançar hula na faculdade — disse Lynn.

Jim a olhou.

— Sério?

Lynn sorriu, sacudindo a cabeça.

— Estou brincando.

— Ah! — Jim sorriu. — Achei que estivesse falando sério.

— De vez em quando eu também brinco, Jim.

O elevador parou em seu andar e Jim saiu. Caminhou pelo corredor até seu cubículo pensando como tinha sido estúpido perguntar a Lynn se realmente tinha dançado hula.

De volta à mesa, começou a se estressar com sua falta de idéias para os anúncios de levantamento de fundos. Sentia-se decepcionado por não ter conseguido conversar com o oncologista, de quem esperava receber inspiração. Sentou-se, mas sem saber como começar. Checou os e-mails, levantou-se, foi à cozinha e comeu um biscoito velho de um prato coletivo. Quando voltou, o olho lascivo da tela do computador continuava a encará-lo. No cubículo de Jim havia uma citação: "*A página em branco me teme.*" Todos sabiam que fora colocada ali devido à sua insegurança e indecisão, e que nada era mais verdadeiro do que o contrário da afirmação. Mas sempre que Jim se via na posição em que estava naquele momento, desamparado, fixando a página em branco, com um prazo curto e uma completa falta de inspiração, olhava para a citação e se sentia confortado. *A página em branco me teme*, pensou. E em seguida se perguntou: *O que Lynn Mason fazia no elevador no dia de sua cirurgia?*

Foi até a sala de Benny Shassburger. Benny era o primeiro sujeito que Jim procurava quando sabia de algo. Todos tínhamos alguém assim, alguém para quem levávamos nosso melhor material e que, por sua vez, normalmente levava a informação para outro. Benny estava ao telefone. Jim sentou-se e pôs-se a ouvir o final da conversa de Benny sobre preços renegociados — tentava fazer com que a pessoa do outro lado da linha abaixasse o preço. Repetiu inúmeras vezes que não podia arcar com a quantia. Jim cogitou momentaneamente o que seria, mas logo se recordou de que tinha acabado de dividir o elevador com Lynn Mason no dia para o qual a cirurgia dela estava marcada. E essa não é uma cirurgia qualquer. Uma mastectomia não é exatamente um atendimento ambulatorial, em que você vai de manhã, é remendado e está de volta ao trabalho à uma da tarde. Uma operação daquelas requer dias de recuperação. Não conhecia muito sobre câncer de mama, mas disso sabia. Queria que Benny desligasse logo. Nós passávamos horas e horas nas salas dos colegas, esperando que largassem o telefone.

— Era o guarda-móveis — disse Benny quando desligou. — Estão aumentando o preço.

— Puxa, cara — disse Jim. — Para quanto?

Os olhos vermelhos de Jim se esbugalharam quando Benny lhe disse o preço.

— É puxado, né? — acrescentou Benny. — Mas não sei mais o que fazer, cara. Tenho que guardá-lo em algum lugar.

Quando descobrimos que Benny recebera um totem do Velho Brizz, comentamos que tinha poucas opções viáveis. Deixá-lo onde estava, para que os futuros proprietários da casa de Brizz resolvessem o que fazer, certamente seria a mais fácil. Ou encontrar um colecionador, que provavelmente arcaria com o transporte. Chris Yop sugeriu que deixasse o totem na esquina da Clark com a Addison e ficasse olhando até que um sem-teto o levasse num carrinho de compras. Karen Woo achou que

Benny deveria contratar uma firma de cortar madeira e transformar o totem em lascas multicoloridas. Tom Mota gostou da idéia de serrá-lo em pedaços e dar a cada um de nós uma cabeça para decorar as salas como uma recordação de Brizz.

— Para começo de conversa, vocês não estão nem um pouco curiosos de saber por que Brizz tinha um totem no quintal?

Claro que estávamos. Mas certamente havia uma explicação simples para aquilo. O próprio Brizz herdara o objeto de quem lhe vendera a casa ou coisa parecida.

— Então por que ele me deixou o totem no testamento se simplesmente o achou no quintal quando comprou a casa? — perguntou Benny. — Por que deixá-lo deliberadamente para mim?

Certa noite depois do expediente fomos beber num bar esportivo subterrâneo perto do trabalho. Juntamos várias mesas com toalhas de xadrez e conversamos em torno de canecas de cerveja em diversos níveis de consumo. Quando estávamos ficando mais tontos com a fumaça úmida do *bunker* pouco arejado do que com o líquido aguado que nos serviam, Karen Woo perguntou se tínhamos idéia do que Benny estava fazendo com o totem. Enumeramos as opções dele.

— Não perguntei isso. Vocês sabem o que o Benny está fazendo com ele?

Não sabíamos.

— Benny anda visitando o totem — disse Karen.

"Como assim?", perguntamos.

— Ele vai à casa do Brizz e passa um tempo com o totem.

Vários motivos plausíveis poderiam explicar por que Benny faria tal coisa. O totem era algo novo e Benny adorava uma novidade. Ou então estaria medindo-o para removê-lo. Ou estava indo lá com alguém para avaliá-lo. Talvez o totem valesse algum dinheiro.

— Não, vocês não entenderam. Não foi uma vez só. Ele tem ido lá... Jim — pediu Karen quando Jim voltou depois de resolver algum negócio no banheiro —, conte a eles quantas vezes o Benny foi lá ver o totem.

— Não sei — respondeu Jim, dando de ombros.

— Sabe sim. Quantas vezes?

Jim relutava em entregar o amigo.

— Dez vezes! — exclamou Karen. — Num mês! Não é, Jim?

Perguntamos o que Benny fazia lá.

— Só fica olhando o totem — disse Jim. — É algo que merece ser olhado. Fiquei arrepiado na primeira vez que o vi.

— O Art Institute tem coisas que deixam a gente arrepiado também — replicou Karen. — Pouca gente vai lá dez vezes por mês, Jim.

No dia seguinte perguntamos a Benny se estava indo mesmo à casa de Brizz para visitar o totem. Se estava, perguntamos, por quê? Jim Jackers mencionara que ele tinha estado lá dez vezes no último mês. Era verdade?

— Não sei, não contei — disse Benny. — Por que esse interrogatório?

Perguntamos se tinha ido lá com alguém para avaliar o totem; talvez valesse dinheiro. Ou se o estava medindo para uma eventual remoção. Ou se se divertia por estar de posse de um novo objeto.

— Que importância tem isso? Eu vou lá. Qual é o problema?

O importante era que não entendíamos, ponto. Pois logo descobrimos que ele não apenas visitava o totem como estava indo para lá direto do trabalho. Em outras palavras, dirigia na hora do rush. Então perguntamos por que enfrentava o trânsito apenas para olhar o totem. Benny resmungou evasivamente, sem se comprometer. Queríamos saber se por acaso tinha pensado no que faria com o totem quando Bizarro Brizz pusesse a casa do Velho Brizz à venda. O mais sensato seria deixá-lo para os futuros compradores. Benny disse que não faria isso. Nesse caso, quais seriam seus planos quanto ao totem? Alguém mencionou que poderia haver alguns índios que gostariam de ter seu totem de volta, e que saberiam muito mais o que fazer com ele do que Benny.

— O Brizz deu o totem para mim — respondeu. — Não para um índio de verdade.

Aquela era a coisa mais idiota que já tínhamos ouvido. Um mês antes não havia totem nenhum. A idéia de ter um totem provavelmente pareceria absurda para Benny. Então Brizz lhe deixou o totem e Benny enfrentava o trânsito para visitá-lo. Só queríamos saber o motivo.

— Vocês precisam cuidar das suas vidas — respondeu.

Como Dan Wisdom morava perto de Brizz, nós lhe pedimos o favor de deixar de lado por algumas horas suas pinturas de peixes e ir até a casa do Velho Brizz uma noite para descobrir o que Benny fazia. Sabe, como ele passava o tempo.

— O Benny já disse. Ele fica olhando o negócio — replicou Dan.

Sim, mas devia ser mais complexo do que aquilo.

"Saia do carro", sugerimos a Dan, "olhe o totem junto com ele e então lhe pergunte o que se passa em sua cabeça".

— Quem sabe o que se passa na cabeça dele? Isso não é da nossa conta! — disse Dan. — Além disso, não moro exatamente no bairro do Brizz. Moro em South Side, mas South Side é um lugar grande.

Contamos a Marcia Dwyer que Benny havia tido uma paixonite por ela durante um bom tempo.

"Peça para ir lá com ele", instigamos. "Diga-lhe que você quer ver o totem. Ele ficaria doido se você fosse com ele. Então lhe pergunte por que está tão obcecado com a coisa."

— Em primeiro lugar, vocês são uns idiotas — disse Marcia. — Segundo, pouco me importo com o que o Benny faz lá. Talvez esteja descobrindo algo sobre si mesmo. Sei que isso parece loucura para vocês, mas talvez ele esteja procurando algo. Um sinal do Brizz. Uma espécie de sinal.

Esquecêramos que Marcia estava envolvida com o budismo de um modo amplo e ridículo — reencarnação, as leis do carma. Noções religiosas das quais provavelmente não conhecia uma única coisa autêntica.

— E, terceiro, Benny Shassburger tem mesmo uma paixonite por mim? — perguntou Marcia.

"Não sabemos se você está a par ou não", dissemos certo dia para o pai de Benny quando, felizmente, esbarramos com ele à espera do filho no saguão principal. Alguns reconheceram o homem imponente com barba e solidéu pela foto na sala de Benny. "Mas cerca de um mês atrás", dissemos, "seu filho recebeu um estranho legado de um sujeito que trabalhava aqui".

Será que ele sabia?

— O totem? — perguntou o pai.

É, o totem. Sabia também que durante as últimas seis semanas Benny fora à casa do cara uma dúzia de vezes ou mais? Depois do trabalho, no trânsito congestionado, percorria todo o caminho até a 115th Street para olhar o totem. Perguntamos se ele estava a par disso.

— Eu sabia que ele ia lá. — O pai confirmou com a cabeça. — Só não sabia que eram tantas vezes, mas é claro que eu sabia que ele ia lá. Eu fui com ele.

Tinha ido com ele?

— Claro.

E o que os dois fizeram enquanto estavam lá?

— Observamos o totem — disse o pai de Benny.

Só isso? Ficaram observando o totem?

— Bem, então colocamos os cocares na cabeça e rezamos por milho. É isso o que vocês estão querendo saber?

Sem dúvida tínhamos o homem certo. Era bem a resposta que teria vindo da boca do próprio Benny Shassburger antes que ele se fechasse em copas e se recusasse a dizer uma palavra quando lhe perguntamos por que o totem tinha tal poder sobre ele. Seu sigilo nos deixava loucos. Perguntamos ao pai de Benny se não tinha a menor curiosidade sobre por que um judeu como Benny se tornaria obcecado por um totem, um artefato pagão.

— Se estão perguntando se o meu filho reza para ele — replicou o pai de Benny com uma mudança de tom —, acho que não. Só acho que ele gosta do totem.

Sim, contamos tudo a Benny no dia seguinte. Conversamos com seu pai. Não, nunca lhe perguntamos se Benny rezava para o totem. Não pretendíamos ofender ninguém. "Só queremos saber, francamente, por que você vai tanto lá para olhar o totem e o que pensa quando está lá."

— Vou lá para pensar no Brizz — respondeu ele simplesmente.

Portanto era engraçado: enquanto Benny pensava em Brizz, nós pensávamos em Benny. O que Benny poderia fazer no quintal de Brizz? O que estaria pensando diante do totem? E Benny, ele cogitava... o que exatamente? O que havia a pensar a respeito de Brizz? Seus cigarros, seu colete de lã, a conversa com o rapaz do edifício, todos os dias nada memoráveis que havíamos passado em sua companhia. Aquilo levava uns dez segundos. Além disso, o quê? O que mais havia para se pensar?

— Olhem — disse Benny, no limite de sua paciência —, eu não comprei o totem. Não o coloquei no meu quintal. Só o visito. O que vocês teriam feito com o Brizz se tivessem descoberto que ele tinha um totem no quintal e, quando vocês perguntassem o motivo, ele se recusasse a contar?

Nós o teríamos perseguido, ameaçado, torturado, matado. O que fosse preciso.

Mas a questão não era Brizz. Não obteríamos nenhuma resposta dele. Brizz se fora. Por outro lado, Benny ainda estava vivo e podia nos contar o que precisávamos saber.

— Jamais direi a vocês — disse Benny. — É um segredo que compartilho com o Brizz e vocês não podem saber, seus asquerosos.

— O Benny ficou maluco? — perguntou Karen para Jim.

Inexplicavelmente Benny deu dez dólares a cada um de nós. Ele foi de sala em sala, de cubículo em cubículo, entregando notas de dez dólares.

"Para que isso?", perguntamos.

— Uma devolução — respondeu. — Não quero seu dinheiro ensangüentado.

Estava devolvendo os dez dólares que tinha ganhado de cada um de nós quando apostou em Brizz no Bolão da Morte de Celebridades.

— Endoidou — disse Jim.

Bizarro Brizz finalmente pôs a casa do irmão à venda. Agora, pensamos, a situação tinha que mudar. Não haveria mais quintal para Benny visitar. Não haveria mais — como poderíamos chamá-lo? — um memorial, ou fosse lá o que fosse, no qual passar o tempo, refletir sobre os mortos recentemente e todos os mistérios que Brizz tinha deixado para trás, ou sabe-se lá o que Benny matutasse ali. Naturalmente achamos que desistiria da coisa. Deixaria o totem para os futuros proprietários, ou o daria de presente, ou mandaria avaliá-lo, ou contrataria uma madeireira para levá-lo. Em vez disso, contratou uma transportadora para transferir o totem do quintal da casa para a maior unidade disponível de um guarda-móveis na esquina da North com a Clybourn Avenue, onde o guardou embrulhado horizontalmente num invólucro especial colocado sobre o chão de cimento, pois o totem era grande demais para caber em seu apartamento.

Quando soubemos que Benny não se livraria do objeto, chegando até mesmo a guardá-lo às suas próprias custas, continuamos lhe perguntando o motivo. "Por quê, Benny? Por quê? Por quê, Benny?" Quando manteve sua recusa em responder — talvez tenha se sentido incapaz de explicar o motivo até para si mesmo —, manifestamos nossa insatisfação sem reservas. Não gostávamos de não saber de alguma coisa. Não suportávamos ser deixados na ignorância. E achávamos que era o cúmulo da hipocrisia por parte de Benny, que estava sempre contando a todos sobre todo mundo, tentar esconder um segredo de nós. Assim, demos para gritar como índios para ele. Imitávamos danças cerimoniais na frente da porta da sua sala. A pior coisa que fizemos foi dar umas tesouradas na velha peruca que Chris Yop guardava no subsolo e colocar o troço retalhado, que Karen Woo havia molhado com uma garrafa de sangue falso, na mesa de Benny, de modo que o objeto parecesse um escalpo fresco. Alguém sugeriu que colocássemos um solidéu em cima da peruca, mas todos concordamos que duas atrocidades ao mesmo tempo seria ultrapassar os limites.

Em nossa defesa, dissemos que a idéia do escalpo falso tinha sido de Chris Yop e Karen Woo, e que eles próprios a tinham executado. Hank Neary explicou bem quando disse: "É, aquilo foi realmente uma produção Yop e Woo." Aproveitamos aquilo e o transformamos posteriormente no nome da tribo à qual Benny pertencia, a tribo Yopewoo. Dizíamos: "Ei, Benny, como você e os Yopewoo se aquecem no inverno? Você e os Yopewoo receberam a restituição do governo americano? Seus companheiros de tribo consomem muita aguardente?" Benny apenas sorria com essas brincadeiras, assentia amigavelmente com a cabeça e voltava à sua mesa. Sem nenhuma palavra sobre o motivo de continuar guardando o totem de Brizz por trezentos e dezenove dólares por mês.

Na tarde em que Lynn Mason deveria estar se recuperando da cirurgia, Benny descobriu que aumentariam o preço do armazenamento do totem em trinta dólares. Aquilo em si não era exorbitante, mas, no total, Benny estava jogando fora mensalmente uma quantia absurda.

— É hora de me livrar dele — disse Benny para Jim. — Ele só faz ficar lá.

Jim estava louco para contar a Benny a notícia de que tinha vindo no elevador com Lynn Mason, quando esta deveria estar no hospital. Mas ficou surpreso ao saber que Benny pensava em desistir do totem.

— Você sempre disse que Brizz lhe deu aquele totem por um motivo — retrucou Jim. — Agora está falando em desistir dele?

— Que escolha eu tenho? — perguntou Benny. — Não posso gastar trezentos e cinqüenta paus por mês num totem. É coisa de doido.

— Não era coisa de doido quando custava trezentos e dezenove?

— Também era coisa de doido — disse Benny. — Por falar nisso, quer saber quanto ele vale? Pedi a um sujeito que o avaliasse. O cara me disse que no mercado de antigüidades ele pode ser vendido por sessenta mil dólares.

O queixo de Jim caiu. Então ele emitiu alguns grunhidos sufocados de incredulidade.

— Ah, e outra coisa... — disse Benny. — Lynn Mason está no escritório hoje.

A expressão de Jim passou da incredulidade, quando soube do valor do totem, à decepção ao ouvir Benny lhe contar a notícia que ele vinha esperando pacientemente para revelar.

— Ah, cara! — exclamou. — Eu queria te contar isso!

Joe Pope apareceu subitamente à porta de Benny carregando sua agenda de couro.

— Rapazes, vamos nos reunir nos sofás em dez minutos.

UMA REUNIÃO TRIPLA ERA UM MAU SINAL. Especialmente se vinha logo atrás de uma reunião dupla com tanta rapidez. O anúncio de uma reunião tripla só podia significar que o projeto tinha sido cancelado, adiado ou modificado. Tínhamos dez minutos para ruminar qual seria o pior destino. Se cancelado ou adiado, nosso único projeto teria sumido, e com ele toda a esperança de parecermos ocupados. Parecer ocupado era essencial para nos sentirmos vitais para a agência, sem falar em sermos vistos assim pelos sócios, que concluiriam pela nossa labuta que era impossível nos demitir. (Não há necessidade de examinar muito atentamente o fato de que nosso único projeto era beneficente, e, portanto, algo pelo qual não receberíamos nada.) Se o projeto fosse mudado, o trabalho até então aplicado em nossos conceitos não teria dado em nada. Isso era sempre um aborrecimento. Assim como adorávamos uma reunião dupla, sempre esperávamos uma reunião tripla com ansiedade e desconforto.

E dessa vez por um bom motivo. Após desvios para o banheiro, para o café à procura de um petisco, para a lanchonete em busca de uma lata de refrigerante, nós nos arrastamos até os sofás para ouvir a má notícia. Não estávamos mais produzindo anúncios para um levantamento de fundos.

Joe sentou-se num sofá e tentou explicar:

— Ok, o negócio é o seguinte: na verdade não é mais um anúncio para algo. — Mas logo retratou-se e disse que naturalmente era um anúncio para algo. Ou melhor, era um anúncio para *alguém*. Mas, no sentido tradicional, realmente não era um anúncio. Claro que era um *anúncio*, mas mais no espírito da comunicação de um serviço público.

— Não estou explicando isso bem — disse Joe. — Vou começar de novo. O que o cliente quer de nós agora é um anúncio focando especificamente a pessoa com câncer de mama. Não estamos mais querendo atingir o doador potencial com um pedido de dinheiro. Estamos falando diretamente à paciente. E nosso objetivo é fazê-la rir.

— Fazê-la rir? — perguntou Benny. — Não entendo.

— Nem eu — disse Jim do chão.

— Elaborem um anúncio que faça a paciente de câncer rir — disse Joe. — É simples.

— Estamos vendendo o quê?

— Não estamos vendendo nada.

— Então qual é o motivo?

— Pensem nele como... — disse Joe, inclinando-se para frente e colocando os cotovelos no joelho. — Pensem nele como uma campanha de conscientização, ok? Só que vocês não vão fazer com que o público-alvo se conscientize de coisa alguma, só vão fazê-lo rir. — Quando aquilo ainda fazia pouco sentido, Joe acrescentou: — Muito bem. Se estamos vendendo algo, é conforto e esperança para a paciente de câncer através do poder do riso. Que tal?

— É um produto nada comum — observou Genevieve.

— É um produto nada comum — concordou Joe. — Não temos nenhum produto. Não temos características principais nem benefícios, não temos nenhum chamado-à-ação, nenhuma competição no mercado. Também não temos pautas quanto a desenho, formato, cor, estilos de fonte, imagens ou textos.

— O que *temos* então? — perguntou ela.

— Um público-alvo: mulheres com câncer de mama. E um objetivo: fazê-las rir.

— Por que o projeto mudou?

— Não sei. A Lynn apenas me encaminhou o e-mail com as mudanças e me pediu que as transmitisse a vocês.

— Quem está pagando pelo anúncio, agora que não é mais para um levantamento de fundos? — perguntou Dan Wisdom.

— Boa pergunta. As mesmas pessoas, acho. A Aliança Contra o Câncer de Mama.

— Joe, por que não consigo encontrar nenhum sinal dessa "Aliança Contra o Câncer de Mama" na internet? — perguntou Karen.

— Não sei. Não conseguiu?

Karen fez que não com a cabeça.

— Há obras de caridade, institutos, centros de pesquisa e cerca de mil alianças, mas nenhuma chamada "Aliança Contra o Câncer de Mama".

Joe sugeriu que a Aliança Contra o Câncer de Mama pudesse ser uma espécie de grupo ao qual se afiliam diversas organizações regionais, cada qual com seu próprio site.

— O que devemos fazer agora com os conceitos para levantamento de fundos que já temos?

— Arquivá-los.

— Isso é um saco — disse Karen.

— De qualquer modo não tínhamos nada de bom — disse Larry.

— Tínhamos sim, Larry. Tínhamos os "Entes Queridos", tá? Joe, quando houve essa mudança?

— É como eu já disse, a Lynn apenas me encaminhou o e-mail.

— Achei que a Lynn não estivesse na empresa hoje.

— Mudança de planos, eu acho.

— Então todo mundo sabe que a Lynn está aqui hoje? — perguntou Jim olhando para nós. — Como é que eu fui o último a saber?

— Porque você é um idiota — disse Marcia.

— Tudo bem, pessoal — disse Joe. — Vamos trabalhar.

◄

Voltando dos sofás, sabendo que tínhamos que jogar fora os conceitos de anúncio para o levantamento de fundos e começar do zero de novo durante as horas desagradáveis da tarde — que tendiam a se prolongar eternamente —, sentimo-nos um pouco cansados. Todo aquele trabalho para nada. E se olhássemos para trás em busca de esclarecimento, para os dias passados e para as tarefas concluídas, seria uma péssima idéia.

Pois o que significava aquilo tudo? E considerar o trabalho futuro só tornava o momento presente ainda mais infeliz. O mundo do trabalho cotidiano era tão desagradável! A última coisa que se queria fazer à noite era ir para casa e lavar pratos. E só a idéia de que parte do fim de semana teria que ser empregada em trocar o óleo do carro e pôr a roupa na máquina de lavar era suficiente para fazer com que aqueles que ainda estavam cheios do almoço quisessem se deitar no corredor e obrigar qualquer um burro o suficiente para continuar empenhado a contornar seus corpos. Talvez não fosse tão ruim. Poderiam deixar cair comida para nós, ou, se isso não fosse possível, migalhas de suas barras energéticas, e sacos de pipoca de microondas certamente terminariam mais cedo ou mais tarde ao alcance dos nossos braços. Precisando passar o aspirador de pó, as equipes de limpeza inevitavelmente nos virariam, prevenindo as escaras, e poderíamos fazer brinquedinhos com o que caísse no carpete, os quais, em momentos de extrema regressão, poderíamos levar à boca para nosso reconforto.

Mas chega de devaneios. Nossa mesa estava à espera, tínhamos trabalho a fazer. E o trabalho era tudo. Gostávamos de pensar que era a família, que era Deus, que era assistir ao futebol nos domingos, fazer compras com as meninas ou tomar uma bebida forte no sábado à noite, que era o amor, sexo, ficar de olho na aposentadoria. Mas, às duas da tarde, com contas a pagar e demissões pairando sobre nós, o trabalho era tudo.

Entretanto, algo aconteceu naquela tarde que tornou a concentração difícil. Benny Shassburger chamou Joe em sua sala para informá-lo de que havia recebido um e-mail de Tom Mota. O assunto era: "Jim me contou que vocês estão fazendo um anúncio beneficente contra o câncer."

— Então ele mantém contato com o Jim também? — perguntou Joe, sentando-se na mesa de Benny.

— Aparentemente, sim. Como disse, só recebi o e-mail há alguns minutos.

— Pode lê-lo para mim?

Benny virou-se para o computador.

— É grande.

— Tudo bem. Leia.

— Ok, começa assim: "*Jim me contou que vocês estão fazendo um anúncio beneficente contra o câncer por aí. Huu-rraa! Estou livre!!! Mas como você não está, pensei em lhe contar a história do câncer da minha mãe, talvez o ajude. Você pode usá-la se quiser. Minha mãe era uma vaca mesquinha. Quando não era uma vaca mesquinha, bancava a surda-muda. E quando não bancava a surda-muda, ficava chorando na banheira. E quando não chorava na banheira, estava dividindo uma garrafa com o sr. Hughes. Vou lhe contar, esse tal de sr. Hughes era um babaca asqueroso de olhos esbugalhados. De qualquer forma, são essas as minhas lembranças de mamãe. Ela parecia Rosie the Riveter, a mulher que trabalhava nas fábricas durante a Segunda Guerra Mundial — sabe de quem estou falando, aquela que usa a bandana e diz: 'Podemos fazer isso!' As duas não sorriam nunca. Mas a semelhança parava por aí, porque mamãe não conseguia fazer coisa alguma, tinha dois 'x' sobre os olhos como o desenho de alguém morto. Jamais lhe comprei um cartão de Dia das Mães, mas tenho certeza de que nunca fizeram um cartão específico para ela. Pode imaginar? 'Feliz Dia do Deprimido, mamãe. Com amor, Tommy.' Mas então ela começou a morrer. Nenhum de nós queria* porra nenhuma *com ela. Tenho um irmão num rancho em Omaha que não queria saber dela. Tenho outro irmão em Newport Beach, no condado de Orange, Califórnia. Eles só queriam dirigir seus conversíveis vermelhos e velejar nos seus iates, aqueles babacas ricos. De qualquer modo, minha irmã estava arrumando coisa melhor para mamãe no Tenderloin, um pedaço de paraíso cheio de putas e bêbados em São Francisco. Não havia jeito de* minha irmã *hospedar a velha na casa dela. (A história da minha irmã é totalmente diferente. Eu lhe conto algum dia.) Enfim, minha mãe ainda estava no mesmo apartamento em que eu cresci — imagine viver toda a sua maldita vida no mesmo apartamento de dois cômodos em Romeoville. Comigo a uns dez quilômetros de lá, era eu quem tinha que pegá-la e trazê-la para casa.* Mas não aqueles gatos, porra! De jeito nenhum. Nada de gatos. *A Barb não conseguia acreditar que mamãe estivesse no seu leito de morte e que eu não queria saber dela. Mas isso porque a Barb não conheceu a mulher quando ela atirava pratos na parede vestida com seu maldito robe. O que estou querendo dizer é que foi a Barb quem me convenceu a ir até lá buscar minha mãe, e — cara, só entre mim e você, Benny* — EU SEM SOMBRA DE DÚVIDA *ferrei a coisa toda, para ser sincero. Com a Barb, quero dizer. Não acha que você e eu deveríamos nos encontrar e tomar uma cerveja? Sinto falta dela e gostaria de conversar sobre isso. Enfim, pusemos mamãe no sótão até que ela morresse, e no final das contas acabou morrendo mesmo. Foi doloroso ver aquilo. Ela se recusou terminantemente a ir para o hospital e depois se recusou a ser tratada pela enfermeira que contratamos. Então ela pediu um padre. Eu não conseguia* ACREDITAR. *Eu não fazia idéia de que havia qualquer resquício de religião em sua vida. Então trouxemos um padre, e se eu ao menos conseguisse lhe contar o que foi assistir à minha mãe segurando a mão do padre... Ela já estava bastante fora de si nessa época, sem a dentadura e com uma aparência* MEDONHA. *Tive pena de qualquer Ser Supremo que estivesse prestes a recebê-la, mas tenho que admitir também que sentia uma certa inveja de como Deus ou fosse lá quem fosse podia convencê-la a segurar a mão de Seu servo enquanto eu não conseguia nem me lembrar da última vez que ela tinha segurado a* MINHA *mão, se é que chegou a fazê-lo algum dia. E isso porque era uma vaca mesquinha, mas também porque o pai dela era um filho-da-puta bêbado e violento e toda essa psicologia de talk show... De qualquer forma estou me adiantando, porque antes que minha mãe pedisse o padre, entre a hora em que eu a peguei em Romeoville* (SEM OS GATOS) *e a hora em que estava morrendo no sótão, sentava-me com ela quando chegava em casa do trabalho e assistíamos à 'Roda da Fortuna' juntos. E, enquanto estávamos ali em silêncio assistindo TV, constatei que era mais do que me lembrava de termos feito juntos quando eu era garoto. Assistíamos à 'Roda da Fortuna' enquanto a Barb fazia o jantar no andar de baixo, e nos quatro ou cinco meses seguintes vi que, por mais que sua mãe seja uma vaca mesquinha, é duro vê-la morrer, porque o câncer de ovário é uma vaca muito mais mesquinha do que qualquer vaca que ele consome. O câncer simplesmente a* DESTRUIU, *Benny. Eu nem a reconhecia. Parecia mais com o esqueleto da sua sala do que com a minha mãe. Cara, como eu chorei quando ela morreu. Eu ficava perguntando à Barbara* POR QUÊ, POR QUE *eu estava chorando? E ela respondia repetidamente: 'Claro que você está chorando, ela é a sua mãe.' Mas* POR QUÊ? *Eu não falava com ela havia dez anos. E para mim ela não importava picas. Mas então você vê alguém* DESAPARECENDO *daquele jeito. E, se há* UMA COISA *que eu gostaria de poder consertar,* UMA COISA *em toda a minha vida que eu gostaria de ter feito diferente, seria quando perdi totalmente as estribeiras certa vez, na época em que passávamos por toda aquela merda do divórcio, e então gritei para a Barb: 'ESPERO QUE O CÂNCER DE OVÁRIO COMA A SUA BOCETA!' Eu não estava falando sério. Tenho vergonha daquilo agora. Não, essa frase não descreve nem a metade da coisa. Você é o único para quem contei isso. Pode me dizer* EM QUE MERDA EU ESTAVA PENSANDO? *Puxa, cara. Puxa, cara. Enfim! Se quiser, use qualquer parte disso em seus anúncios, e mande um alô para todos esses babacas. Tom."*

Aquele e-mail foi encaminhado para toda parte rapidamente, e alguns se sentiram inocentados. Tom falava de tomar uma cerveja com Benny e como se arrependia da coisa horrível que havia dito a Barb. Até Amber, embora horrorizada com praticamente tudo que ele tinha escrito, concordou relutantemente que aquilo podia indicar uma pessoa mais equilibrada do que a que havia imaginado entrando e saindo das lojas de armas de Tinley Park desde que Tom andara na prancha. Uma coisa, porém, ela não conseguiu deixar de lado: queria saber exatamente o que Tom tinha feito com os gatos da mãe.

— Ele simplesmente abandonou os bichos quando foi buscá-la? Não deixou os gatos no apartamento, deixou?

Amber queria que Benny respondesse ao e-mail de Tom para perguntar sobre o destino dos animais abandonados, mas ninguém mais achou que aquilo fosse uma boa idéia.

— Mas o que aconteceu com eles? — insistiu Amber.

— Ah, quer calar a porra da boca sobre esses malditos gatos, Amber? — disse Larry.

Sabíamos que havia uma certa tensão doméstica entre ambos graças à discussão que rolava sobre o aborto, mas nada daquela magnitude. Problemas no paraíso, pessoal. Aqueles que estavam na sala de Amber saíram de lá apressadamente.

JOE FOI AO CUBÍCULO DE JIM para perguntar o que sabia sobre Tom.

— A segurança do edifício nos pediu para retransmitirmos qualquer mensagem que recebermos de Tom — Joe contou para Jim.

— Eu não sabia — disse Jim. — Ninguém me contou isso.
— Não esquenta. Apenas encaminhe o e-mail para Mike Boroshansky.
— Por que sou sempre o último a saber das coisas por aqui? — perguntou Jim para Joe, que não soube responder. Jim endireitou-se diante do computador e abriu o e-mail de Tom. — Quer mesmo que eu leia isso para você?
— Por favor — disse Joe. — Primeiro me diga o que diz o assunto.
— "Preciso de uma égua regadora".
— Perdão. Como?
— Foi o que ele escreveu. "Preciso de uma égua regadora".
— É alguma brincadeira particular entre você e o Tom?
— "Preciso de uma égua regadora"? Não, não sei que diabo é isso. O que será que quer dizer? Como posso saber, droga?
— Jim, relaxe. Vá em frente e leia o e-mail — disse Joe.
— *Nanico, lembra quando filmamos aquele comercial de sabão em pó? Estou falando daquele dos caras que jogam futebol americano e levam para casa as roupas sujas para suas amorosas esposas. Bem, eles não caíam realmente na grama quando eram derrubados, caíam? Eram atores. Colocamos colchões para eles. Eles caíam em cima dos colchões! Te peguei, América TV! Enfim, minha pergunta para* VOCÊ, JIMBO, *é a seguinte: quando o capitão Murdoch atira suas granadas nos* BANDIDOS *e os* BANDIDOS *pulam, esses* BANDIDOS *têm colchões também? Não machucaria,* JIMBO, *se uma granada explodisse e a pessoa não estivesse de* MODO ALGUM *perto de um colchão?*

Quando *aquilo* foi encaminhado, achamos que Tom estivesse apenas se divertindo com seu velho amigo Nanico. Claro que convencer Amber disso foi impossível. E a questão nos fez voltar direto à estaca zero com ela. Amber chegou a insistir e a insistir até sermos forçados a concordar que, no mínimo, a variação de tom entre os dois e-mails indicava que Tom Mota tinha seus momentos bons e ruins praticamente ao mesmo tempo.

DEPOIS DE SABER SOBRE A MUDANÇA no projeto, Genevieve saiu do edifício e desceu a Michigan Avenue até a Borders, perto da Water Tower, onde comprou alguns livros. Então voltou ao escritório e começou a lê-lo. Em meio ao depoimento de uma sobrevivente de câncer de mama, foi interrompida por Joe.

— Oi — disse ele, batendo à porta aberta.

— Ah, esse negócio é comovente *demais* — disse ela. — Tenho que parar de ler. — Abaixou o livro. Alisando o rosto, correu os dedos sob os olhos para secá-los. — Ahh — disse. Respirou profundamente e suspirou.

— Você está bem?

— Estou.

— Só dei uma passada para me certificar de que estava claro para você o que estamos fazendo.

Joe e Genevieve eram uma equipe, o redator e a diretora de arte, e trabalhavam juntos com maior harmonia do que as outras equipes.

— Acho que sim — disse ela finalmente. — Embora, para ser sincera, eu não consiga imaginar coisa alguma.

Joe entrou e se sentou diante dela.

— Por que não?

— Estou lendo estas memórias, certo? — disse Genevieve, erguendo o livro da mesa e pousando-o ali de novo. — E basicamente é tudo tristeza. Pânico, medo, angústia, muita coragem. Há algumas lágrimas. Todo mundo na família é maravilhoso. O irmão da mulher deixa o emprego para cuidar dela. É um santo. A mulher é uma heroína. Ela só recebe notícia ruim atrás de notícia ruim. Mas de vez em quando há um pouquinho de humor. Sem isso, não há dúvida de que o leitor se mataria lendo o livro. Como quando o irmão entra. A mulher acaba de descobrir, duas páginas antes, que seu câncer não está respondendo aos tratamentos. Então o irmão entra. Ele raspou a cabeça para que ela não fosse a única sem cabelos. Ele entra usando uma peruca loura enorme e exótica, e a mulher simplesmente morre de rir ao ver a aparência ridícula do irmão. E você também morre de rir; é um alívio e tanto. Mas é claro que, no meio do riso, a mulher desmorona em lágrimas ao perceber quanto o ama, quanto ele é bom para ela. Quero dizer, ele é apenas o *irmão* dela, pelo amor de Deus! Não se exige dele que, que... Ah, lá vou eu de novo — disse Genevieve, voltando a passar os dedos sob os olhos com um longo suspiro.

— O que estou tentando frisar é que na verdade há muito pouco humor num diagnóstico de câncer. — Pegou vigorosamente um lenço de papel de uma caixa na mesa. — E o humor que há existe apenas no contexto de uma grande tristeza. Agora, como se espera que a gente faça isso com uma foto do banco de imagens e um título de dez palavras?

Joe recostou-se no espaldar da cadeira.

— É — disse. — Concordo.

— Concorda?

Ninguém esperava que Joe Pope reconhecesse a dificuldade de algo porque, no que tangia a criar anúncios, o cara era uma espécie de sábio.

— Fazer a paciente de câncer rir — disse Joe calmamente. — Essa tarefa não é um pouco absurda?

O IMPORTANTE É QUE ERA a *nossa* tarefa absurda, e era tudo o que tínhamos. No final da tarde, Genevieve havia terminado as memórias enquanto Hank Neary, vasculhando cuidadosamente sites da internet, poderia em breve passar por um oncologista. Benny Shassburger escolheu a abordagem oposta. Descobriu, no banco de imagens, uma foto de uma linda mulher esparramando-se sobre o feltro vermelho de uma mesa de bilhar. Com o Photoshop, Benny cobriu os seios dela com máscaras cirúrgicas. Aquilo, pensou, era uma imagem brilhante. A paciente de câncer realmente riria depois que ele colocasse a frase certa no lugar. Duas horas se passaram até que Benny condenasse a brilhante imagem à cesta de papel das idéias ruins e se locomovesse à cafeteria para um café com leite de final de tarde.

Jim Jackers pegou o telefone e começou a ligar para as pessoas. Sem qualquer inspiração e assustado com a página em branco, seu único recurso era a imaginação dos outros. Telefonou para sua mãe, que era bibliotecária, na mesa de controle de saída da Biblioteca Pública Woodridge.

— Digamos que você tenha câncer de mama — começou.

— Ah, Jim — sussurrou ela —, por favor, não vamos nem pensar numa coisa dessas.

Rapidamente mudou de assunto, perguntando ao filho o que ele queria para o jantar. A mãe era uma mulher sensível e supersticiosa, que acreditava que até a mais displicente menção à doença era um flerte mórbido com a morte, o que conjurava má sorte e maus espíritos, devendo ser evitada a qualquer custo. Ele deveria ter sabido disso e não escolhê-la como primeira pessoa para ligar.

— Digamos que você tenha câncer de mama — disse Jim para o pai. — O que há de engraçado nisso? Como gostaria de ser animado pelos outros?

O pai pensou duas vezes.

— Você me liga com um cenário em que eu tenho câncer de mama e me pergunta o que há de engraçado nisso — respondeu. — Isso deve ser suficiente.

— Estou falando sério, papai — insistiu Jim. — O que há de engraçado no câncer de mama?

— O que há de engraçado? Muito pouco, filho.

Jim tentou explicar a tarefa ao pai, mas sua descrição foi um resumo confuso do metamorfoseante projeto, e terminou dizendo que teria de retornar a ligação ao pai para lhe dar mais detalhes.

— Parece que você precisa entender que diabo está acontecendo aí — disse o pai.

— Bem, é uma tarefa confusa.

— Fale com o seu tio-avô sobre isso — sugeriu o pai. — Imagino que ele seja uma boa fonte.

Todos sabiam que o *coup d'état* criativo de Jim vinha de uma sugestão de seu tio-avô Max, fazendeiro em Iowa. Segundo Jim, a fazenda do tio vinha sendo administrada por mexicanos enquanto Max passava os dias no porão da casa reconstruindo um verdadeiro vagão de trem a partir do zero, a única coisa pela qual havia mostrado interesse desde o falecimento da mulher. Fora a velhos cemitérios de trens para recolher as peças. Quando alguém lhe perguntava numa reunião familiar por que fazia aquilo, sua resposta era que ninguém conseguiria remover o vagão de trem do subsolo depois que morresse. Quando lhe disseram que o vagão podia ser removido se fosse desmontado, revertendo-se o processo da construção, o tio-avô de Jim respondeu que nenhum Jackers vivo se daria a tanto trabalho por coisa alguma. Imaginando esse fazendeiro mal-humorado em sua tarefa lunática, perdido nos delírios rurais da tristeza e da velhice, provavelmente rimos um pouco demais, obrigando Jim a defender o hobby singular do tio.

— Ora — disse. — É como um Lego, só que para adultos.

Isso só nos fez rir ainda mais.

— O homem perdeu a mulher — disse.

Certo dia, Jim estava tão desesperado por inspiração para um anúncio que exauriu a lista tradicional de pessoas e desmoronou. Então ligou para seu tio Max.

— Sabe quando a gente compra um carro novo — começou, e imediatamente Max o interrompeu.

— Não compro um carro novo há trinta e cinco anos.

Jim suspeitou então que o homem provavelmente desconhecia esse público comprador. Pacientemente tentou explicar a tarefa em suas mãos.

— Quando as pessoas compram um carro novo — disse —, geralmente têm uma imagem de si mesmas que corresponde ao carro que compram.

Jim queria saber de Max como gostaria de se sentir ao comprar um novo cartucho de tinta.

— Cartucho de tinta?

— É — disse Jim. — Você sabe, para a impressora.

— Ah-ahn.

Nessa época tínhamos um cliente cujo objetivo de marketing era fazer com que os fregueses se sentissem verdadeiros heróis ao comprar um de seus cartuchos de tinta. Nossa tarefa em cada mensagem era inspirar o comprador potencial com as oportunidades heróicas de um homem-usando-o-cartucho-de-tinta.

— Gostaria de me ver como Shakespeare — disse Max. — Para o que é isso, afinal?

Shakespeare, pensou Jim. *Shakespeare. Nada mal.*

— É para um cliente nosso — respondeu. — Eles fazem impressoras e cartuchos de tinta, esse tipo de coisa. Estou tentando bolar um anúncio que instigue a pessoa a querer comprar um cartucho de tinta específico, porque ele dá inspiração à pessoa e a faz se sentir um herói. Pode me falar mais a respeito de querer se ver como Shakespeare?

— Você está tentando vender cartuchos de tinta?

— Isso mesmo.

Outra longa pausa.

— Tem uma caneta? — perguntou o tio. Então começou a citar: — *Aquele foi o melhor dos tempos, foi o pior dos tempos; aquela foi a idade da sabedoria, foi a idade da insensatez, foi a época da crença, foi a época da descrença...*

Finalmente Jim pegou uma caneta e tentou acompanhá-lo. Num determinado ponto Max parou de citar e disse para Jim que as palavras deveriam começar a esmaecer, primeiro gradualmente, e depois desaparecer completamente. Então sugeriu o título: "Um grande escritor precisa de um grande cartucho de tinta". As palavras em fontes menores poderiam fazer referência à idéia de que, se cartuchos de tinta tivessem sido usados através dos tempos, a história da literatura poderia ter ficado em apuros caso se tratasse de cartuchos de má qualidade.

Jim não só ficou surpreso de que o tio pudesse citar o que o próprio Jim achava ser Shakespeare, como também atônito com a rapidez e engenhosidade da capacidade publicitária de Max. Quem era um herói maior do que Shakespeare? E quem visse o anúncio que tio Max tinha acabado de tirar da cachola poderia se colocar imediatamente na pele de Shakespeare. Ele tinha acabado de fazer com que um milhão de americanos se sentissem exatamente como Shakespeare. Então Jim disse que o tio havia errado de profissão.

— Você devia ter sido criador.

— Criador?

Jim explicou que, na indústria da publicidade, diretores de arte e redatores eram chamados de *criadores*.

— É o uso mais idiota que eu já vi dado a uma palavra — disse Max.

Jim explicou também que o produto publicitário, fosse um comercial de TV, um anúncio impresso, um outdoor ou um *spot* de rádio, era chamado de *criativo*. Antes de desligar, Jim pediu a Max mais dois exemplos de grandes trechos de literatura, suspeitando que toda uma campanha podia ser gerada do conceito de Max. Foi à sala de Hank Neary — naquele momento Hank estava mergulhado num manual de impressora.

— *O melhor dos tempos, o pior dos tempos.* É Shakespeare, não é? — perguntou Jim.

— Dickens. *Um conto de duas cidades.*

— E "ser ou não ser"? Shakespeare?
— Shakespeare — disse Hank. — *Hamlet*.
— Era o que eu pensava — disse Jim.

Um pouco depois, na mesma tarde, Max Jackers surpreendeu o sobrinho com um telefonema:

— Vocês aí se chamam *criadores*, não foi o que me disse? E chamam o trabalho que fazem de *criativo*, não é? — Jim concordou. — Suponho que vocês se consideram bastante criativos por aí, aposto.

— Acho que sim. — O sobrinho acompanhava o raciocínio do tio.

— E provavelmente consideram o trabalho que fazem bastante criativo.

— O que você está querendo saber, tio Max?

— Bem, se tudo isso é verdade — disse o velho —, vocês seriam criativos criadores criando criativos. — Houve um silêncio enquanto Max deixou Jim assimilar aquilo. — E é exatamente por isso que não errei de profissão. Esse uso da língua é absurdo demais para ser considerado.

E desligou.

JIM ACEITOU O CONSELHO do pai e ligou para Max a respeito dos anúncios sobre câncer de mama. Quando Max atendeu, Jim pediu que se imaginasse uma mulher acabando de saber de sua doença. Quando as palavras "câncer de mama" saíram de sua boca, Jim teve de novo a convicção de que tinha ligado para o homem errado. Max se saíra bem antes; entretanto, o que um homem que tinha trabalhado numa fazenda da Iowa rural por toda a vida poderia saber sobre uma doença predominantemente feminina? Mas Jim insistiu enquanto Max continuava em silêncio do outro lado da linha. Queria saber o que Max, sendo uma mulher com câncer de mama, poderia achar engraçado se estivesse, digamos, folheando uma revista no consultório do médico. Mais silêncio de Max. Então Jim explicou que a mulher provavelmente estaria ansiosa, esperando sua vez de ser atendida, com a metade dos seus pensamentos em outras coisas; mas, quando esbarrava com o anúncio, lia-o e dava uma risada.

— Estamos procurando o que há de engraçado nisso — disse Jim. Então parou de falar e deixou a bola com Max.

— O que há de engraçado em quê? — perguntou finalmente o tio.

— O que há de engraçado no câncer de mama — disse Jim. — Não no câncer em si, claro, mas o que há de engraçado para alguém com câncer de mama folheando uma revista.

Max pigarreou.

— Jim, você se lembra de uma garota doce, um amor de pessoa, provavelmente a mulher mais doce que já encontrou na vida, chamada Edna?

— Edna — disse Jim. — Edna... Edna... Não, acho que não me lembro.

— Você não se lembra da sua tia Edna?

— Ah, *tia* Edna. Claro que me lembro da tia Edna.

— Edna morreu de câncer de mama — disse Max.

— É mesmo? A tia Edna?

Jim percebia agora por que seu pai havia sugerido que ligasse para Max. Não pelo talento de Max para o marketing, mas sim porque sua mulher tinha morrido da doença. Subitamente Jim percebeu que deveria ter abordado o assunto de forma diferente. Suas palavras provavelmente tinham sido um pouco rudes.

— Tio Max, me desculpe. Acho que não me lembrava de como tia Edna tinha morrido.

— Tenho a impressão de que você não sabe de coisa alguma do assunto.

— Lembro do funeral — disse Jim. — Eu tinha dezessete anos.

— Geralmente elas não ficam sentadas na sala de espera folheando revistas — disse Max. — E *metade* de seus pensamentos não está em outra coisa.

— Nós... nós estamos fazendo essa campanha, uma campanha beneficente — gaguejou Jim.

— E, que eu saiba, não há nada de engraçado nisso.

— O que estamos tentando fazer é só dar um pouco de ânimo a essas mulheres.

— E não há mais nada a ser dito nesta conversa.

— Bem, estou exausto — disse Jim quando chegou à cafeteria.

— É uma tarefa impossível — concordou Benny, puxando um banquinho para ele.

— Tive algumas idéias — disse Marcia, pegando o chá temperado misturado com leite que o atendente lhe servira. — Obrigada — disse, passando-lhe um dólar. — Mas todas estão batidas e ultrapassadas.

— Tenho algo engraçado — disse Larry. — Mas acho que só é engraçado se a pessoa já morreu.

— Há duas coisas sobre as quais não se podem fazer anúncios — disse Hank, categórico. — Gente gorda e gente morta.

— Isso é uma citação, Hank?

— Elas não estão mortas, Hank. Só estão doentes — disse Amber.

— Gente gorda e gente moribunda, então.

— Sobre suicidas também é duro — acrescentou Larry.

Chris Yop surgiu com um ar furtivo e indisposto, alerta, apesar do ambiente familiar. Trazia consigo alguns layouts ainda grosseiros em papel de rascunho. Manchas significativas de suor nas axilas da camisa havaiana indicavam um nível mais alto de disfunção vascular do que estávamos acostumados a ver. Evidentemente estivera trabalhando arduamente.

— Preciso que alguém leve isso para a Lynn — anunciou, depositando os layouts sobre o balcão. Perguntamos o que era aquilo.

— Meus conceitos para os anúncios de levantamento de fundos — disse. — Acho que estão muito bons.

— Humildemente submeta-o você — disse Larry, levantando-os do balcão.

Obviamente era errado que o homem ainda estivesse no edifício um dia inteiro depois de ter sido demitido. Mas apresentar conceitos também? Uma parte crucial do sistema nervoso que entende o acordo selado com o sistema capitalista tinha nitidamente pifado nele, junto com o resto de seus neurônios lesados.

— Meu problema — disse Chris, lançando um olhar para trás como se fosse vigiado — é não poder receber os créditos por eles, porque, como sabem, oficialmente...

— Você está maluco? — perguntou Marcia.

— Não, *Marcia*, não é porque estou maluco. É porque oficialmente não trabalho mais aqui.

— Ah, certo — disse Marcia, tomando um gole do chá. — Esqueci esse detalhe. Mas não se preocupe, Chris, eu vi o seu currículo. Eles logo vão pegar você.

— Por que está sendo má comigo, Marcia?

— Porque você me chamou de Karen!

— Chris, o projeto mudou — disse Benny.

A atenção de Yop focalizou-se subitamente nas portas do elevador que se abriam.

— Chris? Está me ouvindo?

— Desculpe — disse Yop bruscamente. — Benny, a Lynn está mesmo aqui hoje? Ou era só Dan Wisdom me sacaneando?

— Chris, escute. Não é mais um anúncio para levantar fundos. Agora é outra coisa.

— Que outra coisa?

— O projeto mudou — repetiu Benny.

— Mas tenho trabalhado nos anúncios de levantamento de fundos — disse Yop. — Esperava que vocês pudessem levar esses layouts para a Lynn e deixar escapar que fui eu quem os bolei...

— Acho que você não vai querer os créditos por esses — disse Larry, depositando os anúncios de novo no balcão.

— Agora você está me dizendo que o projeto mudou? Vai se foder, Larry! Benny, passei muito tempo trabalhando neles. Trabalhando *duro*, cara. Estou tentando conseguir meu emprego de volta.

Fez uma pausa para pedir um café descafeinado ao atendente.

— Chris — disse Benny —, você não devia ir para casa? Parar de se preocupar com esses anúncios, ir para casa e conversar com sua mulher?

Yop afastou os olhos, distante e pensativo. Pegou um guardanapo do bar e enxugou o suor da testa. Então abaixou a cabeça no balcão, afundando-a entre os braços. Ficou assim por algum tempo. Quando ergueu a cabeça de novo, cutucado pelo atendente segurando seu café, seus olhos estavam congestionados.

— Obrigado — disse Yop, pegando a xícara e passando-lhe um dólar. — Alguém pode me fazer um favor? — perguntou. — Alguém pode me mandar um e-mail com detalhes sobre as mudanças no projeto? Alguém pode por favor fazer isso por mim?

Antes de ir embora, Yop se virou para Marcia.

— Desculpe por tê-la chamado de Karen esta manhã. Sei que seu nome é Marcia. Estou exausto mentalmente, só fiquei confuso.

Desceu rapidamente o corredor, caminhando junto à parede.

— *Amanhã de manhã é dia de lavar roupa suja* — disse Hank. — *Mas ele vai estar longe para ouvir o chamado.*

Karen Woo veio até nós da direção oposta.

— Venham todos comigo — disse.

Deu meia-volta e se dirigiu para a sua sala.

Ao chegarmos lá, estava sentada à mesa segurando o telefone junto ao ouvido. Então disse à pessoa do outro lado da linha que gostaria de falar com uma enfermeira do departamento de oncologia. Enquanto esperava que a chamada fosse transferida, ninguém falou. Não podíamos acreditar naquilo — ela estava dando o telefonema. Sua serenidade fria era estarrecedora, sobrenatural e um tanto sinistra. Quando a enfermeira veio ao telefone, Karen continuou autoconfiante e dentro do papel. Inspirava-nos uma assustadora reverência.

Enquanto esperávamos, porém, foi quase como se algo varresse a sala e uma epifania coletiva caísse sobre nós ao mesmo tempo. Soubemos com certeza como estávamos errados sobre tudo aquilo. Ninguém faltava a uma cirurgia importante. Esta poderia nunca ter sido marcada. Por que não nos tínhamos curvado à probabilidade mais razoável de que não havia câncer nenhum? Que fosse apenas um boato, como Larry havia sugerido. Ou se Lynn *estava mesmo* com câncer e uma cirurgia havia sido marcada, havia mil explicações muito simples para ela não ter comparecido. Um conflito de horários com o médico, um esclarecimento a ser feito no diagnóstico, mais testes a serem realizados, exames de sangue, o médico ficou doente, o hospital ficou sem luz. Toda a intriga daquele dia fora apenas conversa fiada para dramatizar melhor nossas vidas. Por que não tínhamos percebido aquilo *antes* que Karen chamasse a enfermeira ao telefone? Ah, ser seduzido por aquela mulher intrometida e insensível! Compactuar com seu logro apenas para ter nossas paranóias, típicas de tablóides covardes, confirmadas ou negadas. Era desprezível. *Nós* éramos desprezíveis. Devíamos ter nos voltado imediatamente contra Karen, denunciado suas ações com uma só voz, exigido que ela...

Karen desligou o telefone.

— A cirurgia dela foi marcada para as nove — disse. — O médico estava preparado e esperando. Ligaram para a casa dela, ligaram para o trabalho. A enfermeira parecia irritada. Queria saber para quando eu queria marcar uma nova cirurgia.

A COISA A FAZER E O LUGAR PARA ESTAR

Na noite anterior à cirurgia, ela não tinha nenhum jantar de negócios para ir, nenhuma cerimônia de prêmio, nenhuma reunião de trabalho. De improviso, surgiu um plano em sua mente no banco traseiro do táxi quando entrou e pediu ao motorista para pegar a Inner Drive. Então imagina seu próprio sofá, os dois gatos, o pedido de uma comida gostosa e uma garrafa de vinho que estava guardando. Eles pedem para não comer nada doze horas antes, mas, sinceramente, isso não é razoável, é? É a sua última chance de ter uma refeição normal por quanto tempo?

Não tinha trazido nenhum trabalho para casa, não naquela noite, porque trabalho não seria um modo adequado de passar esse tempo. Contudo, sempre que estava sem trabalho, até durante uma corrida de táxi, começava a se sentir ansiosa. Felizmente era uma corrida curta.

Pagou ao motorista e desceu em frente a uma grandiosa propriedade. Morava na cobertura de um condomínio que dava para a ventosa beira do lago Michigan.

O porteiro está em seu posto no saguão. Cumprimentam-se e ela se dirige ao elevador. Dentro do apartamento, tira um sapato alto enquanto pendura as chaves no gancho. Tira o outro e, com os dois sapatos na mão, caminha pelo corredor até onde seu pijama a espera. Vestir o pijama — isso é adequado. "Aqui é um bom lugar para estar", diz a si própria, "bem aqui neste apartamento". E vestir seu avental cor-de-rosa de hospital — essa é a coisa certa a fazer.

À mesa da cozinha serve-se de uma taça de vinho. Reflete sobre o dia, o que não pode deixar de fazer. Chris Yop desmoronou quando ela lhe deu a notícia. Se Martin estivesse ali, ela lhe diria: "Um homem crescido chorando! *Você* faria isso? Claro que não! Vou lhe dizer uma coisa, acho que fiquei imune à emoção envolvida. O choro dele? Não me perturba nem um pouquinho. Quer saber quando eu sinto algo? É quando alguém me diz: 'Lynn, você é fantástica no trabalho e entendo que só está fazendo o que tem que fazer.' É por *esse* que lamento. Essas pessoas me matam. Um adulto chorando? Ah, não. E escute só! Uma hora depois ele apareceu numa reunião. Eu entro e lá está ele sentado na minha sala. Eu já o tinha demitido e, mesmo assim, o cara está na minha sala. Eu disse: 'Chris, você tem que ir embora.' Deus sabe que não posso deixá-los continuar ali!"

Espere. Ela disse essa última parte em voz alta? Um risco de se viver só. Um dos gatos olha para ela do chão. Ou é apenas um olhar de fome? Ela lembra a si mesma: "Martin não está *realmente* aqui, Lynn."

— Mas você está, não é, Sexta-Feira? — diz, curvando-se para coçar o pêlo negro do gato. O gato arqueia o dorso e pede mais. — Está sim, e eu também, portanto quem precisa dele?

Endireita-se e toma outro gole do vinho. "Veja só todas essas cadeiras! Um total de *quatro* cadeiras à mesa da cozinha! Para que preciso de quatro cadeiras?" É importante que ela não fique fazendo previsões, agora que está em casa. Está em casa, está ali finalmente. Pare de pensar, pare de pensar, pare de pensar.

Ela pensa onde estará Martin. No trabalho? Que horas são? São 18h45, claro que ele está no trabalho. Pare de pensar. Martin estará no trabalho durante várias horas. Pare. Por outro lado, Lynn Mason deu o fora cedo hoje. Haviam surgido duas novas oportunidades de negócios muito importantes, absolutamente cruciais para o futuro da agência e cujas estratégias ainda precisavam ser elaboradas com o pessoal de contas, mas Lynn tinha saído do escritório a uma hora razoável e vindo para casa ao encontro de seus gatos, para passar a noite antes da cirurgia de uma maneira relaxada, descontraindo-se com um pouco de TV, dormindo cedo e tendo uma boa noite de sono. O que poderia ser melhor, mais agradável? "Não pense em Martin. E, se ficar tentada, lembre-se: Martin está *no trabalho*. Apenas um homem em seu escritório, rabugento, asqueroso com os odores do dia, empenhado em alguma monótona questão legal. Pense em como seria indesejável a companhia dele neste momento." Como pode querer aquilo, com tudo o que tem nesse instante? A comida chinesa a caminho e tantas cadeiras para escolher.

O porteiro interfona do saguão. A entrega dela chegou.

— Graças a Deus, mande-o subir.

Se for bonitinho, ela vai seduzi-lo. Não é brincadeira. Feito, decidido. Está achando que ela tem tempo para jogos *esta noite*? Se ele for minimamente bonitinho, ela partirá para cima dele no corredor. Bem, não *no* corredor. Por que você não entra? Quer fechar a porta para mim, por favor? Entregadores devem sonhar com isso. Talvez escolher uma roupa diferente? O avental cor-de-rosa não faz muito a amante-noturna. Ela precisa de um robe sem nada por baixo. Porque tudo parece uma brincadeira até que se compreende que alguém tem que ser o último a pôr o seio dela na boca — será esta noite —, e ela realmente prefere que não seja Martin.

Mas ele vem e vai embora. Um jovem asiático que tem seus encantos, mas ela perdeu a audácia. Leva a comida para o sofá. O conforto inicial de se sentar no sofá — sim, *este* é o lugar certo para estar, bem aqui, e a coisa certa a fazer é ligar a TV. Ela come seu jantar e bebe o vinho enquanto assiste a um episódio dos *Simpsons*. Meia hora depois sua convicção ainda está quase intacta.

Na terceira taça de vinho, repete para si mesma: "Eis um bom lugar para estar, bem aqui, e esta é a coisa certa para ser... o que Martin estará fazendo? Está trabalhando. Lynn, você sabe disso. Ele estará lá durante horas. Pense em outra coisa. Pense... Pense em que filmes estarão passando." Ela gosta de ver um filme quando tem tempo. Mas é sempre melhor vê-los *com* alguém. Sozinha, há aqueles constrangedores dez minutos entre a hora em que se chega e a hora em que se apagam as luzes para os *trailers*, quando, contra todo o bom senso, acredita-se que todos no cinema a estão olhando fixamente porque você é uma mulher sozinha num cinema. "Talvez seja bom estar aqui no sofá e não esperando constrangida que um filme comece. *Este* é o lugar certo para estar." A não ser que a alternativa fosse um cinema com Martin.

A televisão não está fazendo seu trabalho. Ela a desliga, faz a fria transição do carpete para o azulejo — mas o que há na cozinha para alguém que está tentando se comprazer? Nenhuma comida por doze horas uma ova. Isso poderia ser o fim. Vejamos... Um pouco de sorvete queimado pelo freezer. O que há no armário? Um terço de um saco de minimarshmallows. Ela jura que não se lembra de ter comprado isso. Não está interessada em nada daquilo. Mas, quando volta suas atenções para a necessidade de limpar o *closet* do quarto, leva o sorvete consigo. Está bastante duro. O que a leva a fazer *aquilo*, a limpar? Ela dá um golpe de colher no sorvete depois de cada nova pilha de bagunça que arrasta do *closet* para o quarto arrumado. Vai ser bom, pensa, ter um *closet* limpo durante minha recuperação.

Quinze minutos depois ela não vê sentido em estar limpando o *closet*. Entre todas as noites, limpar o *closet* logo nesta? Terá uma imaginação tão pobre que só consegue pensar nisso? Imagine se uma noite de uma vida fosse examinada por um cientista, ou se uma outra forma de vida estudasse nossa espécie e o valor de toda a vida derivasse daquela noite. Bem, preferia que a dela não fosse avaliada pela TV que assistia ou pelo *closet* que não havia limpado. Além disso, aquele sorvete desgraçado exige uma picareta. Largando tudo, voltou à cozinha e terminou a garrafa de vinho.

MARTIN TEM QUARENTA E CINCO ANOS e nunca se casou. Seus pais se divorciaram quando ele era jovem, o que o impediu para sempre de perdoar a instituição do casamento em troca de seus falsos confortos. Ele fala repetidamente naquilo até que ela finalmente diz: "Ok, já saquei isso nas primeiras oitocentas vezes. Você não é do tipo que se casa."

Mesmo assim Martin precisava de alguém para acompanhá-lo a Maui. Sua empresa mantinha um camarote de luxo no estádio Wrigley, não havia nenhum restaurante na cidade com que não pudesse arcar — e não se sentaria neles sozinho. Precisava de companhia, precisava de sexo. Mas talvez isso fornecesse um quadro excessivamente unilateral de Martin. Ele poderia ter namorado só mulheres mais novas, meninas praticamente, assistentes de advogados e secretárias desmioladas, atraídas pelo fato de ele ser sócio da firma, por seu dinheiro, pelo peito largo sob as camisas engomadas. Em vez disso Martin estava com ela, alguém de sua própria idade, alguém cujas realizações profissionais respeitava. E, em agosto último, ele tinha passado uma semana na Flórida, uma semana inteira em Cocoa Beach, passeando com o velho pai dela. Jantando às cinco e meia da tarde, falando alto para que ele pudesse ouvir — toda a rotina. E nunca havia se queixado. Isso era alguma coisa, não era — tirar tempo de suas férias, conhecer sua família? E de vez em quando aparecia com flores, chegava por trás dela e beijava seu pescoço; isso seria suficiente para passar por cima do aniversário que ele havia esquecido ou dos encontros que ele havia tido que cancerar por causa do trabalho.

Cancelar. A palavra era *cancelar*.

Mas o que acontecia geralmente era que Martin ligava no último minuto. "Depoimento... o juiz havia mudado a data do tribunal... reunião importante." Fosse o que fosse, ele a deixaria sozinha, olhando para o longo cano duplo do sábado e domingo, quando o fim de semana deveria ter sido três garrafas de Merlot na ilha Mackinaw e lençóis aquecidos pelo calor dos seus corpos.

— Ah, porra, Martin, de novo não.

— Ah, me desculpe. Mas é trabalho, Lynn. É isso que eu faço.

— É, mas sabe de uma coisa? Vá se foder, porque nosso programa estava marcado. Nós planejamos isso, você e eu... E aí, devo ligar para a Sherry agora? Devo ligar para a Diane e dizer: "O babaca do Martin me deixou plantada de novo, vamos alugar um filme"?

— Será que adianta eu pedir desculpas?

Uma parte lamentável da situação era que ela sabia muito bem que Sherry, com seus gêmeos de dez anos, não podia largar tudo e ouvir mais uma história sobre Martin; a outra parte lamentável era como parecia horrível ver um filme com a triste e gorda Diane. Às vezes quase desejava que Martin fosse casado e que ela estivesse trepando com o marido de outra para que tudo aquilo pudesse ser mais simples — era mais fácil lidar com um clichê do que com as excessivas obsessões de Martin. Ele *simplesmente* não era do tipo que se casava. Tinha uma aversão patológica ao compromisso.

— Não consigo agüentar isso — disse ela.

Houve um silêncio do outro lado da linha.

— Agüentar o quê?

— *Isso* — disse ela. Pronto, estavam separados de novo.

Então, em determinada noite — nada diferente desta —, quando já tivesse passado tempo suficiente para esmaecer os detalhes da conversa entre os dois, Lynn descobriria que a raiva que sentira de Martin se transformara em compreensão, que por sua vez se derramara naquela noite em remorso por sua reação quando ele cancelou os planos. *Sempre houve uma compreensão que nós partilhamos*, continuou o pensamento, *sobre como o trabalho é importante, e, quando estamos juntos, sempre conversamos sobre essa minha frustração, sobre aquele caso fascinante dele, sobre como estamos tendo êxito, falhando, trabalhando duro.* Ela refletia retrospectivamente e pensava como tinha sido egoísta, e também ligeiramente infantil — e então telefonaria. Ou alguns dias se passavam e *ele* ligaria. "Você tinha razão, eu estraguei tudo, tínhamos planejado o negócio", diria ele. "Podemos fazer isso neste fim de semana?" Como era bom ter suas mãos no peito dele de novo, como era bom tropeçar nos sapatos dele a caminho do banheiro.

Mas não naquela noite — não ligaria para ele naquela noite. Não depois da última conversa. Não havia jeito de mudar coisa alguma nos sentimentos dela. Aquele vaivém está congelado como um mastodonte no gelo, e o cavaleiro montado nele, com sua lança e ímpetos animais, unido a ele, suspenso para sempre com a boca escancarada, seu grito e seu uivo silenciados afinal.

Vuuum — de repente é como estar num filme de ficção científica: como é que chegou *ali*? Há um segundo ela estava sentada no sofá com os gatos, comendo comida chinesa. Havia televisão e um resto de sorvete. Depois, pelo que sabe, vestira-se e estava sentada num bar, vendo e sendo vista. Um bar de vinhos com painéis de madeira, delicadamente iluminado, novo no bairro. Sente-se exposta numa vitrine por ser a única pessoa sentada no bar naquele momento. O pessoal está ao fundo. O que continuava repetindo para si mesma? Aqui é o lugar certo para estar, sozinha, e olha o que estou fazendo, tomando minha quarta ou quinta taça de vinho nesta noite, que coisa sábia e prudente. Nem um pouco mais convincente aqui do que era em sua casa. Ela não consegue nem puxar uma conversa com o *barman*, que parece fixo no conteúdo da própria carteira. *Nossa, não me deixe distrair você. Ninguém precisa conversar. Ninguém precisa daquilo que chamam 'contato humano'. Por favor, continue examinando seus recibos da ATM.* Ela se contentará em resmungar repetidamente que há um lugar — tem absoluta certeza disso —, um lugar *certo* para ela estar nesta noite, e *uma* coisa certa a fazer. Seria se sentar no escritório de Martin, sob as luzes fluorescentes muito familiares, em meio a todas as opressivas caixas de documentos, observando-o ler os e-mails de Westlaw, só para que ela pudesse ficar perto dele? Não, droga, não... Isso é besteira. Há outra coisa, algo que é de Lynn Mason, que pertence a ela e a mais ninguém e que não depende da existência de Martin Grant. Mas o quê? A única coisa que pode afirmar com certeza é que *essa coisa provavelmente não está aqui.* É surpreendente como uma taça de vinho desaparece rápido quando se é a única pessoa no bar. Senhoras e senhores, direi boa-noite agora, vocês não vão me ver amanhã.

— Outra? — pergunta o *barman*.

— Só a conta — diz ela.

Certo dia havia dito para Martin (estavam juntos de novo):

— Ei, venha cá. Quero que apalpe isso aqui para mim.

Estava no chuveiro. Era um dia de trabalho, uma das raras ocasiões em que Martin havia passado a noite lá durante a semana. Ele foi até a porta do chuveiro.

— Olhe, já estou de saída — disse. — Tenho que ir para casa e tomar banho. — Estava em pé, atrás do vidro opaco.

— Você escutou o que eu disse? — perguntou ela.

— O quê?

— Eu lhe pedi para apalpar isso aqui.

Ele não se moveu.

— O que é? Vou me molhar...

E instantaneamente um pensamento passou pela mente dela, mais como uma suspeita. Foi quando ele disse: "Vou me molhar." Que raio de coisa era aquela para se dizer? *Então arregace a porra dessa manga, seu idiota!* Isso a levou a crer que ele a *ouvira*, a ouvira muito bem. Quando uma mulher está no chuveiro e diz "Venha cá e apalpe isso", não se pode evitar que um certo tom se arraste pelas palavras. Não é medo. Não ainda. É preocupação, e ela está procurando se livrar de parte dela. Está querendo que alguém diga: "Acho que isso não é nada." Mas Martin, Martin foi rápido. Imediatamente percebeu as implicações de um pedido tipo *venha cá e apalpe isso* e também o tom — e sabendo tudo que aquele tom implicava, tudo a que aquilo poderia conduzir e tudo que poderia exigir dele, foi até a porta do chuveiro com sua própria agenda. *Tenho que ir para casa, tenho que tomar banho.* Era verdade ou era apenas a mente desconfiada dela?

— O que é, Lynn? — perguntou ele. — O que você quer que eu apalpe?

— Não tem importância — disse ela.

— Diga-me o que é — disse ele, com uma impaciência que pretendia convencê-la de que estava ansioso por saber, realmente desejando aquilo.

— Não é nada, esqueça, vá embora — disse ela.

Ele abriu a porta do chuveiro, sobressaltando-a. Ela fechou a porta com força.

— Fora daqui! Vá para casa tomar banho.

Martin já estava com as chaves, que tilintaram enquanto as girou em torno do dedo.

— Tudo bem — disse ele, e aquele foi todo o seu protesto.

Lynn odiou a decepção que sentiu quando, com o chuveiro fechado, ouviu a porta da frente bater.

Martin passou o mês seguinte cuidando de um caso na Califórnia. Deixava mensagens, mas Lynn não as retornava; então parou de ligar. Eles só se viram duas semanas depois de sua volta e já deviam estar no auge de uma briga antes mesmo de entrarem no restaurante — por causa dos telefonemas dados e não retornados, do silêncio de um mês inteiro, do insulto das duas semanas adicionais. Mas perto dele era onde ela queria estar. Sentira falta da conversa de Martin. Deus... ela não havia percebido quanto? Era sempre a mesma coisa — juízes irritados, promotores incompetentes e questões legais que precisava lhe explicar. Mas o modo como ele falava, seus maneirismos, seus inimitáveis maneirismos masculinos — como sentira falta deles! E Martin também sentira falta de sua companhia, parecia. Ele a ouvia falar sobre as dificuldades que a agência enfrentava e a triste experiência de demitir funcionários. Mais tarde, voltaram para o apartamento dela e foi ainda melhor tê-lo dentro de si do que tê-lo do outro lado da mesa. Ela precisou interromper brevemente o ato para lhe dizer que não tocasse ali, no seio esquerdo, para que se concentrasse no seio direito, mas não tocasse no outro, e, adivinhando adequadamente que não seria o momento de perguntar "como assim?", ele não disse nada.

Mas, no café da manhã seguinte, num local próximo onde se sentaram num pátio a uma mesa de ferro batido sob o sol da primavera, ele a surpreendeu.

— Estou juntando dois e dois e pode ser igual a cinco, mas achei melhor perguntar — disse Martin. — Como anda a sua saúde? Está tudo bem?

— Por que você está me perguntando isso? — disse Lynn.

— Porque na última vez em que estivemos juntos você me pediu para apalpar alguma coisa. E desta vez me disse para não tocar em algo. Faz apenas um mês... Foi um momento inoportuno? Ou há algo mais acontecendo?

Martin, que só gostava de conversar sobre advocacia. E, quando não era direito, era jazz — a história do jazz, como ouvir jazz, uma determinada música que mudou o jazz para sempre. "Todos discordariam de mim, mas foi 'St. Louis Blues' de Louis Armstrong. Nunca houve nada igual." Agora ela já conhecia aquilo de cor. Ah, meu Deus... será que tinha interpretado Martin errado? Teria baseado sua decisão de não retornar os telefonemas dele da Califórnia na suposição de que, quando veio à porta do chuveiro, Martin teria pensado *Se eu estender o braço estou condenado*? Dois minutos de inspeção sem sexo na parte do corpo dela em que sua atenção mergulhava em horas convenientes e Martin ficaria preso naquilo por meses, talvez anos. Ficaria enredado em consultas a médicos, no aprendizado da terminologia, em conduzi-la de um lado para outro, em segurar-lhe a cabeça quando ela vomitasse. Se não tinha tendência a se comprometer com algo que incluísse segurança, amor e proteção, como estaria ansioso por um compromisso como aquele? Mas seria possível que *ele simplesmente não a tivesse escutado*?

— Estou com um caroço no seio — disse Lynn. — Achei um caroço.

Martin ergueu as sobrancelhas.

— Um caroço — repetiu ele, olhando para baixo, subitamente brincando com a jarra de creme vazia. — O que é... o que é um caroço?

O que é um caroço? Ele não esperava uma resposta, não é? Mesmo que fosse a óbvia... não aqui, não no café da manhã sob o sol.

— Ora, por que você não esquece isso? — perguntou ela.

— Não, quero dizer, claro que eu sei o que é um caroço — disse ele. — Mas o que você fez a respeito? Era isso que eu queria lhe perguntar. O que os médicos dizem?

— Que estou bem.

— É o que eles dizem?

— Martin, eu estou bem.

— Você ia me contar algum dia?

— Eu lhe contei na noite passada.

Num segundo Martin se transformou no litigante.

— Não, você não me contou na noite passada. Na noite passada você me disse para não tocar. Não me disse que tinha achado um caroço.

— Não se preocupe com isso, Martin... Porque acho que você prefere não se preocupar com isso a se preocupar com isso.

— Eu levantei o assunto, não foi? Não fui eu que levantei o assunto?

Bem, pensou ela, não foi ele? Até onde Martin agüentaria? Quem era realmente esse homem com quem vinha trepando no último ano e como ele reagiria encurralado? Vamos descobrir.

— Tudo bem — disse Lynn —, vá ao médico comigo.

Martin voltou a manipular a jarra de creme. Não ergueu os olhos durante algum tempo.

— Então você *não foi* ao médico?

— Acabo de pedir que vá comigo. Então, obviamente, não fui.

— Por que não?
— Porque preciso que alguém vá comigo.
Martin voltou sua atenção para a jarra de creme.
— Claro — disse ele sem olhá-la. — Eu vou com você, claro.
Lynn sorriu para Martin. Ele a encarou.
— O que foi? — perguntou ele.
— Eu estou bem — disse ela.

⎯

MELHOR DO QUE ANTES, de qualquer forma, porque aqui é um bom lugar para se estar, não um lugar meio ruim, e o que Lynn está fazendo pode ser um pouco desinteressante, mas certamente é melhor do que ficar de porre num bar de vinhos. Estaciona na garagem do subsolo e sobe pelo elevador, entrando suavemente numa atmosfera brilhante e confortadora. Casa, depois o bar, e, agora, meia hora antes de fechar, uma loja de departamentos. *Não tenho uma imaginação muito fértil*, conclui. Desejaria muito poder pensar naquilo que sabe que é certo. Provavelmente não é fazer compras, mas, como disse a si mesma no caminho para lá, fazer compras não é um interlúdio ruim. E será que você conseguiria olhar todos os sapatos? Ela perambula em torno das vitrines. Sapatilhas, saltos altos, tênis, sandálias — você sabe (pensando novamente em todos os sapatos que tirou do *closet* quando há milênios parecia ser uma boa idéia fazer uma limpeza), *na verdade não preciso de mais sapatos*. Na verdade não precisa mais de coisa alguma. *Mas pelo menos olhe para todo o trabalho duro que esse pessoal sensacional teve para fazê-la sentir que nada pode estar errado quando há tantos pares de sapato para comprar!* Ela nem sequer entrou na parte principal da loja ainda e tudo já é tão adorável e agradável...

E tudo é azedado pela falta da única coisa que deseja: é pouco provável encontrar Martin ali no departamento de sapatos femininos, não é? Em qualquer departamento da Nordstrom ou em qualquer outro lugar nessa hora da noite. Nove e meia — agora mesmo Martin está andando pelo corredor em direção à sala de algum sócio. Ela realmente quer fazer parte *daquilo*? Trocaria esses espaços abertos e iluminados, cheios dos melhores sapatos, roupas da moda, perfumes e acessórios do mundo

— e para todas as outras coisas, existe MasterCard — pela presença de Martin, unir-se a Martin num corredor de paredes vazias e carpete horroroso enquanto ele vai à sala de um sócio para conversar sobre algum detalhe irrelevante de negócios? Vamos, seja razoável. Martin é assim, a firma de Martin é assim — ele ainda está em pé à porta de algum pateta chato conversando sobre a produção de provas documentais e informações privilegiadas. *Compre, pelo amor de Deus! Compre alguma coisa! Fazer compras é uma forma extremamente fácil de tornar esta noite memorável.* O que tem em mente é algo extravagante, escandalosamente caro. Algo que use uma vez e ponha de lado para sempre. Não, *aquilo* não. Não um vestido de noiva. Ela não quer se casar com Martin, acredite ou não. Só quer segui-lo pelos corredores de seu escritório, entrar na sala de suprimentos com ele para pegar algumas etiquetas de arquivos, ou seja lá o que for. Isso está longe de casamento. *Não é* o fato de não tê-lo sempre que a deixa momentaneamente louca por Martin; é não tê-lo *esta noite*.

Passa pelo homem ao piano. O que estará tocando? Não sabe dizer o nome da música. Perambula pelos balcões de perfume e maquiagem, escapando dos chacais de guarda-pó que querem borrifá-la, pintá-la e dar-lhe a melhor aparência possível. *Estou só olhando, obrigada*, que é o que vem fazendo em relação aos homens há mais ou menos vinte anos. Não se importa de estar solteira, é simplesmente assim que as coisas aconteceram, e não está ansiosa para casar *por* casar. Só aqueles com os valores mais chatos e convencionais, olhando-a de fora, suspeitariam ou teriam pena dela por ainda estar solteira aos quarenta e três anos. Será que teriam pena de um homem? Eles *invejariam* o homem. Ela se dirige às escadas rolantes. Não que ao ver suas amigas se casarem ela não tivesse momentos de inveja, embora não fosse inveja da amiga por esta se casar, mas sim pela convicção que tanto o noivo quanto a noiva compartilham de que, bem, de que estão fazendo a coisa certa. De onde vem aquilo? Achou por um tempo que se casaria com Douglas, e, quando a coisa mudou de rumo, porque Douglas não era, afinal de contas, o que ela queria, acordou certa manhã e pensou — e não foi diferente de se ver de repente naquele bar — *Opa, estou com trinta e oito anos! Quem é que está de brincadeira comigo?* E, por um momento, ela própria pensou de modo convencional, refletindo na perda que haveria se jamais se casasse, e, se o fizesse, que idade teria então — não menos de quarenta, se tivesse sorte —, talvez velha demais para ter filhos, e que prejuízo isso também provocaria. Mas que todos saibam — em que andar ela estava? —, que todos saibam nos Acessórios Femininos, às 9h35 da noite — o jantar provavelmente está sendo servido no escritório dele agora —, uma noite antes da data marcada para sua importante cirurgia e aos quarenta e três anos de idade, que seu status marital não tinha sido, seja lá por que razão — porque Lynn Mason é "racional", "fria", "ambiciosa" —, *não* tinha sido o foco de sua vida. Se, para encontrar o homem certo, gastasse um décimo da energia que tinha gasto para construir a agência com os sócios, estaria morando em Oak Park naquele momento, colocando pratos na lava-louças. *Você acabou o dever de casa? Posso pegar o carro amanhã?* Com alguma circunspeção, com uma certa quantidade de dúvida salutar, Lynn pode afirmar que o melhor lugar para estar é ali mesmo, na Nordstrom, e o que está fazendo é melhor do que colocar pratos numa lava-louças em Oak Park. E quanto às pessoas que pensam *Ah, mulher, ah, irmã, ah, garota, você não tem idéia do que está perdendo*, simplesmente temos que nos afastar delas, porque construí uma vida boa para mim. Sei o que fazer com a minha vida. Só não sei o que fazer com *esta noite*.

ACABOU NA SEÇÃO DE *lingerie*. Se o procedimento for invasivo, o que acham que é, e se mais uns dois fatores estiverem em jogo, Lynn vai concordar em fazer uma mastectomia. Basicamente lhe colocaram a coisa da seguinte forma: se abrirmos e descobrirmos isso e aquilo, acho que você não terá outra opção. E, se for mesmo fazer uma mastectomia, precisa começar a pensar na reconstrução do seio. Vão preservá-lo o máximo possível e lhe pediram para ir amanhã com seu sutiã favorito, que usarão como medida no local onde a linha de incisão deverá ser feita. Cortarão dentro da linha do sutiã para que o cirurgião plástico possa fazer seu trabalho depois que ela completar seis meses de quimioterapia e radiação, caso sejam necessárias. Provavelmente serão. *Só recebe notícia ruim atrás de notícia ruim.* Portanto, disseram eles, venha com seu sutiã preferido, e com isso em mente Lynn caminha pela seção de roupas íntimas. As opções são infindáveis — justo, acolchoado, meia-taça, básico, de algodão, cravejado de jóias, com estampa de leopardo, sedoso, rosa-choque. É isso que torna o país maravilhoso, não é? E é o que torna possível a vida dela na publicidade, a oportunidade concedida por essa superabundância de se fazer o marketing de uma determinada oferta de modo a permitir que se destaque como líder no mercado. Lynn saberia exatamente o que fazer com qualquer uma daquelas marcas, se tivessem sorte suficiente de pegar uma daquelas contas. Mas fazer o marketing de uma delas para sua necessidade particular naquela noite? Escolher o único sutiã dessa arara cheia de sutiãs que definirá onde farão a incisão, e que, de algum modo, quando tudo terminar, a fará se sentir sexy de novo — até Lynn admite a improbabilidade de haver ali um sutiã que possa atender uma expectativa dessas. Pega um da arara. Talvez esse aqui. Outro, talvez. Logo tem dez sutiãs nas mãos, doze, quinze. Leva todos para o provador e, apesar da dor causada pelo atrito, experimenta alguns. Olha-se no espelho. A idéia é parecer sexy de novo. *E para quem, exatamente*? Para si mesma, claro. Bem, sim, isso é esplendidamente auto-afirmativo e muito decidido, como qualquer mulher decente nos dias de hoje deve ser, mas vamos encarar os fatos e dizer que, quando uma mulher — não, quando uma *pessoa* — pensa em ficar sexy, está sempre com alguém em mente. Alguém nos recessos da mente, que diz: *Puxa, como você está sexy com isso*. E quem exatamente é esse alguém para Lynn? Infelizmente as circunstâncias de tempo são tais que não pode ser outro senão vocês-sabem-quem, e isso não é uma opção. Sensualidade com Martin em mente não é mais uma opção. E a sensualidade *depois* de Martin? É onde a coisa se complica, porque, em primeiro lugar, haverá os pontos em seu corpo. Esses cicatrizarão rapidamente, e, por seis meses, enquanto os tratamentos pós-operatórios fizerem seus truques, ela usará a prótese. Depois o cirurgião plástico fará a reconstrução do seio em estágios — não se sabe quanto tempo levará aquilo. Portanto, de quanto tempo se trata? Um ano, um ano e meio? Como se sentir sexy durante todo esse tempo? Quem vai olhar para suas cicatrizes, para sua prótese e dizer *Puxa, como você está sexy com isso*? É meio óbvio, não há nenhum homem *depois* de Martin, não por muito, muito tempo; e, antes que ela consiga evitar, está gritando. Está no minúsculo provador, com milhares de sutiãs, gritando o mais alto possível.

O som é Aaaaaaaarrrrrrrrrrrrrhhhhhhhh!!! Quando pára, sente o sangue pulsando na parte do seio que dói quando tocada e uma aspereza na garganta. Sente uma terrível hipotensão, causada pelo vinho e pelo grito. Então se senta no banco. Vendedoras vêm correndo. O que houve? Quer que eu chame o segurança? Ela não pode chorar. Não. Levanta-se e começa a entregar os sutiãs pela porta.

— Não quero esses! — diz. — Pode levar! — No início entrega alguns de cada vez, depois recolhe-os com as mãos e atira-os para cima. — Não quero nenhum deles! Só quero sair daqui!

Que lugar idiota para se estar, esse provador; e experimentar sutiãs, tentar ficar sexy, que coisa ridícula de se fazer.

—

Depois que Martin descobriu, deixou longas mensagens de voz para Lynn no trabalho. Não se sabe o que pretendia com elas. Como sempre, Lynn pegou o telefone, ouviu-as trinta segundos depois que Martin as tinha deixado e estabeleceu um diálogo com essa voz gravada. "O que eu não entendo", disse ele numa das primeiras, "é como uma pessoa inteligente e racional pode esperar, apesar de saber que algo não vai bem, se sentir doente e ainda assim se recusar a ir ao médico. Isso me escapa, não consigo entender um comportamento desses vindo de uma pessoa inteligente".

— É porque — disse Lynn ao telefone quando a mensagem acabou — gente inteligente *nem sempre* é guiada pela inteligência. Às vezes, Martin, algo chamado medo é um pouco mais poderoso.

Martin conheceria aquele fato básico da psicologia humana se trabalhasse com marketing, pensou, mas, como um profissional do direito, acreditava que a decisão mais racional, ou pelo menos a mais astuciosa, sempre triunfaria se dela dependesse a sobrevivência da pessoa. "Sim, eu devia ter mostrado interesse por isso antes", disse ele numa mensagem de voz posterior. "Estava envolvido com o meu trabalho, não prestei atenção. Mas agora que eu sei, que eu sei *de tudo*, Lynn, não posso mais deixar de saber, e, agora que eu sei e não posso deixar de saber, sinto... você sabe... uma certa obrigação..."

— Obrigação? — disse alto Lynn.

"...preocupação com você, Lynn, e com o seu bem-estar..."

— Ah, Martin... *Acalme-se, meu coração acelerado*.

"...que eu simplesmente não posso... Bem, o que você quer que eu faça exatamente, hein?", perguntou ele. "Quer que eu simplesmente esqueça? É uma daquelas coisas, você sabe... fazemos isso e aquilo juntos, mas isso é uma das coisas de que não falamos, que estão fora de cogitação, quando francamente, Lynn, você poderia estar muito, muito... Ah, sim, estarei com você num minuto, ok?", disse ele para alguém que deve ter aparecido à porta. Voltando à mensagem, continuou: "...que você deveria, ah..." Ele tinha perdido o fio da meada. "Escute, a questão é a seguinte: você *precisa* ir ao médico, ok? Tenho que ir agora. Eu devia ter lhe dito tudo isso pessoalmente, mas você não atende a droga desse telefone. Por favor, ligue para mim."

Numa das últimas mensagens, Martin disse: "Venho pensando numa coisa, e estou muito curioso: eu sou o único que sabe disso? Você contou a seu pai, ou a algum amigo? Porque se não contou e eu sou o único a saber, pode ver a grande responsabilidade que estou sentindo. Na verdade, pode até ver como é um pouco injusto de sua parte..."

— Ahn? — disse Lynn. — Estou curiosa para ver como isso vai terminar.

"...porque agora eu sei", continuou ele, "e você não vai aceitar o meu conselho de ir ao médico, e isso me deixa preocupado com você..."

— Ah, pobre Martin!

"...mas sem qualquer recurso para aplacar essa preocupação. Isso é injusto, Lynn..." *Então devia ter mantido as suas mãos longe de mim, porra!*, pensou ela. *Não devia ter deitado na minha cama e tentado morder o bico do meu peito!* "...Não estou me queixando, não quero que pense que estou me queixando. Só estou tentando fornecer argumentos para que você vá ao médico. Se não quiser fazer isso por você, porra, pelo menos faça isso por mim."

Martin a convenceu finalmente, ou Lynn simplesmente cedeu — depois de uma semana era difícil saber se ela concordou porque encontrou uma reserva de coragem ou porque estava extremamente fraca e ele a cansara com suas mensagens de voz. Martin iria com ela, essa era a condição. No carro, a caminho da consulta, Lynn tentou expressar seu medo de médicos, hospitais, procedimentos — mas não havia como exprimi-lo.

— Passei muito tempo em hospitais quando minha mãe estava morrendo — disse Lynn. — Eu era só uma criança. Talvez tenha sido assim que tudo isso começou.

— Ela morreu de quê?

— Adivinhe.

Houve um silêncio. Então Martin discorreu sobre os surpreendentes progressos da medicina nos últimos anos com o mesmo otimismo que marca cada conversa desse tipo, enquanto Lynn só conseguia pensar como ele era ingênuo por achar que ela pudesse aceitar isso quando sempre fora imune a esse tipo de esperança. A tecnologia nunca seria mais forte do que o medo primordial. Jamais superaria o instinto humano.

Martin parou no estacionamento do hospital e por meia hora tentou persuadi-la a sair do carro. Lynn queria que ele ficasse na sala durante o exame, tudo bem? Ele concordou. Ela não queria que ele saísse do seu lado, entendido? Martin respondeu que entendera desde a primeira vez em que Lynn o pedira, e na segunda e na terceira vez.

— Por que você está enrolando? — perguntou Martin.

Quando foi que Martin havia se tornado tão... comprometido? Teria Lynn o julgado erradamente desde o início? Ou seria esse o pré-requisito para que o compromisso se enraizasse, que ela fosse mandada para o inferno e retornasse dele? Pois estava no inferno, naquele carro no estacionamento do hospital, e nem uma única mão gelada ainda fora pousada sobre ela. Após três ou quatro tentativas de exprimir seu medo na viagem até ali, Lynn finalmente desistira, mas agora disse a ele:

— Acho que posso explicar afinal. Resume-se ao seguinte... E é tão simples, Martin, não consigo acreditar que não pensei nisso antes.

— Bem, então me conte.

— Não consigo entrar naquele edifício. Está vendo aquele edifício? Não consigo. Não vou.

Houve um silêncio. Então Martin disse:

— Bem, isso me parece medo. — Mas ele disse que mesmo assim não entendia. — Medo de *quê*, exatamente? Medo da morte? Não, você me disse que não é isso. Você não tem medo da morte. É de que possam dizer que você tem alguma coisa? Você já sabe que tem alguma coisa. Também não é isso. Então o que é? Lynn, a maioria das pessoas, quando sentem que há algo de errado com elas, também ficam com medo. É natural. Mas o próximo passo é resolver o problema. As pessoas ficam *ansiosas* para que o problema seja resolvido logo. Mas com você é o contrário. Você sabe que há algo de errado, mas isso não a assusta. Deixa passar semanas até que o negócio piore! A idéia de resolvê-lo? É *isso* que assusta você. Não tenho razão? Não é assim que funciona com você?

É por isso ele foi convidado para ser sócio, pensou Lynn. *Bom insight, boa capacidade de raciocínio.*

— Sim — respondeu Lynn. — Nunca pensei nessa confusão toda assim até você colocá-la dessa forma. Mas é isso, isso mesmo. — Silêncio. — Acha que há uma palavra para isso? — perguntou.

— Eu posso pensar em algumas adequadas — disse Martin. Um momento de leveza. Depois olhou fixamente através do pára-brisa. — Escute — disse, virando-se para Lynn —, eu volto logo. Você fica aqui, ok?

— Onde é que você vai? — perguntou ela. — Você disse que não me deixaria.

— Depois que a gente *entrasse*. Ainda estamos no estacionamento — disse ele. Estendeu a mão e pegou a dela. — Confie em mim.

Então Lynn o deixou sair e Martin entrou no edifício. Dez minutos depois saiu de novo e disse a Lynn que sua consulta tinha sido remarcada. A onda de alívio que se quebrava contra ela rapidamente retornou para a profundidade marinha do desespero quando ele lhe disse que a consulta tinha sido remarcada para o mesmo dia, mais tarde.

— A que horas? — perguntou Lynn.

— Não se preocupe com a hora — disse Martin. — Apenas coloque isto aqui.

— O que é isso?

— O que acha que é? Um lenço, ora.

— Mas como devo "colocá-lo"?

Ele ligou o carro e deu marcha a ré.

— Como se tivesse sido capturada por um pirata e lhe mandassem andar na prancha.

◤

LYNN ENTROU NO PRIMEIRO EDIFÍCIO segurando a mão de Martin. Tomaram um elevador que fez o ouvido dela entupir. Sentia-se ridícula porque o elevador estava cheio, e que diabo fazia ela com aquela venda nos olhos? Num determinado momento, ouviu Martin dizer:

— Pare de ficar olhando.

— Não estou olhando. Como posso fazer isso? — disse ela.

— Eu não estava falando com você — retrucou ele.

Após o que pareceu uma eternidade, o elevador parou e todos saíram. Martin a conduzia pela mão. Quando ele a fez parar, desamarrou a venda e ela soube imediatamente que estava no terraço panorâmico do edifício John Hancock, com vista para a cidade. Lynn ficou surpresa e encantada.

— O que está tramando, Martin? — perguntou, estreitando os olhos para ele.

Martin deu de ombros inocentemente e fez um gesto para a vista.

— Estou lhe mostrando a cidade — disse.

Lá estavam a Sears Tower à frente deles, o lago Michigan à esquerda, e os grandiosos e esplêndidos subúrbios da cidade à direita. Eles apontaram para os edifícios onde trabalhavam, onde moravam, e identificaram os prédios que conheciam. Colocaram moedas na luneta e examinaram Wrigley Field. Olharam para oeste o mais longe que podiam e mesmo assim não conseguiram exaurir a interminável metrópole. Quando acabaram, Martin colocou de novo a venda nela. Tomaram o elevador para baixo, caminharam até o carro e partiram. Mais uma vez Martin estacionou e conduziu-a pela mão. Dessa vez subiram uma escada e Lynn sabia que não havia escada numa entrada de hospital, portanto tinham ido a algum outro lugar, e, quando Martin abriu a porta e a guiou para dentro, ela não pôde ver nada, mas pôde sentir o cheiro. Soube imediatamente onde estavam. Ouviu um homem dizer:

— Dois?

— Dois — respondeu Martin, que a fez andar com a venda até a mesa.

— Muito bem, pode tirar — disse.

— Eu sabia! — exclamou Lynn. — Eu sabia exatamente onde estávamos!

Esperaram vinte minutos por uma pizza grande numa mesa de trás, sob a luz bruxuleante do Gino's East, onde as tábuas negras acima deles os faziam se sentir como se estivessem comendo sob o convés principal de um guinchante e velho navio pirata. As tábuas haviam sido impiedosamente cobertas de grafite, e notas de dólar tinham sido pregadas nelas. Quando saíram novamente para o choque brilhante da luz do dia, Martin recolocou a venda em Lynn. Ela cogitou se agora sua sorte tinha acabado.

Mas rodaram de carro uma distância que pareceu a Lynn curta demais para estarem de volta ao hospital, e, quando Martin lhe tirou a venda novamente, ela disse:

— Eu devia ter adivinhado.

Estavam no Jazz Record Mart, em East Illinois.

— Sim — disse ele, cheio de uma ironia que ela adorava —, uma aficionada como você merece ser mimada num dia como hoje.

— Por favor — disse ela —, aqui está o meu cartão de crédito, compre o que quiser, *leve o tempo que achar necessário*.

Martin passou quase vinte minutos procurando seus discos raros nos suportes empoeirados.

— Não foi tanto tempo — disse ela quando ele acabou.

Então Lynn voltou à venda e ao carro, que parou. Foi levada novamente pela mão e novamente deparou-se com uma escada, e não apenas de seis ou sete degraus — três longos lances, quase o suficiente para fazê-la ficar zonza. Não conseguia acreditar no que ele estava fazendo, segurando-lhe a mão e guiando-a pelo caminho, arquitetando aquele plano tão pouco característico dele, ou pelo menos pouco característico da compreensão a que Lynn havia chegado muito tempo antes sobre aquele homem respirando — um Martin sem caprichos ou extravagâncias, que só dizia a verdade nua e crua ou preferia evitar totalmente a questão. O que aquele dia lhe tornou patente, mais do que qualquer coisa, foi sua própria pressa em julgar e a rigidez desses julgamentos depois de feitos. Estavam no interior do prédio agora; o lugar tinha uma atmosfera arejada, cheia de ecos, o zumbido de vozes baixas e abafadas, passos na escada de mármore que ela conseguia captar um por um. Ele tirou sua venda e passaram uma hora perambulando pelas obras importantes do Art Institute, o famoso museu de Chicago.

— Eu achava que você não apreciasse arte, Martin — disse ela.

— Eu não aprecio nenhuma besteira — disse ele —, mas neste andar há coisas de que gosto.

— É mesmo?

— Claro.

— Aponte-me quando esbarrarmos com uma, ok? — disse ela ceticamente.

— Esta aqui, por exemplo — disse ele.

— Esta aqui?

— Sim, é uma linda pintura — disse ele. — Quer discutir sobre ela?

Estavam em pé diante da enorme *Domingo à tarde na ilha da Grand Jatte*, de Georges Seurat.

— Não — respondeu Lynn. Ela não fazia questão de discutir sobre a pintura.

Eram três da tarde quando saíram e Lynn sabia agora, saindo do carro e andando com Martin, que sua sorte finalmente tinha acabado.

— Não tire a venda — disse ele.

— Martin — disse ela, e sua voz tremeu.

Estavam caminhando por um estacionamento que inequivocamente era o do hospital.

— Lynn, não tire a venda — disse ele. As mãos dela começaram a tremer como anteriormente naquele mesmo dia, no carro. — Só continue andando.

E Lynn conseguiu fazê-lo só porque enganou a si mesma: *Talvez não, talvez ainda não...* Mas não havia escadas; e, quando Martin abriu a porta e o ar ligeiramente mais tépido do interior do prédio chegou até ela, e a luz entrando por cima da venda ficou mais clara, mais fluorescente, Lynn soube com certeza absoluta onde estavam e se aterrorizou.

— Continue andando — disse Martin.

Então a fez parar e se sentar, e a cadeira abaixo dela era dura e de plástico como as cadeiras da sala de espera de um hospital. O pânico de Lynn aumentou.

— Não vou sair do seu lado — disse Martin. — Só vou me afastar três metros por dois segundos para falar com alguém, depois eu volto. — E voltou. — Estou bem aqui.

Ficaram sentados por um longo tempo. Depois de alguns minutos, ele perguntou:

— Por que não tira a venda agora?

— De jeito nenhum — disse ela.

— Confie em mim, tire.

— Prefiro não tirar — disse ela.
— Vamos, você consegue — insistiu ele.

Lynn obedeceu, apertando um pouco os olhos enquanto olhava em torno. Viu pessoas em guichês por trás de vidros. Números digitalizados nas paredes.

— O Departamento de Veículos Automotores? Seu canalha! — Então bateu nele com a venda.

— Viu? Você consegue fazer o mais difícil! — exclamou Martin.

Lynn suspirou de alívio.

— Mas agora pode se resignar — disse ele. — Você nunca vai saber quando estivermos mesmo lá.

Aquele provavelmente não era o lugar certo para se estar, provavelmente era o lugar errado. Na realidade, se o lugar errado pudesse ser identificado num mapa — *você está aqui* —, certamente seria aquele. E Lynn poderia fazer isso, entrar no edifício e fazer o segurança noturno ligar para Martin e informá-lo de que ela o esperava no saguão? *Não* era a coisa certa para se fazer. Mas já vinha dirigindo por meio tanque e, de repente, quando viu, tinha terminado ali. A rua onde se localizava o escritório dele ficava a um quarteirão a leste da Michigan Avenue. A Mag Mile estava sempre deserta àquela hora da noite. Ela estacionou ilegalmente, mas o único veículo a passar por ali em vinte minutos tinha sido um táxi com as luzes apagadas. Indo para casa, provavelmente. Essa é uma escolha sábia, taxista — amanhã é um longo dia, vá para casa e descanse seus ossos cansados. Por que não pode ter o bom senso de um taxista? Lynn Mason em seu Saab diante do edifício onde trabalha Martin Grant sente-se mais com quatorze anos do que com quarenta e três, desestabilizada por fortes emoções.

— Espere, espere, espere, espere, espere, espere, espere, espere, espere, espere, espere, espere, *espere*! — diz alto, batendo no volante, agarrando-se a ele, sacudindo-o.

Lynn não pode *mesmo* estar ali! Como é que a noite, começando no alto da montanha com comida chinesa e TV, transformou-se num deslizamento de merda até aquela ravina ali embaixo? Será que ela realmente quer subir e apenas *ficar* num escritório? Não há mistério nenhum, nenhuma atração, nenhuma recompensa, nenhuma surpresa nos corredores vazios de um escritório às dez da noite — ela sabe por experiência própria. Passar sua última noite num escritório é insano. Mas a questão é: naquele escritório *lá em cima*? Lá está Martin. Lá está *Martin*. E a verdade universal é que, não importa onde ele esteja — afogando-se no oceano ou ardendo num incêndio —, é lá que sua amante quer estar. Portanto, não importa se ele ainda não tomou uma ducha, se está mal-humorado, com gases, sobrecarregado de trabalho, com as pálpebras tremendo e a mente embotada sob a luz expiatória, caminhando pelos áridos corredores com seus telefones silenciados e arte barata. Ela quer estar lá. Como é que não conseguia evitar encontrar-se estacionada ali, independentemente do que tinha dito a si mesma num momento anterior daquela noite, de que hoje não haveria nenhum telefonema para Martin, nenhuma conversa com Martin? Uma consistência insensata é o bicho-papão das mentes pequenas, e, a essa hora, Lynn já atirou toda a consistência ao vento.

Mesmo assim algo a impede de entrar. Continua sentada no carro por vinte minutos sem se mover. Se você é o segurança noturno e está escutando atentamente, depois de um tempo pode ouvir, através do vidro, o carro ser ligado de novo. Ela chamou a sua atenção por ficar sentada quieta ali fora por vinte minutos. Então você a viu bater com força no volante, parecia uma louca! Você teve que se perguntar o que aquela mulher pretenderia fazer. E depois simplesmente ir embora! Quase como um avião saindo de formação. Sentar-se no carro por vinte minutos e então ir embora? O que seria aquilo?

Apenas recobrar a porcaria dos sentidos, pensa Lynn, se afastando. E o motivo é o seguinte: Martin deixara claro quais eram seus termos e ela não consegue aceitá-los. É simples assim. Ele fez todas aquelas coisas maravilhosas — levou-a ao alto do edifício Hancock, ao Gino's, ao Art Institute, e depois, quando chegou a hora, levou-a novamente ao hospital. Então ela pensou que sabia que tinham chegado, mas, por causa dos logros dele, achou que talvez fosse outro *Departamento de Veículos Automotores*, o que era tudo de que precisava — daquilo e da venda — para segui-lo edifício adentro, sentar-se perto dele e lidar com o inferno em que se encontrava. Ele não a abandonou. E quando o médico disse, basicamente, que as coisas estavam ruins, usando palavras como "avançado", "agressivo", "melhor para chances de recuperação", Martin fora a pessoa certa, pois ela estava perplexa demais para fazer perguntas. Ele *fora* bom para ela, Lynn *tinha* razão de ter parado diante do edifício dele. Mas Martin fizera também algo terrivelmente, terrivelmente inesperado, algo surpreendente, revelador do seu verdadeiro caráter — algo terrivelmente *sincero*.

A visita ao médico fora na sexta. Depois do trauma de tudo aquilo, a noite prosseguiu num profundo medo, havia sido um presente de Deus ter Martin perto dela na cama. No sábado ela acordou e descobriu o medo substituído por uma ardente necessidade de saber mil coisas. Todas as perguntas que deveria ter feito ao médico, se tivesse tido o poder de fazê-las no dia anterior, vieram a ela de uma vez. Martin teve que lembrá-la de muitas coisas ditas pelo médico. Ele praticamente passou em revista de novo todo o prognóstico, as opções disponíveis e as conseqüências decorrentes delas. Mas seu conhecimento sobre o assunto era limitado. Assim, no meio da manhã, ele saiu para comprar algo para o café e parou numa livraria local, onde escolheu um livro que relatava o passo-a-passo de uma paciente de câncer de mama, da descoberta e diagnóstico até a melhora. Voltou com o livro e juntos comeram, leram e debateram, chegando a conclusões: o objetivo era fazer todo o possível para dar a Lynn a melhor chance de uma recuperação total. Mas haveria conseqüências.

— Você acha que eu devo fazer a mastectomia? — perguntou ela.

— Não, acho que tem que esperar até que os médicos vejam e então deixar que decidam. E também acho que deve lhes dar permissão de antemão para fazerem o que for preciso.

— E o que faço sem meus seios como são agora?

— Você... Não sei. Você não vai amamentar por algum tempo.

Martin deve ter visto a expressão dela. *Não vai amamentar?* Será que ele tinha noção de que a perspectiva de ter filhos tornava-se cada vez mais remota, e que era tão insensível que não registrava a perturbação dela com a questão? Não que estivesse aborrecida — estava tranqüila com aquilo —, mas ser lembrada assim? O que havia de errado nele?

— Foi uma brincadeira boba — disse Martin rapidamente. — Uma brincadeira horrível. Desculpe. Estava tentando fazer um pouco de humor.

— Acho que você devia se limitar ao raciocínio — disse Lynn.

Claro que o que desejava ouvir de Martin era: "O que vai fazer sem os seios? Não sei. Para mim não vai fazer diferença." Mas não estavam conversando sobre os dois no momento. Estavam falando sobre ela, para que chegasse a um ponto onde pudesse tomar as decisões certas. De algum modo, no final do sábado à noite, haviam mais ou menos chegado lá. Lynn parecia ter superado o mau humor e agradeceu a Martin várias vezes. Ele foi para casa. Ela preferiu assim: os últimos dois dias tinham sido exaustivos.

Só no domingo — ou três dias antes da data da cirurgia — eles conversaram sobre os dois. Ele apareceu cedo e ficou em pé com seu sobretudo de primavera, sem se sentar. Ela saiu da cozinha e disse:

— Por que ainda está em pé?

— Venho pensando numa coisa — disse ele — e acho que você deveria saber.

Lynn não gostou do tom daquilo. Apesar de todas as coisas com que tivera de se preocupar desde que recebera o diagnóstico, ela não esquecera que um homem ocupado, um trabalhador compulsivo, um solteirão convicto provavelmente não acharia muito interessante bancar a enfermeira de uma namorada ocasional. Comportara-se nos últimos dois dias como um cavalheiro — um rei, na realidade —, mas algo assim aconteceria mais cedo ou mais tarde: "Desejo-lhe toda a sorte do mundo, Lynn, mas não estou preparado para isso. Espero que você me ligue quando tudo estiver terminado."

— Não quer pelo menos tirar o casaco? — perguntou ela.

— Claro — respondeu ele. Quando isso foi feito, ela lhe entregou uma xícara de café.

— Vamos conversar sobre isso no sofá — disse ela.

E lá ele abriu o jogo para ela: ele estava inteiramente ao seu dispor. Qualquer coisa que precisasse dele, ela teria. Ele tiraria dias de licença do trabalho. Estaria ao seu lado em cada consulta. Iria acompanhá-la durante todo o processo.

— Do começo ao fim — disse. — Se você preferir ficar com a Sherry, com a Diane ou com quem quer que seja, tudo bem. Só estou me colocando ao seu dispor.

— Obrigada, Martin — disse Lynn. Estava atônita, sem palavras. Era uma surpresa. — Estou comovida.

— Não sei o que estou *fazendo* — disse ele —, mas quero tentar, seja lá o que for preciso.

— Fico contente — disse ela. — Estou realmente comovida.

— Mas tem uma coisa que eu preciso deixar claro — disse ele. — Acho que é uma condição. Sei que o momento escolhido é terrível, mas não posso... Sabe, eu a observei nesses dois últimos dias, Lynn. Você me surpreendeu, principalmente ontem. Ontem foi como se você tivesse voltado à vida. Você queria saber de tudo. E lidou com todos esses fatos difíceis... com a droga desses fatos difíceis. Fiquei muito impressionado. E isso me fez pensar na noite passada, quando fui para casa, que você podia lidar com qualquer coisa. Qualquer coisa.

— Por que não diz o que tem para me dizer? — perguntou ela.

Martin pousou a xícara de café na mesa e pegou as mãos dela.

— É algo que venho pensando há algum tempo. Antecede tudo... *isso* — disse ele. — E o momento escolhido é péssimo, mas não é hora de ser desonesto... Não agora. Então vou dizer: venho pensando já há algum tempo que você e eu não combinamos um com o outro. A longo prazo, quero dizer. E eu detestaria passar por isso com você deixando que você pensasse o tempo todo que... Bem, não sei o quê... Que estou fazendo isso porque estou no projeto a longo prazo. Quero dizer, *estou* no projeto a longo prazo para fazer você melhorar, mas não porque...

— Tá, já saquei, eu sei! — exclamou Lynn, interrompendo-o. — Você não é do tipo que se casa, já sei!

— Não, não é só isso. É que você e eu... Estou apenas sendo sincero. Estou totalmente comprometido em acompanhá-la por tudo isso. Mas como amigo — disse. — Só como amigo.

Bem, não era uma verdade e tanto? Martin Grant *era* sincero, um homem sincero. Claro que ele tinha que dar um chute na bunda dela rápido antes que ela percebesse. Tinha que tirar o fôlego dela para lhe mostrar até que ponto era sincero. Preocupando-se com ela, cuidando dela — isso ele faria. O câncer de mama, essa parte tudo bem. Era a soma das partes dela que ele não queria, afinal. Ela respondeu que não poderia fazer a coisa daquele jeito, abusar dele daquele modo se ele... e Martin tentou objetar dizendo... mas ela disse me desculpe, eu não consigo... e ele disse pense melhor a respeito... e ela disse não. Martin foi embora logo depois. Lynn passou uma triste tarde de domingo sozinha.

E agora talvez devesse diminuir a velocidade. Correr a cento e quarenta por hora na Lake Shore Drive é uma missão suicida, que também podia ser encarada como um sonho de salvação. Eles não consertam os buracos nesse extremo sul. Há intervalos maiores entre as lâmpadas das ruas também, quando o céu negro desce através do teto solar aberto, obscurecendo-a novamente — até que, primeiro o capô, depois o painel, depois sua mão no volante, ela toda está completamente iluminada de novo. Ela evita olhar seu rosto no espelho e toda a lacrimosa autopiedade gravada ali. Foda-se. E para aqueles que acham que Lynn Mason, além do câncer, sofre da doença que os *talk shows* diagnosticam como "falta de homem", se vocês pensam que esse é o motivo de ela ficar parada em frente ao edifício de Martin, então não entenderam as circunstâncias especiais dessa noite de terça, as forças em jogo que a deixam desesperada e carente de um modo totalmente atípico nela. Lynn Mason jamais sofreu — ou sofreu pouco — de "falta de homem". A auto-suficiência sempre foi seu primeiro e último mandamento. E não porque fosse de uma geração de garotas ensinadas a rejeitar a dependência sofrida por suas mães e avós. Não tinha medo de se anular por um *homem*. A questão era uma pessoa, outra pessoa. Não era nada política a obstinada determinação de não prestar contas a ninguém, de ter sucesso, de ser a chefe, de ganhar e aplicar seu dinheiro, de dizer palavrão sempre que quisesse, de comer magnificamente, de foder com quem ela quisesse foder e de demitir quem precisasse ser demitido, mesmo que este irrompesse em lágrimas. Era *pessoal*. Ela não se importava de atrelar seu vagão a outra pessoa, pois sabia que a verdade, a felicidade, o sucesso, tudo o que era profundo e sagrado já estava no vagão com ela. Mas não tinha acesso a nada disso naquela noite e queria alguém com ela no banco do carona.

Porque o medo da morte, cara, tem um jeito e tanto de ameaçar as suas convicções e fazer você se sentir sozinho. A morte tem um jeito de arruinar os seus planos e fazer você entrar em parafuso no que deveria ser uma noite de trabalho. Realmente, Lynn, é melhor ir mais devagar, diz a si mesma. Se não por sua vida, pelo menos pelo preço da multa. Olha o relógio no painel: meia-noite. Ela *adora* o Saab. O que acontecerá ao Saab se ela de fato morrer? Pergunta melhor: para onde ela está indo, dirigindo o Saab à meia-noite a cento e quarenta por hora pela

Lake Shore Drive? Bem, provavelmente não é o lugar ideal para se estar, esse clube que ela conhece em South Side — o clube ao qual Martin a levou e onde passaram algum tempo juntos, chamado Velvet Lounge. E o que pretende fazer depois, ouvir o pessoal da meia-noite? Não é algo que ela faça por um amor genuíno ao jazz, Lynn admite. Está indo lá por causa de Martin, para se lembrar de Martin, fazer o luto de Martin. Está indo lá por nostalgia. Portanto, não é muito apropriado que o Velvet Lounge esteja fechado às terças? Ela fica sentada no carro diante do bar, ouvindo "St. Louis Blues" num CD que Martin deixara ali. "*Got the St. Louis Blues!/Blue as I can be!/Man's got a heart like a rock cast in the sea!*" Convenientemente é uma música muito curta. Esses estúpidos e duradouros artefatos — um bar, uma música —, que grudam na gente depois que o amante atirou seu coração ao mar, são ao mesmo tempo um consolo e uma agonia. Ela é atraída por eles pela promessa de um *revival*, mas a experiência principal é uma intensificação da dor.

Já passa de meia-noite. Ela está a quilômetros dele. *Lar.* A palavra que ela deseja é *lar*. Não acredita que terá forças para submeter-se aos médicos amanhã sem ele. Num momento de clareza, pergunta-se se estará realmente apaixonada por Martin, por *Martin*, ou se seu coração partido é circunstancial. Sentiria tal emoção por ele se não tivesse que dar entrada no hospital amanhã, se ele não tivesse arranjado sua primeira ida ao médico com tanta compaixão, se não fosse o último homem a conhecer o corpo dela intimamente antes deste ser perturbadoramente alterado? E então a resposta lhe chega: *todos* os corações partidos são circunstanciais. Todo idiota abandonado é a vítima de um momento errado, de boas intenções e da decisão desagradável do outro. Ela pode muito bem admitir isso — sim, está apaixonada por Martin, e descobriu o fato no pior momento possível, *depois* que ele partira seu coração. Contrariando subitamente toda a convicção que tivera ao se afastar do meio-fio de que o escritório de Martin era o pior lugar para se estar, e entrar em contato com ele, a pior coisa a se fazer, Lynn vai em busca de um telefone público. Ela está com o celular, mas, se ligar dele, não terá a opção de desligar no último instante sem ser identificada.

Portanto, liga do telefone de um posto de gasolina fechado. Não é algo irracional esperar pegá-lo em seu escritório. Na verdade, apesar da hora tardia, nem lhe passa pela cabeça que ele possa estar em outro lugar. O toque familiar, a mensagem de voz familiar — fale agora ou conserve para sempre sua auto-estima. Ela desliga. Escolha sábia. Mas liga novamente.

— Martin, estou nesse número. É... — Então diz o número. — Pode ligar para cá quando voltar à sua mesa, por favor? É urgente.

Dá uma olhada por ali enquanto espera. Uma luz laranja-escura derrama-se sobre as bombas de gasolina de modo quase sobrenatural num enevoado fulgor *Halloween*, iluminando — embora esta não seja a palavra certa —, *animando* as bombas, as manchas de óleo, os buraquinhos e os transbordantes latões de lixo, transformando-os em algo feio e vagamente ameaçador. Quando um homem empurrando um carrinho de compras chacoalha pela calçada no escuro, o ruído a enerva, e ela olha em torno. Que ótimo, agora está com medo de ser atacada também, com medo de estupradores, de assassinos e de todos os homens à espreita nessa hora tardia. Isso é que é um deslizamento de merda. Nesse posto de gasolina sinistro na hora da bruxaria, pessoal, Lynn Mason foi oficialmente enterrada na merda. Só precisa agora que comece a chover, o motor não pegue, um carro de vidros escuros pare a uma distância desconfortável e uma praga de gafanhotos ataque. Isso não tornaria a noite completa? À distância de um campo de futebol, paira a rodovia. Ela ouve o tênue zumbido dos carros zunindo. Ligou há dois minutos ou há quatro horas? Então tenta de novo.

— Martin — diz Lynn —, preciso falar com você, por favor, retorne a ligação.

— Martin — diz na terceira tentativa. — Você está em casa?

Ele *está* em casa, dormindo.

— Que horas são? — pergunta quando o telefone toca pela sexta vez.

Ah, não... Há quanto tempo ele está em casa? *Por que* está em casa? *Como é possível que esteja em casa?* Agora, antes de Lynn replicar, a noite inteira precisa ser repensada. Ela o imaginava num cenário familiar — tornando a encher a xícara de café, pegando um arquivo, tomando uma aspirina e arrumando as calças depois de se sentar. Ela se reconfortava sabendo onde ele estava, mesmo que não estivesse com ela. Ao encontrá-lo em casa e acordá-lo, percebe que não sabe onde ele possa ter estado ou o que fazia, e isso é muito, muito inquietante. Lynn pensa o pior — um drinque com uma nova pessoa, uma nova conversa, o começo do que ele *realmente* quer. Ela o perdeu.

— O que você está fazendo em casa? — pergunta.
— O que estou fazendo? Dormindo.
— A que horas saiu do trabalho?
— Não sei. Sete?

Sete? Não diz isso alto, mas dentro dela há um grito tão alto quanto o que deu no provador. Sete? Ela o vinha imaginando por cinco horas num lugar que conhecia e agora vê que não sabe nada. O que precisa urgentemente é de uma explicação passo a passo de tudo que ele fez esta noite. Mas não pode lhe pedir isso. Melhor falar do negócio presente antes que diga algo patético. Tarde demais.

— O que você está fazendo em casa desde as sete? — pergunta. — Você não costuma ir para casa às sete, costuma?

— Eu estava cansado — explica ele. — Queria vir para casa.

— Então você voltou para casa às sete?

— É, Lynn, vim para casa às sete. Pedi comida, assisti TV... O que está havendo?

Portanto, nada fora do comum, pensa ela. Nada social. Nenhum *encontro.* Ele é sincero com ela, sabe disso agora — *pelo menos diga ao homem por que está ligando.*

— Mudei de idéia — diz ela. — Preciso que você vá comigo. Não sei o que estava pensando. Não vou conseguir fazer isso sem você.

Houve um silêncio do outro lado.

— Mas pensei... — começa ele. — Está bem — retoma um segundo depois —, eu vou com você.

— Não precisa se preocupar — diz ela. — Entendo as condições. Aceito suas condições totalmente.

— Ok, mas... o que é que mudou? Porque no domingo você disse...

— Estou com medo — diz ela simplesmente. Ele não responde. — Estou com medo, só isso.

— Tudo bem — diz ele. — A que horas quer que eu pegue você?

Voltando pela Lake Shore Drive, está calma como uma pomba engaiolada. Nenhuma música, apenas o vento entrando pelo teto solar e a vibração fiel do Saab. À sua direita está o pacífico lago. Ela se recorda de uma vez em que o carro enguiçou. Parecia que alguém tinha sido amarrado embaixo do carro e ficava batendo nele com uma chave inglesa. O carro pulava e estremecia; o estranho movimento e o barulho a encheram de ansiedade, como se ela fosse uma extensão da consciência da máquina que adorava. Levou o carro à oficina e, quando o pegou três dias depois, tudo voltara ao normal — o ronronar familiar do motor, o suave e palpável deslizar dos pneus na rua. Sente-se assim agora: firme, tranqüila, ativa, recuperada. Não mais se debatendo como se estivesse em um fliperama. Aquelas horas tinham sido deixadas para trás e só agora podia ver isso: às 12h48 da madrugada, envolta pelo robusto Saab e rodando para o norte numa velocidade razoável, ela sabe exatamente onde está, o lugar certo que lhe escapou por toda a noite, o que deveria ter feito o tempo todo. O drama da noite a confundira, obscurecendo o caminho correto. Em quinze minutos chega. Entra no edifício e cumprimenta o vigia da noite. Ele a conhece pelo nome.

— Que surpresa vê-la por aqui tão tarde! — diz o vigia, e com essas palavras ela reconhece instantaneamente que seu maior erro foi ter ido embora, para começo de conversa. Foi ter entrado naquele táxi e ter ido para casa.

Toma o elevador para o sexagésimo andar e caminha até sua sala. Será que alguém mais já reconheceu a importância fundamental daquelas duas novas oportunidades de negócios para o futuro da agência? E as estratégias ainda não foram nem elaboradas ainda! Eles têm duas semanas até a apresentação. É uma loucura pensar que ela não tenha sequer um momento de folga. Senta-se à sua mesa. Aqui é um bom lugar para estar, aqui mesmo, pensando. O que precisa ser feito? O que preciso fazer em primeiro lugar? É surpreendente como se sente energizada, considerando-se os últimos meses de fadiga cotidiana. Não é diferente de acordar depois de uma longa noite de sono, e ela está pronta para começar a manhã. Estende a mão para o mouse, interrompendo o protetor de tela. O relógio diz que é apenas pouco mais de uma hora. É só uma manhã, muito cedo, só isso. Então trabalha até as seis.

Exausta, levanta-se e vai até a janela. Só agora o sol começa a nascer, a textura de pontinhos da cidade tornando-se viva novamente, um ponto escuro de cada vez transformando-se em luz, iluminando os edifícios, as ruas e as rodovias distantes. O pontilhado a lembra da tela gigante de

Seurat no Art Institute, a de que Martin gosta. Não que Chicago, com seu duro charme e as superfícies cinzentas — praticamente imóvel pela inatividade àquela hora —, seja parecida com o colorido e amplo piquenique de Seurat. Mas observar o céu aberto pela sua janela é magnífico, especialmente depois de todo o trabalho que adiantou, e uma epifania menor se desvela. Estabelecemos a coisa de modo totalmente errado. As horas normais de trabalho deveriam ser de nove da noite às cinco da manhã para sermos saudados pelo sol quando o trabalho termina. O que era desesperador e sem esperança na noite anterior evaporou-se, e toda aquela conversa sobre o poder transformador da luz do dia tornou-se verdadeiro para ela. Está forte de novo, novamente sobre chão firme. Fez coisas da melhor forma que podia imaginar, e, se sua imaginação está empobrecida, se falha de algum modo fundamental e o resultado foi um *default* para trabalhar mais intensamente, por um tempo mais longo, sua vida inserida no sonho americano — mesmo assim não tem sido uma busca da felicidade? A *sua* busca da felicidade. E ninguém, nem Martin nem ninguém, pode lhe tirar isso. Isso só pode lhe ser tirado pela morte. E, em virtude dessas novas oportunidades de negócios, Lynn lamenta, mas a morte terá que esperar.

Pega o telefone. Ela só quer dizer a Martin que na noite anterior tinha ficado um pouco maluca. Só Deus sabe por quê. Mas, com a luz do dia, seu juízo voltou e ela já não precisa que ele a leve ao hospital.

— O que você está dizendo? Eu estava pronto para sair e pegar você.

— Não — diz ela. — Não é necessário.

— Lynn, eu vou te pegar.

— Martin, eu já estou no trabalho. Estou a um quarteirão de distância do hospital. Não preciso que me pegue.

— Lynn, por que está fazendo isso?

Lynn promete ligar quando a cirurgia tiver acabado. Martin protesta de novo, mas ela insiste. Então desliga e cambaleia até o sofá de couro branco, atulhado de amostras grátis dos produtos de antigos clientes — latas de óleo de motor, caixas de lâmpadas — e de pastas de arquivo cheias de documentos. Transferindo tudo isso para o chão, Lynn se deita e, pouco antes de adormecer, decide que, quando acordar, a primeira coisa que fará amanhã — hoje — é limpar aquela sala vergonhosa e dar um novo início às coisas.

RETORNOS E PARTIDAS

1

EM NÃO CONSEGUINDO — BENNY AVISTA CARL — LAVANDO A VIELA — O CORTE DE CABELO DE MARCIA — UMA OFENSA INVOLUNTÁRIA — O NOVO NEGÓCIO — UM PEDIDO A GENEVIEVE — A LANCHONETE — AFUNDANDO — A DIFERENÇA ENTRE JOE E O RESTANTE DE NÓS — "ESSE PESSOAL" — UM ELITISTA — A WATER TOWER — POR QUE NÃO ERA DESCONFIANÇA — AS MANGUEIRAS DE JARDIM — JOE TOMA UMA DECISÃO

Pela manhã chegamos, penduramos o casaco de primavera atrás da porta, sentamos à mesa de trabalho e peneiramos os e-mails da noite anterior em busca de algo bom. Depois bebericamos as primeiras xícaras de café, limpamos as mensagens de voz e visitamos nossos sites costumeiros. Poderia ter sido um dia como outro qualquer, e devíamos ficar extasiadamente gratos por não encontrarmos nenhuma declaração de falência à nossa espera, nenhum memorando para todo o escritório anunciando que estávamos expulsos do edifício. Tínhamos todos os motivos para acreditar que a pagadoria ainda reconhecia nossa existência, que o plano de saúde tinha sido pago e continuava comprometido com nosso bem-estar, e que ninguém recebera uma ordem de confisco para a retomada de nossas cadeiras.

Por que então o desconforto difuso nos corredores e salas? O que tornava esta manhã diferente das outras?

Os anúncios beneficentes que tinham escapado de nós no dia anterior. Haviam nos solicitado — seria possível? — a criação de um anúncio que fizesse pacientes de câncer rirem, uma tarefa estranha e deprimente. Qual era o objetivo disso? Não importava. Nosso trabalho não era perguntar sobre o objetivo. Se esse *fosse* o nosso trabalho, nada ligado a clientes em potencial nos prospectos e no site teria escapado à nossa crítica. Para que outro outdoor do lado de fora do aeroporto de O'Hare? Outro folheto na mesa de nossa cozinha? Boa sorte para você se quisesse achar um argumento para defender mais superabundância. Se tivéssemos que questionar o objetivo, cairíamos numa crise existencial que nos teria levado rapidamente a questionar todo o sistema empresarial americano. Tínhamos que continuar dizendo a nós mesmos: "Esqueça o objetivo, abaixe a cabeça e concentre-se na tarefa fraturada e isolada que temos nas mãos." O que havia de engraçado no câncer de mama?

Não tínhamos uma resposta, e isso nos deixava nervosos. Temendo a página em branco e procurando a mesma direção da massa, Jim Jackers não era o único a temer apresentar um lixo de trabalho. Um anúncio ruim fazia a diferença entre a pessoa que eles mantinham e a que mandavam embora. Ninguém podia dizer que o critério era esse, mas ninguém podia dizer que não era.

Entretanto, a questão não era apenas o risco que corriam nossos empregos, era? Quando tínhamos problemas em bolar um anúncio, as reputações ficavam na linha de frente. Grande parte de nossa auto-estima apoiava-se na crença de que éramos bons publicitários, de que sabíamos o que fazia o mundo palpitar — de que na realidade nós *dizíamos* ao mundo como palpitar. Conseguíamos fazê-lo, conseguíamos fazê-lo melhor do que os outros, conseguíamos fazê-lo tão bem que podíamos lhes ensinar. Usando uma ampla variedade de meios, podíamos demonstrar a nossos compatriotas americanos suas ansiedades, desejos, insuficiências e frustrações — e como mitigá-los. Informávamos à pessoa em seis segundos que ela precisava de algo que desconhecia precisar. Nós a fazíamos querer qualquer coisa que quem nos pagava desejasse que ela quisesse. Éramos pistoleiros de aluguel da alma humana. Puxávamos as cordinhas das pessoas de todo o país e, por Deus, elas se levantavam e dançavam para nós.

Como então devíamos encarar um bloco de rascunhos vazio ou a tela em branco do computador? Só poderíamos entender nosso fracasso como a acusação de que éramos fraudes ocultas e desconectadas. Não estávamos por dentro das últimas tendências, não tínhamos marca. Não possuíamos nenhuma pista verdadeira de como saciar o desejo humano básico. Faltava-nos uma compreensão fundamental de como motivar as baixas hordas sonâmbulas. Não conseguíamos nem manipular aquele instrumento simples, mergulhado no córtex primordial coletivo do país, que gera medo — uma melodia crua e de uma nota só. Nossas almas eram tão miseráveis e necessitadas de orientação quanto as de todo o resto. O que éramos senão ovelhas como eles? Nós *éramos* eles. Todos éramos *nós* — embora por muito tempo nos tivéssemos considerado um pouco acima dos outros. Um anúncio inacabado podia nos lançar nesses ataques de insegurança e acenos de mediocridade, e por esses motivos — não pela expectativa de fofoca ou pela necessidade de cafeína — naquela manhã nos vimos expelidos de nossas salas individuais e na companhia dos outros.

— Eu *não* conseguia acreditar — disse Benny Shassburger, saindo de sua sala exatamente quando nos instalávamos nela. Era um velho truque de Benny nos abandonar no momento em que mais precisávamos dele, de modo que jamais o considerássemos favas contadas. Ele parou brevemente à porta e se virou. — Esperem um segundo enquanto pego café e vou lhes contar toda a história.

Conversamos entre nós até ele voltar.

— Muito bem — disse Benny, entrando na sala com uma caneca cheia e um odor de grãos mofados de café. Sentou-se e a cadeira de assento delicadamente trançado afundou para ele um pouco mais do que para o resto de nós. Ajeitando-se diante de sua mesa, disse: — Quem eu vi esta manhã estacionado bem diante do edifício... O quê? — Parou no meio da frase. Ele tinha alguma coisa no rosto. — Onde? — A coisa estava do outro lado; esperávamos ansiosamente que ele a descobrisse rápido. Ele limpou o rosto barbeado e olhou para baixo. — Glacê de sonho — disse.

Havia sonhos? A história de Benny teria que esperar por aqueles que queriam sonhos. Os que já haviam comido, os que desejavam perder peso, ou Amber Ludwig, que havia descascado uma banana e comido metade dela, enchendo a sala de Benny com seu cheiro singular de almíscar maduro, ficaram sentados quietos.

Benny continuou a nos contar que vira Carl Garbedian parado na zona de desembarque em frente ao edifício, com Marilynn no banco do motorista ao lado dele. Seria possível? Achávamos que Carl e Marilynn estivessem separados.

— Claro que estão — disse Benny, impaciente. — Se vocês me deixarem contar a história...

No banco do carona, Carl olhava o dia do lado de fora. Lá estava seu edifício, bem alto, com o mendigo que ele conhecia tão bem sentado de pernas cruzadas perto da porta giratória, aparentemente cansado àquela hora da manhã, já que mal tinha energia para sacudir seu copo da Dunkin Donuts para todos que entravam. Enquanto Carl olhava em volta, reconheceu colegas do escritório convergindo para o edifício, mas ninguém com quem quisesse falar.

Bem à sua direita, algo curioso estava acontecendo. Dois homens em uniformes marrom-claros lavavam a viela — um pequeno beco entre nosso edifício e o seguinte. Carl observava o trabalho deles. Jatos brancos de água jorravam da mangueira. Eles deslocavam o jato de água pelo asfalto. A pressão parecia poderosa, pois os homens agarravam com as duas mãos as finas pistolas pretas, do tipo que se vê numa lavagem manual de carros. Levantavam as armas e borrifavam a caçamba de lixo e também as paredes de tijolos. Limpavam o local, tirando a sujeira dali com a corrente. Para todos os efeitos, estavam limpando uma viela! Limpando uma viela! Carl estava hipnotizado. Era o tipo de coisa que seis meses atrás o teria feito subir pelas paredes, ver aqueles homens, americanos filhos de imigrantes sem muita escolha, passarem a manhã nos escuros recessos de um depósito lavando o asfalto e a caçamba de lixo com a poderosa corrente de água — Deus do céu, seria o trabalho algo tão sem sentido? A *vida* seria tão sem sentido? Isso o lembrava de quando um anúncio era esvaziado pelo cliente, e mais esvaziado, até que tudo de interessante no anúncio desaparecesse. Mesmo assim, Carl tinha que escrever o texto dele. Mesmo assim, o diretor de arte tinha que sombrear onde era necessário e colocar o logotipo no lugar adequado. Processo conhecido como *polindo o cagalhão*. Aqueles dois pobres idiotas lavando a viela faziam a mesma coisa. Por todos os Estados Unidos, na verdade, as pessoas estavam fora de suas camas num contínuo esforço para polir cagalhões. Para sobreviverem, claro, mas de modo mais imediato, por causa de algum gerente sádico ou de algum cliente com merda na cabeça, cuja escassa imaginação e idéias entorpecedoramente estúpidas despiam o mundo de toda a relevância e esperança. Enquanto isso, aquele sujeito com barba de louco, de pernas cruzadas, mal podia levantar as mãos com uma crosta de sujeira para facilitar que alguém lhe despejasse vinte e cinco *cents* no copo.

— Bem, temos que achar um jeito de fazê-la entrar — dizia Marilynn ao celular.

Carl voltou novamente a atenção para os nobres idiotas esfregando os tijolos. Outra coisa que o faria pirar era saber quão rapidamente poderia bolar o texto destinado a vender pistolas de água poderosas para aqueles gerentes com merda na cabeça. *Uma distribuição líquida uniforme garante uma notável intensidade de lavagem para máxima cobertura e eficiência de tempo*, pensou consigo mesmo ao observar o trabalho dos homens, *enquanto o alto impacto dos ângulos de nosso jato d'água limpa qualquer superfície num estalar de dedos!* Seu hábil domínio daquela linguagem melosa, untuosa, daquele discurso falso, enquanto a mulher estava perto dele falando com Susan sobre os resultados da mamografia ou as reações negativas às drogas, fosse o que fosse, teria sido demais para suportar.

Mas nem tanto esta manhã, de modo algum. Ah, ainda conservava a visão clara e sóbria das pobres perspectivas do dia. Sabia que se prendera, por algum destino amaldiçoado, a esse esforço maciço e equivocador das mentes — *trabalhar* para o polimento dos cagalhões. E, no entanto, estava mudado. Pois Marilynn falava ao telefone a seu lado e Carl não tinha vontade de ligar para ela e deixar uma mensagem de voz. Não tinha vontade de se despir no carro. Marilynn atendera o celular, e aquela era uma manhã delicada — a primeira manhã depois da primeira noite que haviam compartilhado em seis semanas. Ela poderia ter tido o bom senso de ignorar o toque do telefone até que Carl saísse do carro. Mas não, atendeu como sempre fazia, apesar de ser uma manhã delicada. Apesar disso, quando Carl se analisou, não se sentiu ignorado ou preterido, pelo menos não de um modo paralisante. Por quê? Porque Marilynn tinha um trabalho a fazer. Não era simples assim? Da mesma forma que aqueles homens tinham que lavar a viela, da mesma forma que ele precisava polir o cagalhão de um anúncio, Marilynn tinha que atender o telefone em momentos inconvenientes e discutir receptores de estrogênio com a maldita Susan. Percebendo isso, Carl não estava no banco do carona fazendo beicinho e arquitetando esquemas para chamar a atenção. Era um progresso, pensou, avaliando as coisas. Era a promessa daqueles pequenos comprimidos cor-de-rosa na dosagem adequada. Uma espécie de milagre. E, quando Benny meteu o bedelho e bateu no vidro do carro, o primeiro instinto de Carl não foi repudiá-lo irritadamente, mas lançar-lhe um meio sorriso e um pequeno aceno. Sendo Benny quem era, continuou a observar o inesperado casal de trás da caixa do correio.

— Não — disse a esposa de Carl —, não me sinto confortável submetendo-o a isso.

Foi então que Carl notou uma mulher atravessando a rua. Parecia familiar, mesmo que não a conseguisse identificar imediatamente. De súbito sua mente clareou. Inacreditável! — Ela estava completamente transformada. Numa visão. Numa verdadeira beldade. *Não uma Genevieve Latko-Devine, mas, meu Deus*, pensou Carl, *quem poderia ter imaginado que tal coisa fosse possível?* Era Marcia Dwyer, e de cabelo cortado. A saliência que formava uma crista pouco acima da testa formando uma onda negra dura tinha desaparecido, assim como a parede de cachos cintilantes que pendiam em suas omoplatas como se fossem uma cortina barata de contas. Em seu lugar via-se agora um corte delicado e com textura, curto atrás, curvando-se à frente sob o queixo, livre para se mover com o vento. Sua cor não era mais negro alcatrão, e sim um magnífico castanho-avermelhado. Ela parecia tão cheia de estilo quanto uma modelo num comercial de xampu. Carl estava estarrecido com a mudança.

— Não consigo... você pode... Marilynn — disse ele, dando uns tapinhas na mulher —, olhe só para aquilo. — Apontou através do pára-brisa. — Está vendo o que eu estou vendo?

Embora preocupada no momento, Marilynn cedeu ao alarmante entusiasmo de Carl.

— Susan? Pode esperar um momento, por favor?

— Marilynn — continuou Carl —, você está vendo aquela moça ali, aquela mulher? — Apontava através do pára-brisa. — Bem ali, a que acaba de chegar à calçada, está vendo?

— A que está com a bolsa de brim?

— É. Mas deixe isso de lado por um minuto, se puder, e olhe para ela! *Olhe só!*

— Olhar o quê?

— É a Marcia! — exclamou ele. — Marcia Dwyer! Ela cortou o cabelo!

— Ah — disse Marilynn.

Os dois observaram Marcia entrar no edifício. Marilynn observou o marido, esperando que dissesse mais alguma coisa. Mas Carl ainda observava o edifício, perdido em pensamentos. Marilynn esperou mais um instante antes de retomar a conversa com Susan, para o caso de Carl dizer mais alguma coisa.

Com algumas manobras para ocultar sua espionagem, Benny aproximou-se novamente do carro dos Garbedian. Ele se agachou e Carl desceu o vidro.

— Você viu Marcia Dwyer? — perguntou Benny.

— Ela está fantástica! — exclamou Carl.

Benny olhou na direção do edifício como que para capturar um vislumbre final.

— Ela está fantástica mesmo — concordou.

— Se eu tivesse que apostar, teria dito que Marcia Dwyer iria para o *túmulo* com seu velho corte de cabelo. Eu jamais imaginaria, nem em um milhão de anos, que ela acordasse um dia e percebesse o lixo que sua aparência estava durante esse tempo todo.

Benny encarou novamente Carl, que na verdade não prestava a mínima atenção nele enquanto falava.

— Você diria mesmo que a aparência dela era um lixo?

— Eu jamais imaginaria em um milhão de anos! — exclamou Carl, ignorando a pergunta. — Mas estava enganado. Ela acordou um dia, olhou-se e disse: "Não, isso não está nada bom."

— Ela tem um rosto bonitinho, não acha? — perguntou Benny.

— E pouco importa se foi algum estilista que lhe sugeriu isso — disse Carl. — Ela *aceitou*. Concordou! Disse: "Vamos fazer uma mudança." Benny, é inspirador! Isso me inspira a perder um pouco de peso... Quer dizer, olhe para isso — disse, descendo os olhos para sua barriga como se esta fosse algo independente dele próprio. Quando ergueu a cabeça, descobriu que Benny tinha se levantado e estava se afastando.

Um segundo depois, Carl saiu do carro e tentou alcançá-lo.

— Ei, cara, espere! — gritou.

Esquecera-se totalmente de Marilynn. O beijo de despedida, que anteriormente tinha sido tão importante para ele — não em si, claro, mas como um sinal da atenção matinal de Marilynn para com ele, de sua boa vontade em colocá-lo na frente da chamada telefônica —, não devia importar tanto agora, porque mesmo sem se despedir abandonou a mulher para alcançar o colega. Surpresa com isso, Marilynn pensou sabe Deus o que da súbita partida de Carl. Pediu novamente a Susan que esperasse um instante e buzinou. Olhando para trás, Carl percebeu que esquecera a mulher — ela simplesmente tinha saído de sua cabeça! — e, a meio caminho entre os dois, pediu a Benny que por favor o esperasse se despedir rapidamente de Marilynn. Tão curioso com o que Carl diria quanto com o que poderia acontecer no carro dos Garbedian, Benny pôs um pé no primeiro degrau do edifício e virou-se para observar. Carl enfiou-se pela janela do banco do carona, algumas palavras foram trocadas e em seguida o casal separado beijou-se em despedida. Quando Carl emergiu do carro e dirigiu-se a Benny, o fez quase no galope, como se pulasse um passo por causa da pressa — e isso, disse Benny, *isso* ele nunca vira antes.

— Carl se apressando? Isso eu nunca tinha visto.

Foi onde Benny terminou a história. Mas achamos que havia mais coisa. Portanto na hora do almoço, vendo a porta de Carl aberta pela primeira vez em milênios, alguns entraram. À sua mesa, comia um sanduíche de baixa caloria da Subway e tomava um chá gelado diet. Era surpreendente. Pedimos sua versão dos fatos.

— Tinha esquecido completamente a paixonite de Benny por Marcia — contou Carl, encostando-se no espaldar da cadeira —, e disse que a aparência dela era um lixo. Que idiota! Então falei: "Benny, desculpe se ofendi você há pouco." Ele apenas deu de ombros. "Você não me ofendeu. Ofendeu a Marcia, acho, mas não a mim." Então eu disse:

"Esqueci completamente da sua paixonite, cara, desculpe." E ele disse: "Minha o quê?"

Não foi preciso muito tempo para que Benny desabafasse perto do lago, a apenas alguns quarteirões a leste do nosso edifício. Os dois homens escalaram o enrocamento e ficaram na beira da pista de corrida, que dava na água. Ali Benny confessou a Carl um amor por Marcia que chamou de paralisante e que consumia suas noites. Apenas vê-la nos corredores lhe provocava sofrimento. Sentar-se diante dela numa reunião era uma tortura. E esbarrar com ela sozinha na cozinha tirava-lhe a fala.

— E você me conhece — disse Benny a Carl. — Nunca me falta o que dizer. Mas agora estou começando a não gostar disso.

— Mas o que você vai fazer? — perguntou Carl.

Benny disse o que sempre dizia, o mesmo que dissera a todos nós: seu amor por Marcia era complicado porque Marcia não era judia, e para ele era importante — por motivos que gentios como nós não podiam entender — casar-se com uma judia. *Guardar um totem num guarda-móveis por trezentos e dezenove dólares por mês e nos chamar de gentios... Essa é boa*, pensamos. E mais, todos sabiam que aquilo era apenas uma desculpa para o caso de Marcia descobrir a paixonite e não corresponder.

O interesse de Benny por Marcia não era novidade. Ele havia contado o que sentia para cada um de nós num momento ou outro, detalhadamente. A novidade não era também o corte de cabelo de Marcia. Ela finalmente havia escapado de sua origem Megadeth-e-Marlboro e ingressado na realidade de estilo de um novo século, melhorando sua aparência. Não estava mais revivendo os anos dourados de fumadas-e-trepadas da Escola George Washington. Seu corte de cabelo era um salto de classe social, uma mudança para Paris, a abertura de algum sétimo selo em South Side; e se os encontros de Benny com ela no corredor lhe haviam causado dor física e mental antes, ele estava exposto agora a se magoar muito.

Carl saíra do carro sem um beijo de despedida, aquilo também era interessante. Ele conectara-se ao mundo — quando aquilo havia acontecido? Depois de roubar os remédios de Janine, tomar uma overdose, envenenar-se, ir parar no hospital e ser liberado sob a supervisão de um psiquiatra, Carl passara de uma insolência cheia de censura a uma suave indiferença. Mas quando passara da indiferença à velocidade, à fofoca e a correr atrás de Benny? Numa aposta, teríamos colocado muito mais dinheiro no improvável corte de cabelo de Marcia do que na saída de Carl do carro sem um beijo de Marilynn.

Mas aquilo não era a novidade.

A novidade foi anunciada por Joe Pope na sala de Benny: em poucos dias começaríamos a trabalhar em duas novas e importantes oportunidades de negócio. Uma companhia de bebidas estava prestes a lançar sua primeira água cafeinada engarrafada, e uma marca popular de tênis de corrida tinha visto sua participação no mercado afundar nos anos imediatamente anteriores. Ambas estavam procurando novas agências e tinham generosamente nos convidado a apresentar idéias. O próximo passo seria apresentá-las com uma criatividade que as conquistasse. Joe não precisava dizer como era importante obter novos negócios, mas mesmo assim o fez.

— Precisamos limpar as mesas do projeto beneficente o mais rápido possível — disse. — Portanto, os conceitos sobre o que faz uma paciente de câncer rir serão a primeira coisa que vocês apresentarão pela manhã.

— Amanhã de manhã? — perguntou Benny. — Achei que tivéssemos até a semana que vem.

— As prioridades mudaram — disse Joe. — Agora é amanhã de manhã.

— Nossa, Joe — disse Larry. — Você está falando sério?

Foi como um alarme de incêndio pelo qual nem mesmo estávamos sendo pagos.

— Ela está aqui hoje? — perguntou Amber Ludwig. Seu tom de voz e os olhos baixos pareciam indicar que sua pergunta se referia a alguém lutando entre a vida e a morte.

— Quem? — perguntou Joe. Sabia muito bem a quem Amber se referia. Todos sabíamos. — Escutem — disse, entrando mais na sala de Benny. — Alguém tem algo para mostrar a ela?

Vinda de Joe, normalmente teríamos interpretado essa pergunta como uma espécie de acusação. Mas a realidade era que ninguém tinha nada para mostrar, e, portanto, qual era o motivo para fingir? Todos nós o encaramos.

— Eu também não tenho nada — admitiu. — Porcaria nenhuma, e pensei nisso a noite inteira.

Era bom saber que até para Joe aquela tarefa se transformara numa luta. Então nos ofereceu algumas estratégias modestas que tinha bolado, orientações gerais que podíamos considerar, o que foi amável de sua parte. Mas mesmo assim isso não ajudou a suavizar o golpe da má notícia, e, no final, aquilo não nos deixou mais perto de descobrir o que havia de engraçado no câncer de mama.

GENEVIEVE ESTAVA EM SUA MESA, lendo o guia do câncer de mama, que lhe absorvera a atenção na noite anterior, depois de terminar a leitura das memórias da sobrevivente, quando Amber chegou à sua porta. Genevieve pôs o livro na mesa e prendeu o cabelo louro atrás da orelha.

— O que foi? — perguntou.

Amber entrou e se sentou, enfiando uma das pernas grossas sob sua outra coxa.

— Você não está sabendo do telefonema de Karen para o hospital ontem, está?

Genevieve sacudiu a cabeça em negativa e bebericou o refrigerante diet. Não estivera conosco durante o telefonema.

— Então vou colocá-la a par — disse Amber.

Amber falava. As duas mulheres olharam para Larry quando ele apareceu na porta com seu boné dos Cubs, colocando M&M's um atrás do outro na boca. Amber virou-se de novo para Genevieve e continuou a falar enquanto Larry entrava e postava-se diretamente à sua frente.

— E não se esqueça de falar do medo da Lynn — disse ele, interrompendo-a.

Com o telefonema de Karen para o hospital, Larry se convencera de que afinal de contas o câncer de Lynn não era apenas um boato.

Amber o ignorou por um instante, mas depois tocou no assunto que ele havia mencionado — a aversão de Lynn a hospitais. Seria extremamente difícil para alguém dominada pelo medo de hospitais dar entrada num deles voluntariamente.

Benny Shassburger chegou à porta e perguntou em voz baixa:

— Vocês estão falando da Lynn? — Genevieve assentiu com a cabeça, e Benny, com a roupa de brim cáqui farfalhando, atravessou a sala até a pequena estante atrás dela, onde apoiou o quadril no canto agudo de madeira. — É nisso que continuo pensando — disse. E lembrou-a de que os anúncios beneficentes, que fizeram com que nos preocupássemos com a conscientização do câncer de mama, chegaram ao mesmo tempo em que Lynn estava entrando no hospital. — Seria isso apenas uma coincidência?

— O que você está falando? — perguntou Genevieve.

— Que ela está mesmo com câncer de mama — disse Jim Jackers, que estava ouvindo da porta. — E que quer que a gente saiba disso.

— Por que ela ia querer uma coisa dessas?

— Não sei — disse Jim. — Talvez apenas inconscientemente.

Mastigando o resto dos seus M&M's, Larry Novotny começou então a esfregar os ombros de Amber com as mãos livres. Genevieve virara-se na cadeira para falar melhor com Benny, mas sua atenção foi atraída novamente para Amber quando esta se levantou abruptamente e se mudou para a cadeira mais perto da parede. Com as mãos ainda na posição de massagem, Larry a viu se afastar. Amber olhou diretamente para Genevieve, que olhou para Larry, que levantou seu boné no ar e alisou o cabelo para trás. Então Larry saiu da sala, passando por Jim à entrada.

Jim entrou no escritório e se sentou na cadeira onde Amber estava antes. Hank Neary entrou na sala e, olhando em torno, agachou-se encostado à parede. Pousou os cotovelos nos joelhos, repuxando as mangas do casaco de veludo cotelê, e então ajustou os óculos. Benny continuou, e Genevieve voltou a prestar atenção nele.

— Na verdade — disse Benny, apontando para si mesmo e para Hank —, Hank e eu achamos que talvez nem *haja* um levantamento de fundos.

— Claro que há — disse Genevieve.

Hank elaborou a frase. Poderia haver um levantamento de fundos, mas simplesmente não achávamos que Lynn tivesse doado nosso tempo para isso. Não acreditávamos que houvesse uma presidente de comitê atormentando Lynn. Na verdade, por mais doido que parecesse, achávamos que não havia cliente nenhum — a não ser que a cliente fosse a própria Lynn Mason.

— Não consigo entender nada disso — disse Genevieve, sacudindo a cabeça para Hank.

Dan Wisdom apareceu, dando um passo para a sala e detendo-se cheio de vida contra a porta, com a mão na maçaneta. Hank explicou que o "cliente" tinha decidido deixar de lado o anúncio para o levantamento de fundos, com seu objetivo específico de incentivar as doações, e voltar-se para um nebuloso anúncio de serviço público para fazer a paciente de câncer rir de algum motivo vago que não tinha nada a ver com o levantamento de dinheiro ou a descoberta de uma cura.

— Riso — disse Hank. — Algo cujo suprimento deve estar curto para Lynn nesse momento.

— Você está dizendo — disse Genevieve, sorrindo zombeteiramente para Hank — que ela inventou a coisa toda só para dar uma risada?

— É exatamente o que estamos dizendo — disse Karen Woo, saindo da porta para se colocar diretamente na frente da estante prateada e barata de Genevieve. — É por isso que ninguém consegue encontrar nada na internet sobre a "Aliança Contra o Câncer de Mama". Você tem que admitir, Genevieve, que é um pouco esquisito ninguém nunca ter ouvido falar dessa aliança. Que aliança é essa?

— Pouco me importa — disse Genevieve. — Isso não parece o estilo da Lynn.

— Talvez ela o tenha feito também para nos manter ocupados — disse Dan Wisdom. — Já que nada mais está acontecendo em termos de trabalho.

— Você não acha que a Lynn faria isso? — perguntou Amber a Genevieve. — Manter-nos ocupados com algo na maré baixa para proteger sua equipe?

— Então o que houve? Ela fez isso por si mesma ou por nós?

Debatemos o que seria mais provável.

— Vocês precisam contar melhor a história de vocês — disse Genevieve.

Até Carl Garbedian apareceu, o que era uma surpreendente guinada nos acontecimentos. Primeiro, correr atrás de Benny, e agora, isso. Ele ficou em pé perto de Dan Wisdom na entrada.

— Vou dizer o que eu acho — comentou. E sugeriu que Lynn tinha inventado a tarefa porque sua vida girava tanto em torno de marketing que o único modo de se conformar com seu diagnóstico era este lhe ser apresentado num anúncio. Numa época de turbulência pessoal, Lynn voltara à linguagem familiar da publicidade. Tinha que vendê-lo a si mesma.

Tentamos imediatamente refutar aquela teoria. Você rouba drogas receitadas para Janine Gorjanc, quase morre por envenenamento tóxico e seis meses depois já é um especialista em doenças mentais? Improvável. A psicologização de Carl invalidava a credibilidade dos argumentos que tentávamos levantar — embora Genevieve ainda não levasse nenhum argumento em consideração.

Com seu elegante e novo corte de cabelo, Marcia deslizou entre Carl, Dan e a entrada.

— O que está havendo? — perguntou, olhando à volta.

Contamos que tentávamos convencer Genevieve a falar com Joe.

— Falar com o Joe? — respondeu Genevieve, subitamente consciente de que não estávamos lá apenas para matar tempo. — O que é que eu devo falar com o Joe?

Todos sabiam que Lynn e Joe eram próximos. Nós os víamos conversando à noite quando saíamos — a porta aberta, um se inclinando para o outro por cima da mesa. Lynn contava a Joe problemas com clientes e tudo o mais, e ele lhe dava suas impressões sobre nós. Não depunha a favor de Joe ser visto lá assim porque se acreditava que exercia influência sobre as demissões. Mas a questão naquele momento não era essa. A questão era: se algum de nós tinha influência sobre Lynn Mason, era Joe Pope. Se alguém a confrontaria com o que suspeitávamos, se alguém a *ajudaria*, teria que ser Joe.

— E o que eu tenho a ver com isso? — perguntou Genevieve.

Se um de nós tinha influência sobre Joe Pope, era Genevieve.

— Não — disse ela sacudindo a cabeça. — Não, não. — Sacudiu a cabeça e depositou o refrigerante na mesa. — De jeito nenhum. Toda essa conversa é ridícula.

— Genevieve — disse Amber —, ela pode estar morrendo.

NÃO LEVOU MUITO TEMPO para que Genevieve mudasse de idéia. Depois do telefonema de Karen, a evidência estava do nosso lado, o argumento era convincente demais e Genevieve, muito compassiva. Se Lynn realmente estivesse doente, Genevieve não ficaria sentada sem fazer nada. Ela conversou mais sobre o assunto com Marcia; voltou para Amber; entrou na sala de Benny. Às onze daquela manhã estava tão convencida quanto nós de que não fazer nada seria pior do que correr o risco de estar errada. Assim, quando foi à procura de Joe vinte minutos depois, tinha a convicção de um recém-convertido, o que não duraria para sempre; no momento, contudo, não dava margem a desencorajamento nem permitia palpites. Abordou Joe na lanchonete do qüinquagésimo nono andar, quando ele depositava moedas numa máquina automática.

Sete mesas e três máquinas automáticas sob uma luz desalentadora — aquela era a nossa lanchonete. Nós a chamávamos de sala de intervalo, mas "sala de intervalo" podia sugerir algo pelo qual esperar. Em nossas raras idas à lanchonete, obtínhamos o que precisávamos das máquinas automáticas e dávamos o fora. Comer lá nunca era uma opção por causa das luzes e das cadeiras — era tão deprimente quanto a sala de espera de um hospital, mas sem qualquer revista ou equipamentos de sobrevivência. Ninguém se sentia confortável naquele lugar. Perfeito para esperar a chegada de seu grupo de auto-ajuda — essa era a descrição mais amável que podíamos fazer do lugar.

Assim, os impedimentos para se realizar uma reunião ali garantiam ao lugar uma certa privacidade. Enquanto Joe abria um refrigerante em uma mesa, Genevieve lhe contou o que sabia. Depois de ouvi-la, no entanto, recusou seu pedido; conversaram sobre o assunto um pouco mais e Joe recusou-o novamente. Levantaram-se da mesa e, no instante em que ele colocava a lata vazia no recipiente de reciclagem, o pessoal do grupo da Bíblia, carregando seus livros molengas de bordas brilhantes, começou a chegar para o almoço das quintas-feiras.

Perguntamos a Genevieve os motivos de Joe se recusar.

— O Joe disse que não era da conta dele — disse-nos ela.

Mas por que não queria ajudá-la? E se ela estivesse em pânico? O telefonema de Karen era uma convincente evidência de que algo não estava certo. Ele não tinha coração? Não via a diferença entre meter o nariz onde não era chamado e atender a um pedido de ajuda?

— Acho que não é bem assim que ele vê a coisa — replicou Genevieve.

Então como era?

— De um modo diferente — disse.

Vinte minutos depois da conversa na lanchonete, Joe fora visto entrando na sala de Genevieve. Ela largou o lápis e tirou os óculos, que usava apenas diante do computador. Depois de fechar a porta e se sentar, Joe pousou os braços na mesa e olhou-a sob as espessas sobrancelhas:

— Olhe, não é porque não seja da minha conta. Não é mesmo, mas se eu soubesse concretamente que a Lynn precisa de ajuda...

— Você falaria com ela.

— É. Eu a ajudaria. Só não estou convencido de que ela esteja doente. De fato foi esquisito ela dizer que estaria fora a semana toda e aparecer sem dar nenhuma explicação. E tem andado muito preocupada, quanto a isso não há dúvida. Mas tudo bem, e daí? Isso significa que está com câncer? Talvez só esteja preocupada em conquistar os novos clientes.

Genevieve parou de roer a unha do mindinho.

— Ou talvez esteja mesmo doente.

— E você quer que eu vá perguntar a ela o que está havendo?

— É difícil pensar em alguém melhor.

— Por quê? Esse também não é o motivo da minha recusa, mas tente ver a coisa do meu ponto de vista. Sou homem. Lynn e eu não conversamos muito sobre problemas de mulher. Mas vocês querem que eu vá até lá e fale com ela sobre uma questão extremamente pessoal. Ao passo que você é mulher — disse, fazendo um gesto como se apresentasse Genevieve a si mesma —, muito mais adequada para abordar o assunto. Mas está pedindo que eu faça isso.

— Joe, não pedi que você fosse lá sozinho — disse ela. Levantou apoiando-se nos braços da cadeira, cruzou as pernas e sentou novamente no estilo índio. — Eu vou com você.

— Então por que precisa de mim lá?

— Preciso de você... — Genevieve roeu novamente a unha enquanto pensava e então disse: — Na realidade, para ser sincera não preciso de você. Se tiver que ir, eu mesma vou. *Gostaria* que estivesse lá porque com você seria diferente. Todos sabem da opinião da Lynn sobre você.

Joe estava cético.

— Qual é a opinião da Lynn a meu respeito que todos sabem?

— Ela o respeita. Para ela, você é uma voz racional. Ela ouve suas sugestões e lhe delega tarefas. Chega até a aceitar o que você diz. Não faz isso com o restante de nós.

— Acho que o pessoal me vê conversando com a Lynn na sala dela à noite e pensa o que quer pensar.

— Bem, o que deviam pensar então? Você não conversa em particular com ela?

— Mas sobre o *quê*, Genevieve? Não nos perguntamos se o Larry está trepando com a Amber. Não é sobre a coisa patética que o Carl fez hoje. Não conversamos sobre questões pessoais, falamos sobre negócios. Falamos sobre as formas de impedir a empresa de afundar.

Genevieve deixou a conversa nesse ponto. Joe tinha se recusado. Não por qualquer falta de solidariedade, mas por suas próprias razões, talvez válidas, e era melhor permanecerem amigos do que pressioná-lo demais. Além disso, ficou espantada de ouvi-lo dizer de um modo tão radical: "*Tentamos impedir a empresa de afundar.*" Aquela confissão a distraiu momentaneamente da saúde de Lynn. Quando a confissão se espalhou, fez o mesmo conosco.

Mas a primeira coisa que Joe fez ao voltar à própria mesa foi ligar para Genevieve.

— Se é tão importante para eles, se estão tão preocupados, por que não falam com ela? O que é que os impede?

— Ela é uma pessoa intimidante.

— Então são covardes.

— Isso é um pouco difícil. Você nunca ficou intimidado?

— Claro — respondeu ele. — Mas, se estou convencido de uma coisa, entro com as pernas bambas e tento fazer o que tenho que fazer.

— É por isso que você está onde está, Joe, e eles estão onde estão. Essa é a diferença entre você e eles.

Joe desligou ainda mantendo sua decisão. Quinze minutos depois bateu novamente à porta de Genevieve, fechou-a e sentou-se. A cadeira praticamente ainda estava quente da conversa anterior.

— Então só porque Karen Woo deu um telefonema a Lynn está com câncer? — disse Joe. — Sabe de quem estamos falando aqui? Esse pessoal entende as coisas muito, muito erradas, Genevieve. É o mesmo grupo que está totalmente convencido de que Tom Mota vai voltar para atirar em todo mundo.

— Espere um pouco — disse ela. — Isso é injusto. Só alguns acreditam nisso realmente. E agora talvez seja só a Amber. A maioria não pensa assim.

— Mas certamente falam sobre isso. E falam sem parar. Mas tudo bem, esqueça. Certa vez, sem querer, escutei Jim Jackers afirmar que os maçons controlam o mundo. Jim Jackers nem sabe o que é um maçom.

— Jim Jackers é um entre muitos.

— Outra vez ouvi Karen Woo dar uma explicação sobre fotossíntese — disse ele. — Só Deus sabe por que estavam discutindo fotossíntese. Pois eles bebiam cada palavra de Karen como se ela fosse uma especialista sobre o assunto. *Sua explicação não falava em luz do sol.* Esse pessoal acredita em qualquer coisa. Diria qualquer coisa.

— Joe...

— Genevieve, você sabe como as coisas funcionam aqui. Alguém diz uma coisa no almoço e em seguida todos entram na sala da Lynn como uma gangue para levá-la ao hospital por uma doença que talvez ela nem tenha. Esse pessoal... não se pode confiar em nada do que diz.

— Não sabia que você era tão desconfiado, Joe.

— Não é desconfiança. — Ele se apoiou no espaldar da cadeira. — Confie em mim. Nesse momento não é.

Foi embora, e o assunto devia morrer ali. Mas, enquanto Genevieve tentava se concentrar no trabalho, partes da conversa continuavam a atormentá-la; objeções que tinha demorado muito para levantar surgiram de novo subitamente, sutilezas que tinha deixado passar e que naquele momento exigiam que ela as ventilasse.

Encontrou Joe ao telefone e, sem se sentar, esperou até que ele desligasse.

— Esse pessoal — disse Genevieve —, você vive repetindo isso. Repetiu "esse pessoal" várias vezes agora há pouco. O que você quer dizer com isso?

— Como assim?

— Quando se diz "esse pessoal", há um certo desprezo, não é, Joe? Estou só imaginando a opinião que você tem das pessoas que trabalham para você.

Joe se apoiou nas costas da cadeira e enlaçou as mãos atrás da nuca.

— Elas não trabalham para mim. Trabalham para a Lynn.

— Ah, você sabe o que estou dizendo.

— Genevieve, eu não sou o chefe deles de fato. Não sou a Lynn. Mas também não sou um deles. Fico em algum lugar entre o sócio e o cara do cubículo, e eles sabem disso. Portanto, vêm me procurar para certas coisas que são do interesse deles. Por outro lado, se não gostam de algo, geralmente põem a culpa em mim.

— E, para isso — disse Genevieve, começando a contar nos dedos —, você tem um cargo melhor que o nosso, ganha mais dinheiro e tem muito mais estabilidade no emprego.

Ela ainda não tinha se sentado. Nenhum deles falou. Não se fala sobre dinheiro ou estabilidade no emprego durante um período de demissões, não naquele tom, e não quando as pessoas são amigas. O silêncio se espraiou até o constrangimento.

— Você tem razão — disse Joe finalmente. Deixou as mãos caírem da cabeça até os braços estofados da cadeira. — Tenho vantagens que os outros não têm e não devia estar me queixando do preço a pagar por essas vantagens. Desculpe se pareci um mártir ou coisa semelhante.

— E eu não estava querendo ser mesquinha — disse Genevieve, finalmente se sentando e estendendo a mão para tocar a borda da mesa como uma substituta da mão dele. — Você é maltratado aqui. Não o censuro por se sentir frustrado. Mas você continuava dizendo "esse pessoal", englobando todo mundo, e isso não me pareceu justo, Joe. Porque alguns deles são pessoas boas.

— Concordo.

— Mas se você se refere a todo mundo como "esse pessoal" que "diz qualquer coisa" e "acredita em qualquer coisa", fica parecendo um elitista.

Essa era a crítica mais freqüente que fazíamos em relação a Joe — que ele era distante, que se mantinha separado, que se mantinha *acima* de nós. Mais do que a especulação infantil sobre sua orientação sexual, mais do que enfatizar exageradamente sua falta de traquejo social, era seu elitismo que continuava voltando de vez em quando, o estereótipo que devia ter algum fundo de verdade.

— Elitista — disse Joe, como se escutasse a palavra pela primeira vez.

— Não estou dizendo que você seja elitista — disse Genevieve. — Só estou dizendo que neste momento faço parte "desse pessoal" porque acho que têm razão, acho que a Lynn está com um grande problema. Portanto, quando você me põe junto com um cara que acredita que os maçons governam o mundo... A propósito, nem tenho certeza se ele acredita mesmo nisso. Acho que ele pensa que está sendo engraçado, só isso. O Jim tenta desesperadamente ser engraçado. Para que gostem dele. De qualquer forma, você não pode descartar todos nós só por causa de Jim Jackers.

Joe a encarou, girando quase imperceptivelmente a cadeira.

— Elitista — repetiu, não na defensiva, mas num tom de curiosidade, como se Genevieve acabasse de apresentá-lo a uma nova palavra. — O que *é* um elitista?

A pergunta astuciosa pegou-a de guarda baixa, como se tivesse sido feita por uma criança e fosse seu dever explicar.

— Bem — disse ela —, não sei a definição do dicionário, mas eu definiria o elitista como alguém que se considera melhor do que os outros, superior a eles. Alguém que olha os outros de cima para baixo e talvez no fundo não goste muito das outras pessoas.

— Então eu não sou elitista — replicou ele rapidamente. — Gosto muito das pessoas.

— Sei que gosta, e é por isso que eu gosto de *você* — disse ela. — E sou *eu* que estou lhe pedindo para falar com ela, não Jim Jackers. Nem Karen Woo, nem Amber, nem Marcia. Eu. Porque estou convencida de que algo está errado com a Lynn, e ela pode estar assustada, precisando de ajuda.

Genevieve se inclinou para a frente, esperando uma resposta. O olhar dele não se afastou nem por um momento dos olhos inacreditavelmente azuis dela, convincentes apenas pela pura força de sua claridade e beleza. Ele simplesmente disse:

— Vou pensar no assunto.

Dez minutos depois, Joe estava na porta da sala de Genevieve.

— Quer almoçar? — perguntou.

Era um dia frio para um final de maio, com uma revigorante brisa vinda do lago. Jardins de cartão-postal margeavam todo o caminho da Michigan Avenue até a Water Tower. Tulipas vermelhas e amarelas permaneciam nos últimos dias da primavera. O céu estava claro, mas o sol chegara ao seu auge — era pouco mais de uma hora da tarde. Andaram na direção norte, entrando e saindo das grandes faixas de sol e sombra criadas pelos altos edifícios e pelas ruas que corriam entre eles. Pararam para comprar sanduíches no caminho. Os dois às vezes almoçavam juntos nos bancos do pátio da Water Tower, onde os pombos bicavam o chão, o homem pintado de dourado permanecia imóvel sobre o caixote de leite como uma estátua, na esperança de doações, e os turistas que faziam compras nas lojas de departamentos ao longo da Magnificent Mile paravam para consultar seus guias impressos ou tirar fotos. Aparentemente, tinham almoçado lá com tanta freqüência que não precisavam se perguntar para onde iam, o que revelava uma intimidade entre eles um pouco surpreendente.

Joe se acostumara ao fato de os homens notarem Genevieve e a olharem fixamente enquanto passavam. Era atraente mesmo de jeans e com um simples suéter de algodão marrom, caminhando com as mãos enfiadas nos bolsos de trás das calças. De vez em quando, retirava do bolso uma das mãos para arrumar uma mecha de cabelo chicoteada pelo vento.

Sentaram-se num banco e comeram os sanduíches. Quando terminaram e Joe voltou da lata de lixo, disse:

— Procurei a palavra *elitista* no dicionário. Você acha que eu sou um idiota?

— Você é um redator — disse Genevieve. — Todos os redatores são idiotas.

— *Pessoa que é ou que se considera...* Como é mesmo? — perguntou-se.

— Você procurou mesmo?

— *...que se considera parte de um grupo superior ou privilegiado...* Algo assim. *Parte de um grupo superior ou privilegiado*, é isso.

— Você procurou mesmo — disse ela. Virou-se para ele com as pernas cruzadas, uma das mãos segurando o cabelo enquanto o cotovelo descansava no joelho. As pontas douradas de seu cabelo oscilavam ao vento.

— Bem, primeiro você disse que achava que eles me consideravam um cara desconfiado. Mas não sou desconfiado e posso provar isso. Voltei à sua sala, lembra? Duas vezes. Voltei para discutir o assunto. Eu estava cético, e há uma grande diferença entre isso e ser desconfiado. E a diferença foi você — disse Joe. — Se eles me dissessem que a Lynn estava com câncer, eu ficaria desconfiado, pode apostar. Mas, como você também estava dizendo isso, eu quis dar algum crédito à notícia. Mas você tem que admitir que quase tudo o que dizem é besteira, isso é que eu tento evitar. E porque a evito, as pessoas pensam que sou elitista. Pessoalmente nunca acreditei em nada disso, mas quando você tocou no assunto, tive que pensar a respeito. Mas sua definição não me parece correta: um elitista não é alguém que não gosta das pessoas. Esse é um misantropo.

— Então você procurou a palavra.

— Procurei e fico contente de lhe dizer que não sou elitista.

— Isso o incomodou mesmo.

— É verdade.

— Só para esclarecer, eu nunca disse que você *era* elitista. Só que parecia.

— Ok, mas escute. Também não sou elitista pela definição que acabo de lhe dar, Genevieve, a do dicionário, porque não faço parte desse grupo. Eu me recuso a fazer parte de qualquer grupo.

— Todo mundo faz parte de um grupo.

— Da foto da equipe, talvez. Na lista de serviços. Mas não no espírito.

— Então o que você é? Um solitário?

— Isso parece alguém perambulando à noite por uma rodovia.

— Então não é um solitário. Não é elitista, não é desconfiado. O que sobra, Joe? Você é um santo?

— Sim, um santo. Sou um santo. Não, não há nenhuma palavra que me defina. Ok, escute, vou lhe contar uma história. — Joe se endireitou no banco, desviando os seus olhos dos dela.

Genevieve tirou a tampa do copo de refrigerante e retirou dele um cubo de gelo. Colocando-o na boca, ajustou novamente a tampa e, tremendo, passou a segurar novamente o cabelo contra o vento.

— Como pode comer isso? Não está com frio?

Genevieve sacudiu o gelo dentro da boca.

— Conte a história.

Joe fez uma pausa, olhando para os pombos que bicavam ali perto e para os transeuntes. Havia uma exposição na Water Tower e grupos de dois ou três entravam e saíam.

— Passei a andar com uma turma no ginásio — começou ele, que tinha se afastado de novo e não a olhava. — Fiz um monte de idiotices. Acompanhava a correnteza, você sabe. Fumei muita maconha com gente que era... Nossa, eram todos ferrados. Você sabia que fui para o ginásio em Downers Grove?

— Achei que você fosse do Maine.

— Moramos no Maine até meu pai perder o emprego. Então nos mudamos para cá. Eu não queria me mudar. Quem quer se mudar quando acaba de entrar no segundo grau? Começar de novo com outras pessoas era uma droga. Os primeiros dois anos foram um saco. Mas, quando eu estava no terceiro ano, já tinha feito alguns amigos. Uns pobres diabos de lares problemáticos. Foi na verdade um grande ano. Mais divertido que aquele que eu tinha tido como calouro, com certeza. Assim o ano passou, a escola estava prestes a encerrar para o verão, e meus amigos e eu resolvemos dar uma surra num garoto que estava paquerando a namorada de um amigo nosso. Ele ligava para convidá-la para sair e falava mal do meu amigo. Falava mal dos pais dele também, porque aquele pessoal... — Sua voz diminuiu até sumir e Joe sacudiu a cabeça. — Os pais do nosso amigo eram um caso sério de alcoolismo. Só me lembro de ir até a casa dele, onde havia cachorros por todo lado e garrafas de uísque empilhadas junto à parede da cozinha. Cocô de cachorro por toda a casa, coisa que ninguém limpava nunca. Enfim, chegou aos ouvidos do meu amigo que estavam falando mal de seus pais; naturalmente decidimos dar um chute no traseiro do garoto. O nome do merdinha era Henry Jenkins. Henry Jenkins de Downers Grove North. Ele tinha sido nosso amigo por um mês até que irritou alguém e nos livramos dele. Henry era um camaradinha magricela, quase um anão, como se nunca passasse da oitava série, embora estivesse no mesmo ano que nós. *Qualquer um* poderia enfiar a porrada no garoto. Nosso amigo não precisava de ajuda. Mas todos concordamos que, já que ele tinha falado mal dos pais do nosso amigo e tentado roubar sua garota, tínhamos que entrar na história também.

— Garotos.

— Não, eu não os chamaria de garotos — disse Joe, sacudindo a cabeça. — Alguns desses caras já eram bem grandes, corpulentos. Nada meninos. E me lembro de pensar: "Ninguém precisa de ajuda para chutar o traseiro do Henry." O Henry poderia passar por uma sapataria e ficar machucado por semanas. Assim, no dia marcado para a coisa, depois da escola, tive dor de barriga porque estava nervoso: eu ia mesmo fazer aquilo? Havia seis de nós, seis, e o pequeno Henry. A briga não era minha. Eu sabia que devia sair fora. Mas, mesmo que isso não bastasse, era pura covardia. Eu tinha era que ser contra o ato, impedir os meus amigos. O quê, e eu sou lá maluco? Eles são meus amigos. Você só tem tantos amigos no segundo grau, e eu tinha ficado muito tempo sem nenhum. Não se vai contra os seus amigos. Você faz o que eles fazem. Portanto, quando disse a eles que a briga não era minha...

— Então você foi contra?

— No final, sim. Eu disse que não faria aquilo e cheguei ao ponto de dizer que também não era uma briga deles. Então me olharam como se eu fosse pior do que o Henry, porque pelo menos o Henry não era um amigo. Eu era. Eles me disseram para ir para casa, se aquilo era assim para mim. "Vá embora, seu fresco, vá para casa." Mas eu não conseguia ir embora. Eles eram meus amigos. E eu tinha medo pelo Henry também, e imaginava que seria melhor para ele que eu ficasse por perto... Não sei o que pensei. Se a coisa saísse do controle, haveria alguém para interferir e ajudá-lo. Portanto, o que acha que acabei fazendo? Acabei assistindo enquanto seguraram o Henry e pegaram essas mangueiras de jardim... tínhamos planejado tudo isso. Tínhamos uma imaginação incrível. Roubamos algumas mangueiras de jardim da vizinhança e meus amigos amarraram o Henry bem apertado com elas, como se fossem cordas. E quando suas mãos e pernas estavam amarradas, pode acreditar, ele não conseguia se mover. Então abafaram sua boca com uma camisa para ninguém o ouvir gritar. Ele se contorcia no gramado do quintal, os olhos arregalados, enquanto todos riam. Eles o levantaram e então começaram a chutá-lo. Ele caiu. Eles o levantaram de novo e... chutaram. Ele caiu no chão de novo, mas não podia usar os braços para amortecer a queda. Fizeram aquilo repetidamente. Eles o levantavam, chutavam e o viam cair. Levantavam, chutavam e ele caía com um baque surdo. Chorava desesperadamente. E eu apenas observava. Não podia detê-los, mas não podia ir embora também caso eles quisessem fazer algo como atirar pedras na cabeça do Henry, o que discutiram por algum tempo entre si. Mas não fizeram isso. Depois o deixaram ali no quintal dele, para que os pais o encontrassem. Quer dizer, *nós* o deixamos. Eu fugi com os outros. E quando a polícia bateu à minha porta e mostrou aos meus pais as polaróides dos hematomas do Henry, não havia jeito de eu dizer "Ah, mas eu não participei disso, estava apenas assistindo", ou "Eu estava lá apenas para proteger o Henry". Porque isso era tanto verdade quanto mentira, e, pela minha participação, fui mandado a um tribunal juvenil e passei meu último ano de colégio numa merda de lugar miserável.

— Você nunca tinha me contado isso.

— Nunca conto a ninguém — disse Joe. — E não porque tenha vergonha. Claro que tenho vergonha, saiba disso. Mas não é por isso que não conto a ninguém. Está acabado, está feito, já é história. Passei um ano no inferno e então fui para a faculdade. Nunca entrei para uma fraternidade. Não queria ter nada a ver com fraternidades. Mas vou lhe contar outra coisa. Também nunca aderi àquela associação frouxa de contrafraternidades. Aquilo era muito parecido com um clube. Nunca falei mal dos rapazes das fraternidades porque eu conhecia alguns deles de quem eu gostava individualmente, de outros até gostava muito, e, se algum dia me via tentado a falar mal deles, sentia a coisa se apoderar novamente de mim. Juntar-se ao clube seria perder o controle. Perder minhas convicções. É disso que sou culpado, Genevieve. Acreditar que sou melhor do que o grupo. Não melhor do que qualquer um individualmente. Sou pior, porque fiquei por ali assistindo enquanto o Henry era amarrado com uma mangueira de jardim e espancado. Não há palavra para mim. Alguém melhor, mais esperto, mais humano do que qualquer grupo. O oposto de um elitista, de certo modo. Mas isso não quer dizer que eu não sou todo errado. E cheio de vergonha.

◂

AINDA BEM QUE NUNCA CONVIDAMOS Joe Pope para juntar-se ao time de *softball* da agência. Joe não gostava de grupos — bom, o que achava que fazia trabalhando numa agência de publicidade? Ele precisava saber de uma coisa: era um dos nossos, gostasse ou não. Entrava à mesma hora a cada manhã, era esperado nas mesmas reuniões, tinha os mesmos prazos que o restante de nós. E que profissão esquisita para ele era a publicidade, em que o ponto central era seduzir uma quantidade maior de gente para levá-la a comprar seu produto, usar sua marca, dirigir seu carro, juntar-se ao grupo. Isso para um cara que simplesmente não queria fazer parte de grupos.

Levamos para o lado pessoal sua relutância em falar por nós. Aquela velha piada de Groucho Marx invertida: Joe jamais pertenceria a um clube que tivesse a *nós* como membros. Bem, se aquilo não era arrogância, elitismo, então não sabíamos o que era. E a atitude dele provavelmente o fazia levar uma vida muito tediosa. Podia assistir a concertos civilizados, embora ele próprio jamais se juntasse a um quarteto. Era-lhe permitido ler romances, contanto que não participasse de nenhum clube de leitura. Podia passear com o cachorro, mas o cachorro estava proibido de entrar num parque de cachorros onde Joe pudesse ser obrigado a se misturar aos outros donos de animais. Não podia se engajar num debate político, pois isso exigiria que se juntasse a um grupo. Nada de religião também, pois o que era a religião senão um grupo buscando dividendos maiores do que os outros? Sua vida era sem alegria, solitária, guiada por princípios particulares. Era de se espantar que nenhum de nós o tivesse convidado para almoçar algum dia?

Bem, não havia mais nada que pudéssemos fazer a respeito. Embora não soubéssemos o que Genevieve esperava, já tinha concordado em falar com Lynn sem Joe se fosse preciso. Na verdade, não tínhamos muito tempo. Mas, quando a incentivamos a agir, ela disse que estava esperando.

"Esperando o quê?", perguntamos.

— Ele está debatendo o assunto consigo mesmo — replicou.

Dissemos para desistir de Joe Pope. Era uma causa perdida.

Joe finalmente entrou na sala de Genevieve e se sentou à sua frente, do outro lado da mesa.

— Eles são pessoas muito convincentes — disse afinal. — O problema todo é esse, claro. Podem convencer uma pessoa de qualquer coisa.

— Você está convencido?

Joe levou um momento para responder.

— Desde o momento em que entrei aqui ontem e lhe disse "que tarefa absurda", lembra?, eu estava mais ou menos convencido. O que me atormenta é o fato de *eles* serem tão convincentes. São duas coisas diferentes.

Genevieve esperou, sentindo uma inclinação nos pratos da balança, sem querer dizer nada, por medo de que a mínima palavra pudesse provocar um contrapeso.

— Por outro lado, ela pode de fato estar doente — disse Joe.

— Sim.

— E assim eu não estaria fazendo isso por eles, estaria?

— Não — disse Genevieve.

— Meu dever não é com eles.

— Com eles, não — disse ela. — Não.

Joe se inclinou para a frente, fechou os olhos e levou as mãos unidas à testa. Ficou naquela posição por muito tempo antes de olhá-la de novo.

— Então tudo bem — disse. — O melhor momento é o presente.

2

SINAL DE VIDA — A HISTÓRIA DA CADEIRA DE TOM MOTA, PARTE III — A DIFERENÇA ENTRE UMA CHAVE TUBULAR E UMA CHAVE ALLEN — A CAMINHO DO LAGO — O IDIOTA — MARCIA SENTE UMA DOR NA CONSCIÊNCIA — TRÊS E QUINZE — O BRINQUEDO — O RELÓGIO DE PÊNDULO — UMA SITUAÇÃO CONSTRANGEDORA — OS VERDADEIROS ÍNDIOS YOPEWOO — UM INSULTO NÃO INTENCIONAL — KAREN PASSA POR BENNY — JOE SE MANTÉM FIRME — O E-MAIL DE GENEVIEVE — COMO A COISA FUNCIONA AQUI E EM OUTROS LUGARES

O QÜINQUAGÉSIMO NONO ERA UMA CIDADE FANTASMA. Precisávamos juntar o pessoal da pagadoria, que ainda ocupava um quarto daquele andar, achar um espaço para eles entre o restante de nós e fechar o qüinquagésimo nono, selá-lo como um local contaminado. Era provável que estivéssemos contratualmente obrigados a pagar o aluguel daquele andar o ano inteiro, desperdiçando dinheiro que não tínhamos por um imóvel de que não precisávamos. Mas quem sabe — talvez mantivéssemos aqueles cubículos e salas abandonados na esperança de uma virada. Em se tratando de vida corporativa, a questão nem sempre era sobre débito e crédito. Às vezes, como com gente de verdade, era sobre fé, esperança e ilusão.

Enquanto Genevieve e Joe debatiam como abordar Lynn Mason sobre a cirurgia a que ela não havia comparecido, Jim Jackers desceu ao qüinquagésimo nono para encontrar a inspiração que lhe escapava à mesa de trabalho. Às vezes, se nada surgia, era necessária uma mudança de ares. Jim deixou tudo para trás, inclusive a página em branco que lhe dava medo, e desceu ao qüinquagésimo nono só para pensar. O que havia de engraçado no câncer? O que havia de *engraçado* naquilo?

No cubículo anônimo onde tinha se instalado, o carpete era cinza, o teto, branco, e as paredes, laranja. Havia uma mesa sem cadeira ali, com a borda lascada ou entalhada — quase parecia roída — revelando o aglomerado barato em seu interior. Fora isso não havia mais nada — e nada a fazer senão imaginar como o câncer era engraçado. A sala zumbia com uma circunspecta imobilidade que deveria ajudar a concentração de Jim, mas que, em vez disso, o distraía. Talvez fosse o som das luzes do teto. Era como se a página em branco o tivesse seguido e, por um milagre da física, se transmutasse em puro som. O qüinquagésimo nono inteiro era uma página em branco, separado por divisórias de cubículos. A solidão sinistra do andar cercava Jim com seu silêncio e vazio, como um vácuo sugando tudo, e, uma vez que o sugasse, Jim perderia não apenas o emprego, mas também a razão. Para distanciar-se desses pensamentos lúgubres, começou a ruminar assuntos mais agradáveis, como o que comeria no almoço. Ficou contente quando encontrou um copinho de plástico de café no chão debaixo da mesa, com uma guimba de cigarro esmagada no fundo como um verme de tequila morto. Sinal de vida! Nada engraçado lhe ocorria. Sacudiu o copinho de café e observou a guimba sacudir-se até que exalasse cheiros mofados e desagradáveis, que lhe lembraram o Velho Brizz. *Poderia ser um cigarro que o próprio Brizz tinha fumado?*, cogitou. *Teria sido um dia de inverno rigoroso demais para ele, de modo que se esgueirou para o qüinquagésimo nono e usufruiu três ou quatro baforadas ilícitas no conforto climatizado do interior do edifício?* Jim pensou como teria sido magnífico se a guimba fosse de Brizz — a lembrança de um momento de prazer roubado, talvez só o necessário para fazer uma vida inteira valer a pena. Mas a descoberta também o deixou pensando de novo: Brizz havia morrido de câncer. O que havia de engraçado em se ter uma morte miserável e deixar apenas uma guimba de cigarro? Nenhum sinal de vida — sinal de morte. Jim estava mais distante do que nunca. Subitamente o silêncio do qüinquagésimo nono parecia menos com a página em branco e mais com o silêncio das catacumbas. Cada um dos cubículos vazios era uma câmara esperando seu caixão.

Um som tilintante distraiu a atenção de Jim. Que alívio fantástico. Ele levantou as orelhas. Silêncio. Silêncio duradouro. Então... *clinque, clinque... clinque. Clinque.* "*Urfff*", emitiu alguém. Graças a Deus — sinal de vida. Jim levantou, foi até o corredor e olhou nas duas direções, esperando. Mais silêncio. Então o baque surdo de algo no carpete — *tump*. Parecia vir de mais longe — da colméia de cubículos ali, mais perto das janelas. Depois, a cacofonia de muitos instrumentos sendo movimentados. Isso guiou Jim pelo resto do caminho. Chegando à entrada de um cubículo, deparou-se com Chris Yop de joelhos mexendo com uma ferramenta numa cadeira virada de cabeça para baixo.

Quando Yop olhou para cima e o viu em pé à porta do cubículo, não disse nada. Simplesmente voltou ao trabalho.

— Yop — disse Jim —, o que você está fazendo aí?

Yop não respondeu. A base da cadeira consistia de seis raios, cada qual terminando numa rodinha. Os raios apontavam para Jim e pareciam as pernas balançantes de um inseto de cabeça para baixo. Yop estava ajoelhado ao lado da cadeira, removendo a sexta e última rodinha. Terminado isso, colocou-a junto com as outras. Tinha uma grande mala preta — do tipo que se roda pelos aeroportos —, que descansava perto da caixa de ferramentas de Reiser, em sua mesa de trabalho pequena e atopetada. Todos sabiam que Reiser guardava ferramentas na sala, e Yop evidentemente as havia pego emprestado. Enfiara a gravata entre os dois botões do meio da camisa, para que não ficasse pendurada e interferisse em sua atividade. Jim disse que Yop parecia um técnico da copiadora — mas um técnico confuso, trabalhando numa cadeira.

— De quem é essa cadeira, Chris? — perguntou.

Mais uma vez Yop não respondeu.

Soubemos dessa história por Marcia Dwyer, que a tinha ouvido de Benny. Logo que Jim a contou a Benny na sala deste, Benny lhe perguntou:

— Você não ficou preocupado de ser visto com ele, fazendo o que ele estava fazendo?

Previsivelmente Jim respondeu que nem tinha pensado nisso.

— No instante em que o vi, soube o que ele estava fazendo — disse a Benny —, mas achei que *eu* não teria problemas com aquilo. Além disso, era algo a que valia a pena assistir. Você já viu uma cadeira ser desmontada assim?

Naquele momento, após vários minutos de trabalho ininterrupto, Yop se levantou e tirou o paletó, dobrando-o cuidadosamente sobre a divisória de um cubículo. Em seguida, arregaçou as mangas e limpou a testa com as costas das mãos peludas.

— Por que está tão bem vestido, Chris? — perguntou Jim.

Mais uma vez nenhuma resposta, nem sequer um olhar para o outro. Um comportamento estranho vindo de Chris Yop, que tagarelava sobre tudo e todos, fosse o que fosse. Isso fez com que Jim ficasse constrangido por estar ali. Ocorreu-lhe pela primeira vez que o silêncio podia ser proposital, que Yop estivesse aborrecido com ele por algum motivo.

— Por que o Chris estaria aborrecido com você? — perguntou Benny. — Você não lhe fez nada.

— Acho que não — disse Jim. — Mas eu estava na porta falando com o cara e ele não respondia. Então comecei a imaginar se eu o tinha irritado de algum modo.

Mais tarde, quando Marcia nos contou a história depois de ouvi-la de Benny, achamos que fosse uma reação típica do inseguro Jim. Lá estava Chris Yop, um ex-funcionário, que fora obrigado a deixar o edifício *dois dias antes* sob ameaça de prisão, destruindo um bem da agência. E mesmo assim Jim queria ser seu amigo.

Jim perguntou a Yop se ele, Jim, fizera alguma coisa que o desagradasse. Yop nem se deu ao trabalho de levantar a cabeça.

— Você não me mandou um e-mail contando as mudanças no projeto — respondeu Yop finalmente.

Segundo Jim, isso fora dito como se Yop fosse seu chefe, e que sérias conseqüências se seguiriam daquela negligência. Ao mesmo tempo, Yop parecia magoado. Jim teve que lembrar a si mesmo que não fizera nada de errado e não havia motivo para se sentir culpado.

— Eu tinha que mandar um e-mail para você? — perguntou.

— Pedi que alguém me mandasse — disse Yop. — Não lembra que pedi?

— Você quer dizer ontem na cafeteria?

— Ninguém me mandou — disse Yop, que agora trabalhava num jogo de parafusos ligados à base da cadeira. — Tudo bem — acrescentou.

— Sei muito bem que fui demitido, Jim. Todos acham que eu não tenho noção disso, mas tenho sim. Sei muito bem que sou velho e que isso é um jogo para jovens.

Jim disse que não achava quarenta e oito anos tanta idade assim e que Yop provavelmente logo encontraria um emprego. Então tentou explicar a Yop que a mudança no projeto era tão atordoante — estava lutando arduamente para chegar a um conceito único — que não tivera confiança para mandar e-mails a ninguém sobre o assunto.

— Ora, Jim — disse Yop, olhando o ex-colega pela primeira vez desde que este surgira à porta, e o que Jim viu foi a expressão congestionada, transpirante e desanimada de alguém tentando ocultar uma raiva que lhe fazia tremer a voz. — Não precisa me explicar, ok? Teria sido uma idiotice você me mandar um e-mail. Qualquer um de vocês. Acha que eu não sei disso? Ei — acrescentou, as mãos tremendo enquanto abria amplamente os braços —, eu não sou estúpido. Sei que fui demitido. Sei que ninguém quer ser visto trocando e-mails comigo. Só não esperava ser tratado como fui ontem na cafeteria.

Ao ouvir aquilo, Benny quis saber:

— Como ele foi tratado ontem na cafeteria?

Jim disse que não conseguia lembrar. Quando contou a história para Marcia, Benny lhe perguntou:

— Você se lembra de ter tratado o Yop de algum modo diferente ontem na cafeteria?

Marcia estava à porta de Benny ao lado do esqueleto, as mãos nos quadris, os pulsos para dentro.

— Acho que o chamei de maluco — disse ela.

Em pé à porta do cubículo no qüinquagésimo nono, Jim quis saber de Yop de que maneira nós o tínhamos aborrecido ontem na cafeteria. Yop não respondeu diretamente.

— Não estou mais sendo pago para estar aqui, Jim — respondeu, ajoelhado na bonita calça social pregueada, manipulando a ferramenta. — Entende o que isso significa? Estou aqui voluntariamente. Estou aqui porque quero. Acha que quero estar aqui? De modo nenhum, Jim. Mas fiquei aqui por algumas horas ontem, esperando um e-mail que nunca veio. Nem de você, nem da Marcia, nem da Amber. Ninguém. Pelo menos quando fui demitido, Lynn Mason me pagou o aviso prévio. Sabe o que estou dizendo, Jim? Pelo menos a agência disse: "Chris Yop, temos um presente de despedida para você." E vocês na cafeteria nem ao menos me mandaram um e-mail.

Yop terminou de remover o último parafuso, o que o permitiu retirar a base da barra de levantamento hidráulico. Colocou a base na mala — agora a cadeira parecia apenas um eixo prateado ligado no estilo pirulito a um assento e a um espaldar.

— Eu *ouvi* vocês — disse Yop, sem mais nem menos, ajoelhado, olhando furiosamente para Jim. Aquilo espantou Jim, que estivera vendo Yop remover a base da cadeira e agora o via apontando para ele uma chave de fenda, olhando-o fixamente, com raiva. Jim nem o tinha visto pegar aquela ferramenta. — Todos vocês — acrescentou Yop.

— Ouviu o quê? — perguntou Jim.

Yop se recusou a se estender no assunto. Simplesmente substituiu a chave de fenda por outra ferramenta e voltou à cadeira.

Marcia saiu da porta e entrou na sala de Benny porque a história estava ficando interessante. Sentou-se do outro lado da mesa, em frente a ele.

— O que é que o Yop quis dizer com *Eu ouvi vocês*? Que frase esquisita, não é?

— Perguntei a mesma coisa ao Jim — disse Benny. — Ele não tem idéia do que o Chris quis dizer. O que *será* que ele quis dizer? O que será que dissemos que ele pudesse ter ouvido e ficado ofendido?

— *Eu ouvi vocês. Todos vocês* — disse Marcia, reclinando-se na cadeira para melhor cogitar a respeito. — O que significa isso?

— Será que tem a ver com o fato de ele ter chorado, desmoronado na frente da Lynn?

— Talvez — disse Marcia.

Yop levou cerca de meia hora para desmontar a cadeira. Só perdia tempo para localizar uma ferramenta e se certificar de que o tamanho estava certo. Depois disso era apenas uma questão de afrouxar e girar.

— E ninguém perturbou vocês esse tempo todo? — perguntou Benny a Jim.

— É o qüinquagésimo nono — afirmou Jim simplesmente. — Ninguém nem passa por ali.

Estando o pessoal da pagadoria e os banheiros do outro lado do andar, Benny não duvidava disso. Yop continuou metodicamente seu trabalho enquanto Jim continuava a observar, impressionado pelo domínio das ferramentas e de suas funções por parte do outro.

— Como se chama aquela coisa — perguntou Jim a Benny — que tem várias peças, de tamanhos diferentes, e então a gente encaixa a peça na ferramenta principal dependendo do tamanho que precisa?

— Está perguntando isso para mim? Não sou um especialista em ferramentas — disse Benny.

— Acho que se chama chave Allen — disse Jim.

Quando Benny contou a Marcia que ninguém sabia com certeza o que Yop estava usando para desmontar a cadeira, Marcia respondeu:

— Vocês não sabem o que é uma chave Allen?

Quando Marcia *nos* contou isso, imaginamos imediatamente que Benny deve ter sentido uma verdadeira pontada de insuficiência masculina por demonstrar não conhecer as ferramentas na frente de Marcia, que provavelmente podia desmontar uma motocicleta de olhos vendados em virtude de todos os anos que passara em South Side com os quatro irmãos.

— São chamadas de tubulares — disse Marcia —, aquela é uma chave tubular, não uma chave Allen. Uma chave Allen remove um parafuso Allen, que tem um buraco em que a chave se ajusta... Ah, é difícil explicar. Você nunca montou uma mesa? Ou uma estante?

— Só uma vez. Na faculdade — disse Benny.

Diferentemente de Jim ou de Benny, Yop era muito eficiente.

— Onde aprendeu a trabalhar com as mãos? — perguntou-lhe Jim.

Yop não respondeu. A única coisa que fez foi começar a assobiar um pouco. Sendo um mau assobiador, logo desistiu.

— Com toda a sinceridade — disse Yop a Jim, dando pequenos passos com os joelhos para se reposicionar em relação à cadeira —, estou contente por ninguém ter me mandado um e-mail. Eu não ia querer trabalhar numa equipe na qual os outros membros não têm nenhum respeito por mim, Jim. Eu penso assim. Mas você, você precisa fazer o que é preciso. Você pode segurar isso aqui para mim?

Yop foi à caixa de ferramentas, pegou o que pareceu a Jim uma ferramenta ao acaso e segurou-a diante dele.

Benny quis saber se Jim a tinha pego.

— Peguei, claro — disse Jim.

— Jim! — exclamou Benny. — E daí que era o qüinquagésimo nono, cara?! Se alguém tivesse passado por ali e visto você com uma ferramenta na mão enquanto Yop desmontava aquela cadeira, acha que teriam entendido que você só estava segurando a ferramenta para ele?

— Eu estava distraído! — exclamou Jim. — Não sabia por que ele estava dizendo aquilo. Ele disse que não ia querer trabalhar numa equipe na qual ninguém tinha respeito por ele, mas que eu precisava fazer o que tinha que fazer. O que será isso, Benny? As pessoas da equipe não têm nenhum respeito por mim? Era isso que ele estava tentando me dizer? Quero dizer, sei que a Marcia não gosta de mim...

Marcia saltou da cadeira em frente a Benny.

— O Jim disse isso? — perguntou ela, alarmada. — Disse que sabe que eu não gosto dele?

— ...mas e os outros? — perguntou Jim.

Finalmente Yop terminou. Levantou-se, espanou a calça e vestiu o paletó novamente. Então colocou o restante dos itens na mala — todas as porcas e parafusos, os braços da cadeira, as alavancas, a barra de suspensão e o assento trançado. Mas tinha subestimado o tamanho do espaldar, e, por mais que o virasse e empurrasse, o espaldar tinha sempre três ou quatro centímetros em excesso, impedindo que o zíper da mala se fechasse.

— Porra — disse Yop, erguendo os olhos para Jim. Então Jim levou o espaldar para fora envolto no papel de embrulho que mantínhamos na sala de montagem.

— Jim, que diabo! — exclamou Benny. — Por que ajudou o cara?

— Eu me senti mal por ele ter achado que nós o maltratamos na cafeteria — disse Jim.

— Ah, meu Deus. Gostaria que não me tivesse contado isso — disse Marcia a Benny.

Benny perguntou por que Marcia estava aborrecida de saber da boa vontade importuna de Jim para com Chris Yop.

— Porque sou *muito* má com aquele cara.

— Com o Yop?

— Não — respondeu Marcia. — Bem, é, com o Yop, mas principalmente com o Jim. Quero dizer, *com todo mundo*, Benny, mas principalmente com o Jim. O cara... simplesmente quer que gostem dele!

— Você não é muito má com ele. — Benny tentou tranqüilizá-la. — Não é pior do que o restante de nós.

— Sou sim. Sou terrível — disse Marcia. Parecia visivelmente aborrecida. Tinha uma das mãos nas sobrancelhas cheias, como se estivesse tentando cobrir os olhos e desaparecer de vergonha. Mas, cara, pensou Benny, como ficava bonita com aquele novo corte de cabelo.

— Então me diga francamente, Benny, eles têm algum respeito por mim ou não? — Jim havia perguntado.

— E como você respondeu? — Marcia quis saber.

— Contornei a situação — disse Benny. — Não menti exatamente, mas também não disse a verdade. — Marcia disse a Benny que seguisse em frente e terminasse a história.

Yop saiu do edifício puxando a mala preta de rodinhas pelo chão de mármore. De terno e gravata, parecia-se com qualquer outro executivo se dirigindo ao aeroporto. Ninguém na recepção o confundiu com o Chris Yop da camisa havaiana do departamento de criação. Sua elegância premeditada revelava uma astúcia criminosa que francamente deveria ser um pouco alarmante, mas, como a época era mais inocente, não ficamos muito incomodados por causa disso depois que veio à tona. Um pouco mais tarde, Jim saiu com o espaldar da cadeira embrulhado em papel pardo — apenas um homem levando um pacote de tamanho grande para o correio. Na verdade, Jim tinha colocado um endereço no pacote por uma questão de aparência.

— Jim — disse Benny, sacudindo a cabeça com tristeza.

Encontraram-se em frente a uma loja de conveniência e Jim seguiu Yop até o lago. Quando o impulso dominou Yop, o que era freqüente, ele se virou abruptamente na calçada e disse a Jim o que lhe passava pela mente.

— Nada de ofendê-los mais — disse da primeira vez em que se virou, detendo Jim onde estava. — Volte lá e diga a eles, Jim, que Chris Yop não estará mais no edifício para ofendê-los com a sua presença. E eu *nunca* mais voltarei. Tenho certeza de que ficarão muito contentes. Karen Woo. E aquela escrota da Marcia.

— Por que ele me citou? — perguntou Marcia. — O que é que eu fiz?

— Obviamente ele está com um parafuso a menos — disse Benny. — Eu não levaria isso para o lado pessoal.

Se tivesse chance, Jim teria respondido que ninguém estava ofendido por Chris ainda estar na empresa, só em dúvida quanto ao motivo, já que Lynn Mason o despedira há dois dias. Mas claro que Yop não estava querendo réplicas. Virou-se rapidamente e continuou em frente, enquanto Jim ia atrás. A forma como tinha que segurar o encosto da cadeira à sua frente impedia que Jim visse o chão adequadamente, e ele quase tropeçou numa irregularidade da calçada. Quando Yop se virou novamente foi também de forma abrupta, o que fez Jim recuar um pouco.

— Graças a Deus, Jim, graças a Deus pelo amor de uma mulher devotada. — Jim achou que Yop poderia apunhalá-lo no olho com seu dedo indicador. — É a única coisa que vale algo. Sem a Terry, esse mundo inteiro seria uma merda.

Então se virou e continuou andando. As rodinhas de sua mala tamborilavam nas divisões da calçada em intervalos regulares. Voltou-se uma terceira vez, mas só para dizer:

— Vocês, que se dizem amigos. Que piada!

Jim esperou; mas Yop, sorrindo sem graça e sacudindo lentamente a cabeça, não disse nada. Fez uma longa pausa para Jim responder — quase parecia querer que ele o fizesse —, mas Jim estava sem palavras. Quando Yop se virou novamente, deixou escapar um riso debochado e hostil. A dois quarteirões do lago, ficaram presos num sinal vermelho e tiveram que esperar um perto do outro até que os carros parassem.

— Nem para me porem a par — disse Yop, virando-se para Jim. — Está ouvindo? Não se esqueça de lhes dizer isso. *Nem para me porem a par.*

— Pôr a par? — perguntou Jim. — O que isso quer dizer?

— Que não que se importem se eu bater as botas amanhã — acrescentou Yop.

— Ah, meu Deus, eu rasguei seu currículo e joguei os pedaços em cima dele — disse Marcia. — Mas isso não significa que eu desejo a morte do cara.

— Não sei — disse Benny —, talvez eu devesse ter enviado um e-mail para ele.

Naquela hora do dia, o passeio ao longo do lago Michigan estava bastante deserto. De qualquer modo, a maioria das pessoas não caminhava até o extremo sul, onde a terra curvava-se para a água e o caminho terminava numa pequena praia. Apesar do frio constante, havia muito sol, e à distância, à direita deles, alguns robustos banhistas davam ao lago os primeiros sinais de vida do verão. Fora isso eram apenas Jim, Yop e os poucos idosos que caminhavam bem rápido. Yop pousou a mala pouco atrás da murada de pedra, abriu o zíper, tirou duas das rodinhas da cadeira, escalou a murada e se aproximou da água. No exato momento em que girou para trás, um forte vento de maio soprou. Yop atirou a primeira rodinha no lago Michigan enquanto sua gravata drapejava na direção oposta. Quando voltou à mala, a gravata ainda estava sobre seu ombro.

— Vocês acham que eu *queria* chorar? — perguntou Yop a Jim. — Eu não estava chorando por mim. Estava chorando pela Terry. Pela Terry *e* por mim.

Mas naquele ponto Jim não sabia como responder. Viu Yop atirar na água o restante das rodinhas e os braços da cadeira. Os braços da cadeira flutuaram, assim como o assento trançado e o espaldar — que Yop atirou num estilo *frisbee*, com papel pardo e tudo —, mas o eixo prateado afundou rapidamente. Yop debruçou-se sobre a água sacudindo a mala de cabeça para baixo. Todas as porcas e parafusos mergulharam fazendo um *plop* no lago. Em seguida, Yop fechou o zíper da mala e voltou para onde Jim tinha permanecido observando-o, bem do outro lado da murada. Então ergueu a mala, escalou a murada com uma perna de cada vez, apoiou as rodinhas da mala novamente no chão e começou a se afastar. De repente, parou e virou-se para Jim:

— Eu agradeceria a sua ajuda, Jim, mas sempre o considerei um idiota.

A observação final de Yop para Jim Jackers fez Marcia subir pelas paredes. Ela afundou na cadeira, contorcendo-se num misto de vergonha e remorso, e exclamou:

— Por favor, diga que ele não fez isso! — Marcia jurou nunca mais ser má com Jim. Jurou nunca mais ser má com ninguém. — Como é que o Yop pôde dizer isso para ele? — perguntou.

— Você disse isso para ele no outro dia — lembrou Benny.

— Mas como é que ele pôde dizer isso a *sério*? — insistiu Marcia.

Marcia era um dos poucos de nós que usava a crueldade do outro para recordar-se da própria e sentir-se mal por ambas. Jurava a cada duas ou três semanas — como agora a Benny — nunca mais ser má, até que algo dito ou feito por Jim a fizesse atacá-lo de novo; então ordenava que Jim calasse a boca e saísse da sala dela. O consolo de Marcia era que dizia tais coisas na cara de Jim, mas, à diferença de Yop, não eram maldições eternas. Apenas expressões momentâneas de sua exasperação — algo que também queríamos expressar, mas nos faltava coragem para fazê-lo —, que sempre resultavam em loucos acessos de remorso.

— O Jim não parecia nem um pouco aborrecido com aquilo, acredite — tranqüilizou-a Benny. — Só queria saber se *eu* também achava que ele era um idiota.

— E você negou, certo? — perguntou Marcia. — Benny, diga-me que você não deu essa mancada.

— Eu lhe disse que era claro que eu o achava um idiota. Tive que dizer, Marcia. Se dissesse que *não*, ele teria certeza de que eu o achava um idiota.

— Esse lugar é tão pirado! — comentou ela.

Também estávamos indignados por Jim. O pobre sujeito tinha se esforçado para ajudar Yop a se vingar da coordenadora e de seu sistema de números de série e logo depois fora insultado. Ficamos do lado de Jim, dizendo que não esquentasse com aquele comentário. Então tentamos entender o que Yop poderia ter contra *nós*. Por que ele dirigia a raiva contra nós, perguntamos a Jim, quando o fato de ter desmontado e jogado no lago a cadeira de Tom Mota mostrava que o alvo de sua amargura era obviamente uma pessoa específica, isto é, a coordenadora? Jim não sabia. Só sabia que Yop estava magoado porque não lhe mandamos um e-mail com as mudanças no projeto. Mas o que faria depois que recebesse o e-mail? Pretendia salvar seu emprego? Achamos que Yop não nos havia entendido.

— Pelo menos eu compreendo Tom Mota — disse Marcia para Benny. — O Tom está cheio de frustração ao ver em que pé está sua vida. Mas Chris Yop? Não consigo entender o Chris.

No final fomos obrigados a entender que era claro que Yop nos odiava. Ainda tínhamos emprego, e ele, não. Ele vinha trabalhando nos anúncios para levantamento de fundos que já tinham sido cancelados enquanto nós sabíamos que o projeto havia mudado. Tínhamos nos reunido na cafeteria e ele estava por fora.

— Mas não vim aqui por causa de Chris Yop, vim? — disse Marcia.

— Acho que não — disse Benny.

— Para que era então? — perguntou-se Marcia. — Por que passei aqui?

— Não sei — replicou Benny, intrigado e esperançoso.

— Ah, meu Deus — disse Marcia sem mais nem menos. — Você acredita que ainda são 15h15?

Certos dias pareciam mais longos que outros. Alguns deles pareciam dois dias inteiros. Infelizmente nunca eram os do final de semana. Nossos sábados e domingos passavam em metade do tempo de um dia útil normal. Em outras palavras, em certas semanas parecia que trabalhávamos dez dias direto, com apenas um dia de folga. Mas não podíamos nos queixar. O tempo estava aumentando em nossa vida. Mas ao mesmo tempo não era fácil nos regozijarmos, já que o tempo não pasava de um modo suficientemente rápido. Tínhamos vários relógios à volta, e cada um deles, num momento ou noutro, exibia um espirituoso senso de humor. Nós nos víamos querendo apressar o tempo, o que a longo prazo não era bom para a saúde. Todos estavam presos nesse paradoxo, mas ninguém ousava exprimi-lo. Apenas diziam: "Você acredita que ainda são 15h15?"

— Você acredita que ainda são 15h15? — perguntou Amber a Larry Novotny.

Pode apostar que Larry acreditava que eram 15h15. Larry podia acreditar que fossem 23h59, que o relógio estivesse prestes a soar meia-noite e que o governador ligaria para suspender a execução. O tempo estava encurtando seriamente para Larry. Amber faria ou não o aborto? Não era algo que pudesse perguntar a cada quinze minutos, e certamente não a cada cinco minutos, embora o tempo agora andasse para ele em intervalos de cinco minutos, no final dos quais ele se debatia, perguntando a ela mais uma vez se o faria ou não. Geralmente resolvia não perguntar de novo, já que perguntara há apenas doze intervalos de cinco minutos, o que, antes que tudo isso começasse, era somente uma hora, mas que agora parecia doze ou quatorze horas. Amber deixara claro que não queria ser interrogada de hora em hora sobre o aborto.

— Eles ainda estão lá? — perguntou Amber a Larry. — O que será que estão fazendo?

Larry se levantou, enfiando a cabeça no corredor, olhando na direção da sala de Lynn Mason, que permanecia fechada. Tinham visto Genevieve e Joe entrarem lá havia dez minutos, ou quase duas horas, segundo o novo relógio de Larry. Durante aqueles dez minutos, Larry discutiu seriamente consigo mesmo, duas vezes, se levantava novamente a questão do aborto com Amber. Ao voltar, bateu com o boné duas vezes na calça jeans e encaixou-o na cabeça, assentindo. Ainda estavam lá.

— O que estarão conversando? — perguntou Amber.

Larry pensou que provavelmente conversavam sobre se Amber deveria fazer o aborto ou não. Provavelmente discutiam o infortúnio que Larry estava enfrentando e como seria desagradável se contasse à esposa não somente que tinha um caso, mas que a amante estava grávida e pretendia ter o filho. Não havia jeito de colocar aquilo de modo positivo, de dizer animadamente: "O Charlie vai ter um meio-irmão!"

— Há quanto tempo estão lá? — perguntou Amber. — Dez minutos? Parecem vinte.

— Parecem duas horas — disse Larry.

Era decepcionante e um pouco irritante que Amber estivesse concentrada numa crise ocorrendo em outra sala, enquanto a crise mais significativa acontecia ali mesmo.

— Você, ahn... — começou Larry — pensou mais sobre, ahn...

Marcia dava corda num brinquedo, um brinde de um McLanche Feliz, um cheeseburguer de pão com gergelim e todos os acompanhamentos pintados nele. Tinha também um par de enormes pés brancos. Finalmente não foi possível dar mais corda no brinquedo; ela se inclinou na cadeira e colocou-o no tapete. Alguma ligeira imperfeição nos pés o fez entrar gradualmente num círculo, repetindo-o inúmeras vezes até que afinal parou, e a sala ficou em silêncio novamente.

Quando Amber encarou Larry, este enfim notou que os olhos dela estavam vermelhos. *Ah, não*, pensou ele. *De novo não*. Ele retirou o boné mais uma vez e alisou o cabelo para trás. Então recolocou o boné.

— Estou em dúvida — disse ela.

Jim Jackers vinha trabalhando nos anúncios beneficentes árdua e continuamente por algumas horas desde que tinha ajudado Chris Yop a jogar a cadeira no lago Michigan. Erguendo os olhos da página em branco para o relógio piscando, descobriu que eram apenas 15h15. Pensou que aquele talvez fosse o dia mais longo de sua vida. Não apenas fora chamado de idiota na cara, como não podia se contrapor a essa opinião, já que não conseguia bolar uma só coisa engraçada sobre o câncer de mama.

— Que horas são, Joe? — perguntou Lynn Mason.
Ele deu uma olhada no relógio.
— São 15h15.
Lynn estendeu as mãos para acertar os ponteiros de um relógio de pêndulo junto à parede da outra extremidade, à esquerda do sofá de couro branco. Nenhum de nós se lembrava de um relógio de pêndulo ali, o que era uma prova de como a sala estava atravancada antes que Lynn e a coordenadora a limpassem. O relógio se misturara ao pano de fundo junto com o resto ou talvez estivesse encoberto por caixas cheias de arquivos antigos. Ou talvez simplesmente não fôssemos pessoas muito observadoras. Mas, agora que as camadas de revistas velhas, arquivos mortos e coisas semelhantes tinham sido removidas, era possível discernir uma tentativa de tornar a sala adequada. A mesa tinha sido colocada mais distante da porta para que, quando Lynn se sentasse, pudesse ver tudo à sua frente — a própria porta, a mesa de tampo de vidro à esquerda, as estantes, a poltrona antiga na parede à direita, o sofá e o relógio de pêndulo encarando-a da outra extremidade.

Dez minutos antes, Genevieve e Joe haviam batido na porta, interrompendo a limpeza de Lynn. A maior parte do trabalho tinha sido feita no dia anterior, mas naquela tarde Lynn fora convocada a reuniões com os outros sócios para discutirem estratégias para as duas novas oportunidades de negócios. Agora ela dava os toques finais no que era basicamente uma sala nova em folha. Lynn respondeu à batida na porta e Joe pôs a cabeça para dentro.

— Estou aqui com a Genevieve — disse Joe. — Você tem um minuto?

Lynn os mandou entrar acenando rapidamente com um trapo sujo. Genevieve entrou atrás de Joe.

— Oi, Lynn — disse Genevieve.

— Entrem e sentem-se — disse Lynn.

Como era esquisito ver Lynn Mason com um vidro de lustra-móveis e um trapo, curvada vestindo uma saia e esfregando a madeira lateral da mesa. Eles obedeceram e se sentaram nas cadeiras gêmeas colocadas à frente da mesa. Logo tiveram que se mover para a esquerda, já que Lynn se deslocou para polir as estantes e, em seguida, a madeira marchetada de sua poltrona comprada na loja de antiguidades. Enquanto trabalhava, disse a Joe que havia pedido a Mike Boroshansky para destacar um dos rapazes para cuidar dos cinco andares deles em tempo integral.

— Um segurança? — perguntou Joe. — Por quê?

— Porque não podemos nos arriscar.

Genevieve pensou que Lynn limpava do mesmo modo como fazia todo o resto, com grande vigor e autoridade. Era a primeira vez em que se sentia intimidada por alguém tirando a poeira de um móvel. Ficou quieta.

— Mas, Lynn — disse Joe —, só há uma ou duas pessoas que o consideram uma ameaça. A maior parte da história é só papo furado.

— Não sou só eu, Joe. São os outros sócios.

Foi da poltrona para o sofá de couro atrás deles e começou a esfregá-lo também. Joe torceu-se na cadeira para continuar a olhá-la, conversando com ela por cima do respaldo. Genevieve decidiu continuar olhando em frente.

— Esses e-mails recentes para o Benny e o Jim — disse Lynn —, o modo como foi embora deste lugar, o comportamento dele em relação à esposa... O homem destruiu todos os pertences com um bastão de beisebol. Não estou dizendo que tenho certeza absoluta de que ele vá voltar — disse Lynn, olhando para Joe num breve intervalo da limpeza —, mas, quando ele mete uma coisa na cabeça, não age como uma pessoa normal, e acho que não podemos nos arriscar.

E voltou sua atenção para o sofá.

— Mas como é que um cara da segurança vai detê-lo se ele voltar? — perguntou Joe.

Genevieve estava surpresa pela objeção dele e teve um novo *insight* sobre a franqueza do diálogo entre eles quando o restante da equipe não se achava incluído.

Mas aquela não era a verdadeira novidade. A novidade era que Lynn Mason agora imaginava que Tom Mota planejava um retorno. Tal ponto de vista tinha tido apenas um sério porta-voz até agora — Amber Ludwig, que se preocupava com tudo. A segurança tinha colado o retrato de Tom na recepção do saguão, mas eles faziam o tipo comédia pastelão ali. A preocupação de Lynn Mason legitimava a idéia. Era uma situação nova e constrangedora.

— Estamos trabalhando para conseguir uma medida cautelar mantendo-o longe de nossas dependências — disse Lynn —, mas, enquanto isso, o Mike vai nos ceder um homem e vamos colocá-lo em frente à sua sala.

— Por que na minha sala? — perguntou Joe.

— Porque sua sala dá diretamente para os elevadores, e, se ele voltar, acho que virá a este andar. Para ser franca, Joe, acho que o maior rancor dele é contra você. Talvez com exceção de mim.

— Discordo — disse Joe. — É verdade que o Tom não gostava de mim no início, mas na época em que foi embora, não sei por que razão, acho que eu tinha conquistado o seu respeito. E, para falar a verdade, Lynn, acho que estamos dando uma proporção exagerada a tudo isso.

— Bem — disse ela de costas para ele —, mesmo assim vou colocar um homem na sua porta.

Tendo finalmente terminado sua limpeza, Lynn abriu a porta do relógio de pêndulo. Quando Joe a informou da hora, ela acertou os ponteiros e deu corda no relógio com uma chave. Colocou o pêndulo de bronze em movimento, fechou a portinhola e observou-o oscilar. No silêncio da sala, Genevieve olhou para trás para ver o que Lynn fazia e a viu em pé diante do relógio. Mais uma vez percebeu como Lynn era pequena na vida real. Joe provavelmente a pegaria pelos braços e a levantaria do chão. Não era um homem musculoso, mas também não era nenhum fracote, e provavelmente poderia erguê-la talvez até esticando os dois braços. Imaginando Joe segurando Lynn Mason no ar como uma criança, e, com um pouco de esforço extra, fazendo-a girar em torno de si, Genevieve teve que prender o riso, pois Lynn voltava naquele momento à mesa e puxava a cadeira para se sentar. De repente, pareceu maior e mais intimidante do que nunca.

— Bem, o que é que vocês queriam me dizer? — perguntou Lynn.

─────

— Lembrei o que era! — exclamou Marcia.

Recordara-se finalmente: ficara sabendo que Benny pretendia vender o totem e queria impedi-lo.

— Quem lhe disse que eu ia fazer isso? — perguntou Benny.

A notícia tinha começado a se espalhar por ali — o aumento do preço do aluguel e sua relutância em pagar a diferença.

— Mas quem falou que eu ia vendê-lo? — perguntou Benny.

— Não faça isso — suplicou Marcia. — Por favor, Benny. Você quer que eles vençam?

— Eles quem? — perguntou Benny cautelosamente.

— Todos esses filhos-da-puta — disse Marcia. Esquecera momentaneamente sua promessa de jamais ser má de novo. — Se vendê-lo, Benny, você vai dar uma vitória de mão beijada a cada filho-da-puta da folha de pagamento. Não vai querer fazer isso, Benny, não vai. E eu não quero ver isso acontecer.

— O que eu *quero* fazer — disse Benny com sinceridade — é deixar de pagar trezentos paus por mês, que eu não tenho, para aquele guarda-móveis. É isso que eu quero.

— Eu pago a diferença — disse Marcia.

— Você o quê?

— Eu pago a diferença entre o que você está pagando agora e o aumento do aluguel — disse Marcia. — E daí? Eu pago. Eu lhe dou um cheque todos os meses.

— Por que você faria isso? — perguntou Benny.

Em parte era para ajudar a retificar cada coisa desprezível e odiosa que ela havia feito desde o afortunado dia em que fora contratada, explicou Marcia. Era um esforço para restaurar o equilíbrio, recuperar o direito de erguer a cabeça e mantê-la orgulhosamente ereta. Benny não precisava ser lembrado de que Marcia era uma diletante em religiões orientais. Na verdade, ele vinha lendo sobre elas. Vinha estudando as quatro visões, o caminho das oito etapas e as dez perfeições, na esperança de que um deles pudesse surgir na conversa. Benny deixava escapar alusões à árvore Bo em muitas histórias que contava. Marcia não reagira a nenhuma delas como ele esperava, talvez porque não estivesse prestando atenção ou porque as alusões não significavam nada para ela. Não dizíamos nada porque Benny era judeu, e presumíamos que, como judeu, ele soubesse mais sobre religião do que o restante de nós. Mas, na realidade, vinha estudando o budismo equivocadamente, já que Marcia se considerava mais uma estudiosa do hinduísmo. A única coisa que ele fizera direito foi pôr uma cópia do Bhagavad Gita sobre a mesa, em cima de alguns papéis, com a lombada visivelmente exposta.

— Vamos ver se eu entendi — disse Benny. — Você quer melhorar o seu carma.

— É.

— Do bem deve vir o bem, e do mal, o mal. É isso que está dizendo?

— É! — exclamou Marcia. — *Exatamente* isso. Como é que você sabe?

— Tenho lido a respeito ultimamente.

Mas não era tão simples quanto fazer um cheque para ele, explicou Marcia ao novato. O carma não aceitava a oferta feita com a expectativa de um retorno. Um impulso genuíno e puro tinha que preceder o ato altruísta.

— Então qual é o seu impulso? — perguntou Benny.

— Não ver esses canalhas vencerem — replicou Marcia simplesmente.

Benny disse que estava apenas arriscando um palpite, mas aquilo não lhe soava muito sincero. Marcia lembrou-o dos índios Yopewoo. Os índios Yopewoo representavam uma zombaria em relação a cada tribo indígena americana verdadeira que já tinha sofrido uma injustiça. A brincadeira transformara a tragédia numa farsa. Ela jurou a Benny que no fundo a coisa era sincera.

— Sou de Bridgeport, nunca encontrei um índio — disse Marcia. — Mas mesmo assim fiquei ofendida. E achei que o que você estava fazendo com ele... quero dizer, com o totem do Brizz. Para ser franca, não sabia o que você estava fazendo com ele, mas pensei que fosse lá o que fosse era... era...

— Esquisito? — disse Benny.

— Não — discordou Marcia, sacudindo a cabeça e o seu novo cabelo completamente encantador. — Esquisito não. Nobre.

— Nobre? — disse Benny. — Você achou nobre? — Ele cogitou brevemente onde Marcia estaria com a nobreza dela quando todos imitavam índio para ele no corredor e colocavam a peruca coberta de sangue em sua mesa, embora não dissesse nada e recebesse a gentileza com prazer. A opinião positiva dela bem que valia trezentos e dezenove dólares por mês, embora ele não o tivesse feito por esse motivo.

— Portanto, para apoiar os índios e não deixar esses canalhas vencerem — disse Marcia —, e para ajudá-lo com o que for preciso para ficar com o totem do Velho Brizz, diga a diferença do aluguel e eu lhe dou um cheque. — Havia também uma quarta razão, claro, que era poder melhorar o próprio carma, mas ela deixou isso de fora da litania.

— Marcia, não será necessário.

— Sei que não é *necessário*. Mas eu quero fazer.

— Lamento, Marcia, mas eu já me desfiz dele.

O avaliador que fora ao guarda-móveis informou a Benny não apenas o valor de mercado do totem, como também uma ou duas coisas sobre suas origens. Acreditava ser o trabalho de uma tribo cujos descendentes ainda viviam no sudeste do Arizona. Suas antigas habilidades em marcenaria eram insuperáveis, produzindo algumas das peças mais virtuosas e fascinantes da arte indígena no mundo inteiro — isto é, até que o número dos membros da tribo declinasse, a sobrevivência se tornasse mais difícil e seu artesanato sofresse. Naquela manhã, Benny recebera uma ligação do avaliador, que enviara instantâneos do totem tirados no armazém para membros da tribo no Arizona. Ele informou a Benny que o chefe da tribo confirmara com certeza quase absoluta que o totem era deles.

— E sobraram uns dez desses índios no mundo — disse Benny. — Estou exagerando, mas é mais ou menos isso. E eles não conseguem mais fazer essas coisas, não como costumavam fazer. O que explica o preço do totem estar nas alturas. É insubstituível.

— Como é que o Brizz pôs as mãos nisso? — perguntou Marcia.

— A pergunta de sessenta mil dólares — respondeu Benny. — Ou por que ele não o vendeu quando precisava do dinheiro? Não tenho idéia, e também não sei o motivo de ele tê-lo dado a mim e não a outra pessoa. Então, como não sabia o motivo, eu me apeguei ao totem. Mas agora não tenho muita escolha senão devolvê-lo aos índios, sabendo como sobraram poucos.

— Talvez tenha sido por *isso* que ele lhe deu o totem, Benny, porque sabia que você descobriria os caras certos a quem dá-lo.

— Talvez — disse Benny —, mas eu disse aos índios: "Não vou pagar o transporte nem o empacotamento. Isso é com vocês."

— Você falou com eles?

— Pelo telefone. Por falar nisso, eu queria lhe dizer que gostei do seu novo corte de cabelo.

Marcia se afastou dele imediatamente e sua mão se ergueu para tocar o cabelo de um modo hesitante e constrangido, como se estivesse tentando escondê-lo de Benny.

— Não fale sobre meu cabelo agora — disse.

— Por que não?

— Porque é besteira. Estamos falando de outra coisa.

— Você não gosta?

Marcia se virou para a parede oposta, como se esperasse haver um espelho ali, algo em que pudesse se ver refletida.

— Não sei. Não vamos falar disso.

— Acho que lhe deu uma atualizada fantástica — disse Benny.

Ela se virou para ele.

— Atualizada? Que droga significa isso?

— Não, eu só queria...

— Essa é uma coisa muito escrota de se dizer.

— Não...

— Não tenho idéia do que você quer dizer, mas parece uma tremenda escrotice.

— Eu só estava dizendo que gostei dele.

— *Atualizada* — disse ela. — Não se diz *atualizada*, Benny. É a palavra errada.

Não! Não! Benny tentara expressar a coisa de modo certo. Considerara outras opções, frases alternativas, mas achara que tinha escolhido a forma perfeita. Ele a ensaiara repetidamente, praticando displicência na voz, e depois esperara pelo momento certo — mas *mesmo assim dera uma mancada*! Deveria ter feito um redator dar uma olhada no seu texto.

Mesmo com a melhor das intenções, era impossível não ofender o outro. Nós lamentávamos muitas discussões sem importância em que nos envolvíamos no dia-a-dia. Não pensávamos, as palavras simplesmente saíam de nossa boca — soltas, impensadas — e pronto, ofendíamos alguém com uma observação displicente e inocente. Podíamos sugerir que alguém era gordo, intelectualmente pobre ou medonhamente feio. Na maior parte das vezes, provavelmente achávamos que era verdade. Trabalhávamos com algumas pessoas gordas e ignorantes, e as medonhamente feias também estavam entre nós. Mas, minha nossa, queríamos manter isso em segredo. Se a maioria se preocupava em terminar mais um dia sem ser demitida, havia uma minoria apenas esperando ir embora sem contribuir para a mágoa da vida alheia. E também havia aqueles, como Marcia, que tinham a habilidade de transformar mesmo um elogio num insulto, fazendo-nos (principalmente Benny) ficar de joelhos de modo que o único meio de ter êxito era permanecer em silêncio, num silêncio absoluto — a não ser, é claro, que se apresentasse a oportunidade de ensangüentar um escalpo e deixá-lo na mesa de Benny.

— Desculpe se eu a ofendi — disse Benny. — Só estava querendo dizer que achei bonito.

— Desculpe — disse Marcia. — Não recebo muito bem elogios. Fui rude com você?

— Não, não, de modo nenhum — disse ele, tranqüilizando-a.

Subitamente Genevieve surgiu à porta da sala. Benny ficou quieto. Marcia viu que a atenção dele fora desviada, virou-se e viu também Genevieve.

— Marcia, posso falar com você?

E foi embora. Marcia olhou Benny novamente.

— Claro — gritou ela para Genevieve, levantando-se rapidamente. Benny nunca vira Marcia com os olhos tão arregalados.

— Benny — sussurrou ela.

— Vai — disse ele.

Quando Marcia foi embora, Benny ligou para Jim para lhe contar as novidades, mas Jim não estava atendendo. Então Benny saiu para o corredor silencioso. Depois voltou e ligou de novo para Jim, outra vez sem resposta. Retornou ao corredor, totalmente calmo e vazio. As grandes plantas artificiais continuavam imóveis nos dois lados do corredor, e nas paredes pendiam todos os prêmios publicitários que a agência havia ganho, acumulando poeira. Benny voltou à sala e ligou para Jim uma terceira vez. Então enviou-lhe um e-mail pedindo que ouvisse suas mensagens de voz. Depois de vinte minutos esperando uma resposta de Jim, decidiu ir atrás dele. Saiu para o corredor, mas parou quando viu Karen Woo se aproximando. Não tinha a menor vontade de dizer a Karen que Genevieve tinha saído da sala de Lynn. Ela só espalharia a notícia. Portanto, ergueu os braços com displicência e agarrou a moldura do alto da porta, como se estivesse apenas se esticando um pouco. Karen chegou mais perto e Benny achou que poderiam apenas se cumprimentar. Na verdade, ela não parecia querer parar para conversar, o que era um alívio. Ela apenas disse:

— Parece afinal de contas que a Lynn não está com câncer. — Depois passou por ele e desapareceu pelo corredor.

Apoiada na porta fechada da sala de Genevieve, Marcia a via andar de um lado para o outro atrás da mesa, parando ocasionalmente para agarrar o encosto da cadeira como se fosse estrangulá-lo.

Foi muito simples. Lynn sentara-se à mesa e a questão de por onde começar e de como abordar o assunto havia escapado inteiramente a Genevieve. Felizmente Joe começou a falar. Genevieve não conseguia lembrar exatamente o que ele tinha dito, mas fora muito direto. Estava nervosa, e tinha que lembrar a si mesma o motivo de estar ali. Aquela pessoa que podia dominar completamente cada aspecto da vida — que *tirava o pó* com autoridade — estava de fato muito doente por dentro, fraca, e precisando de intervenção, mesmo se esta viesse de uma subordinada assustada e muda sentada ao lado de Joe. Se não se lembrasse disso, teria que se desculpar por estar tão nervosa. Em suma, Joe disse a Lynn que surgira um boato, não sabia de onde, de que ela estaria com câncer. Normalmente não dava muito crédito a boatos, mas esperava que ela entendesse o motivo de ele pensar duas vezes sobre um que dizia respeito à saúde dela. Alguns na empresa acreditavam que uma cirurgia importante fora marcada para o dia anterior, e que Lynn não comparecera, talvez propositalmente. Sua conhecida aversão a hospitais poderia ser o motivo. Então Joe se lembrou de Genevieve e virou-se para ela.

— Nós dois estamos aqui — disse Joe virando de novo para Lynn — para lhe comunicar que esses boatos estão correndo por aí, não sei com que grau de verdade, mas, se houver algo que possamos fazer por você, se pudermos ajudá-la de alguma forma...

— Joe, eles afinal conseguiram envolver você nisso? — perguntou Lynn.

Nisso? A que ela se referia especificamente?, cogitou Genevieve. Enquanto Joe falava, o sorriso enganador que às vezes Lynn usava para expressar descrença ou estupefação aparecia em seu rosto. Joe deve tê-lo visto, mas mesmo assim insistiu. Genevieve não sabia onde ele achava coragem para continuar falando com Lynn Mason sob aquele olhar. Joe fez uma breve pausa quando ela o interrompeu para perguntar se ele fora envolvido naquilo, mas então algo extraordinário aconteceu. Ele não se deixou intimidar e continuou firme.

— Não, ninguém me envolveu nisso e não estou aqui por causa deles — respondeu Joe. — Estou aqui por mim mesmo, assim como Genevieve, para o caso de você estar com algum problema.

— Não estou com nenhum problema — disse Lynn simplesmente, pegando um abridor de cartas de prata em forma de estilete.

— Para o caso de você estar doente — continuou Joe. Genevieve não sabia como nem por quê, mas quis que ele parasse. — E, por estar com medo, não estar se cuidando adequadamente.

— Não há nada de errado comigo — disse Lynn.

Joe silenciou. Genevieve estava pronta para deixar a sala. Ok, Joe, ela está bem. Vamos.

— Alguém com um medo real — continuou ele lentamente, não apreensivo, mas paciente, como se tentasse persuadi-la —, alguém incapacitado pelo medo *diria* que não está doente, se isso significasse que poderia continuar a vida e não enfrentar esse medo.

Lynn deu uma risadinha rancorosa, sem graça.

— Desculpe, Joe. Você tem acesso à minha ficha médica?

— Não.

— É, eu sabia que não.

— Na verdade isso é pura especulação, Lynn — continuou Joe, e, naquele momento, Genevieve sentiu uma definitiva necessidade de se distanciar dele de algum modo. Ela não está doente, Joe! *Por favor*, pare com isso! — Especulação provavelmente infundada — continuou. — Mas se você estiver doente e com medo, e com isso se impedindo de ter cuidados médicos...

— Era uma verruga — disse Lynn.

Todo o olhar de incredulidade desaparecera do rosto de Lynn. Agora exibia uma expressão impassível, gelada, *executiva*, que dizia simplesmente: "Isso não é da sua conta."

— Era uma verruga que temiam que fosse cancerosa, e minha consulta foi remarcada, se você quer saber, em virtude da urgência das duas novas oportunidades de negócios. Genevieve — disse Lynn, dando uma olhadela para o abridor de cartas com que vinha brincando —, você pode me dar licença, por favor? Quero ter uma palavrinha com o Joe. — Quando ergueu os olhos para Genevieve, esta respondeu "claro" e foi embora da sala silenciosa, fechando a porta atrás de si.

— Uma verruga? — perguntou Marcia. — Todo esse tempo era apenas uma verruga?

Depois que Marcia foi embora, ouvimos Genevieve falando ao telefone com o marido, *gritando* com ele, embora o pobre coitado não tivesse feito nada. Mas que alguém em algum lugar tinha feito algo tremendamente errado, disso ela tinha certeza. Sabia que estava com raiva. Sabia que algo tinha que ser feito contra alguém. Só não sabia exatamente o quê.

— Quem foi? — exigiu Genevieve de nós. — Quem foi o primeiro a dizer que a Lynn estava com câncer?

Tentamos lhe dizer, Genevieve, ninguém sabe quem foi. Provavelmente ninguém nunca saberá quem foi.

— Bom, então quem espalhou esse boato? — gritou ela. — Quem foi o responsável por espalhar isso? — Genevieve estava conosco no dia anterior, quando tentamos descobrir quem teria feito aquilo, lembramos, e ela sabia tão bem quanto nós que era quase impossível apontar um culpado. — Então de quem foi a idéia de mandar o Joe lá? — perguntou. — Foi uma armação tramada para pegá-lo? — Bem, era uma conversa maluca, e lhe dissemos isso, com delicadeza e não com tantas palavras, porque ela já estava furiosa. — Por que *eu* fui envolvida? Como pude me deixar envolver nisso? — Agora se dirigia a si mesma, e não tínhamos resposta. Então atirou as mãos para o alto e foi embora.

Achamos que Joe havia lidado com a coisa toda com equanimidade. Num determinado momento, Jim Jackers chamou Joe, que passava por seu cubículo. Não disseram uma palavra sobre Lynn Mason. Jim só queria saber se era verdade que os anúncios para a paciente de câncer estavam agora sendo feitos em espanhol.

— Significa que devemos dirigir a mensagem para um mercado latino? — perguntou.

— É a primeira vez que ouço isso — respondeu Joe. — Ficaria muito surpreso se fosse verdade. Quem lhe deu essa informação?

— Acho que estavam brincando comigo.

— Acho que é só uma piada — disse Joe. — Simplesmente a piada mais engraçada de todos os tempos.

No final da tarde, Genevieve nos enviou um e-mail coletivo — a lista de endereços tinha um metro de comprimento —, que denunciava nossos "métodos", nossa "falsidade". Éramos "patéticos" e "idiotas". Tínhamos sido manipulados para armar contra Joe. Aquilo era ridículo, pois a quem teríamos permitido que nos manipulasse? Que conspiração sofisticada e covarde imaginava? Genevieve não tinha usado a palavra, mas era difícil não ler nas entrelinhas. Como aquilo poderia ser uma conspiração? Alguém — digamos, Karen Woo — seria tão ardilosa e diabolicamente capaz de manipular as circunstâncias a ponto de arquitetar com tal delicadeza a conspiração mais astuciosa, espalhando um boato bizarro, mas *possível*, e então distorcer a conversa com a enfermeira do Northwestern para comprovar a veracidade de suas mentiras e armar contra Joe? Aquilo não era um pouco artificial, mesmo que nenhum de nós tivesse ouvido o que a enfermeira dissera — ou pudesse confirmar se havia mesmo uma enfermeira do outro lado da linha? E que verdadeiro dano poderia Karen esperar causar? Isso não era, como só Hank poderia expressar, o *assassinato de Desdêmona pelo suado Mouro*. De modo nenhum, pensamos, de modo nenhum tinha sido Karen Woo. Se realmente quisesse ferrar Joe, dávamos a ela todo o crédito para acabar com o filho-da-puta. Além disso, Genevieve precisava encarar os fatos. Uma conspiração era algo impossível de se provar. O máximo que se podia dizer era que as coisas funcionavam assim aqui ou em qualquer outro lugar. Equívocos tinham sido cometidos. A responsabilidade havia se perdido.

— Chega! — concluía Genevieve em seu e-mail, fazendo uma lista de todas as coisas que não faria mais conosco no futuro. Almoço e drinques depois do trabalho, principalmente. Já tínhamos ouvido aquilo antes. Cogitamos quanto tempo duraria dessa vez.

3

PEDINDO TV A CABO — LYNN ESQUECE — DE VOLTA AO LEVANTAMENTO DE FUNDOS — ROLAND LIGA PARA BENNY — UM DESTINO INDETERMINADO — O ALMOÇO DE ANDY SMEEJACK — O QUE É FANTÁSTICO NUM SILENCIADOR — AMBER PIRA — CARL CANTA — UMA QUESTÃO DE CORAGEM — A REVELAÇÃO DE LARRY — CARL SE IRRITA — UMA CONVERSA SOBRE TRABALHO — A CONFUSÃO COMEÇA — A POLÍCIA DE CHICAGO

O CÂNCER DE MAMA DE LYNN MASON foi mesmo revelado posteriormente, mas então já não era mais assunto de nossa especulação. Tínhamos seguido em frente, ou voltado à questão de quem seria o próximo a ir embora. Na manhã seguinte à piração de Genevieve, quando acordamos na cidade e em sua área metropolitana, ainda não tínhamos conceito nenhum para o projeto beneficente.

Não desistimos inteiramente. Se nada nos ocorresse entre o momento em que acordávamos e o que saíamos para o trabalho, ainda tínhamos a viagem de casa até a empresa e a subida no elevador para pensar. Tínhamos o café na mesa e o estímulo alquímico de *insight* que ele prometia. O que as faria rir? As doentes, as nauseadas, as preparadas, as costuradas, as cicatrizadas, as intoxicadas, as submetidas à radioterapia — o que as faria rir? O que havia de engraçado na fragilidade e na má sorte, em cambalear para casa a fim de esperar a má notícia, em ser empurrada numa cadeira de rodas presa a um soro? O que havia de estimulante na possibilidade da morte — uma morte perfeitamente comum e, portanto, totalmente enigmática?

Chegamos à sala de Lynn na hora marcada. O pavor era palpável. Encontramos a sala limpa e arrumada. Ela estava à mesa, inspecionando uma gaveta em busca de coisas para serem jogadas no lixo. Fez um gesto silencioso para que entrássemos, já que estava ao telefone. Testava uma Bic que não funcionou e foi jogada fora. Sentamos, criminosos esperando a nossa vez de ir para a forca.

— É inacreditável como é difícil conseguir que um cara da TV a cabo vá em casa — disse Lynn, depois de desligar. — É espantoso que alguém tenha TV a cabo. Vocês têm?

Todos responderam afirmativamente.

— Então a pessoa tem que ficar em casa e esperar que o cara apareça? — perguntou ela.

Não sabíamos ao certo como responder àquilo. Uma resposta honesta revelaria que um dia, em nossos sombrios passados, tínhamos tirado uma manhã de folga para esperar o cara da TV a cabo em vez de ir trabalhar. Não queríamos que ela visse que éramos capazes de escolher a TV a cabo em vez do trabalho. Era o trabalho que nos permitia ter a TV a cabo. Por outro lado, às vezes chegávamos em casa e realmente precisávamos vegetar com a TV a cabo, e tais noites nos lembravam que teríamos que fingir um resfriado durante uma semana inteira se isso fosse necessário para instalá-la.

— Deveria haver um modo mais fácil — disse Lynn. — Eles não acham que a gente vai ficar em casa numa terça-feira das dez às duas esperando o cara da TV a cabo aparecer, acham?

— Eles pegam a gente pelos colhões — disse Jim Jackers.

Quando ele disse aquilo para Lynn, nós estremecemos. Era horrível.

— Eles realmente pegam a gente pelos colhões — concordou ela.

— Você ainda não tem TV a cabo, Lynn? — perguntou Benny Shassburger.

— Tenho aquela antena de mesa — disse ela. — É patético, eu sei. Mas pego *Os Simpsons* na reprise.

Ficamos surpresos com o fato de Lynn assistir aos *Simpsons*. E ninguém ficou mais surpreso do que Benny, que lhe perguntou qual era o seu episódio preferido. Ela respondeu imediatamente. Era diferente do de Benny, embora os dois conhecessem e respeitassem o episódio favorito do outro. Escutar Lynn Mason citar Homer Simpson era chocante. Contudo, mais chocante foi a observação de Amber ao interrompê-los.

— Eu posso fazer isso para você. Eu espero o cara da TV a cabo.

Lynn a encarou.

— Como?

— Se você quiser, eu fico lá e espero ele — disse Amber.

Lynn riu, mas não de modo zombeteiro. Era uma gentil expressão de surpresa.

— Tudo bem — disse. — Eu dou um jeito. Talvez o porteiro possa abrir a porta para o homem.

A solidariedade de Amber para com Lynn durante os dias em que achávamos que ela estava com câncer havia permeado tão profundamente sua mente que mesmo agora, quando o boato havia acabado, Amber ainda encarava Lynn como alguém doente que precisasse de ajuda. Era ridículo e tocante. Lynn mudou de assunto.

— Desculpe, por que vocês estão aqui de novo? — perguntou ela.

— Tínhamos uma reunião?

Todos nos viramos para Joe Pope. Ele disse que ela havia agendado a reunião para que apresentássemos os conceitos do anúncio beneficente...

— Ah, droga — interrompeu ela. — Era hoje, não era?

Joe assentiu com a cabeça. Lynn colocou as pontas dos dedos nas têmporas.

— Joe, esqueci completamente disso. — Ela sacudiu a cabeça e olhou à volta. — Desculpe, pessoal. Estou totalmente voltada para esse novo negócio.

— Quer que a gente volte depois? — perguntou Joe.

Simultaneamente todos nos ajoelhamos e começamos a rezar. Prostramo-nos diante dela, nossos eus patéticos e indignos, e imploramos piedade. *Mais tempo! Por favor, dê-nos mais tempo!* É preciso ser dito: éramos gente insignificante, assustada, covarde. Na realidade, continuamos sentados perfeitamente imóveis, prendendo silenciosamente a respiração.

— Não, não — disse Lynn. — Mostrem o que já têm.
— Bem — disse Joe —, depois da mudança por parte do cliente...
— Mudança? Que mudança?
— O e-mail que você me mandou.
— Ah, certo. Qual foi mesmo?

Qual foi mesmo? Que diabo estava acontecendo? Passamos horas especulando sobre a natureza desse projeto beneficente e Lynn não se lembrava dele? Então Joe explicou a mudança, assim como as dificuldades que estávamos encontrando. Chegou até a sugerir que a solicitação do cliente podia ser impossível de realizar, mas, se tivéssemos que realizá-la, certamente precisaríamos de mais tempo.

— Bem, isso é algo que não temos mais — respondeu Lynn. — Nossa prioridade máxima é ganhar esse novo negócio para a agência. Não podemos desperdiçar mais tempo com trabalho de caridade.

Então perguntou se havíamos produzido conceitos para o levantamento de fundos. Todos disseram que sim.

— Então podem trazê-los — disse ela. — Era isso que eles queriam inicialmente e é isso que terão.

Portanto, saímos de sua sala para pegar os conceitos para o levantamento de fundos. Quando voltamos, Lynn deu uma olhada neles e no final escolheu a campanha "Entes Queridos", de Karen Woo. Era revoltante ver o rosto de Karen naquele momento. Lynn pediu a Karen que lhe encaminhasse os conceitos. A própria Lynn os passaria ao cliente.

— E, se eles não gostarem — concluiu —, podem procurar outra agência. Porque neste momento temos um peixe maior para fisgar.

— Lynn, por que não conseguimos achar nada sobre a Aliança Contra o Câncer de Mama na internet? — perguntou Karen.

— Karen — disse Joe.

— Obrigada a todos vocês pelo trabalho duro — disse Lynn.

E com isso nosso projeto beneficente chegou ao fim.

Em virtude do novo negócio, não nos sobrou muita chance de conversar sobre o final inesperado. Tivemos uma reunião no meio da manhã, durante a qual debatemos o cliente da água cafeinada e suas necessidades.

Logo depois disso houve outra reunião, sobre as exigências criativas do fabricante do tênis. Sabíamos da importância de conseguir o novo negócio; assim, depois dessas reuniões, voltamos às nossas mesas e começamos um *brainstorm*.

Estávamos a pleno vapor quando por volta de meio-dia Benny recebeu um telefonema de Roland, que estava num turno guarnecendo a recepção no saguão do térreo. Benny notara que nos dias de turno duplo de Roland os olhos dele ficavam vermelhos, vidrados e a meio mastro; ele bocejava a cada trinta segundos, torcendo a boca oblonga e aberta como a de um lobo uivando para a lua. Às vezes também fugia para o qüinquagésimo nono para uma cochilada de vinte minutos. O turno duplo era um bico de Roland para complementar sua aposentadoria. Segundo Benny, as cochiladas eram extremamente necessárias.

— Uma sexta-feira — contou Benny certa vez —, o Roland ficou me chamando de Brice. Eu não lhe disse nada porque tinha certeza de que sabia o meu nome e eu não queria deixá-lo sem graça. Mas Brice? Por que Brice?

Jim Jackers sugeriu que "Lenny" teria sido mais plausível, ou mesmo "Timmy".

— Timmy faz mais sentido do que Brice — disse Jim. — Pelo menos rima com Benny.

— Jim, *Nancy* faz mais sentido do que Brice — disse Benny. — Quem chama alguém de Brice? Enfim, eu não lhe disse nada e na segunda-feira ele estava me chamando de Benny de novo. São esses turnos duplos, cara. Eles confundem o cérebro dele.

Quando Benny atendeu o telefone, Roland lhe disse que achava que Tom Mota estava no edifício.

— E talvez tenha acabado de entrar no elevador expresso — acrescentou.

— Como assim "talvez"? — perguntou Benny. Mais tarde, voltando a contar a história, Benny pensou ser perfeitamente possível que o homem estivesse tendo alucinações, já que era uma sexta-feira e ele estava no final de um turno duplo. — Por que você acha que era o Tom? — perguntou.

Mas, em vez de ouvir a resposta de Roland, Benny ouviu Amber mentalmente. Mais uma vez considerou os prognósticos dela sobre um retorno de Tom como angústias de uma dona-de-casa preocupada. Ele confiava nos melhores instintos de Tom e não acreditava que alguém corresse perigo imediato. Mas, independentemente de como sentia aquilo, se Tom de fato tivesse voltado, alguns definitivamente iam querer saber. Havia também a possibilidade de Benny desconhecer totalmente os melhores instintos de Tom.

— Por que está me ligando para dizer isso? — Benny interrompeu subitamente Roland.

— ...e disse que tinha um pacote para entregar — continuou Roland —, então eu o mandei para o elevador expresso. Porque não consigo entrar em contato com o Boroshansky — acrescentou, respondendo atrasado à pergunta de Benny — e achei que alguém aí em cima devia saber disso.

— Espere, Roland, quer dizer que ele o abordou, você olhou para ele e mesmo assim não tem certeza se é o Tom?

— Por causa da maquiagem! — exclamou Roland, exasperado.

— Que maquiagem?

— Você não está me escutando?

Benny não tinha ouvido uma só palavra do que ele tinha dito.

— Não — disse. — Você falou em maquiagem?

— Espere um segundo — disse Roland. — É o Mike no Motorola.

Benny esperou. O que estava esperando? Instruções do segurança destreinado e de olhos cansados, com pouca aptidão para o cargo, debilitado por um turno duplo. A coisa mais inteligente seria desligar. Mas esperou. Então Roland voltou.

— Benny? É o Roland.

— Bem, quem mais poderia ser? — respondeu Benny impaciente.

— O Mike acha que você deveria avisar o pessoal.

Benny desligou e foi para o corredor. À sua esquerda divisou Marcia, que naquele instante chegara ao final do corredor, virara à esquerda e desaparecera, deixando apenas as folhas empoeiradas do vaso de planta artificial estremecendo com sua passagem. Benny pensou em correr atrás dela, mas foi distraído por um movimento à sua direita. Hank havia dobrado o canto oposto em perfeita sincronia com Marcia e também desapareceu em sua sala. Benny olhou atentamente para o outro vaso de planta, o reflexo perfeito daquele pelo qual havia passado. Por um momento extremamente breve ficou imóvel, eqüidistante das duas plantas, sem saber o que fazer.

Roland não tinha certeza se o homem que vira era Tom, portanto Benny não podia ter certeza se Tom estava subindo pelo elevador expresso. Mesmo se fosse ele, Benny não podia afirmar que Tom pretendia fazer mal a alguém. Não sabia o que fazer com a informação limitada que tinha. Deveria começar a gritar? Esconder-se debaixo da mesa? Ou deveria ficar na frente do elevador e ser o primeiro a cumprimentar Tom? Durante esse breve momento, o corredor vazio pareceu tomado por uma assombrosa tranqüilidade, dando a impressão de que, naquele corredor, nos outros corredores e nos seus ramos colaterais, nas passagens entre as divisórias dos cubículos, as salas e as mesas de trabalho tinham sido súbita e definitivamente esvaziadas, e que toda a vida humana e animada da empresa, que antes murmurava, tagarelava, xerocava e se reunia, desaparecera inextricavelmente, e que todos os dias passados ali, o tempo trabalhado, a camaradagem usufruída eram agora vítimas de um destino indeterminado e infeliz.

No instante seguinte, houve um fluxo de atividade. Hank tornou a emergir de sua sala e desapareceu no mesmo canto do qual acabara de sair; Marcia voltou dobrando o mesmo canto onde acabara de sumir; e Reiser, desejando uma pausa no corredor, mancou de sua sala para a direita de Benny. Reiser agarrou o bastão de beisebol que guardava no canto da sala e bateu-o na sola do sapato como se estivesse prestes a bater na bola. Do outro lado de Benny, Larry e Amber subitamente também surgiram no corredor, tentando conter o desentendimento oculto e feroz, no mesmo instante em que Marcia se aproximava, forçando-a a passar delicadamente entre os dois amantes como se evitasse um campo minado. Preparava-se para passar por Benny apenas com uma careta de desconforto por ter que presenciar tal constrangimento no trabalho. Benny achou que seria mais inteligente sussurrar do que gemer; então, casualmente, pegou o braço de Marcia. Esta usava a jaqueta com capuz de algodão cor-de-rosa, que vestia quando se queixava do frio. Por baixo dela, seu braço era macio, fino, e a mão de Benny sentiu-se bem ali.

— Marcia — disse ele —, talvez Tom Mota tenha voltado ao edifício.

Tom Mota tomou o elevador expresso direto ao sexagésimo segundo andar. O sexagésimo, o sexagésimo primeiro e o sexagésimo segundo eram ligados por escadas internas, para que todos pudessem se deslocar com liberdade entre eles. Ninguém viu quando Tom saiu do elevador.

Ao sair, deve ter seguido em frente e depois dobrado à direita até a parede onde a sala de impressão terminava. Então andou até chegar à conexão do corredor, o que lhe permitia ir para uma direção ou outra. Decidiu continuar para a esquerda, passando pelos banheiros masculino e feminino à direita, dobrou à esquerda de novo e desceu o corredor, flanqueado de um lado por paredes de cubículo bege e do outro pelas salas com janelas, cobiçadas pelos que ocupavam os cubículos bege. No teto, os painéis se alternavam, duas partes brancas para cada painel de luz fluorescente. Tom prosseguiu pelo carpete bege.

Sentado à mesa em uma das salas com janelas, Andy Smeejack tentava quebrar um ovo cozido com os dedos gorduchos e desajeitados. Andy trabalhava na gerência de contas. Quebrar o ovo foi fácil — segurou-o como uma pedra polida e bateu-o suavemente contra a borda da mesa. Colocara um guardanapo onde pretendera recolher os pedacinhos da casca, mas como aquele ovo em especial agarrava-se a cada pedaço como uma *terra mater* obstinada e protetora, Andy foi obrigado a fazer uma cirurgia nele — aquela visão engraçada lembrava um corpulento gigante quebrando pacientemente a casca de seu almoço extremamente escasso e insatisfatório. Ele se recusava a desistir de uma fração sequer daquele emborrachado ovo branco ao menor pedacinho de casca. Infelizmente seus dedos canhestros eram muito mais aptos para segurar suculentos sanduíches de carne italianos e cheeseburguers gordurosos, e grande parte de seu almoço foi rasgada na pressa, deixando-o com um ovo com crateras iguais às da Lua, escurecido pela gema cinzenta em seu interior. Quando finalmente ergueu os olhos levando metade do ovo à boca, viu um palhaço numa incoerência sinistra e carnavalesca à porta da sua sala. O rosto do palhaço estava pintado de vermelho, e sua boca estava envolta de tinta branca. Uma bola redonda e vermelha feita de espuma estava presa ao nariz do palhaço. Sua cabeça era uma massa laranja de cachos magníficos, e a gravata borboleta de tamanho desproporcional exibia listras vermelhas e brancas. Usava suspensórios e calças baggy azuis. Interrompido em sua mastigação e incapaz de dizer muita coisa com a boca cheia, Andy olhou atentamente o palhaço, que trazia uma mochila numa das mãos e na outra...

Tom e Andy certa vez tinham se confrontado aos gritos a propósito de um problema de comunicação que havia resultado na perda de um prazo importante, e nem um nem outro tinham esquecido o episódio.

— Sabe o que é fantástico num silenciador, Smeejack? — perguntou Tom, erguendo a arma e puxando o gatilho. — Ele silencia.

―

— AH, MEU DEUS! AH, MEU DEUS! — repetiu Amber. Colocou as mãos sobre o ventre ainda achatado e tudo o que crescia ali. Seus joelhos gorduchos cederam um pouco, e Larry teve que sustentá-la.

— Amber — disse ele —, é melhor sairmos daqui.

Benny e Marcia se entreolharam.

— Amber — repetiu Benny —, não tenho certeza se ele está no edifício, entende?

— Ah, meu Deus! Ah, meu Deus!

Larry a segurava pelos braços.

— Amber, vamos embora, ok? Não podemos ficar aqui.

— Ela pode estar com falta de ar — disse Benny.

— Benny — disse Marcia —, o Joe está ali.

Benny olhou pelo corredor exatamente quando Joe entrava em sua sala na outra extremidade, perto dos elevadores.

— Ah, meu Deus! Ah, meu Deus!

Sua melopéia de pânico repleta de lágrimas tremia como se ela já tivesse testemunhado uma inominável violência.

— Larry, a Marcia e eu vamos contar ao Joe — disse Benny —, portanto você fica encarregado de acalmá-la.

— O que acha que estou tentando fazer? — perguntou Larry. — Amber, está ouvindo o que o Benny disse? Você tem que se acalmar. Vamos sair pela escada de emergência, ok? Vamos sair pela escada de emergência.

Mas Amber não queria descer pela escada de emergência. Não queria tomar o elevador porque Tom estava subindo pelo elevador. Não queria voltar à sua sala porque ele estava indo atrás dela na sala. Para ir a qualquer lugar ela precisava andar pelo corredor, que era o pior lugar de todos, exposto e sem proteção, um alvo fácil. Então ela permanecia imóvel, tentando não entrar em colapso, repetindo "Ah, meu Deus! Ah, meu Deus!", enquanto lágrimas copiosas e incontroláveis fluíam com facilidade de seus olhos e Larry tentava persuadi-la, convencê-la, despertá-la — qualquer coisa antes que Tom Mota desse as caras.

Benny e Marcia dirigiram-se rapidamente à sala de Joe. Enquanto desperdiçavam tempo com Amber, Joe tinha ido embora de novo.

SMEEJACK OLHOU PARA SUA CLÁSSICA camisa oxford e para sua gravata no lugar onde tinha sido alvejado, atônito com a cor vermelha brilhante, com a rapidez com que tinha surgido e com a dor aguda por baixo dela. Lembrou-se ao acaso, mas vividamente, de quando comprara a camisa na loja grande-e-alta do shopping Fox Valley Mall, da música ambiente, da fonte borbulhante, da pipoca e do *pretzel* quente que havia comido. Então não conseguiu reprimir o pensamento: *Minha última refeição foi um ovo.*

— Porra — disse alto. E um pouco de gema escorreu de sua boca.

Ligou para o serviço de emergência e percebeu que não conseguia falar. Cuspiu violentamente o ovo.

— Por favor, mandem uma ambulância — disse. Então começou a chorar.

Mas Tom já havia seguido em frente.

CARL GARBEDIAN ESTAVA CANTANDO, Genevieve Latko-Devine tinha certeza disso. De qualquer modo, certa de que *alguém* estava cantando, de sua sala no sexagésimo primeiro acreditava que o canto vinha da porta ao lado — sim, da sala de Carl. Cantando! Realmente era mais um murmúrio atonal, e Genevieve não o escutou imediatamente, já que toda a sua energia e atenção estavam voltadas para bolar conceitos sobre água cafeinada. Mas em algum momento a melodia alcançou o limite de seu radar e ela pensou: *Carl está cantando?* Então se levantou da mesa, saiu para o corredor e percorreu pé ante pé a pequena distância que separava sua porta da de Carl. Sem dúvida nenhuma estava cantando. Numa voz melancólica, de dia útil, desconhecendo metade das palavras e repetindo a mesma estrofe inúmeras vezes — mas era de fato uma música:

> He got himself a homemade special
> Something something full of sand
> And it feels just like a something
> The way it fits into his hand...³

Carl Garbedian estava cantando! Dizia bom-dia de manhã, boa-noite no final do expediente e agora cantava ao meio-dia. E não eram os gritos altos e malucos emitidos espontaneamente nos dias pirados em que tomava os comprimidos de Janine Gorjanc. Não. Aquele era um velho canto comum-de-passatempo, feliz-por-estar-vivo. Genevieve imaginou que aquele surpreendente show de vida tivesse a ver com a possibilidade da reconciliação entre Carl e a mulher. Se Carl soubesse como seu simples cantarolar a encantava! Genevieve não faria algo idiota como interromper e explicar — isso apenas estragaria o momento e deixaria ambos constrangidos. Mas se ela pudesse lhe dizer como aquele canto era a concretização de algo essencial, que normalmente faltava no cotidiano — que aquele canto era para ela o que o corte de cabelo de Marcia fora para ele —, ele poderia organizar um espetáculo talentoso e executar um número musical com bengala e cartola de lantejoulas douradas.

REALMENTE A MÚSICA NÃO SAÍA da cabeça de Carl e a motivação para cantar era puramente mecânica. O trabalho que tinha diante de si, o novo negócio, na realidade era apenas mais do mesmo. Não algo que o fizesse cantar. Os recentes progressos com Marilynn eram positivos, claro, mas os dois tinham um longo caminho a percorrer — ela ainda atendia o telefone quando estavam se despedindo, e ele ainda morava sozinho na grande casa nos subúrbios da cidade, que há meses estavam tentando, sem sucesso, alugar. A medicação estava funcionando, sem dúvida, mas

---

3 "Ele preparou para si uma comida caseira/Algo cheio de areia/E dá mesmo essa impressão/Pela forma como se encaixa em sua mão..." (N.T.)

a vida dele ainda parecia vazia — pelo menos quando comparada com a da mulher — e ele ainda ficava estarrecido: como é que se podia ter trinta e seis anos e não saber o que fazer com a própria vida? Não que, estritamente falando, não estivesse num estado de espírito para cantar. Porque tinha uma coisinha sobre a qual fantasiar enquanto trabalhava metodicamente e sem alegria na tarefa tediosa de conseguir o novo negócio, que sem dúvida provocava uma certa ansiedade.

───

"Por que não largar o emprego?", perguntara-lhe Tom Mota num e-mail enviado mais cedo naquele dia. "*Tenho certeza de que você pensou nisso um milhão de vezes, e provavelmente respondeu que não, apresentando um milhão de bons motivos. Posso adivinhar alguns? Você não tem nenhuma outra formação. Deixou passar tempo demais para começar uma nova profissão ou voltar à faculdade. E como poderia permitir que sua mulher fosse o principal esteio financeiro da família? Etc. etc. etc. Mas tenho a resposta para você! (Duas semanas depois de ser chutado por Lynn Mason, eu ainda falo como a porra de um anúncio.) Enfim, estava pensando outro dia: o que é que vou fazer com a minha vida? O que é que eu tenho? Não tenho esposa nem filhos. Estou é num beco sem saída, rotineiro, enervante, subserviente, e entorpecedoramente chato... Ei! Nada disso, não tenho mais nem um emprego, tenho? Uma pequena quantia de dinheiro que restou da venda da minha casa e só. Quando isso acabar, o que farei? Arranjar outro emprego em publicidade? Primeiro, considerando-se o atual mercado de trabalho, não. Segundo, porra nenhuma, não nesta vida! Então o que estou sugerindo? Vou lhe dizer. Estou sugerindo é começar meu próprio negócio de paisagismo. E quero que você trabalhe comigo, Carl. Acho que um pouco de contato com a natureza — mesmo que sejam apenas os malditos gramados de caipiras dos subúrbios ricos, e os patéticos 'cartões-postais' verdes dos parques industriais de Hoffman Estates ou Elk Grove Village — pode ser exatamente o que esteja faltando em sua vida, Carl! O que falta sem você saber que falta. Pense nisso. O sol novamente em sua nuca. O gosto da água gelada quando se está realmente com sede. Os prazeres de um gramado bem cuidado. E o sono que usufruirá quando cada osso e músculo de seu corpo estiverem totalmente exaustos. Pretendo ir ao escritório hoje mais tarde para falar com Joe Pope. Dou uma passada na sua sala.* PENSE NISSO. *Paz, Tom."*

DEPOIS DE CONFIRMAR que Carl Garbedian estava realmente cantando, Genevieve andou em direção à cozinha. Nos guarda-louças tínhamos um interminável suprimento de pós em saquinhos, sem calorias, que mantínhamos próximos às sopas instantâneas e aos sacos prateados de grãos de café. Para se fazer uma salada de frutas era só acrescentar água da geladeira. Caminhando pelo corredor, Genevieve passou por um homem vestido de palhaço. Tentou não olhar. Obviamente era alguém contratado para um telegrama cantado ou qualquer outro serviço profissional, e provavelmente estava farto de ser encarado nos escritórios.

— Genevieve — disse o palhaço ao passar por ela, como se levantasse o chapéu para ela numa rua empoeirada do Velho Oeste. Ele assustou Genevieve, que parou abruptamente e deu meia-volta. O palhaço continuou seu caminho sem uma explicação ou mesmo um olhar para trás.

— Quem é? — perguntou ela. Mas, fosse quem fosse, não respondeu, entrando na sala de Carl Garbedian sem uma batida sequer.

QUANDO BENNY E MARCIA CHEGARAM à sala de Joe e descobriram que ele não estava lá, Marcia, que não saíra do lado de Benny desde que ele pegara seu braço, perguntou:

— O que vamos fazer agora?

Benny não respondeu imediatamente.

— Nem sabemos com certeza se o Tom está no edifício — disse. — Podemos estar exagerando. O Roland não é nenhum gênio.

— Mas e se ele estiver mesmo aqui?

— E daí? — disse Benny. — Talvez tenha vindo apenas dar um alô.

— E se não for o caso? — perguntou Marcia.

Subitamente sua coragem, sua impertinência, sua arrogância e seu jeito de bradar suas idéias sem temer nada nem ligar para os sentimentos alheios haviam desaparecido. Em vez disso, na sala de Joe, estava algo muito menor — alguém de uns cinqüenta quilos, com um pescoço muito fino e pálido, e olhos claros irlandeses assombrados com a reação histérica de Amber. E agora Marcia se submetia à opinião dele, Benny Shassburger, o judeu de Skokie com cara de garoto, ligeiramente acima do peso, que, apesar da documentada perseguição histórica sofrida pelos judeus, crescera na periferia noroeste de Chicago sem conhecer risco maior que uma alucinada bolada em curva atirada na sua cabeça durante um jogo de beisebol. Marcia Dwyer, que no dia anterior rira por ele não saber a diferença entre uma chave Allen e uma chave tubular. Marcia, por quem ele estava loucamente apaixonado. Ela lhe pedia que assumisse o controle da situação. Faça alguma coisa! Salve nossas vidas, se isso for preciso! Ponha-me em segurança! Ele quase desmoronou ao peso disso. Mas logo ficou à altura da situação. Lembrando subitamente que estavam na sala de Joe e o antagonismo vigente entre Joe e Tom, Benny disse:

— A primeira coisa a fazer é sair desta sala.

Enquanto iam embora, por um breve segundo, em meio à confusão e ao medo, sentiu-se lisonjeado. Marcia, meu amor, esperando minha orientação!

No instante seguinte, um medo puro e de congelar o sangue o arrancou desse estado. As portas do elevador à frente deles se abriram subitamente.

Era apenas Roland, o pateta ignorante, finalmente conseguindo chegar do térreo.

— Já viram o Tom?

— Você nem tem certeza de que é ele! — exclamou Benny.

— Eu sei — disse Roland —, eu sei. — Sacudiu a cabeça, profundamente desapontado consigo mesmo. — Mas o Mike quer que todos evacuem o prédio imediatamente, por via das dúvidas. Ele me disse para mandar todo mundo sair pela escada de emergência.

— Por que não pelos elevadores? — perguntou Benny.

— O Mike disse pela escada de emergência.

Assim, Benny e Marcia dirigiram-se apressadamente para a escada de emergência. Enquanto começavam a descer pela escadaria fria e ecoante, Benny não conseguia parar de pensar — da mesma forma que não pôde evitar se sentir lisonjeado na sala de Joe quando Marcia se voltara para ele em busca de ajuda — que, a seu modo, aquilo era romântico. Descendo a escada com Marcia, o coração deles disparado, fugindo da morte juntos. Teve que se impedir conscientemente de se virar para ela num dos patamares, agarrar-lhe os braços de pomba e finalmente lhe declarar seu amor. Seria um momento ruim, e ela provavelmente não teria respondido "Você gosta de mim, Benny?", mas sim "Você está maluco, porra, me dizer isso logo agora?". Melhor lhe confessar seu amor depois que tudo aquilo terminasse, o que prometeu a si mesmo. Finalmente tomaria coragem. Todo aquele papo de Marcia não ser judia era apenas para se proteger da humilhação da rejeição caso Marcia não sentisse o mesmo por ele. Desde que Marcia concordasse em criar os filhos como judeus, Benny realmente não dava a mínima para o que tia Rachel em seu povoado da Cisjordânia pensasse da apostasia do sobrinho.

Desceram as escadas silenciosamente. Não diziam nada, mas mesmo assim era bom ser aquele com quem ela saía do edifício. Estava contente que fosse ele e não outra pessoa, e as coisas só ficariam melhores se tivesse tido a coragem de pegar na mão dela. Mas era a mesma audácia de que precisava para confessar sua paixonite, uma audácia que parecia não ter. *Audácia*, pensou ele. E o que lhe ocorreu depois foi algo tão inadequado quanto lhe confessar seu amor: quando tudo aquilo estivesse acabado, será que ela o consideraria covarde por ter fugido com ela escada abaixo, quando *deveria* ter ficado com Roland e dito aos outros para evacuarem o edifício? Naquele momento só queria compartilhar a experiência de fugir do edifício com Marcia. Que casal já tinha feito uma coisa dessas junto? Não seria isso mais importante do que demonstrar a Marcia que não era um covarde? Benny lamentou ainda mais seu pensamento seguinte: *na verdade*, não era mais importante não ser um covarde do que fugir do edifício? Sem considerar seu dever ou a questão de sua coragem, seguira as instruções de Roland vindas de Mike Boroshansky e apressara-se para sair pela pesada porta cinzenta. Aquela fora a coisa certa a fazer? Deixar o destino de todos nas mãos de Roland — aquilo era um negócio arriscado. Subitamente o pensamento final e mais inadequado de todos lhe ocorreu, que o fez esquecer inteiramente Marcia. Agarrando o corrimão, parou de se mover, detendo-se abruptamente no meio de um lance de escadas. Marcia foi até o final antes de se virar e, no patamar entre o quadragésimo oitavo e o quadragésimo sétimo andar, ergueu os olhos para Benny e o viu parado, com a expressão cheia de reticência e incerteza.

— O que foi que você esqueceu? — perguntou Marcia.

Benny apenas ficou ali, sem olhá-la, não sem deixar de olhá-la também, fixando indeciso à distância, com os olhos vidrados. Finalmente seu olhar adquiriu foco no instante em que os passos em fuga de outros começaram a chegar até os dois.

— Jim — disse ele.

LARRY FINALMENTE CONSEGUIRA CONVENCER Amber a entrar na sala do servidor no quadragésimo andar, que mais parecia um frigorífico. A pequena sala era clara, bem isolada e mantida com uma temperatura estável para que as máquinas modernas não aquecessem demais. Larry e Amber foram para os fundos e se esconderam atrás das prateleiras de metal preto que sustentavam as máquinas, enquanto Larry tentava acalmar as lágrimas descontroladas dela dizendo "Shh". "Shh", continuava a dizer, enquanto Amber se agarrava a ele na posição contorcida e meio caída em que estavam no cantinho mais distante, atrás da massa de fios espiralados saindo dos servidores, que zumbiam como ventiladores nas prateleiras. "Shh", disse, enquanto ela enterrava o rosto no peito dele e chorava o mais silenciosamente possível, arquejando em seus braços com uma torrente de um medo irreprimível, até que a camiseta dele ficasse empapada de tantas lágrimas, fazendo com que sentisse o ar gelado esfriar sua pele. "Shh", disse, mesmo quando um pensamento maligno e esperançoso crepitou nele, tão sinistro e monstruoso como um desejo diabólico num conto de fadas condenado a terminar mal: em vez de matá-los, talvez Tom Mota estivesse na realidade salvando a vida de Larry ao traumatizar Amber a ponto de fazê-la ter um aborto. Não seria uma grande guinada nos acontecimentos? Porque se o trauma não fosse suficiente para livrá-los do problema, e se ela escolhesse ficar do lado errado no debate, o que parecia cada vez mais provável com o passar dos dias — para ser mais claro, se aquele bebê não desaparecesse —, Larry Novotny poderia muito bem abrir a porta e berrar para Tom, onde quer que estivesse, que fizesse chover sobre eles o fogo de sua automática porque a vida dele terminara. Terminara. Sua esposa tivera um filho havia pouco mais de um ano, e seu casamento era frágil, recente e perturbado demais para agüentar a revelação de uma infidelidade, mesmo umazinha sem nenhum significado. Susanna, juro por Deus que não significou nada. "Shh", continuava dizendo enquanto ficava com cada vez mais raiva de Amber e de seu choro. Ela estava sempre se concentrando em crises que não diziam respeito aos dois, embora prestasse pouca atenção ao ser crescendo e se dividindo, se dividindo e crescendo em seu próprio corpo, o corpo da mulher que Larry desejara desesperadamente tempos atrás, mas que passara a odiar aos poucos, o corpo que ele segurava nos braços enquanto ela chorava e tremia como uma criança, mas somente como um adulto pode tremer, consciente das possibilidades de violência e morte. "Shh", disse ele, quando o que queria dizer era: "Escute, preciso que me diga de uma vez por todas que vai fazer um aborto." Porque se Amber quisesse evitar chacina e aniquilação, se ela se importasse um pouquinho em impedir a destruição, faria algo a respeito daquelas células reproduzindo-se e daqueles órgãos amadurecendo dentro dela; caso contrário, o casamento dele iria para o brejo. "Shh", disse ele, e dessa vez acrescentou:

— Amber, shh. Por que você está tão histérica?

Ela levantou a cabeça do peito dele e o olhou. As bordas de seu nariz estavam vermelhas e brilhantes, e suas faces, pálidas, molhadas e inchadas.

— Porque estou com medo — murmurou ela, sem fôlego entre os soluços.

— Mas nem sabemos se ele está mesmo aí.

— Não estou com medo por *mim*. Podemos parar de falar, por favor?

Mas Larry não queria parar de falar.

— Por quem você tem medo? — perguntou com uma preocupação horripilante. — Por mim? Tem medo por mim? — Amber pousou a cabeça novamente no peito dele e pôs-se a tremer de novo. — Lynn Mason? — perguntou. Ela não respondeu. Ele foi descendo na lista. — Pela Marcia? Benny? Joe Pope? Como é que qualquer um deles poderia ser a causa de tanta emoção?

E então a venda caiu de seus olhos. O dia em que Amber decidira ficar com o bebê chegou sem que Larry fosse avisado. Aquelas lágrimas eram lágrimas de mãe, um medo materno.

Tom entrou na sala de Carl Garbedian sem bater e sentou-se à sua frente sem dizer uma palavra, fixando com um sorriso agradavelmente complacente a expressão de Carl diante da visão súbita de um palhaço, determinado a permanecer em silêncio até que ele falasse. Carl o olhou. Depois o olhou mais atentamente.

— Tom? — perguntou.

— Adivinhou — disse o outro.

Carl apoiou-se, cansado, no espaldar da cadeira e avaliou a aparência geral de Tom com um olho cético e hesitante.

— Tom, por que você está vestido assim? — perguntou com uma controlada temeridade.

— De todas as pessoas, Carl, eu achava que *você* veria graça nisso. Por que não está rindo? Por que não está se mijando de rir neste exato momento?

Se Carl estivesse se mijando, provavelmente não seria por rir.

— Não acha que é engraçado? — perguntou Tom. — Voltei aqui vestido de palhaço! É a minha volta ao lar, e olhe para mim! Pensei que você veria graça nisso, Carl.

Carl conseguiu produzir algo como um sorriso e concordou com Tom que era engraçado.

— São os remédios — acrescentou para explicar a hilaridade adiada. — Geralmente eles me fazem reagir da mesma forma diante de tudo.

Tom afastou os olhos num total desapontamento. Então voltou a encarar Carl e perguntou de modo petulante e exasperado:

— Ninguém tem senso de humor aqui? — Estava ofendido mais uma vez com nossos defeitos de personalidade. — Tom, é você, Tom? Você veio acabar com todos nós vestido de palhaço, Tom? Isso é tudo que recebo de vocês? Por que me vêem com essa roupa e levam isso tão a sério, droga?

— Porque palhaços são um tanto assustadores, acho — arriscou Carl. — Pelo menos para mim. E principalmente quando você não sabe por que a pessoa está vestida assim.

— Bem, talvez eu tenha arranjado um emprego de palhaço — disse Tom, arregalando os olhos, fazendo com que o branco dos olhos ressaltassem no meio da maquiagem vermelha. — Já pensou nisso?

— É verdade? — perguntou Carl, esperançoso.

Teve vontade de ligar para a mulher. A partir do momento em que o palhaço entrou e se sentou, Carl soube que havia algo errado e queria a chance de falar com Marilynn pela última vez. Ela era boa demais. E tinha um trabalho dificílimo. Ela o havia amado muito.

Tom colocou sua mochila na cadeira ali perto e inclinou-se para frente, entrelaçando os dedos e colocando as mãos na beira da mesa de Carl.

— Vou lhe fazer uma pergunta séria, Carl, e por favor seja sincero comigo, ok? Diga a verdade. Vocês, babacas, achavam que eu voltaria aqui para praticar tiro ao alvo, não achavam? Com franqueza, todos previam isso, não previam?

Totalmente assustado e relutante em dizer qualquer coisa, Carl não sabia a resposta prudente.

— Responda a pergunta, Carl. É uma pergunta simples.

— Bem — começou o outro —, alguns...

— Eu sabia! — gritou Tom, saltando da cadeira e debruçando-se sobre a mesa de Carl. — Eu sabia, porra! — Apontava para Carl como se este fosse o porta-voz de todos os babacas do mundo.

— Você não me deixou terminar.

— Vocês, babacas, *realmente* pensaram que eu voltaria aqui para estourar os miolos das pessoas — disse Tom, sacudindo os cachos laranja num desapontamento grave, exagerado, e batendo três vezes com violência na mesa de Carl. — Inacreditável!

— Por que você *voltou* aqui, Tom? Não é uma pergunta razoável? E por que a roupa de palhaço?

Tom se sentou de novo e assumiu uma posição menos agressiva. Carl sentiu-se aliviado com isso. Desde que tinha entrado, Tom parecia estar bem diante de sua cara.

— Vou lhe dizer por que voltei — disse Tom. — Vim convidar Joe Pope para almoçar, foi isso. Isso mesmo: o Joe. Mas então me ocorreu essa outra idéia, que assumiu vida própria. Por isso agora estou vestido de palhaço. Por quê? Vou lhe dizer por quê — disse, abrindo o zíper da mochila e retirando uma arma dali.

Carl fez a cadeira de rodinhas deslizar rapidamente para trás até o pequeno aparador e levantou as mãos úmidas no ar.

— Que isso, Tom!

Queria tanto falar com a mulher. Lembrou-se daquele distante e fantasmagórico episódio de sua vida quando ficara numa casa de penhor acariciando uma pistola Luger. Lembrou-se de todos os comprimidos que tinha escondido e do tempo em que ficara sentado na garagem prestes a ligar a ignição, com toalhas tapando os buracos do carro por onde o monóxido de carbono pudesse escapar. Assim, no momento em que tivesse a coragem de ligar o motor, tudo estaria terminado. Quem era aquela pessoa? Não era ele, pelo menos agora não era mais. Carl queria viver! Queria fazer *paisagismo*! Mais do que qualquer coisa, queria ligar para sua mulher.

— Ah, abaixe as mãos, Carl — disse Tom. — Eu não vou atirar em *você*, seu babaca.

— Achei que você quisesse abrir uma empresa de paisagismo — disse Carl. — Estive pensando nisso toda a manhã. O sol na nuca, lembra? Você e eu. Eu poderia entrar com algum dinheiro, adorei a idéia. Por que você ia querer fazer algo estúpido? — despachou sem pensar, esperando dizer a coisa certa.

— Carl, Carl, cale a boca! Escute. Estou vestido de palhaço porque cada um de vocês, babacas desta empresa, num momento ou noutro acharam que Tom Mota era só um palhaço, certo? Seja sincero comigo, Carl. Não tenho razão?

— Ser sincero com você, Tom? É difícil ser sincero com você quando está me apontando uma arma.

— Não vou atirar em você, Carl! Apenas seja franco. Todo mundo achava que eu era um palhaço, não achava?

— Acho — começou Carl, tentando respirar para controlar o medo e se concentrar na atitude necessária —, acho que todos sabiam do momento difícil pelo qual você estava passando, Tom... E que você provavelmente... não estava totalmente em seu estado normal. Acho que é...

— Em outras palavras, um palhaço.

— Nunca ouvi alguém dizer isso uma vez sequer — replicou Carl, ainda com as mãos para cima.

— Carl, relaxe, por favor. Meu Deus. Não é uma arma de verdade. Será que ninguém vê a diferença? Olhe aqui, veja só...

Tom apontou a arma para um canto da sala e puxou o gatilho. *Splat!*, foi-se a bolinha e um jorro de tinta vermelha cobriu o canto da parede numa mancha típica de história em quadrinhos. Perplexo, com olhar esgazeado, Carl assistia, mas sem abaixar as mãos. Sua camisa estava borrifada com o vermelho da tinta. Ele olhou novamente para Tom.

— Você está maluco, porra?

— Não, eu sou um palhaço — disse Tom. — E você sabe o que os palhaços fazem, não sabe, Carl?

— Não, seu maníaco filho-da-puta!

— Cuidado, Carl — disse Tom, fazendo um movimento com a arma para a mochila na cadeira ao lado dele. — Posso ter uma arma verdadeira ali.

— O que os palhaços fazem? — perguntou Carl, de modo mais suave.

Tom abaixou os cantos da boca, juntou severamente as sobrancelhas e ergueu-as para completar um quadro de melancolia.

— Nós, palhaços, no fundo somos criaturas muito tristes, cheias de dor. Então, para nos sentirmos melhor — o rosto de Tom floresceu num sorriso como se tirasse uma flor da sua manga —, pregamos peças!

▸

JOE PRECISAVA DE CINCO CENTS. Podia jurar que ao sair da sala tinha todas as moedas necessárias para comprar um refrigerante na máquina, mas lhe faltava uma moeda. Então voltou e a tirou da caneca onde guardava o troco, vendo, ao sair da sala, Benny, Marcia, Amber e Larry no corredor ocupados com algum novo drama, não exatamente trabalhando para conseguir o novo negócio. As portas do elevador ainda não tinham fechado e Joe correu para pegá-lo. Se tivesse se retardado no corredor para descobrir por que estavam tão histéricos, eles o teriam acusado silenciosamente de censurá-los à distância, e aquela era uma acusação cansativa — embora naquele momento fizesse todo o sentido. Por que eles não entendiam, Deus do céu? Precisamos conseguir a nova conta!

Voltou à lanchonete no qüinquagésimo nono para comprar o refrigerante e estava prestes a ir embora quando viu Lynn sentada no fundo, em uma das mesas redondas, sob as brilhantes e medonhas luzes fluorescentes.

— O que você está fazendo aqui? — perguntou Joe, aproximando-se. Estava sozinha e, apesar de todo o barulho que ele fizera, das moedas e da lata caindo, ela parecia notá-lo agora pela primeira vez.

Apoiando dois dedos na têmpora, Lynn o viu se aproximar.

Joe colocou o refrigerante na mesa e Lynn empurrou com o pé uma cadeira para ele. Quando Joe se sentou e abriu a lata, o líquido assobiou e jorrou; curvou-se para tomar um gole antes que o estrago fosse maior.

Ficaram em silêncio. Lynn falou novamente sobre as coisas que tinham conversado no dia anterior, depois que Genevieve saíra da sala — qual sócio supervisionaria os esforços para conseguir o novo negócio e como Joe precisava dar um passo à frente e assumir mais responsabilidades.

— Posso lhe perguntar uma coisa? — disse ele.

— Claro.

— Por que mentiu para a Genevieve ontem e me contou a verdade depois que ela saiu?

Lynn tirou os dois dedos da testa, deu de ombros e voltou a colocar os dedos na testa.

— Só quero que saibam quando chegar a hora — respondeu. — Quero estar no hospital anestesiada antes que comecem a falar.

Joe assentiu com a cabeça.

— É compreensível.

— Sei que posso confiar em você para guardar segredo.

Silenciosos, ouviam o zumbido da refrigeração vindo das máquinas automáticas à distância.

— Não que eu acredite que eu vá conseguir escapar disso — comentou Lynn. — Provavelmente as vozes deles vão conseguir penetrar até mesmo no meu sono mais profundo.

Joe sorriu.

— Talvez.

— Mas até que me levem esperneando e gritando para a sala de cirurgia num daqueles horríveis aventais verdes, prefiro que não saibam. Ou que pelo menos só especulem.

Endireitou-se e calçou novamente os sapatos. Enquanto o fazia, deu uma olhadela para Joe.

— Pelo que me dizem, é bem rápido — acrescentou Lynn. — Eles mandam a pessoa para casa em um ou dois dias.

— É aqui perto?

— É. Vou fazer cirurgia com a mulher do Carl.

— Não brinca?!

— Ela me dá medo.

— Foi por isso que você não apareceu na cirurgia?

Lynn confirmou com a cabeça.

— O que foi que mudou?

— Tenho um amigo que dessa vez não está me deixando fugir.

— Hum... um amigo — disse Joe, sorrindo.

— É tão difícil de acreditar?

— Não.

— Não é meu namorado.

— Fico contente de saber que você tem um amigo — disse ele. Depois de uma pausa, perguntou: — Você se sente doente, Lynn?

— Se me sinto doente? — disse ela, pensando. — Sim, eu me sinto doente.

— Gostaria que eu ficasse lá durante a cirurgia? Ou há alguma coisa que eu possa fazer por você depois?

— Pode conseguir esse novo negócio.

— Quero dizer, para *você*.

— Isso seria para mim. É isso, Joe. Isso aqui é a minha vida.

Joe ficou em silêncio.

— Você tem trabalhado duro — disse ele.

— Tenho — concordou ela. Terminara de calçar os sapatos e estava agora sentada perpendicularmente à mesa, com as mãos segurando os joelhos. — Muito duro?

Havia na pergunta um indício de vulnerabilidade que Joe não esperava. Mas também estava claro, pelo modo como Lynn o encarava, que desejava uma resposta verdadeira.

— Não sei — disse ele. — O que é duro demais?

— As outras pessoas têm tantas coisas em suas vidas. Suas noites, seus fins de semana. Férias, atividades. Nunca consegui fazer isso.

— Razão pela qual você é sócia da empresa.
— Mas o que estou perdendo? O que eu perdi?
— Você fica feliz fazendo o que faz?
— Feliz?
— Satisfeita. Tem valido a pena? O trabalho?
— Tem. Talvez, eu acho.
— Então pode estar se saindo melhor do que os outros. Muitos prefeririam não estar aqui, e mesmo assim é onde passam a maior parte do tempo. Percentualmente falando, talvez você seja a pessoa mais feliz daqui.
— É assim que você vê a coisa? — perguntou Lynn. — Como se fosse um jogo de porcentagem?
— Não sei.
— Mas o que é que eles sabem que eu não sei? Que, se eu soubesse, preferiria não estar aqui também?
— Talvez nada — disse Joe.

Estaria Lynn pensando em Martin, em um lar com Martin em Oak Park, em um Volvo na garagem e em uma garrafa de vinho respirando nos azulejos franceses da bancada da cozinha, enquanto seu filho brinca com um amigo no quintal? Estaria pensando: *Eu seria saudável assim?* Ninguém morre em Oak Park. Todo mundo é feliz em Oak Park e ninguém morre.

— Ou talvez tudo — disse Joe. — Trabalho tanto quanto você. Também não sei o que eles sabem.

Houve outro momento de silêncio.

— Quando é que devo lhes contar? — perguntou Joe.
— A cirurgia foi remarcada para quinta-feira. Na quinta você pode contar. — Fez uma pausa. — Mas uma coisa é importante, e estou falando sério. Mais do que todo o resto, Joe. Consiga esse novo negócio.

TOM MOTA SAIU DA SALA DE CARL e dirigiu-se pela escada interna ao sexagésimo andar, onde a maioria das pessoas que ele queria apavorar estavam nas suas mesas de trabalho arrumadinhas, como aquele babaca do Jim Jackers, que sempre fora um idiota, e Benny Shassburger, que ainda não respondera ao e-mail profundamente emocionante que Tom lhe enviara contando novamente a morte horrível e dolorosa de sua mãe. Tom gostaria de crivar Karen Woo de bolinhas vermelhas, assim como o pintor de peixes Dan Wisdom, aquele babaca citador de filmes do Don Blattner, e a verdadeira castradora da agência, Marcia Dwyer. Infelizmente para Tom, muitos de nós já estávamos descendo sessenta andares pela escada de emergência, graças ao bom trabalho de Roland. Infelizmente para o resto de nós, qualquer andar era um labirinto de vários cubículos, corredores secundários, salas de impressão, salas de montagem — espaços facilmente pouco investigados —, e Roland, como Benny prevera, deixara muitos escaparem em sua pressa de chegar aos outros andares. Tom tinha várias almas infelizes nas quais atirar imediatamente desde que a confusão tinha começado, e as balas que saíam de sua arma eram tão reais para nós quanto as das armas da polícia de Chicago, que acabara de chegar ao edifício, parando ao longo do meio-fio com as sirenes berrando.

— *Entrou nele vida* — declamou Tom para as costas de Doug Dion, que fugia —, *e saiu dele verdade*. — Atirou nas costas de Doug, que caiu, levando vários de nós ao corredor com seus gritos de inevitabilidade traumática. Como Andy Smeejack antes dele, Doug confundiu a dor aguda com a coisa verdadeira. Tom precisava apenas se virar para achar um novo alvo. — *Entrou nele negócio* — trombeteou absurdamente antes de atirar em mais alguém —, *e saiu dele poesia*. — E também: — *O dia é sempre daquele que trabalha com serenidade e grandes alvos*. — Com um sorriso, Tom disparou outra saraivada.

Eles *realmente* acreditavam que Tom pudesse atirar nas pessoas e planejasse feri-las. Daí se via como os babacas o conheciam pouco. Tom parou no meio do corredor para colocar mais munição na arma.

Nós nos comportamos como seria de se esperar. Escondemo-nos sob as mesas de trabalho, amontoamo-nos sob as mesas da sala de conferência como patinhos numa barraca de tiro ao alvo, e de modo geral fugimos para salvar nossas vidas. Na sala do servidor, Amber Ludwig ouviu gritos vindos de fora e, tremendo, entrou em pânico, assim como Larry, que a abandonara lá, indignado por sua revelação de que teria o bebê e convencido de que seu choro não tinha fundamento. Assim, Larry afastou-se da porta que estava tentado a abrir. Não fez nenhuma tentativa de se aproximar novamente dela. De qualquer forma, Amber não o aceitaria. Em vez disso, ele se posicionou atrás das estantes de metal mais próximas, preparando-se para empurrá-las sobre Tom e bater nele com o computador ligado se Tom entrasse na sala.

Benny encontrou Jim exatamente onde previra, ouvindo música com fones de ouvido e trabalhando no novo negócio. Os dois tentaram evitar os ruídos estridentes e horripilantes vindos das partes ocultas do conhecido andar, dirigindo-se à direção oposta. Tinham acabado de virar no final do corredor e ultrapassar o vaso de planta mais próximo da sala de Joe quando esbarraram em Genevieve. Esta vinha procurando Joe desesperadamente desde que a saudação fantasmagórica do palhaço a mandara de volta à porta de Carl quando ouviu Tom dizendo a Carl que não ia atirar *nele*. Genevieve achava que Joe pudesse ser um alvo óbvio e queria avisá-lo, mas, não conseguindo encontrá-lo e ouvindo as pessoas começarem a gritar, perturbou-se, irrompendo em lágrimas.

— Shh, fique calma — disse Benny.

— Vamos pegar o elevador — disse Jim, já que estavam ali mesmo.

— Não, não podemos — retrucou Benny. — Temos que descer pela escada de emergência.

— Por quê?

— Porque Mike Boroshansky mandou.

Assim, os três partiram na direção do outro vaso de planta e da escada de emergência naquele lado do corredor. Estavam quase chegando à sala de Benny, a meio caminho, quando a voz de Tom se fez ouvir atrás deles no corredor e Jim caiu de repente.

— *Contento-me com o fato de que o sistema universal de nosso negócio...* — trovejou Tom enquanto avançava na direção deles num ritmo constante, embora não muito rápido, pelo corredor.

— Fui baleado! — gritou Jim. — Fui baleado!

Benny puxou Genevieve para dentro de sua sala e empurrou-a para trás da mesa.

— *...é um sistema de egoísmo...*

— Isso dói! — gritou Jim, torcendo as costas. — Ah, isso dói!

Abaixando-se na entrada de sua sala, Benny estendeu o braço para agarrar uma das mãos de Jim e puxá-lo para dentro.

— *...não é ditado pelos nobres sentimentos da natureza humana...*

A voz de Tom, estentórea e de homem pequeno, estava ficando mais perto. Benny puxou Jim mais para dentro enquanto Tom o acertava mais duas vezes, uma no tronco e uma na perna. O esqueleto com a arma de Buck Rogers observava desalentado da sala de Benny.

— Ai! — gritou Jim. — Ai! — Seus olhos estavam arregalados e temerosos como os de um cão machucado.

— *...muito menos pelos sentimentos de amor e generosidade...*

Benny fez uma pausa para olhar mais de perto. Aquilo não parecia sangue. Era...

— *...mas é um sistema de desconfiança...*

Benny se levantou e entrou no corredor.

— Porra, Tom, são bolas de tinta? — disse ele.

— *...não de doação, mas de tirar vantagem* — concluiu Tom, em pé a meio metro de Benny e apontando para o seu peito.

Exatamente naquele instante, Lynn e Joe saíram do elevador e pararam abruptamente na frente da sala de Joe, espiando o corredor. Vendo o palhaço com a arma, Lynn gritou:

— O que está havendo? Ei, o que você pensa que está fazendo aqui?

Tom se virou para encará-los.

— Joe — disse, deixando a arma de lado —, vim levar você para almoçar.

Era tarde demais. Andy Smeejack, gritando, sem camisa, havia contornado o canto oposto e, voando pelo corredor com mamas masculinas balançantes e um ventre branco como o de uma baleia, saltou sobre Jim no exato momento em que Benny se esquivou para abrir espaço para ele, que caiu com esmagadora severidade sobre a pequenez absurdamente paramentada de Tom.

Os dois homens chocaram-se contra a parede e voltaram com o impacto, aterrissando em baques duros e quase surdos sobre o carpete, Smeejack por cima, prendendo o corpo de Tom ao chão com o seu corpanzil, enquanto o espancava loucamente com golpes laterais e socos violentos, até que Joe e Benny o impediram de matar o canalha com as mãos gordas, amargas e salpicadas de tinta. Em seguida a polícia invadiu o local.

4

O SONHO AMERICANO E POR QUE O MERECEMOS –
QUEM DEVERIA TER MORRIDO – "GARBEDIAN E FILHO" –
PORCARIA INÚTIL – O FIM DE UMA ERA – INCENTIVAMOS
BENNY A DIZER ALGO – ROLAND É ENGANADO – UM
BILHETE PARA JIM – D.O.C. – JOE E ONDE ELE ESTÁ
("AQUI EM CIMA") – TOM APAIXONADO – UMA VISITA
AO HOSPITAL – CONCEITOS NADA ORIGINAIS – PARTIDAS

VOLTAMOS AO TRABALHO. Ou fomos embora. Ou tiramos férias. Por duas ou três semanas tivemos muita dificuldade em resistir ao ímpeto de examinar os acontecimentos. Cada um tinha uma versão. Relatos conflitantes nunca depreciavam um lado ou outro, apenas tornavam o assunto mais rico. Já que ninguém havia morrido, aumentamos o incidente até este atingir grandes proporções, mas falávamos a respeito daquilo como se a morte imaginada fosse praticamente real. Ficamos no trabalho até mais tarde do que o normal para conversar sobre o assunto, tiramos dias de folga ou demos o fora. Uma pessoa da Project Services nos processou, alegando negligência. Era um pouco constrangedor porque ainda tínhamos que trabalhar com ela, que um dia nos abordou diante da máquina de café e do microondas para assegurar-nos que não era nada pessoal. Estava processando o edifício também, juntamente com Tom

Mota e o fabricante da arma de bolas de tinta. Estava fora do edifício e a dois quarteirões de distância quando o tiroteio começou, mas quem éramos nós para dizer que indenização esse ou aquele indivíduo merecia? Isso ficaria a cargo de um júri composto de nossos iguais. Todos nós já tínhamos deposto antes e provavelmente deporíamos por aquilo também. Nesse ínterim, tínhamos nossos relatos conflitantes para aprimorar e nosso apetite insaciável para reexaminá-los.

A água engarrafada e o tênis de corrida não podiam competir com a conduta absurda de Tom Mota. Algo tão excitante assim não caía sobre nós desde a primeira temporada de *Família Soprano*. Antes disso, tivemos que nos remeter ao *impeachment* de Bill Clinton e o verão de Monica Lewinsky. Mas essas coisas não podiam ganhar a disputa. Afinal, aquilo tinha acontecido *conosco*. E o fantástico era que podíamos falar daquilo repetidamente sem qualquer vítima ou dano psicológico a longo prazo, à diferença de Columbine ou Oklahoma. Achávamos que compreendíamos pelo que eles tinham passado. Talvez sim, talvez não. Provavelmente não.

Durante toda aquela semana e a semana seguinte nos envolvemos no jogo executivo de vencer-vencer-vencer, mas nosso verdadeiro ofício foi relembrar os fatos e refletir nas conseqüências de ainda estarmos vivos. A Índia voltou a despertar o nosso interesse. Mais uma vez avaliamos nosso objetivo último. A idéia do auto-sacrifício, da dedicação anônima e de ter uma morte nobre mais uma vez chegou ao nosso santuário interior, onde geralmente residiam os números de nossas contas bancárias e o extrato da aposentadoria. Talvez houvesse uma alternativa à riqueza e ao sucesso para preencher o sonho americano. Ou talvez este fosse o sonho de uma nação diferente, em alguma ordem mundial futura, e estivéssemos presos na era sombria do luxo e do conforto. Como poderíamos nos libertar dela, nós, os super-remunerados, beneficiados por todos os seguros e créditos? Nós, que não tínhamos sido treinados na prática ilustre de nos colocarmos em segundo lugar? Quando Tom Mota transformou nossas vidas em alvos, sentimos por uma fração de segundo a certeza ambígua, estranha, confusa de que talvez estivéssemos tendo o que merecíamos. Felizmente tal sensação passou logo. Quando saímos vivos, voltamos ao trabalho e mais tarde para nossos *lofts*, condomínios e casas confortáveis nos subúrbios da cidade, a sensação era: claro que merecíamos o que tínhamos depois de trabalhar arduamente e por muito tempo para tal. Como aquele babaca tinha ousado pretender nos tirar isso? Éramos gratos por estar no mundo para usufruir tudo o que merecíamos.

Especulamos sobre quem deveria ter morrido. Quem deveria estar em estado grave naquele momento, quem deveria estar numa condição estável e quem ficaria paralisado pelo resto da vida. Se Amber Ludwig estivesse lá, não concordaria com esses jogos mórbidos. Mas Amber fora diagnosticada com transtorno de estresse pós-traumático e se encontrava de licença. Tinha ido à casa da mãe em Cleveland, onde pôde revisitar seus bichinhos de pelúcia e refletir sobre o comportamento de Larry na sala do servidor. O restante de nós apreciaria se nos oferecessem alguns dias de licença. Só nos deram aquela tarde de sexta-feira, que aceitamos contentes, mas também sofríamos de estresse e de todo tipo de transtorno e teríamos gostado de mais que uma tarde. Alguns disseram: "Tarde de sexta-feira, uau, olhem só que generosidade!" Mas outros tentaram ver a coisa com mais distanciamento. Se a empresa não conseguisse o novo negócio, estaria fodida. E quem eles fodiam quando estavam fodidos? Acertou. Portanto nos arrastamos de volta à agência na manhã de segunda-feira e fingimos trabalhar, enquanto continuávamos a conversa iniciada na sexta depois da prisão de Tom e que continuara sem cessar durante todo o fim de semana, no telefone e no *brunch*, com parentes e repórteres. A mensagem principal que queríamos transmitir, a moral da história e o cerne da verdade, era como estávamos aliviados por não termos morrido no trabalho. A última coisa que queríamos era expirar entre as divisórias de cubículos ou nas portas das salas onde transcorriam nossos dias. Hank Neary fez uma citação — *Quando a morte vier, que me encontre no trabalho* — e lhe dissemos polidamente que a enfiasse no cu. Acrescentou que não conseguia lembrar se era de Ovídio ou Horácio, e respondemos que cagávamos para o que Ovídio, a Besta, tivesse dito. Ovídio, a Besta, não entendia nada sobre morte e trabalho. Queríamos morrer num barco, numa ilha ou numa cabana de madeira no sopé de uma montanha, ou numa fazenda de dez acres com a janela aberta e uma brisa suave soprando.

Carl Garbedian, que Deus o abençoe, entregou sua carta de demissão. Se você quer saber o final da nossa história, uma história contada nas páginas de um catálogo do almoxarifado, de vidas nem um pouco tão interessantes quanto a do velho e o mar, ou de habitantes do mundo das águas dispersando a hipocondria com uma maníaca perna de madeira, então a conclusão é a seguinte: Carl Garbedian foi o único de nós que abandonou a publicidade de vez. Os outros não tiveram o luxo de terminar como o herói de um roteiro de Don Blattner, livrando-se do tédio com uma caminhada pelo Himalaia em busca de esmeraldas e gurus. Tínhamos nossas contas para pagar e limitações a considerar. Tínhamos família para sustentar e fins de semana para nos distrair. Padecíamos de falta de imaginação exatamente como todo mundo, nossa ousadia era querer, e o contentamento diário nos era muito adequado para que desistíssemos dele. Apenas Carl saiu. E espere até saber a aventura eletrizante em que embarcou. Ele apresentou sua demissão na segunda depois do tiroteio, e, quando suas duas semanas expiraram, começou a implementar um plano para criar uma empresa de paisagismo nos subúrbios da cidade. Audácia para envergonhar qualquer herói blattneriano! Mas que bom para ele, pensamos, se aquilo era realmente o que queria. É preciso ser um idiota para desistir de uma sala climatizada no calor de Chicago em julho, mas que bom para ele. Nós lhe perguntamos o que pretendia fazer no inverno.

— Limpar a neve da cidade — respondeu.

"Bom para você, Carl", dissemos.

Meu Deus!, pensamos. Limpar a neve? E quanto teria que gastar no suborno para conseguir um contrato para limpar a neve da cidade? Perguntamos como se chamaria sua empresa de paisagismo.

— Garbedian e Filho — respondeu.

Está brincando? Vai entrar no negócio com seu pai?

— Não, não. — Carl sorriu. — É só um truquezinho que peguei da publicidade.

O truque era usar frouxamente as palavras. Posteriormente, se tudo corresse bem, "Garbedian e Filho" significaria que três latinos iriam à sua casa e cuidariam minuciosamente de seu gramado. Quando dizíamos "Não desperdice essa oportunidade de grande economia!", na verdade queríamos dizer que precisávamos nos livrar logo daqueles babacas. "Prêmios livres de impostos" significava "Prepare-se para dar o seu rabo em troca". Palavras e significados estavam quase sempre em conflito conosco. Nós sabíamos, você sabia, eles sabiam, todos sabiam. As únicas palavras que sempre significavam alguma coisa eram: "Lamentamos muito, mas temos que despedi-lo."

―

Eles despediram Marcia Dwyer. Vieram atrás dela antes mesmo que o pessoal do edifício acabasse de remover as manchas de tinta das paredes e carpetes. Jim Jackers parecia a próxima escolha lógica. Quem em seu perfeito juízo escolheria Marcia em vez de Jim? Mas, por razões que continuariam para sempre obscuras, escolheram Marcia. "Reestruturação", disseram eles. "Perda de clientes." Quantas vezes tínhamos ouvido aquilo? Mas aquilo não explicava por que tinha sido Marcia em vez de Jim. Da mesma forma poderíamos nos indagar sobre o aleatório e incompreensível processo seletivo das doenças fatais.

Deram-lhe meia hora para recolher os objetos pessoais. Era parte do novo protocolo de remoção física de ex-empregados que Roland ficasse encostado à parede, as mãos entrelaçadas, assistindo-os em silêncio pegarem seus pertences. Trataram Marcia como um presidiário do Centro Correcional Joliet. Talvez fosse preciso agir assim depois da prisão de Tom, mas a única coisa perigosa em Marcia era seu olhar zangado. Roland precisava mesmo ficar assim, tão atento a cada movimento brusco? Vimos em primeira mão como o homem lidou com a crise. Se Marcia subitamente resolvesse brandir um grampeador de modo ameaçador, Roland se atrapalharia com seu Motorola e esqueceria o próprio nome. O mínimo que podia fazer era oferecer ajuda. Fora isso, podia se sentar e relaxar.

Marcia foi à sua mesa, ao aparador e à estante pegar um relógio, uma estatueta, um punhado de livros. Desligou o rádio da parede e enrolou o fio de plástico marrom, colocando-o numa caixa. Então verificou as gavetas da mesa e item por item supérfluo, olhando cada caixa de fósforos, cartão de visita, bandana, band-aids, aspirina, frasco de loção, canudo curvo, multivitaminas, revista, lixa de unha, esmalte, hidratante labial e xarope para tosse que haviam mofado em sua mesa só Deus sabe por quanto tempo. Iriam para a caixa ou para o lixo? Ela despregou de seu quadro de cortiça uma colagem de fotos, recibos, cupons, contas, lembretes pessoais, citações de sabedoria, cartões comemorativos, canhotos de tíquetes e desenhos dela mesma e de artistas profissionais que admirava. Estes ela também colocava numa caixa ou jogava fora. Sua sala voltou ao anonimato — nada na mesa exceto o computador e o telefone, as paredes vazias, o quadro de cortiça despido de qualquer sinal dos dois mil dias de Marcia entre nós. Era uma transformação rápida e absurda, deprimente de se assistir.

Genevieve Latko-Devine chegou à porta pálida e sem fôlego.

— Acabo de saber — disse.

— Roland, você está me irritando — disse Benny. — Precisa mesmo ficar encostado na parede assim?

— Desculpe, Benny. São as novas regras.

O clima na sala era solene e triste até Jim Jackers aparecer e perguntar a Marcia se pretendia voltar vestida de palhaço para nos aterrorizar com uma arma de tinta. Se fosse qualquer outro dia, Marcia o teria feito calar a boca com um rápido chega-pra-lá, mas a inconveniência dele não conseguia mais afetá-la. O que nos irritava em Jim não a irritava mais.

— Fui uma completa vaca nesse último ano — disse Marcia, sentando-se pela última vez na cadeira de Ernie Kessler. — Eu detestava todo mundo, sabem por quê? Porque achava que não mereciam continuar aqui se eu fosse despedida. Mas esse tempo todo isso não aconteceu. Só fui despedida hoje. Mas eu me adiantei e passei a detestar todo mundo. Agora finalmente posso parar de ser filha-da-puta. Vocês sabem como isso me faz sentir bem? Por que eles não fizeram isso há um ano?

Essa era uma de várias reações possíveis: a reação "panos quentes". Marcia encontrara um pretexto suficientemente inteligente para fazê-la deixar o edifício de cabeça erguida. Não revelaríamos isso; portanto concordamos que era bom que pudesse finalmente deixar de ser uma filha-da-puta. Se Amber estivesse ali, teria havido lágrimas.

— Sabem que desde que as demissões começaram — continuou — eu não conseguia apreciar um simples café na cafeteria? Estava sempre preocupada de que alguém pudesse me ver e pensar que eu devia estar trabalhando e não tomando um café. Agora posso saborear o café de novo.

Não apreciar o café na cafeteria era muito melhor do que não ter nenhuma cafeteria. Vinte minutos antes, a própria Marcia teria dito a mesma coisa. Agora uma grande distância nos separava. Ela caíra no abismo escuro, enquanto o restante de nós ainda estava na beirada, observando seu mergulho. Logo a perderíamos completamente de vista. Era duro de assistir, mas lá estava ela — não mais uma de nós. Uma era de intimidação, sarcasmo, menosprezo e censura chegava ao fim. A era das baladas ruins de bandas cabeludas dos anos 80 saindo de sua sala. A era dos insultos permeados de arrependimento, seguidos por abundantes pedidos de desculpa a todos exceto ao insultado. Não teríamos mais um novo corte de cabelo de Marcia pelo qual ansiar. Para ser franco, já tínhamos nos acostumado a ele.

— Posso levar estas caixas para sua casa no meu carro? — perguntou Genevieve. — Eu teria o maior prazer de deixá-las lá.

Achamos que Genevieve não tinha noção do que estava oferecendo. Genevieve morava num *loft* deslumbrante no Lincoln Park com o marido, que era advogado. Teria idéia de como Bridgeport era longe? Teria noção da existência de South Side?

— Por que você? — perguntou Benny. — Que besteira! Por que não o Jim?

— Ei! — disse Jim.

— Vocês lembram, na semana passada — continuou Marcia, com uma convicção que impressionaria o maior desconfiado de todos —, quando esbarrei em Chris Yop na sala de impressão? E lembram como fiquei perturbada por estar com a cadeira de Tom Mota, com os números de série errados? Vocês me disseram para entrar na sala e trocar a cadeira do Tom pela do Yop, que costumava ser a cadeira do Ernie, lembram? Porque seria melhor ser pega com a cadeira do Ernie do que com a do Tom. Lembram disso? — perguntou. — Percebem como todos nós ficamos malucos?

Marcia se levantou da cadeira e pôs as mãos nos quadris em frente às caixas parcialmente cheias em cima da mesa, os pulsos virados para dentro. Deu uma última olhada para ver se faltava alguma coisa e descobriu que não havia mais nada.

— Uau — disse.

— Está pronta? — perguntou Roland.

Ela nem sequer o olhou. Também não olhou para nós. Olhou através de nós, para as superfícies empoeiradas onde suas coisas ficavam, para as paredes vazias entre as quais por seis anos ganhara o seu pão. Então é isso? Não haveria nenhuma formalidade, além da ajuda de Roland para levá-la para fora?

— Eu te ajudo a descer com as caixas — disse Benny.

— Sabe de uma coisa? — disse Marcia. — Espere um pouco. — Abriu novamente as caixas e espiou dentro delas por um minuto ou dois. — Não quero nada desta merda — concluiu finalmente. — Olhem só! O que é isso? — Puxou para fora uma réplica barata da Estátua da Liberdade. Depois içou um pequeno livro intitulado *50 Dicas para o publicitário mala-direta*. — Roland, pode jogar fora essas caixas para mim?

— Espere um pouco! Pare! — disse Benny.

— Você não quer as suas coisas? — perguntou Roland.

— Marcia — disse Genevieve.

— É a chamada porcaria inútil, Roland — disse Benny. — É claro que ela quer.

Era loucura ir embora sem sua porcaria inútil. Você entrava com ela e saía com ela — era assim que funcionava. O que se usaria para atulhar um novo escritório se não fosse a porcaria inútil? Podíamos lembrar o Velho Brizz com sua caixa de porcaria inútil, mudando-a de um braço para o outro enquanto conversava com o rapaz do edifício. O Velho Brizz, claro, jamais teve um escritório novamente. Sua porcaria inútil foi realmente inútil. Ele tinha motivo para deixá-la para trás. Mas o caso dele era raro. Por via das dúvidas, era melhor levar a porcaria inútil com você.

— Marcia, leve as caixas — disse Benny.

— Eu levo as caixas para sua casa esta noite com o maior prazer — disse Genevieve.

— Mas não quero nenhuma delas — disse Marcia.

Era assim que percebíamos que nos lamentávamos por eles. Antes de suas demissões, conhecíamos seus tiques, seus lamentos, seus ares de superioridade asquerosos, e, apenas um dia antes, achávamos que melhor seria se tudo aquilo desaparecesse de repente. Então os víamos carregando a caixa cheia de porcaria inútil até o elevador, e nossos colegas se tornavam novamente humanos e dignos de pena.

No entanto Marcia se recusou. Depois de abraços e despedidas, foi até o elevador com Roland, sem levar nada senão a sacola de brim que servia como bolsa de mão. Provavelmente Jim Jackers começaria a vasculhar a porcaria inútil que Marcia havia deixado antes que ela chegasse ao térreo.

Ninguém podia acreditar que Benny deixasse Marcia partir sem lhe confessar sua paixão. Ele prometera a si mesmo que o faria e estupidamente contara aquilo para nós; mas cada vez que o momento certo chegava, ele arranjava uma desculpa. Na segunda, após o acesso de Tom, Benny ficara ocupado demais reunindo versões conflitantes dos acontecimentos e oferecendo a sua própria para se livrar da coisa. Isso continuou pela terça, e na quarta Benny afirmou estar ocupado demais trabalhando no novo negócio. Na quinta, Joe nos contou que Lynn estava no hospital e ficamos envolvidos em discutir se visitá-la seria ou não uma boa idéia. Mas já estávamos na sexta e de repente Marcia ia embora para sempre. Mesmo assim Benny não disse nada. Para nós, era um mistério como ele podia ser um contador de histórias tão espirituoso e autoconfiante e um apaixonado tão tímido. Jim saiu da sala de Marcia segurando o suvenir da Estátua da Liberdade, que ela deixara para trás ao sair, juntamente com um copinho de bebida e um número antigo da *Vogue*.

— Benny — perguntou Jim —, você vai mesmo deixar a Marcia ir embora sem dizer nada pra ela?

Isso acontecia o tempo todo. Talvez alguém tivesse um ressentimento legítimo que merecia ser esclarecido. Talvez um cumprimento que não devia ser reprimido. Ninguém dizia coisa alguma. "Até logo e mantenha contato" era geralmente o que dizíamos. Cuide-se, boa sorte. Nem uma palavra sobre afeição, apreço, admiração. Mas também não dizíamos "Já vai tarde".

— Amanhã a Marcia vai conosco ver a Lynn, não vai? — perguntou Benny. — Então vou vê-la amanhã. Digo alguma coisa pra ela. Qual é o problema?

Mas o sábado veio e se foi, fizemos a visita e Benny não disse nada. Na segunda seguinte, Marcia apareceu no saguão do edifício, como se imitasse uma página do livro de Tom Mota.

Roland estava na mesa de recepção do saguão e não quis deixá-la entrar nem como visitante.

— Desculpe — disse ele. — Depois do incidente, não podemos deixar ex-funcionários voltarem ao edifício. Você não deveria nem estar no saguão.

Marcia o convenceu a ligar para Benny.

— Mande-a subir! — Benny berrou ao telefone para Roland. — Qual é o seu problema?

— Não posso fazer isso, Benny — disse Roland, desamparado, enquanto Marcia o fixava. — É contra as novas regras.

— Bem, então diga a ela para esperar. Eu vou descer — replicou Benny, levantando.

Ele ajeitou seus cachos com formato de saca-rolha refletidos no metal turvo do elevador. No térreo, tomou coragem e saiu com várias outras pessoas. Era hora do almoço. Gente entrava e saía pelas portas giratórias.

— Ora, cara! — disse Benny ao se aproximar de Roland. — Ela parece uma ameaça para você?

— São as novas regras, Benny!

— Não seja duro com ele — disse Marcia. — O Roland só está fazendo o trabalho dele.

— E você, o que faz por aqui?

Marcia disse que tinha voltado para desmontar a cadeira de Chris Yop, que era antes a de Ernie Kessler, para jogar suas peças no lago.

— Claro — disse Benny. — Vamos sair e conversar.

E foi por isso que o vimos conversando do lado de fora na hora do almoço. Passamos aquela hora especulando por que Marcia voltara ao edifício e o que os dois estariam discutindo. Talvez ela gostasse *dele*. Talvez Roland, em seu posto no saguão, pensasse a mesma coisa, porque, apesar da dureza de Benny com ele por impedir Marcia de subir em virtude das novas regras, sabíamos que os dois eram amigos e que Benny lhe contara exatamente como contara a nós sobre sua paralisante paixão não correspondida.

— E o que você vai fazer, Benny? — perguntou Roland.

— Vou contar pra ela — anunciou Benny finalmente, depois do acesso de Tom. — Prometi a mim mesmo que o faria e vou fazê-lo.

Talvez a confissão estivesse acontecendo naquele exato momento do lado de fora do edifício, pensou Roland. Então voltou a atenção para sua pequena quantidade cotidiana de papéis burocráticos. Quando ergueu os olhos dez minutos depois para ver como as coisas estavam se desenvolvendo, Benny e Marcia haviam desaparecido.

Roland parecia ter olhado direto para Benny e Marcia quando os dois passaram por ele, mas eles haviam se misturado a um grupo de advogados da firma que ficava no andar abaixo do nosso. Roland desviou o olhar e os dois passaram livremente. Logo após deixarem o elevador no sexagésimo andar, foram juntos para o cubículo de Jim.

Marcia queria que Benny confirmasse que Jim não estava lá. Benny explicou que tinha mandado Jim pegar alguns sanduíches no Potbelly, onde a fila era sempre atroz.

— Estou lhe dizendo, ele vai levar horas para voltar.

— Se você contar isso para alguém... — disse Marcia com aquele tom censurador e áspero. Como ele adorava aquele tom!

— Se eu fosse você, não me ameaçaria agora — disse Benny. — Um telefonema para o Roland e você vai presa.

Foram até o cubículo de Jim e Marcia pôs um envelope de pé entre duas fileiras do teclado dele antes de notar o suvenir da Estátua da Liberdade, que ela havia comprado numa visita que fizera com a família ao monumento.

— Ei, o que isso está fazendo aqui? — perguntou Marcia. Então notou que também estavam com Jim os copinhos de bebida Fighting Illini, várias revistas e o chaveiro do signo de Escorpião com a lista dos atributos de sua personalidade. Depois da pilhagem inicial, Jim voltara em busca de mais. — Mas que porra é essa?

— Bem, você deixou isso para trás — respondeu Benny.

Jim não tinha sido o único a ficar com objetos de Marcia. Se ela tivesse vasculhado mais mesas, descobriria que suas coisas tinham sido divididas entre nós e se espalhado pela empresa. Os únicos itens refugados foram seus absorventes não utilizados e manuais de marketing. Duas horas depois da partida dela, não havia mais nada em suas caixas. Don Blattner ficara com seu rádio. Karen Woo voara em cima de seus aparadores de livros. Alguém notavelmente dissimulado levara a cadeira de Chris Yop, que antes for a de Ernie, que Marcia substituíra pela de Tom Mota, que Chris Yop jogara no lago. Agora outra pessoa tinha o fardo de possuir os números de série errados e também os prazeres de uma obra-prima ergonômica.

— Nem tenho mais vontade de deixar isso pra ele — disse Marcia, estendendo a mão para o envelope.

— Não faça isso — disse Benny.

Ela deixou o envelope onde estava.

Os que não foram almoçar naquele dia os viram conversando perto dos elevadores. Isto é, a maioria de nós, devido às exigências prementes do novo negócio. Cogitamos o mesmo que os outros que haviam saído para almoçar. Depois que Marcia passou por Roland e se esgueirou para fora — saindo de um elevador cheio e disfarçada engenhosamente como uma de nós —, todos baixamos na sala de Benny e lhe perguntamos o que tinham conversado. Ele se recusou a dizer.

— Nada de mais — disse, descartando-nos imediatamente.

Achamos que isso só podia anunciar más notícias. Uma pessoa loquaz como Benny Shassburger reduzida a "Nada de mais"? Sem dúvida significava que Marcia o havia rejeitado. Nós lhe perguntamos uma segunda e uma terceira vez. Voltamos quinze minutos mais tarde e fizemos a mesma pergunta de modo diferente. Nós lhe enviamos e-mails. "Nada de mais", respondeu ele. Não querendo insistir além da conta, deixamos o assunto de lado.

Ao voltar a seu cubículo depois de entregar o sanduíche de Benny, Jim ficou intrigado com o envelope branco no teclado. Na capa do cartão, um artigo barato e medíocre da Hallmark feito de papel reciclado, um cão de caça com focinho redondo e orelhas pesadas descansava sobre suas patas cruzadas, enquanto o corpo gordo e peludo flutuava num fundo azul. Acima de sua cabeça pendente e tristonha, um balão de pensamento anunciava: "Sinto-me tão triste...", e no lado de dentro do cartão, "pelo modo como tratei você". Não havia bilhete, nem menção específica a qualquer erro. Só o nome dela para informá-lo de quem deixara o cartão, rabiscado de qualquer jeito. Jim pregou o cartão na parede de seu cubículo.

TOM VINHA SENDO MANTIDO temporariamente na cela principal do tribunal da cidade. Em sua audiência inicial, sua fiança foi estabelecida em vinte mil dólares, valor que alguns de nós acharam um pouco alto demais e outros consideraram um pouco baixo demais. Afinal de contas aquilo não tinha importância, pois ninguém pagaria sua fiança e ele não queria gastar o pouco dinheiro que lhe restara da venda da casa de Naperville. Ou pelo menos disse isso a Joe Pope, que foi visitá-lo. Tom prendia-se a caprichos excêntricos e rebeldes, mas mesmo ele deve ter percebido que os custos do tribunal, honorários de advogados e multas criminais que seria obrigado a pagar por causa do seu showzinho iriam arruiná-lo para sempre. Para nós, não havia dúvida de que sua opção por permanecer na cela da cadeia fora influenciada pelo simples fato de ele ter sido preso numa sexta-feira. Caso pagasse a fiança, não teria nada senão outro fim de semana sem propósito, embebedando-se e escrevendo e-mails para pessoas que nunca responderiam. Então, decidiu ficar por ali e arrumar algumas refeições quentes do Estado até a sua citação, quando seria enquadrado em cinco acusações de ataque e agressão com agravantes, destruição e invasão de propriedade privada.

Quando soubemos que Joe Pope o visitaria, ficamos perplexos de incredulidade. Assim como surpresos, confusos, zangados, curiosos, encantados e desnorteados. Precisamos nos esforçar muito para não considerar o boato como uma invencionice absurda. Contudo era verdade, o próprio Joe o confirmou antes de começar uma reunião na Sala Michigan. Estávamos lá para discutir detalhes da água cafeinada engarrafada e todos temiam uma longa noite. Comparar relatos conflitantes e ao mesmo tempo tentar conseguir o novo negócio nos sobrecarregava. Falar de algo não relacionado ao trabalho seria apenas prolongar o sofrimento, mas não conseguimos evitá-lo, e alguém perguntou a Joe se era realmente verdade. Tinha se tornado a mulherzinha de cela de Tom Mota?

Joe sorriu. Pousou a pasta de couro com a agenda e sentou-se à cabeceira da mesa na sala de conferência.

— Falando sério — disse Benny. — Você foi visitá-lo?
— Fui.
— Mas por quê?

Joe puxou a cadeira para a frente.
— Eu estava curioso.
— Curioso?

Joe olhou a sala. Estávamos quietos.

— Lembram-se do que o Tom me disse? — perguntou. — Ele estava no corredor segurando a arma, que naquele momento eu achava que era de verdade, e então disse "Joe, vim levar você para almoçar", lembram?

Alguns se lembraram de ouvir Tom dizer isso e outros o ouviam pela primeira vez. O que lembrávamos claramente era Tom dizendo um monte de baboseiras enquanto girava, apontava e puxava o gatilho — um papo maluco anunciando que estávamos nas mãos de um louco.

— Não, depois de tudo aquilo — disse Joe. — A última coisa que ele disse, antes que o Andy o atacasse.

— Não me lembro do Tom dizendo que queria levar você para almoçar — disse Larry Novotny.

— Talvez porque naquele momento você estivesse escondido com a Amber na sala do servidor — disse Karen Woo.

Segundo Joe, Tom dissera aquilo com tanta calma e simplicidade que foi quase tão chocante quanto encontrá-lo ali. Ou talvez o esquisito fosse a combinação de suas palavras — *Vim levar você para almoçar* — e o que fazia — vestido de palhaço e segurando uma arma. O que significava aquilo?, cogitou. Seria um eufemismo? Tom pretendia matá-lo e aquilo seria um modo inteligente de revelar a coisa? Se sim, por que apontava a arma para o chão enquanto falava? Até então, Joe não sabia que a arma só disparava tinta. Quando descobriu isso, achou que Tom podia realmente estar querendo levá-lo para almoçar.

— Você acha que ele queria levar você para onde? — perguntou Jim Jackers.

— Para o café Sherwin-Williams — interveio Benny sarcasticamente.

— Jim — disse Karen, sacudindo a cabeça para ele do outro lado da mesa —, essa não é a questão.

— Depois que ele foi preso — continuou Joe —, o Carl veio à minha sala e me mostrou um e-mail que o Tom tinha lhe enviado. Dizia que passaria no meu escritório naquele dia para falar comigo. Fui vê-lo porque estava curioso. Sobre o que ele queria conversar?

— E o que era? — perguntou Benny.

— Ralph Waldo Emerson — respondeu Joe.

— Ralph Waldo Emerson?

— É o cara do lago? — perguntou Jim.

— Não, esse é Henry David Thoreau — disse Hank.

— O Jim está pensando nas rãs da Budweiser — disse Karen.

Lembramo-nos do livro que Tom comprara para Carl Garbedian e do que dissera a Benny no dia em que fora demitido. Tom Mota, senhoras e senhores — viciado em martíni, enviador maluco de e-mails, às vezes adepto de um bastão de beisebol, grande entusiasta de jardinagem, terrorista da guerra de tinta e nosso próprio especialista em Emerson. Durante seu tempo conosco, tinha tido o vício irritante de pregar aforismos na parede. Não suportávamos pessoas impingindo citações a nós de seus quadros de cortiça. O único que podia fazer citações impunemente era Hank Neary, pois raramente faziam algum sentido. Como sabíamos que a citação devia acrescentar algo, nós nos maravilhávamos ante aquela obscuridade. Citações que procuravam nos instruir ou nos regenerar, como as preferidas por Tom, dessas não gostávamos. Ficávamos principalmente ofendidos por suas citações pela grande ironia de tentar nos revelar um caminho melhor, enquanto o cara era um fodido total. Jamais permitíamos que suas citações ficassem pregadas por muito tempo. Ele levava dias para perceber que sumiam, e então saía para o corredor e berrava, em sua maneira inimitável e eloqüente: "Quem é o babaca que anda roubando as minhas citações?"

Tom e Joe foram levados para uma sala pequena e sem janelas. Esperávamos algo diferente: uma cabine, um vidro à prova de balas entre os dois, um par de telefones vermelhos. Mas, segundo Joe, a sala não era maior do que uma sala média do sexagésimo andar. Era quase possível imaginar a estranha conversa deles se desenrolando onde as conversas sempre se desenrolavam para nós, só que dessa vez com a porta trancada pelo lado de dentro e Tom proibido de colocar qualquer tachinha para pregar suas citações ridículas e ressentidas na parede. Joe estava sentado à mesa quando Tom entrou escoltado por dois guardas. Usava um macacão mostarda com as letras D.O.C. escritas a estêncil nas costas e estava algemado. Os guardas lhes avisaram que tinham quinze minutos.

— Estão te tratando bem, Tom?

— Como vão aqueles babacas? — perguntou Tom. — Já se recuperaram?

Joe deu a Tom um relato geral dos acontecimentos depois que ele fora preso, e Tom ficou contente por termos ganho aquela sexta-feira de folga. Conversaram sobre a situação de Tom, o que os advogados podiam fazer por ele caso se confessasse culpado e mostrasse arrependimento. Então Joe perguntou o que Tom fora lhe pedir naquele dia.

— Eu só perguntei: "O que é que você queria falar comigo naquele dia, Tom?" — contou Joe para nós. — E o Tom afinal confessou que tinha escrito VEADO na minha parede.

— Está brincando?! — disse Benny.

— Achei que você mesmo tivesse escrito — disse Jim Jackers.

— Não — disse Joe.

— Jim, pense — disse Karen. — Por que o Joe faria aquilo na própria parede? Minha nossa!

— Nem sei lhe dizer quantas vezes perguntei isso a ele, Joe — disse Benny. — Eu dizia: "Tom, vamos lá, cara, diga a verdade. Você escreveu aquilo na parede?" Ele negou todas as vezes.

Tom tinha tentado se explicar:

— Eu não conseguia me conformar com tudo o que acontecia. Quando alguém dizia alguma coisa idiota, todos sorriam e concordavam com a cabeça. Mas eu lhes dizia que aquilo era idiotice. Todos ouviam a mesma merda de estação de rádio. Que se fodam! Eu ficava até mais tarde, ia à mesa de um por um e mudava a estação. Usei três camisas pólo uma em cima da outra durante um mês porque eu não deixava ser enganado e queria que soubessem disso, Joe. Aprendi tudo isso lendo Emerson. Ser conformista é perder a alma. Portanto eu discordava a cada chance que tinha e lhes dizia: "Vão se foder!" No final das contas me despediram por isso, mas pensei: *Ralph Waldo Emerson ficaria orgulhoso de Tom Mota*.

Genevieve perguntou da outra ponta da mesa de conferência:

— Ele está contente consigo mesmo?

— Não, ele não está contente consigo mesmo — disse Joe. — Espere um pouco.

— Mas o que eu não sabia é que eu estava aqui embaixo — continuou explicando Tom.

Joe fez uma demonstração para mostrar o que Tom queria dizer ao sacudir as mãos algemadas num súbito vórtice, fazendo com que pairassem pouco acima da mesa.

— Aqui embaixo, com ressentimento de tudo. No fundo do poço. Meu salário nunca era suficiente. As pessoas. Eu metia o bedelho nas coisas de todo mundo. Quando um insulto tinha que ser dito, lá estava eu. Quando podia humilhar alguém, não perdia a chance. Escrevi VEADO na sua parede. E pensava: *É porque eu me recuso a ser conformista. Se não gostarem, podem me despedir, porque não consigo viver como os outros.* Mas aí você entrou, Joe, e descobriu que eu tinha escrito aquilo. Lembra o que fez?

— Eu não conseguia lembrar — contou-nos Joe. — Lembro que liguei para Mike Boroshansky e disse que alguém tinha feito um ato de vandalismo na minha sala. Mas não era isso que o Tom queria dizer. Ele se referia a depois daquilo. Depois da notificação oficial e tudo o mais. Se eu me lembrava do que eu tinha feito? Respondi que não conseguia lembrar.

— Você deixou aquilo ficar ali — disse Tom. — *Você deixou aquilo ficar ali.* O pessoal que cuida do edifício e a coordenadora, quem sabe o que os babacas estavam fazendo... Mas fosse o que fosse, deviam estar totalmente ocupados, porque só no dia seguinte, não lembra?, é que foram apagar o que estava escrito.

Perguntamos a Joe se Tom estava certo. Eles só limparam o VEADO da parede no dia seguinte?

— Talvez — respondeu. — Eu lembro que levou algum tempo. Mas, para ser sincero, só estou repetindo o que o Tom me contou.

— Foi só no dia seguinte — recordou Tom. — Sempre que eu passava por ali, a primeira coisa que fazia era dar uma olhada em você. Esperava vê-lo agitado, gritando ao telefone com alguém, perguntando por que aquilo ainda estava na sua parede. Mas, em vez disso, o que descobri que você estava fazendo? *Você estava trabalhando.* Você estava... não sei o quê. Se fosse eu, estaria gritando com alguém a cada cinco minutos até que viessem com a porra de uma lata de tinta e cobrissem aquela merda, porque quem gosta de ser chamado de veado? Mas você nem se importou. Aquilo não o atingiu, Joe. Porque você está *aqui* em cima.

Joe fez outra demonstração. Tom erguera uma das mãos algemadas o mais alto possível para mostrar o nível onde achava que Joe estava, e a segunda mão não teve escolha senão segui-la.

— Pensei que eu estivesse lá em cima, mas o tempo todo estava aqui *embaixo,* com todos os outros: agitando, enrolando, falando, mentindo, circulando, entrando em frenesi. Fazia tudo que os outros faziam, só que à minha maneira. Mas você ficava aqui, Joe. Você está aqui em cima. — A mão de Tom delineou o lugar de Joe com tal vigor que fez a segunda mão saltar para frente e para trás.

— Tentei lhe dizer que isso não era necessariamente verdade — disse Joe. — Considerando-se o pouco que ele sabia, eu podia estar aqui embaixo — disse, curvando o queixo para a mesa de conferência de modo a poder tocar o chão. — Mas o Tom já tinha decidido: eu estava aqui em cima. — Joe levantou o braço mais uma vez.

— Eu achava que eu vivia certo — disse Tom. — Era eu quem dizia foda-se para as misérias da vida de escritório. Ninguém podia deixar de se conformar no cenário empresarial, mas eu conseguia fazer isso, mostrando como era diferente dos outros a cada dia. Provando que era melhor, mais inteligente, mais engraçado. Então vi você sentado lado a lado com a palavra VEADO na parede, trabalhando em paz, e soube... *você* era o cara. Não eu. Achava que era por você ser arrogante, mas descobri que não era arrogância. Era só o seu jeito de ser. E eu o odiava por isso. Você tinha esse jeito de ser e eu não, então eu o odiava.

Perguntamos a Joe se realmente ficara tranqüilo ao ver a palavra VEADO na parede da sua sala.

— Tranqüilo? — perguntou. — Não sei se isso descreve a coisa. O Tom acha que me conhece, mas não é verdade. E eu tentei lhe dizer isso: "Tom, quando encontrei minha sala assim, você não tem idéia do que senti. Talvez tenha ficado arrasado. Talvez tivesse querido me matar. Talvez tivesse ido para o banheiro e chorado. Não pense que você sabe." Mas ele não me ouvia.

— Você chorou, Joe? — perguntou Jim.

— Jim, ele não vai dizer que chorou — interveio Karen.

— Não chorei — disse Joe.

— Sei que você não chorou, Joe — disse Tom. — Porque você não ficou chateado. E eu não tive escolha a não ser respeitá-lo por isso, embora o odiasse. Ainda odiava no dia em que me demitiram, e provavelmente no dia seguinte, mas no terceiro dia o ódio desapareceu, todo ele... simples assim... *puf*. Não sei por quê. Provavelmente porque eu não trabalhava mais lá. De repente tive um distanciamento. E o que sobrava do sentimento por você era admiração. Mais do que admiração. Era amor...

Não podíamos deixar de achar aquilo totalmente absurdo, Tom dizendo que amava Joe... Caímos na gargalhada.

— Não riam — disse Joe severamente. — Vocês queriam ouvir. Deixem-me terminar.

A mesa aquietou-se de novo.

— Antes eu queria quebrar a sua cara — disse Tom. — Não agüentava mais vê-lo. Eu queria me desculpar por isso. Era por isso que eu queria levar você para almoçar. Queria mesmo levar você para almoçar. Mas como diz aquele babaca de modo tão eloqüente: *O caráter surge acima de nossas vontades*. E antes que eu percebesse, já tinha elaborado todo o negócio da pistola de tinta na minha cabeça e simplesmente não consegui evitar.

Naquele momento os dois guardas entraram na sala e anunciaram que o tempo de Joe havia se esgotado. Ele olhou o relógio sem conseguir acreditar que já tinham passado quinze minutos. Então se levantou, mas imediatamente o guarda mandou que se sentasse de novo.

— Era preciso seguir todo um procedimento — explicou para nós. — O Tom seria levado pelo primeiro guarda, e eu, conduzido pelo segundo. Eu tinha que continuar sentado até o Tom ter desaparecido.

— Obrigado por ter vindo, Joe — disse Tom quando o guarda se aproximou e lhe pegou o braço. — Apreciei o seu gesto.

— Tem algo que eu possa fazer por você, Tom?

— Tem. — Ergueu abruptamente as mãos algemadas. — Continue aqui em cima, seu babaca.

Imediatamente o guarda reagiu e Tom abaixou as mãos de novo.

Com isso, Joe começou a passar uma circular pela mesa.

— Como eu disse — acrescentou sem olhar para nenhum de nós —, Tom Mota pensa que me conhece, mas não me conhece. Nem um pouco.

Cada um de nós recebeu uma circular.

— Ok — disse Joe. Endireitou-se na cadeira e a reunião começou.

A VISITA QUE FIZEMOS A LYNN no hospital durou uns curtos vinte minutos. Compartilhávamos olhares oblíquos, mãos suadas e o medo paralisante de pausas na conversa. Não houve respiração fácil desde o momento em que chegamos. Lynn estava sentada em seu leito de hospital perdida na camisola de algodão azul, um bracelete de plástico de identificação no seu pulso infantil. Era uma mulher fisicamente pequena, mas era um fenômeno que habitasse em nossa imaginação como uma gigante enorme e indômita. Parecia até menor agora, imersa em todos aqueles cobertores e travesseiros de hospital; os braços, que nunca tínhamos visto tanto antes, finos e indefinidos como os de uma menina.

Não tínhamos nada em comum com os moribundos, portanto jamais sabíamos o que lhes dizer. Nossa presença parecia um insulto vago e ameaçador, algo que poderia facilmente derramar-se num riso cruel. Assim, escolhíamos as palavras cuidadosamente e nos movíamos com cautela em torno do leito, reprimindo as piadas e brincadeiras. Não seria apropriado entrar precipitadamente e mostrar nossos vigorosos e plenos eus, incentivando-a em sonoros brados a retornar para nós, porque, por baixo das palavras faladas, a verdade fluía como a corrente de um rio: talvez ela jamais voltasse a ser uma de nós. Portanto nos controlávamos, andando com passos de veludo, engolindo as palavras, murmurando, domando e suavizando a voz. Lynn percebeu imediatamente tudo.

— Entrem — disse assim que chegamos. — Venham cá. Por que tanta timidez?

Então nos aproximamos. Seu cabelo estava penteado num rabo-de-cavalo e não usava maquiagem nenhuma. Também não havia sinal de um único par de sapatos de marca. Lynn acabara de passar por uma séria cirurgia e estava sofrendo complicações não especificadas. Mesmo assim ainda gerava a maior energia na sala. Como era um quarto particular do tamanho de sua sala, parecíamos entrar no enervante espaço para receber notícias medonhas sobre um erro caro e irrevogável que tínhamos cometido às custas da agência. Nós a cumprimentamos e lhe entregamos as flores.

— Todos estão com cara de funeral — disse Lynn, olhando à direita e à esquerda. — Até parece que eu já morri. Custava você ter praticado sua expressão no espelho antes de entrar aqui, Benny?

Benny sorriu e pediu desculpas. Depois, Lynn encarou Genevieve.

— E você — disse —, conversou com meus médicos sobre alguma coisa que eu deva saber?

Genevieve também sorriu e negou com a cabeça.

— Bem, e agora? A gente lê a Bíblia? — perguntou Lynn.

Tentamos explicar nossa hesitação em visitá-la. Achávamos que talvez preferisse privacidade.

— Eu preferia nunca ter posto os pés neste inferno medonho — disse Lynn. — Mas, se tenho que estar aqui, é bom ver alguns rostos familiares. Mas alguém trate logo de agir como um idiota, senão não vou reconhecer vocês.

— Faço uma imitação péssima de James Brown imitando Clint Eastwood — disse Benny. — Quer ver?

— Não consigo imaginar isso — disse Lynn.

— Acredite ou não, é verdade — disse Jim.

Então Benny fez sua imitação de James Brown, impossível de descrever para qualquer um que não a visse, o que nos fez rir em poucos segundos. Isso finalmente quebrou o gelo.

Conversamos sobre Tom Mota e o incidente, e Joe contou que o visitara na cadeia. E falamos sobre o pedido de demissão de Carl, que foi uma surpresa para Lynn.

— Você vai nos deixar, Carl?

— Vou — respondeu ele.

— Bem, acho que é uma notícia maravilhosa — disse Lynn.

Ficamos chocados com sua pronta concordância até que Lynn se estendeu sobre o assunto.

— A publicidade não é a sua praia — explicou-lhe ela. — Não o faz feliz.

Carl concordou e lhe contou sobre suas ambições para a Garbedian e Filho. Lynn disse o mesmo que nós: "Que bom para você, Carl." Embora provavelmente pensasse: *Como é que alguém pode querer arrancar ervas daninhas num lote de terra em pleno verão de rachar? Prefiro a minha cadeira em qualquer dia da semana.* Ou *Ah, o que eu não daria para estar de novo naquela cadeira* — é possível que pensasse isso também.

Como notamos que depois de um tempo Lynn começava a se cansar, dissemos que era melhor a deixarmos dormir um pouco. Mas primeiro Jim Jackers tinha uma apresentação a fazer.

Imaginamos que era uma péssima idéia desde o início. Lynn nos pedira para fazer um projeto beneficente para um levantamento de fundos sobre a conscientização do câncer de mama, afirmando ter sido atormentada com tal solicitação por alguém presidindo um comitê. No dia seguinte, o projeto de levantamento de fundos tinha se metamorfoseado num anúncio de serviço público, com a enigmática tarefa de fazer rir a paciente de câncer de mama. O que acontecera ao levantamento de fundos? Ninguém sabia. Teria realmente alguém solicitado o projeto a Lynn? Também nenhuma resposta para aquilo. Só Joe Pope nos informando das mudanças. Dissemos que tudo bem. E voltamos ao trabalho. Lemos livros, fizemos pesquisas. Saímos esfolados do negócio. Ao entrarmos na sala de Lynn na décima primeira hora, ela tinha esquecido totalmente o projeto. Descarregamos a campanha dos "Entes Queridos" em cima do "cliente". O projeto havia terminado. Tom chegou e nos disparou bolas de tinta.

Depois, porém, descobrimos que Lynn estava mesmo com câncer. Quando isso veio à tona, Jim Jackers sugeriu que ressuscitássemos os anúncios em que havíamos falhado vergonhosamente e os apresentássemos a Lynn no hospital para animá-la.

— Porque... e se ela inventou esse projeto? — perguntou Jim. — Não acham que ela gostaria mais do que nunca de ver esses anúncios, agora que está mesmo no hospital?

— Não seja idiota, Jim — disse Karen Woo. — Claro que ela não inventou o projeto.

— Bem, então você mudou de opinião de repente, Karen.

— Ah, Jim, não seja tão estúpido.

— Como assim estúpido? Só estou dizendo que existe essa possibilidade.

Jim admitiu ter um conceito. Achamos que devia ter se reconciliado com o tio.

— Não, fui eu mesmo que inventei — disse. Quando ouvimos isso, demos um grunhido coletivo. Os conceitos originais de Jim eram geralmente piores do que os de Chris Yop.

— Mas não é um conceito ruim — disse Benny. — Acho que ela poderia se divertir muito com os anúncios.

Pedimos que Benny explicasse o conceito, mas Jim o obrigara a não dizer nada até que os dois falassem com Joe. Entraram na sala de Joe, que comentou:

— Eu nunca conseguiria bolar isso. De quem foi a idéia?

— Do Jim — disse Benny.

Depois que saíram da reunião, perguntamos a Benny se Jim tinha se reconciliado com o tio.

— Vocês já me perguntaram isso — cortou Jim. — Já disse que eu mesmo bolei os anúncios. — Então os mostrou. Nós os achamos triviais, cheios de idéias usurpadas e, portanto, nada originais. — Mas essa é a questão — argumentou Jim. — É isso que os torna originais.

Tivemos que concordar em discordar, e imediatamente começamos a armar um jeito de fugir antes que Jim os apresentasse.

Mas era difícil nos afastarmos dele no hospital quando anunciou a Lynn que "nós" tínhamos uma apresentação para ela. A própria Lynn olhou-o do oceano de seu leito com uma expressão entre a surpresa e o ceticismo. Todos prendemos a respiração com medo do preâmbulo inoportuno que poderia sair da boca de Jim. Ele a lembrou do objetivo do projeto beneficente — apresentar à paciente de câncer algo engraçado em sua hora de necessidade. Pela primeira vez na vida Jim não chamou o projeto *pro bono* de "*pro boner*".

— E sem mais delongas... — disse com uma pompa embaraçosa enquanto abria o zíper de seu portfólio e extraía dele o primeiro anúncio. Que escolha tínhamos a não ser ficar em volta?

Aos pés da cama de Lynn, Jim segurou o anúncio no alto para que todos pudessem vê-lo. Cada conceito tinha sido montado em papel cartão preto com margens de cinco centímetros, o que tornava a apresentação algo realmente pop.

— Como podem ver — disse —, essa imagem reproduz a visão conhecida do cartaz que se vê num hospital ou num consultório de ginecologia, de uma mulher sem feições características tendo o seio examinado. Um braço está levantado no ar e dobrado no cotovelo, enquanto a mão do outro braço examina o seio esquerdo. — Alguém emitiu um riso sufocado. Jim fez uma pausa, evidentemente irritado. — Justaposta a essa imagem — continuou —, está a famosa frase da tintura para cabelo Miss Clairol: "Ela tem... ou não tem?" E o nosso subtítulo diz: "Um tumor tão pequeno que certamente só o oncologista dela consegue ver!"

Esquadrinhamos o rosto de Lynn em busca de uma reação.

— Deixe-me olhar isso mais de perto — disse.

Jim entregou-lhe o anúncio. Lynn o pegou e nós nos sentimos como em sua sala, esperando que ela avaliasse, julgasse e emitisse um veredicto sobre anúncios de verdade.

— Isso é engraçado — disse.

— Mas você não está rindo — disse Jim.

— Eu nunca rio, Jim — replicou Lynn. Era verdade, ela nunca ria. Dizia apenas: "Isso é engraçado." E então você sabia que ela tinha gostado.

— Este aqui é o seguinte — disse Jim, puxando o segundo anúncio e segurando-o diante dela. — Você reconhece esta foto famosa de um homem todo de preto, segurando firme os braços de uma poltrona de couro preto enquanto a caixa de som à sua frente emite um som que assopra para trás seu cabelo, sua gravata, sua taça de martíni e o abajur ao seu lado? É do velho anúncio da fita Maxell. Só que, no nosso, a caixa de som estéreo foi substituída pelo perfil de um seio gigante emergindo da margem esquerda, que escaneamos de uma velha *Playboy* do Benny. O título diz: "Nenhuma outra doença apresenta maiores taxas de recuperação." A palavra *Maxell* foi substituída pela palavra *Mama* no canto inferior direito da página, e em letras pequenas se lê: "Seja impulsionada por sua recuperação rápida." Esse combina um pouco de humor com um pouco de esperança — concluiu Jim.

— Deixe-me ver, Jim — disse Lynn. Observávamos sua reação. — Gostei dele — disse, dando tapinhas no anúncio. Um entusiasmo que não víamos desde que Joe e Genevieve lhe apresentaram o Rapaz do Herpes Labial.

— O que vem a seguir — disse Jim — mostra o *close-up* total de um homem com uma máscara cirúrgica e um jaleco, segurando perto do rosto um bisturi e uma tesoura de operação. Não é uma imagem conhecida, mas no canto superior direito colocamos um sutil Swoosh da Nike — disse Jim, apontando para a marca-símbolo —, e na parte de baixo da página está o famoso slogan *Just Do It*, "Apenas faça". O subtítulo diz: "Vá em frente e corte." E vou ler para você o corpo do texto — disse Jim. — *Triatletas. Nadadores que atravessaram o canal da Mancha. Alpinistas do Everest. Comparados à mulher enfrentando a cirurgia no seio, esses palhaços não têm noção do que seja perseverança e coragem. Fale com alguém que enfrentou este cara. Ela sabe o que é um trabalho duro. Sabe o que significa vencer. Sobrevivência, meu bem. Apenas faça.*

Havia vários outros — o anúncio "Está com Câncer?", o anúncio "Éter Absoluto", alusão à vodca Absolute, em que uma mão de longas unhas vermelhas agarra uma garrafa meio vazia de vodca como se fosse uma garra. Jim passou todos por cima da cama e Lynn analisou atentamente cada um, lendo e examinando. Quando chegou ao anúncio do Absoluto, deu um sorriso genuíno.

Continuou sorrindo enquanto nos agradecia. Então nos despedimos, com votos para que melhorasse logo. No corredor, encontramos mais enfermeiras e equipamento médico. Achamos que Lynn tinha gostado dos anúncios. Perguntamos se Joe concordava. Conseguimos, não acha, Joe? Não conseguimos? Percorremos o corredor juntos. Descemos todos pelo mesmo elevador.

— Acha mesmo que a Lynn gostou do anúncio, Joe? — perguntou Marcia. — Ou será que ela estava sorrindo porque eram ruins demais?

— Ei! — exclamou Jim.

— Desculpe, Jim, não é nada pessoal. Acontece que eu os achei péssimos — disse. — A culpa não é sua, você se saiu melhor do que qualquer um de nós. Só estou dizendo que era uma tarefa impossível.

Ficamos introspectivos e quietos pelo resto da descida. Quando chegamos ao térreo, houve uma demora antes de as portas se abrirem, e foi Genevieve quem quebrou o silêncio.

— Talvez a Lynn não estivesse sorrindo por causa dos anúncios e sim por nossa causa. Pelo que nós fizemos.

— Porque foi um gesto bonito — disse Marcia.

— Ou, talvez — disse Jim com uma convicção pouco característica —, vocês simplesmente não entendam nada de publicidade.

Algumas semanas depois, quando demitiram Jim Jackers, dissemos que o tinham arrancado da cadeira pelo cinto da calça jeans e o atirado para fora do edifício. Dissemos que ele voara por três lances de escada de uma vez só até aterrissar no meio-fio, onde se levantou e examinou a testa para ver se havia sangue. "Depois disso", dissemos, "o Jim recolheu a porcaria inútil dele, que se espalhou por toda parte durante o mergulho na calçada". Jim não era alguém que fosse embora sem uma caixa.

Quando pegaram Amber algumas semanas depois daquilo, dissemos que ela fora atirada no poste de luz diante do edifício sem se preocuparem com seu bebê ainda no ventre. Tínhamos acabado de voltar do almoço no T.G.I. Friday's quando Amber ficou sabendo da notícia. Havia sido naquele almoço que a presenteamos com coisas para o bebê — uma bolsa para fraldas, um carrinho —, todas as coisas que foram atiradas para fora com ela. Amber ficou ali tentando se recuperar, com a cabeça girando, no cimento molhado, sob a leve chuva de verão. Dissemos que os passantes olhavam atentamente para o espetáculo e se recusavam a ajudar, e imaginamos o vagabundo com o copo da Dunkin Donuts curvando-se para o carrinho, abrindo-o e fugindo com ele para longe.

Dissemos que Don Blattner tinha sido atirado de cabeça contra a janela de um táxi parado com tal força que girou cento e oitenta graus, seus olhos rodaram umas duas vezes, e ele caiu entre o carro e o meio-fio. Ele tinha se sentado, a cabeça pendendo como um melão pesado, parecendo a todos os pedestres um bêbado dormindo depois do porre. Dissemos que as fotos de filmes que enfeitavam as paredes da sala de Don tinham sido retiradas e atiradas na cabeça dele. A maioria delas atingiu o carro e se espatifou, mas algumas o acertaram, e os cortes começaram a sangrar. Mais coisas sobre cinema — bonecos de personagens de filmes de ação, números antigos de *Vanity Fair* — foram atiradas sobre seu corpo. "Depois", dissemos, "Don foi recolhido por funcionários da prefeitura".

Era tudo diversão e brincadeira depois que se foram. Era mais fácil transformá-los em desenhos animados do que cogitar por quanto tempo Amber poderia esperar um novo emprego até a chegada do bebê, ou como era injusto que a despedissem enquanto continuavam com Larry. Era mais fácil fazer piadas sobre Jim do que lamentar por ele. Jim, que fora o judas de todos por tanto tempo, de quem não sobrou nada depois que havia partido senão lembranças horríveis de nossas ofensas e comentários cruéis. Nenhum de nós tinha mais vontade de fazer piadas sobre Jim com medo de que nosso riso ficasse preso na garganta.

Na realidade, quando soubemos que Jim seria despedido fomos até seu cubículo, desprezivelmente felizes por ter sido ele o escolhido e não nós. Todos que tinham falado mal dele num momento ou noutro lá estavam para lhe dar condolências. A reação de Jim foi magnânima e patética ao mesmo tempo. Quando lhe estendiam a mão e lhe diziam o quanto lamentavam, ele assentia com a cabeça e agradecia, como se tivesse acabado de ser escolhido o funcionário do mês. Parecia até estar se divertindo, o que foi curioso, mas depois tudo fez sentido, porque provavelmente tinha sido a única vez durante seu período na agência que tanta gente o abordou com um consenso universal de apoio em vez de ridicularização e escárnio. Jim não denunciou nossa hipocrisia nem quis acertar as contas. Embebeu-se da atenção com uma indulgência que merecia — esticaram sua meia hora permitida para quarenta e cinco minutos —, até que Roland, em pé junto à parede, assim como fizera com Marcia, finalmente lhe disse que realmente teria que deixar o edifício. Assim Jim fez suas despedidas finais, apertou algumas mãos e foi embora com sua caixa para nunca mais voltar.

Com Benny foi diferente. Os lucros desciam a ladeira. O preço das ações estava em queda livre. Nós nos víamos prestes a despertar de uma década de sonho sublime. Benny teve que chamar o pai para vir com um carro, pois tinha muita porcaria inútil em sua sala.

— Roland, sente-se — disse Benny. — Isso pode levar algum tempo.

— Você sabe que eu tenho que ficar em pé, Benny.

— O que acha que vou fazer, Roland? Apunhalar você com um marca-texto?

— Desde aquele incidente, eles não querem mais correr riscos — explicou Roland pela centésima vez. — Eu nem deveria estar conversando com você.

— Aposto que consigo fazer você conversar.

Logo Benny e Roland conversavam sobre se Benny conseguia ou não fazer Roland conversar, até que Roland percebeu a armadilha de Benny.

— Por favor, Benny. Só estou tentando fazer o meu trabalho.

— Ora, cara. Pensei que você e eu fôssemos amigos.

— Acha que isso é fácil para mim? — disse o outro.

Quando o pai de Benny finalmente chegou, os três homens precisaram de quatro viagens pelo elevador de carga. Benny tinha tanta coisa na sala que era como se estivesse mudando de casa. Se uma tristeza geral tomou conta de nós quando Marcia, Amber e Jim foram demitidos, uma verdadeira mortalha cobriu os corredores na última hora de Benny.

Quem nos regalaria com histórias agora? Para que sala poderíamos ir para trocar confidências, fofocar, ficar sem fazer nada? E, sem Benny Shassburger, depois da saída de Paulette Singletary, quem poderíamos considerar que estivesse acima de todos os outros? Loquacidade e uma amabilidade natural — essa era a natureza do heroísmo nos limites que compartilhávamos durante aquela época mais inocente, e, quando levaram Benny, levaram nosso herói.

Depois daquilo caímos em críticas e discussões ainda mais graves. Desnecessário dizer que o pessoal da água cafeinada escolheu uma firma diferente, e o pessoal do tênis acabou ficando com sua agência original. Sem nenhum negócio novo, as coisas pioraram. O pouco trabalho que sobrou nunca era divertido. Durante todo aquele verão ninguém aproveitou a cidade ou a proximidade do lago para um passeio sem destino durante a hora do almoço, porque estávamos muito raivosos especulando sobre como as coisas tinham ficado sinistras e quem seria o próximo a ser demitido. Não conseguíamos nos divertir com nada, exceto com nossos próprios boatos estúpidos. A conversa nunca se estendia além de nossas próprias paredes, paredes que se fechavam sobre nós, e não conseguíamos tomar conhecimento de coisa alguma que acontecesse além delas. Só havia um assunto, que dominava cada conversa. Voltávamos a ele inevitavelmente, como amantes abandonados, que só conhecem um assunto; como pessoas realmente chatas, que jamais transcendem os limites lamentáveis de suas próprias existências. Foi uma época atroz, frenética e agressiva, com uma atmosfera venenosa que jamais havíamos conhecido antes — e mesmo assim queríamos permanecer nela para sempre. Na última semana de agosto de 2001 e nos primeiros dez dias daquele setembro, houve mais demissões do que em todos os meses precedentes. Mas, pela graça de Deus, o restante de nós continuou por ali, odiando uns aos outros mais do que algum dia tínhamos imaginado possível. E nós chegamos ao fim de outro luminoso e tranqüilo verão.

5

CINCO ANOS DEPOIS — QUEM É HANK? — O DIA D'*O PODEROSO CHEFÃO* — OS MONTECCHIOS E OS CAPULETOS — JIM VAI A UMA REUNIÃO — PARA NÓS NUNCA FOI UMA PREOCUPAÇÃO — A LEITURA DE HANK — HARRY BIGODE DE GUIDOM — À LYNN, E, DEPOIS, AO TOM — O LAMA REFORMADO — NO FINAL

No verão de 2006, Benny Shassburger recebeu um e-mail de alguém que não conseguia lembrar. O nome era familiar, sabia que era alguém conhecido, mas quanto mais pensava, mais a pessoa lhe fugia. Disse o nome em voz alta. Seu vizinho de cubículo, encurvado e irritante, que nunca deixava passar nada sem fazer perguntas, meteu a cabeça ruiva de marmota por cima da divisória e perguntou:

— O que é que você disse?

Benny mal teve vontade de explicar.

— Só estou falando comigo mesmo — disse.

Ian falou da existência de um estudo recente afirmando que sempre que alguém perguntava "O que é que você disse?" e a pessoa respondia que falava sozinha, estava provavelmente falando para alguém específico, mesmo que apenas inconscientemente. Ian mantinha-se a par de todos os novos estudos. Benny se sentia cansado.

Para onde havíamos canalizado nossa energia? Para atualizar os currículos, para novas entrevistas, para aprender um novo percurso da nossa casa ao trabalho. Nós nos tínhamos espalhado pela indústria, achamos trabalho em outras agências, em empresas de design e em departamentos de marketing de uma companhia, geralmente o primeiro lugar que nos aceitava. Os menos afortunados ou talentosos iam para empresas de mala-direta ou para agências de trabalho temporário para dias sem nenhum seguro. A planta dos andares, os formatos das mesas, os nomes das pessoas e as cores dos logotipos da empresa eram novos e diferentes, mas a música e a dança continuavam as mesmas. Estávamos encantados por termos empregos. Nós reclamávamos constantemente. Perambulávamos hesitantes pelas novas salas. Todos aqueles novos rostos e nomes para se memorizar, as cafeteiras estranhas e os assentos diferentes dos vasos sanitários. Tínhamos novos formulários para preencher e nunca sabíamos se era zero ou um que nos traria mais dinheiro de volta. O setor de RH estava lá para ajudar, mas eles nunca eram tão bons quanto o nosso velho RH. Passávamos as primeiras duas ou três semanas — e, alguns, um ou dois meses — no isolamento e no anonimato. Por um período insuportável, o almoço era algo solitário. Só lentamente nos misturávamos aos outros, só lentamente as novas realidades políticas começavam a se revelar. Quem era briguento e por quê, quem era obtuso, arrogante, estúpido, poderoso, falso, atraente, traiçoeiro ou bondoso, considerando-se tudo — esses aspectos começaram a ficar claros. Mas não acontecia da noite para o dia. Precisava-se de semanas, meses, e o fato de termos reunido o entusiasmo para começar de novo em novas agências era testemunho de nossa tenacidade. Era um sinal de que, enterradas sob todas aquelas reclamações, havia partes do trabalho que adorávamos. Era prova de que precisávamos do dinheiro.

— Você sabe que sou um cara amigável — disse Benny ao telefone, espiando sobre a divisória do cubículo para ter certeza de que Ian não tinha voltado. — Mas não sei quanto mais consigo agüentar. Estou lhe dizendo, esse tal de Ian está destruindo a minha personalidade.

Alguns tinham se adaptado melhor do que outros. Havia liberdade em começar de novo porque ninguém sabia ainda se você era obtuso, arrogante, estúpido, poderoso, falso, atraente, traiçoeiro ou bondoso, considerando-se tudo. Você podia se reinventar. Isso não era parte da promessa americana? Passaram alguns meses ditosos em que classificar as coisas era impossível. As lições aprendidas de erros passados nos deixavam em posição favorável. Alguns exibiram um rápido progresso em astúcia política. Outros cogitavam sobre o que havia acontecido.

— Eu costumava ser um *mensch* e tanto — continuou Benny —, lembra? As pessoas vinham à minha sala e se divertiam com as minhas histórias. Com exceção talvez de Paulette Singletary, eu era a pessoa de que todos mais gostavam. O que aconteceu?

— Por que não vem ao meu escritório e conversamos sobre isso? — perguntou Jim.

Quando Benny chegou, lá estava ele. Jim Jackers. Escrevendo um e-mail. Se a expressão do rosto de Jim era um indício, pensou Benny, o destino de toda a agência dependia daquele e-mail. Benny sentou-se do outro lado da mesa e esperou. Não gostava *deste* lado da mesa. Queria estar *daquele* lado. O lado de Jim.

— Olhe só — disse Jim quando terminou de escrever o e-mail de suma importância. — Você é o próximo da fila para uma sala, não é? Então só tem que ter paciência.

— Como sabe que sou o próximo? — perguntou Benny.

— Vou cuidar disso, não se preocupe. Mas você tem que esperar até que alguém saia. Não podemos expulsar uma pessoa de uma sala e mandá-la para um cubículo.

— Eu fui expulso de uma sala e mandado para um cubículo.

— Porque você perdeu o emprego — disse Jim.

— Isso é só um detalhe — replicou Benny, recostando-se na cadeira. — Não me leve a mal, Jim. Sou eternamente grato por você ter me contratado. Fiz trabalho *freelance* durante tempo demais. Mas uma agência pequena não combina comigo como combina com você. Não consigo olhar para as mesmas trinta pessoas todos os dias. Preciso de vários andares. Aprendi isso a meu respeito. Sou uma criatura cujo hábitat natural são vários andares. E eu *preciso* de uma sala. Sinto falta da minha antiga sala. Sinto falta das pessoas. Sabe de quem eu sinto falta? Vou lhe dizer: sinto falta do Velho Brizz.

— Como pode sentir falta do Velho Brizz? — perguntou Jim. — Na verdade você nunca o conheceu. Você sente falta dele porque ele era velho e morreu, e no momento ninguém aqui que ocupe uma sala se encaixa nesse perfil.

— Jim, você virou um homem desconfiado — disse Benny. — A culpa é da influência corruptora do poder. Sinto falta do Velho Brizz porque consegui dez dólares por pessoa de todos vocês, aspirantes a Charlton Heston, quando o pobre Velho Brizz esticou as canelas. — Aproximou-se de Jim por sobre a mesa e abaixou a voz. — Jim, eu sinto falta é do Bolão da Morte de Celebridades. Não consigo nem engrenar um bolão de campeonato por aqui. O que é que essas pessoas têm de errado? Não estou sintonizando e isso me deixa maluco. Sinto falta de *sintonizar*. Por falar nisso, quem é Hank Neary?

A atenção de Jim foi capturada pelo som do nome.

— Hank Neary, Hank Neary — disse. Franzindo o cenho e desviando os olhos, Jim repetiu lenta e metodicamente o nome como uma palavra despida de qualquer significado. — Hank. Hank. Hank.

— Trabalhamos com ele, não é?

— Hank Neary. Hank Neary — disse Jim.

— Nós não trabalhamos com ele, Jimmy? Na antiga agência?

— Espere um pouco. Me dê um minuto. Trabalhamos com ele, sim.

— Neary — disse Benny, estreitando os olhos para Jim. — Hank Neary.

— Hank Neary — disse Jim. — Está me fugindo.

— Minha memória — disse Benny, sacudindo a cabeça.

— A minha também. Sabe de uma coisa? Ligue para a Marcia. Ela deve saber.

Benny negou com a cabeça.

— Não posso ligar para a Marcia por enquanto — replicou. — A Marcia está furiosa comigo.

— Por quê?

— Jim, tenho uma história para lhe contar — exclamou Benny. — Tenho a melhor história que você já ouviu na vida. Espere um instante que vou pegar mais café.

— Não, Benny...

— O quê?

— Tenho uma reunião em dez minutos.

— Ah...

— Não fique assim — disse Jim, vendo a decepção de Benny. — Ainda tenho dez minutos.

— Muito bem, eu me viro sem o café. Mas me faz um favor — disse Benny. — Deixe-me sentar em sua cadeira enquanto eu conto.

— Está falando sério?

Benny se levantou. Jim se levantou com relutância e os dois trocaram de lugar. Benny sorriu. Estava do lado certo da mesa novamente. Podia olhar para o corredor, ver todas as pessoas passando e chamá-las para entrar.

— Michael! — berrou Benny para o corredor. — Michael, entre aqui e escute a minha história. É uma história fantástica, você vai adorar.

Michael mal parou para enfiar a cabeça na sala de Jim.

— Não posso — disse ele —, tenho um prazo para este boletim.

Foi embora rápido, e Benny levantou as mãos para demonstrar sua incredulidade.

— Viu? — perguntou. — Viu do que estou falando? Esse pessoal tem alguma coisa errada.

— Benny, ele tem um prazo.

— Quem não tem dez minutos para ouvir uma boa história?

— Benny, me conte a história.

Então Benny contou a Jim o motivo de Marcia estar furiosa com ele. Desde que arranjara novamente um emprego de tempo integral, percebera um fenômeno que só parecia acontecer no trabalho, ou pelo menos ocorria com mais freqüência no trabalho do que em outros lugares. Tal fenômeno era o seguinte: se alguém dissesse algo e seu interlocutor não tivesse idéia do que esse alguém estava dizendo, para não parecer indelicado, ou pior, burro, ou os dois, não querendo desperdiçar mais tempo, era mais fácil apenas concordar com a cabeça ou rir do que fazer uma pausa e perguntar o que a pessoa queria realmente dizer. Isso se aplicava principalmente às brincadeiras de corredor, aos papos de cozinha e a outros tipos de conversas cotidianas inconseqüentes. As pessoas eram indiferentes ao que lhes diziam, ou estavam preocupadas com outras coisas, ou havia muito tinham concluído que o que era dito no decorrer de um dia de trabalho era, na maioria das vezes, idiotice.

— Então pensei: será que faria alguma diferença se, em vez de responder como fazia normalmente, eu respondesse a todos com falas d'*O poderoso chefão*?

Jim estava curioso.

— Como você conseguiria isso?

Benny explicou que aplicou a si mesmo uma regra simples: nada poderia sair de sua boca que não tivesse saído primeiro da boca de Michael, Sonny, Fredo, Tom Hagen ou do próprio Don — ou de qualquer pessoa nos primeiros dois filmes.

— Por que só os dois primeiros? — perguntou Jim.

— Ora, Jim! Você sabe por quê. Temos que ligar para o Don Blattner?

— Porque o terceiro é uma droga?

— Cara, sinto falta do velho Don Blattner.

No final de uma reunião matutina na qual permanecera completamente em silêncio, quando as pessoas já arrumavam suas coisas, Benny virara-se para Heidi Savoca e dissera:

— *Passei minha vida inteira tentando não ser descuidado. Mulheres e crianças podem ser descuidadas, mas homens, não.*

A expressão de Heidi indicava o desconhecimento da origem do comentário de Benny; contudo, mais evidente do que sua confusão foi o desgosto dela pela observação em si.

— Essa frase é muito sexista, Benny — replicou.

Mais tarde naquela mesma manhã, Seth Keegan passou no cubículo de Benny para lhe perguntar sobre a revisão de um projeto em que os dois tinham trabalhado nas duas semanas anteriores.

— Tem um minuto? — perguntou Seth para Benny.

Benny girou na cadeira.

— *Esta é a única vez...* — disse — *esta é a única vez que vou deixar você perguntar sobre meus negócios.*

— Legal — disse Seth, que havia entrado no cubículo. — Estou pensando, o que acha que devemos fazer com essas sombras? Acho que podíamos...

Benny o deixou falar, assentindo com a cabeça de vez em quando, e antes que passasse muito tempo, Seth chegou a uma conclusão sem precisar absolutamente de qualquer contribuição de Benny. No momento em que Seth ia embora, Benny pensou "Que diabo!" e chamou-o de volta.

— *Ei, é o casamento da minha irmã* — disse, zangado.

— Ah, é? — perguntou Seth. — Sua irmã vai casar?

— E quando o chefe me diz para largar o dedo num cara — continuou Benny —, *eu largo o dedo.*

Seth olhou-o fixamente.

— Legal — disse. Assentiu com a cabeça e foi embora.

À tarde, Carter Shilling veio ao cubículo de Benny, que achou que não conseguiria continuar se tivesse que falar com Carter, seu chefe desmazelado e vesgo. Carter só se comunicava através de dois modos, asperamente ou estrondosamente, e no momento estava vociferando estrondosamente contra um cliente estúpido que solicitava mudanças estúpidas demais em seu anúncio. Por muito tempo Benny não precisou dizer nada. Finalmente Carter olhou-o e lhe perguntou se concordava que o cliente era estúpido.

— *Acho que, se tivéssemos um conselheiro em tempos de guerra* — ouviu-se Benny dizendo em voz baixa —, *não estaríamos nessa confusão.*

Carter contemplou-o por um tempo e perguntou se aquilo era um código de alguma coisa.

— Está querendo dizer que nós cometemos um erro? — perguntou Carter.

— Então juro por Deus, Jim — disse Benny. — Assumi minha expressão mais séria, cara. Quero dizer, totalmente profissional. Olhei-o bem nos olhos e disse: "Carter, *esse tipo de coisa tem que acontecer a cada cinco anos ou algo assim. Ajuda a gente a se livrar do sangue ruim.*" E nós dois olhamos de novo, ao mesmo tempo, para o anúncio que o cliente tinha rasgado em mil pedacinhos. Carter então disse "É, acho que sim", como se o que eu tinha acabado de dizer fizesse algum sentido. Aí ele disse: "Vá em frente e faça as mudanças. Não dou mais a mínima." E saiu como um furacão da minha sala. Foi...

Nesse momento foram interrompidos pelo próprio Carter Shilling, que por acaso estava perto da sala de Jim a caminho da reunião.

— Você não é o Jim — disse com aspereza, apontando para Benny. — Você é o Jim — disse Carter, apontando para Jim. — Por que essa mudança?

— Droga, Jim! — exclamou Benny, estalando os dedos num estilo "Puxa!". — Ele entendeu a coisa!

Sem qualquer mudança de expressão visível, Carter assentiu rindo. Manifestava muitas de suas emoções com um simples movimento de cabeça. Afastou-se de Benny.

— Você vem para a reunião? — perguntou Carter para Jim.
— Estou indo.
— Jim, aquilo foi hilário — disse Benny, depois de Carter ir embora.
— Benny, não fale assim com o Carter.
— Sinto falta do Joe Pope — disse Benny.
— Ainda não explicou por que a Marcia está furiosa com você.

Benny estava muito contente por retomar a história onde tinha sido obrigado a parar quando Carter surgiu. Assim, contou a Jim que, enquanto a tarde ia passando, a tarefa ficava mais complicada. Suas lembranças das falas de O *poderoso chefão* estavam custando cada vez mais caro. Então, por volta das três da tarde, Marcia começou a ligar para ele com uma freqüência pouco habitual, quase de dez em dez minutos. Benny não podia usar o telefone porque dessa forma seria impossível manter as regras do jogo; portanto, não atendeu e depois checou sua caixa postal em busca de mensagens. Marcia, porém, não havia deixado nenhuma.

— Eu lhe contei sobre os irmãos dela, não contei? — perguntou Benny.

— Que comem judeus no jantar.

— Isso — disse Benny. — Até o mais novo é um pé-de-cabra ambulante. O casamento vai ser... como se chamam aquelas famílias de *Romeu e Julieta*?

— Montecchios e Capuletos — disse Jim.

— Montecchios e Capuletos! — exclamou Benny. — É isso mesmo. Como é que sabe disso?

— Fiz um curso sobre Shakespeare no verão passado. Uma coisa tipo educação continuada.

— É mesmo? — disse Benny. — Pois então, o casamento vai ser algo como os Montecchios e os Capuletos. Só que os Montecchios não vão usar espadas, e sim revólveres baratos. E nós, só a Torá e os cacos que pudermos recolher da quebra do copo. Enfim...

Deixou o telefone tocando pelo resto da tarde, intrigado por Marcia estar ligando sem deixar mensagens, e atendeu o celular apenas depois que o dia de trabalho findara e ele já saíra do edifício. Quando finalmente atendeu, Marcia estava histérica. Seu irmão mais novo entrara numa briga — ele ainda estava no segundo ano do segundo grau — e teve que ser levado para um hospital de South Side. A mãe de Marcia chorava, seus irmãos mais velhos juravam vingança e o pai dormia depois de um turno noturno. Marcia estava tentando falar com Benny para que ele pudesse ajudá-la a consertar as coisas. Benny correu para o hospital e perguntou às enfermeiras em que quarto o garoto estava.

— Quando cheguei lá, não vi ninguém por perto. Depois soube que estavam todos lá embaixo conversando com o médico. Entrei e dei uma olhada no Mikey no leito de hospital... Jim, ele estava todo arrebentado. Braço quebrado, olhos roxos. E sabe o que eu disse? Não consegui evitar. Cheguei e disse: *"Meu filho! Olhem o que fizeram com o meu filho!"*

Marcia descobriu depois por que Benny não estava atendendo o telefone e por isso ficou furiosa com ele. Considerou a brincadeira inconseqüente e infantil, dizendo que aquilo explicava por que Benny ainda ocupava um cubículo.

— Por que você não pode ser como o Jim? — perguntara Marcia.

Carter Shilling parou ali de novo.

— Jim, você não vem?

— Carter — disse Jim, levantando-se ao som da voz do homem —, estou indo.

— Jim, foi hilário — disse Benny depois de Carter ir embora.

— Tenho que ir à reunião — disse Jim.

Recolheu alguns papéis da mesa e Benny foi deixado sozinho na sala de outro homem. Tentava decidir se se levantava ou não — cogitando se havia algum trabalho que pudesse fazer em seu cubículo, se Ian não o interrompesse —, quando Jim voltou a aparecer na porta.

— E daí? — perguntou.

— E daí o quê?

— Se você consegue se safar fazendo citações d'*O poderoso chefão* e nada do que diz tem importância, é muito vazio, não acha? Não queremos que nossas palavras tenham importância?

Benny girou sem esforço na cadeira que não era a sua e lançou a Jim um olhar intrigado e surpreso. Desenlaçou os dedos e abriu as mãos num gesto amplo.

— Ora, Jim, qual é o problema com você? Só estava me divertindo um pouco.

— Não quer que os outros o levem a sério, Benny?

— Mas por que você tem que colocar a coisa assim? Por que a Marcia tem que me perguntar por que não posso ser como você? E por que o Michael não pode escutar minha história por dez estúpidos minutos? O que aconteceu com todo mundo? Vocês são tão sérios!

Jim continuava encostado à porta, grave e sem reação.

— Por que você guardou o totem do Velho Brizz? — perguntou finalmente.

— O quê?! — exclamou Benny. — Do que você está falando? Não o guardei. Eu o dei.

— Não, você o manteve no guarda-móveis durante seis meses. Por que fez isso?

— Por que essa pergunta?

— Eu sempre quis saber.

— Mas por que está trazendo isso à tona agora?

— Você acha que ele estava tentando lhe dizer alguma coisa?

Benny parou de girar e agarrou os braços da cadeira de Jim.

— O quê, por exemplo?

— Não sei. Estou lhe perguntando — disse Jim.

— Talvez ele só quisesse me pregar uma peça. Talvez porque soubesse que estava em primeiro lugar na minha lista do Bolão da Morte de Celebridades.

— Talvez — disse Jim. — Mas o Brizz não costumava pregar peças.

Benny concordou com a cabeça.

— É, não costumava.

— E, como se soube, aquilo valia um monte de dinheiro — acrescentou Jim. — Deixar para alguém um monte de dinheiro não é bem pregar uma peça.

— Não, não é.

— Então por que você guardou o totem? Por que o manteve lá por seis meses?

— Porque significava algo para mim, acho.

— O quê?

— Não sei.

— Não sabe?

— Sei e não sei — disse Benny. — Entende o que quero dizer?

Jim mordeu o interior da bochecha. Assentiu lentamente num sinal de respeitosa resignação.

— Hank Neary — disse Jim finalmente, sacudindo a cabeça. E repetiu: — Hank Neary. — Então jogou as mãos para o alto e desceu o corredor para sua reunião.

———

Alguns nunca esqueceriam certas pessoas, uns poucos se lembrariam de todos, e a maioria de nós seria esquecida. Às vezes era melhor. Larry Novotny queria ser esquecido por seu caso com Amber Ludwig. Tom Mota queria ser esquecido pelo incidente com a arma de tinta. Mas alguém queria ser esquecido completamente? Dedicáramos anos àquele lugar, trabalhávamos com a idéia de que construiríamos um nome para nós; tínhamos que acreditar, no fundo do coração, que cada um de nós era memorável. Contudo, quem gostaria de ser lembrado por seu gosto ruim ou seu mau hálito? Ainda assim, era melhor ser lembrado por tais coisas do que esquecido por sua docilidade perfeitamente esquentada.

Em outras palavras, a anistia era um dom, mas o esquecimento, um terror.

A maioria de nós se lembrava geralmente dessa ou daquela pessoa, seus traços exagerados pela memória, seus nomes perdidos para sempre. De outros, só podíamos fazer o mais obscuro esboço geral, como se, em vez de passar por eles cem vezes por dia, os tivéssemos encontrado uma única vez numa nuvem, murmurássemos uma saudação educada e continuássemos nosso caminho. Muito de vez em quando, um detalhe aleatório — o tom da voz, onde se localizava a verruga — surgia gritando do nada. Que sensação esquisita. E também havia gente de que alguns de nós não conseguiam se livrar. Janine Gorjanc não conseguia se livrar da lembrança da filha perdida. Benny não conseguia se livrar de Frank Brizzolera, porque Frank morrera e lhe legara um totem. Tio Max nunca esqueceria sua Edna.

Para nós, isso nunca foi uma preocupação. Jamais seríamos esquecidos por ninguém.

— Seu imbecil — disse Marcia para Benny mais tarde naquele dia. — Como pôde se esquecer de Hank Neary?

Benny correu até a porta de Jim.

— Era o cara negro! — exclamou. — Com o casaco de veludo cotelê!

— Ah, cara! Eu queria lhe dizer isso! — retrucou Jim. Estava lendo o e-mail de Hank que fora enviado para ele também, para uma conta que raramente checava. — O rosto dele me veio agora mesmo. Como fomos nos esquecer do Hank, Benny?

— Não sei — respondeu Benny. — Acho que isso acontece.

◂

Todos tínhamos recebido o mesmo e-mail que Benny e Jim, e todos cogitamos como Hank tinha conseguido nos encontrar, espalhados como estávamos. A maioria se lembrava perfeitamente dele e reconheceu seu nome imediatamente, porque não era todo dia que você trabalhava com um rapaz negro vestido como um professor de poesia de Oxford. Costumávamos brincar que a única coisa faltando nele era um cachimbo, que poderia manter entre os dentes enquanto desfiasse importantes considerações sobre o lento desaparecimento do pentâmetro iâmbico. Mas não, Hank não era um poeta mas sim um romancista fracassado, e, quando recebemos seu e-mail, foi como saber que um dos roteiros de Don Blattner tivesse sido escolhido pela Warner Brothers e fosse estrelado por George Clooney. Soubemos então que Hank publicara um livro cuja leitura estava sendo realizada numa livraria do campus da Universidade de Chicago. Estávamos intrigados e incrédulos.

Enchemos a sala. Mal tivemos tempo de cumprimentar todos quando Hank apareceu, livro na mão, na companhia de um cavalheiro encurvado e barbado que subiu à tribuna e o apresentou. O homem disse muitas coisas boas sobre Hank, cujo olhar tímido e distante notamos durante o discurso. Também notamos que, em vez do casaco de cotelê, Hank usava agora uma camiseta branca comum da Fruit-of-the-Loom, que acentuava seus braços escuros e torso jovem. Sem os óculos volumosos, seu rosto era mais fino, mais bonito. Usava jeans e um cinto preto simples. No todo, era um estilo melhor para ele, e ficamos contentes de vê-lo superar sua esquisita e falsa fase professoral. Não dissemos isso naquela época, mas nunca pareceu apropriado.

Enquanto a apresentação continuava, olhávamos em volta para alguns rostos familiares. Amber Ludwig estava sentada no fim da terceira fila com uma criança no colo, uma menina que brincava diligentemente com uma boneca nua e suja. A pobre criança tinha os traços masculinos de Larry, mas o corpo de foca da mãe. O próprio Larry Novotny estava sentado atrás, sozinho, escondendo-se atrás de um boné dos Cubs novo em folha. Dan Wisdom estava perto de Don Blattner, e à direita, na fila da frente, Genevieve Latko-Devine estava sentada ao lado do marido. Ele segurava contra o peito um bebê, que emitiu subitamente uma sucessão de gritos descontentes. Numa resposta rápida, ele mudou a criança de lugar em seus braços e lhe esfregou as costas ternamente. Em pouco tempo ela adormeceu de novo.

Todos aplaudiram quando Hank levantou-se e foi para a tribuna. Nós nos perturbamos um pouco com a microfonia. Hank reajustou o microfone, sorriu acanhado para nós e começou a falar com um enternecedor tremor na voz. Podíamos perceber que estava nervoso. De repente, grandes ondas de emoções conflitantes nos inundaram. Um dos nossos tinha se saído bem: estávamos orgulhosos, atônitos, invejosos, incrédulos, levemente indiferentes, prontos para captar o primeiro sinal de mediocridade, e genuinamente felizes por ele. Sentíamos todas essas coisas e muito mais. Antes de se sentarem, muitos de nós havíamos retirado exemplares do livro de seu mostruário e agora os folheávamos em busca de erros. Lemos a página de agradecimentos para ver a quem Hank agradecia. O livro era sobre o quê, afinal? E quem, trabalhando todas as horas que trabalhávamos, tinha tempo de ler livros? Precisamos nos forçar a parar e prestar atenção, enquanto Hank acabava de agradecer o nosso comparecimento e abria o livro.

— *Na noite anterior* — começou Hank. Parou subitamente. A sala congelou de ansiedade. Ele se agarrava à tribuna com os nós dos dedos brancos e rígidos, olhando fixamente para baixo, como se tentasse lembrar como se respirava. Então pigarreou. Bebeu um gole d'água. O copo tremeu em sua mão. Depois respirou profundamente e retomou a leitura.

— *Na noite anterior à cirurgia* — começou de novo para nosso grande alívio —, *ela não tinha nenhum jantar de negócios para ir, nenhuma cerimônia de prêmio, nenhuma reunião de trabalho. De improviso, sur-*

giu um plano em sua mente no banco traseiro do táxi quando entrou e pediu ao motorista para pegar a Inner Drive. Então imagina seu próprio sofá, os dois gatos, o pedido de uma comida gostosa e uma garrafa de vinho que estava guardando. Eles pedem para não comer nada doze horas antes, mas, sinceramente, isso não é razoável, é? É a sua última chance de ter uma refeição normal por quanto tempo?

A sala estava silenciosa, exceto por uns poucos ruídos abafados vindos das caixas registradoras à distância e a voz de Hank, hesitante, solitária, ampliada pelo microfone, que acentuava os sutis e macios sons das palavras formados em sua boca seca. Estávamos tão nervosos por sua causa que, depois que ele recomeçou, foi difícil nos concentrarmos no que dizia. Ficamos contentes quando percebemos que ele não ia desmaiar.

Hank mudou seu peso de um pé para o outro, relaxou um pouco os braços e passou a ler com um ritmo mais suave e agradável.

— *...mas é sempre melhor vê-los com* alguém. *Sozinha, há aqueles constrangedores dez minutos entre a hora em que se chega e a hora em que se apagam as luzes para os* trailers, *quando, contra todo o bom senso, acredita-se que todos no cinema a estão olhando fixamente porque...*

Continuamos olhando em volta para os rostos familiares. O gorducho Benny Shassburger e o sardento Jim Jackers estavam sentados juntos, e entre eles Marcia Dwyer exibia um corte de cabelo mais para o ultrapassado. Carl Garbedian estava lá com Marilynn. Mal o reconhecemos. Sua barriga tinha sumido e ele estava bronzeado como uma amêndoa. Vestia um blazer de linho azul-escuro com uma camisa de colarinho aberto e seu cabelo estava diferente. De pernas cruzadas, focalizava Hank com grande curiosidade, perfeitamente imóvel, escutando.

— *...andando pelo corredor em direção à sala de algum sócio. Ela realmente quer fazer parte* daquilo? *Trocaria esses espaços abertos e iluminados, cheios dos melhores sapatos, roupas da moda...*

Karen Woo estava lá, provocando-nos sentimentos contraditórios. Nem sinal de Chris Yop. Aparentemente ele jamais nos havia perdoado pela desfeita de anos atrás. Também não se via Tom Mota, e imaginamos que provavelmente estaria na penitenciária tentando convencer os guardas a deixá-lo plantar tomates ao longo das beiras da quadra de basquete. Janine Gorjanc estava mudada. Vestia uma calça de couro preto sobre parte do jeans desbotado e um colete de couro combinando.

Brincos pendentes de prata que poderiam ter sido feitos em Santa Fé lhe cintilavam nas orelhas; deixara crescer o cabelo, que tinha ficado grisalho. Antes da leitura, Janine nos apresentou a seu namorado. Ele também usava um colete de couro e exibia um bigode volumoso em forma de guidom de bicicleta. Chamava-se Harry, e apertou nossas mãos de um modo muito mais tímido do que sugeria seu bigode. Tinham ido para a leitura na motocicleta de Harry e os dois carregavam capacetes pretos especiais, como os que se usavam na Segunda Guerra Mundial. Era estranho ver que Janine estava interessada em motos de novo. Quando a leitura começou, o casal se instalou numa fileira de trás.

— ...*no interior do prédio agora; o lugar tinha uma atmosfera arejada, cheia de ecos, o zumbido de vozes baixas e abafadas, passos na escada de mármore que ela conseguia captar um por um. Ele tirou sua venda e passaram uma hora...*

Se o Velho Brizz estivesse lá, certamente teria dado uma saída para fumar, já que a leitura de Hank estava durando mais tempo do que prevíramos. Tínhamos parado totalmente de prestar atenção. Nossas velhas preocupações nos dominaram — problemas familiares, projetos em andamento, o trabalho, o fim de semana e tudo o que representava, algo engraçado dito no almoço, a genialidade da regra *infield-fly* do beisebol, paletó bonito aqui, sapatos feios acolá, cairia bem um drinque agora... tudo isso. A voz suave e contínua de Hank pairava sobre nossas cabeças como nuvens passando sobre o topo dos edifícios.

— ...*observar o céu aberto pela sua janela é magnífico, especialmente depois de todo o trabalho que ela adiantou...*

E não conseguíamos deixar de cogitar onde estaria Joe Pope. Sempre parecera gostar de Hank. Estranho que não tivesse vindo para dar uma força, como o restante de nós. Então pensamos, espere um minuto. Cinco anos tinham sido tão implacáveis com nossa memória que havíamos esquecido como encontrar Joe Pope àquela hora? Ele ainda estava no escritório, é claro, trabalhando.

Finalmente Hank fechou o livro e disse:
— Obrigado.
Batemos palmas, aprovando.

Depois da leitura, perambulamos por ali. Compramos exemplares do livro de Hank e fomos lhe dar parabéns. Éramos só abraços e apertos de mão, e ele autografou nossos livros com votos individuais de felicidade. Alguém lhe perguntou se era o mesmo livro de que falava na época em que trabalhávamos juntos, seu romance pequeno e raivoso sobre trabalho. Graças à demissão e ao fato de sermos obrigados a procurar novos empregos, tínhamos descoberto que cada agência tem seu redator frustrado que na vida real é um romancista fracassado trabalhando num livro raivoso sobre trabalho. O trabalho era um tema fetichista para alguns colegas, mas diferentemente de Don Blattner, que gostava que todos lessem seus roteiros desde que assinassem acordos de confidencialidade, os escritores de livros eram muito mais cautelosos e geralmente não se expunham. Manuscritos imensos mofavam nas gavetas. Sonhos acalentados eram queimados no fogo das lareiras. Nós agradecíamos em nome do mundo.

— Não — respondeu Hank. — É outro livro.

— O que aconteceu com o antigo? — perguntou alguém. Hank tinha muitas ambições com ele.

— Foi abatido como um cão doente — respondeu. — Mas e vocês? — perguntou de repente, olhando em volta. — O que vocês andam fazendo, pessoal?

Era visível seu desejo de afastar o holofote de seu romance fracassado para outro assunto. Então Benny e Marcia anunciaram que se casariam no outono.

— Se ele não me deixar furiosa antes disso — disse Marcia, encarando Benny afetuosamente.

Usando um anel de diamante dolorosamente modesto, enlaçou o braço ao de Benny enquanto este dava a notícia igualmente inacreditável de que, para todos os efeitos, Jim Jackers era o seu novo patrão.

— Acreditam nisso? — disse. — Este cara aqui!

Pôs o braço em volta de Jim e abaixou a cabeça dele como se fosse lhe dar um cascudo. Jim levantou as sobrancelhas numa concordância muda e modesta, e por um momento os três, Marcia, Benny e Jim, ficaram ligados fisicamente como se fossem uma pequena família.

Carl nos contou detalhes sobre sua empresa de paisagismo, Garbedian e Filho, um negócio modesto.

— Vamos, diga a verdade — disse Marilynn. Virou para Hank. — É um fenômeno!

— É verdade, Carl? — perguntou Hank. Insistimos com Carl para que nos contasse mais. Finalmente ele confessou:

— Fazemos trabalhos em cerca de vinte bairros.

Pensamos: *Puta merda! Vinte? O cara deve estar ganhando uma nota preta!* "Mas você ainda não é doutor, é?", esperávamos que Jim Jackers dissesse, mas ele não o fez, e isso nem parecia ter passado pela mente de Carl. Estava sorrindo, concordando com a cabeça e tinha um braço envolvendo Marilynn, como se o paisagismo tivesse mudado sua vida.

Amber nos apresentou a Becky, que era tímida e escondeu-se atrás da perna robusta da mãe. Procuramos Larry, mas ele tinha ido embora. Evitamos o assunto nos concentrando na criança. Posteriormente mergulhamos de novo em conversa de adultos, e foi quando Becky saiu de trás da perna de Amber e se aproximou de Benny. Parecia interessada em apresentá-lo à sua boneca suja e nua. Ele se curvou para cumprimentá-la. Todos demos parabéns a Genevieve por seu bebê também, e o marido respondeu por ela quando perguntamos a idade da criança (dez meses), pois Genevieve e Amber estavam absortas numa conversa sobre histórias de maternidade.

O engraçado sobre o trabalho em si era ser tão suportável. A tarefa mais árdua era perfeitamente tolerável. Apresentava desafios a serem superados, o passatempo oferecido pelo senso de urgência e a satisfação de completar uma tarefa — em certos dias, essas coisas tornavam o trabalho absolutamente, harmoniosamente suportável. O que nos irritava, o que não conseguíamos ignorar, o que nos levava à loucura e nos consumia numa fúria cega era essa ou aquela pessoa que exasperava, incomodava e ofendia os anjos no céu, que usava roupas todas erradas e nos impunha sua personalidade intolerável, que mereceria de um Deus justo nada além de escárnio por ser insípida, não poética, cruelmente resistente e perdida para o gesto grandioso. Talvez isso, sim, fosse possível. Mas, enquanto estávamos lá, tivemos dificuldade em lembrar os detalhes específicos, já que todos pareciam tão agradáveis.

Por sugestão de Benny fomos tomar um drinque. Havia um *pub* irlandês nas proximidades; então, juntamos as mesas e Carl Garbedian pagou a primeira rodada, o que era justo em virtude dos vinte bairros onde exercia paisagismo, e brindamos a Hank e à sua realização, falamos de remorsos e dos velhos tempos, e lembramos alegremente que nem tudo tinha sido infelicidade. Depois da primeira rodada, tivemos motivos para lembrar que Benny havia sido um bom contador de histórias, Jim Jackers, um cara pacífico, e Genevieve, um colírio para os olhos. E Lynn Mason, todos concordamos, tinha sido uma chefe melhor do que qualquer um que havíamos encontrado desde então. Perto de Harry Bigode de Guidom, que se opunha às nossas expectativas de beber pedindo uma xícara de café descafeinado, Janine estava sentada bebericando seu famoso copo congelado de suco de amora, o que era de certa forma reconfortante. Ela estendeu o braço para dar um tapinha na mão de Hank.

— Eu li o seu livro, Hank — disse.

— Ah, obrigado.

— É sobre a Lynn, não é?

— Bem... Uma parte dele é baseada na Lynn.

Não conseguíamos acreditar. Seu livro era sobre a Lynn?

— E é verdade? — perguntou Janine.

— O livro? Não, o livro é... que parte?

— Qualquer uma.

— Bem, eu a visitei várias vezes no hospital.

Espere um pouco, espere um pouco, pensamos. Hank a tinha visitado no hospital?

— No primeiro livro que tentei escrever — explicou Hank —, o livro que deixei de lado, baseei minha personagem na Lynn e fiz dela uma tirana. Fiz isso por princípio, porque qualquer um que fosse patrão naquele livro *tinha* que ser um tirano. Qualquer um que acreditasse nas virtudes do capitalismo, nas corporações destruidoras de almas, e em trabalho trabalho trabalho, tudo isso, naturalmente não merecia nenhuma simpatia. Mas, quando graças a Deus decidi abandonar aquele livro e escrever algo diferente, sabia que ela estava doente. Então fui vê-la. Num repente. Afinal, o que sabíamos sobre ela? Na verdade, nada. Eu não a conhecia, não de um modo significativo. E ela se abriu ao conversar comigo, não apenas sobre sua doença, mas também sobre sua vida pessoal, um monte de outras coisas. Ela estava morrendo na época...

Jim Jackers o deteve.

— O que você disse?

— A Lynn morreu no verão de 2003 — acrescentou Hank. — De câncer no ovário.

— Sou o único que não sabia disso? — perguntou Jim, olhando à volta.

— Acho que ela sabia que estava morrendo — continuou Hank —, e de certo modo acho que também esperava que eu escrevesse algo que tivesse algum valor, o que, posso dizer para vocês, eu não esperava conseguir. Posso assegurar que eu não esperava conseguir. Não no que dizia respeito a ela.

Janine objetou.

— Eu li o livro. Sem dúvida você conseguiu.

— Podem acreditar, não consegui nem a metade — disse Hank.

GENEVIEVE E O MARIDO FORAM EMBORA porque tinham que pôr o bebê na cama, e perdemos Amber e Becky também. Benny não queria que fossem — todas as suas janelas estavam embaçadas com a nostalgia —, mas eles insistiram que precisavam ir para casa. Então Benny pediu que o resto ficasse, então ficamos. De qualquer forma, a maioria queria mais uma bebida. Marcia abasteceu o *jukebox* com o salário de uma semana e ouvimos uma balada melosa atrás da outra, e parecia que nem um dia se passara desde que nos tínhamos separado. Jim Jackers pagou a rodada seguinte, o que era justo, dado sua inexplicável ascensão profissional e o fato de que teríamos que agüentá-lo em seus anos de acostumamento.

Brindamos à memória de Lynn Mason e nos vimos contando histórias sobre ela, encontros e diálogos que não tínhamos nenhuma dificuldade de lembrar — ao contrário de outros, como, digamos, os que tivemos com o Velho Brizz. Afinal de contas, Lynn era nossa chefe, e todos tinham experiências particulares e memoráveis com ela. Ninguém podia se esquecer, por exemplo, da glória eletrizante que sentíamos quando Lynn gostava especialmente do conceito produzido por um de nós, e recordamos com surpreendente precisão para que trabalho era, qual o conceito, e os motivos que ela dera por sua admiração. Para nós, a aprovação dela significava mais do que qualquer outra, e nada era mais fácil do que nos lembrarmos de suas palavras de aprovação. Também nos lembramos de seus sapatos caros e delicados, e da vez em que ela apareceu ao lado do leito de Carl com um buquê de flores patético, e de como distribuíra, junto conosco, folhetos para Janine quando Jessica desaparecera. Jim nos contou a história de quando Lynn lhe disse, no elevador, que havia dançado hula no passado.

— A Lynn estava só brincando, mas eu a levei a sério — disse. Lembramos que, apesar de ela parecer sempre tão temível, várias coisas que dizia eram engraçadas.

No final da segunda rodada, Sandy Green, da pagadoria, disse que tinha que ir embora, assim como Donald Sato e Paulette Singletary. Benny implorou-lhes que ficassem. Ele queria perguntar se atualmente estavam ou não felizes em seus novos empregos, como eram as pessoas, e se tinham alguma queixa.

— Vocês sabem, comparado com antigamente — disse Benny. Eles ficaram um pouco mais. Porém, quando finalmente foram embora, Benny pareceu desanimado.

— O que Tom Mota costumava dizer como despedida quando alguém ia embora? Alguém lembra?

Ninguém lembrava.

— Era um brinde — disse Benny —, algo como: "Boa sorte para você." Depois ele terminava a bebida, lembram?, e dava uma espécie de arroto. Então levantava o copo de novo e dizia: "E foda-se por ir embora, seu babaca."

Todos riram, embora estritamente falando não fosse muito engraçado — na realidade era bastante constrangedor. Quando o riso morreu, cogitamos o que teria acontecido ao Tom e por que ele não estava na leitura.

— Vocês não sabem o que aconteceu com o Tom? — perguntou Carl.

Ninguém sabia de coisa alguma.

— Não sabem que ele entrou para o Exército?

Entrou para o Exército? Carl só podia estar brincando conosco.

— É verdade, sim.

— Que nada — disse Benny.

— Ninguém mais recebe os e-mails do Tom?

Ninguém recebia.

— Estranho. Ele costumava escrever para todo mundo.

— Ora — disse Benny —, deixaram aquele doido entrar para o Exército?

— Habilidades de exímio atirador — disse Carl simplesmente.

Subitamente a coisa mais maluca quase parecia possível.

— O Tom tinha que cumprir um tempo de prisão — continuou Carl —, até aí vocês sabem. Mas a mulher dele, Barb, testemunhou em sua defesa. Assim como Joe Pope. É... — confirmou ante nossa expressão de incredulidade. — Então o promotor concordou em fazer apenas uma denúncia de má conduta. Depois disso, ele veio trabalhar para mim por um tempo, mas não muito longo. Continuava dizendo que queria entrar para o Exército, depois de tudo que tinha acontecido, vocês sabem. Ele simplesmente não conseguia tirar aquilo da cabeça. Tinha medo de estar velho demais. E tinha medo de que não o aceitassem por causa da sua ficha criminal. Mas a coisa o continuava roendo. No entanto, não falava com um recrutador porque tinha medo de que o recusassem, e ele queria muito aquilo. Mas um dia, quando teve uma chance, foi até lá e, por pura sorte, ele e o oficial do recrutamento logo se deram bem. O Tom lhe contou o que queria fazer e o quanto desejava aquilo, e o cara, o oficial recrutador, deu um jeito para que ele lhe mostrasse o que tinha a oferecer. Depois que o viram atirar, disseram: "Se quiser se juntar a nós, ficaremos felizes de tê-lo conosco." Aí o Tom entrou para o Exército.

Carl *tinha* que estar brincando.

— Não, não está não — disse Janine.

Olhamos para ela. Recebia e-mails de Tom também?

— Ele me mandou cartas — respondeu.

— Ele disse que foi a melhor decisão que tinha tomado na vida — disse Carl.

— E nunca se arrependeu — disse Janine. — Estava feliz lá. Feliz por fazer o que estava fazendo.

— Ele acreditava em lutar por seu país, vocês sabem — disse Carl.

— Ele chamava isso de... e sempre me lembrarei do Tom por muitas coisas — disse Janine. — Mas nunca vou esquecer uma das coisas que escreveu. Ainda tenho a carta. Ele chamou este país de "a melhor república que nunca chegou a esmaecer". Essas foram suas palavras exatas.

Ainda tenho a carta. Ficou muito orgulhoso de que o tivessem colocado num esquadrão de atiradores de elite.

— Não surpreende ninguém que o Tom tivesse boa pontaria, acho — disse Carl.

As lágrimas que se viam nos olhos de Janine eram conhecidas, apesar da novidade do couro.

— E provavelmente era um bom soldado também, não acha, Carl?

— Era de disciplina que ele precisava durante esses trinta e sete anos. Pelo menos foi como ele me explicou a coisa — disse Carl.

— Que ainda é muito novo — disse Janine. — Trinta e sete.

— É — concordou Carl. — Muito novo.

— O que aconteceu? — perguntou Benny. — O que aconteceu com ele?

Todos pediram martínis em homenagem a Tom, e brindamos a ele como um patriota e um erudito, um ótimo soldado e um péssimo civil no mundo corporativo. Agradecemos a ele por enviar e-mails bizarros; pelas excentricidades inspiradas por seu consumo de dois martínis no almoço; e por toda a confusão maluca que provocara e que mais tarde nos fornecera muito entretenimento, sem o qual nossas tardes teriam sido mais longas, e nossas vidas, mais tediosas. Tom havia sido morto por fogo amigo no Afeganistão.

"Ao Tom", dissemos.

Erguemos as taças de martíni.

"Ao Tom."

— Minha nossa — disse Janine com uma expressão azeda. — Como conseguíamos gostar dessas coisas?

SEM DON BLATTNER, PODERÍAMOS ter mergulhado no esquecimento da bebida e dos pensamentos sombrios, mas Hank perguntou-lhe como andava sua escrita e Don contou que, por uma miraculosa e perseverante audácia de sua parte, não desistira de trabalhar em seus miseráveis e improduzíveis roteiros. Estava no meio de um enquanto falávamos, que acreditava ter verdadeiro potencial.

— Mas eu sempre digo isso — disse Don.

O que era verdade — Don sempre dizia aquilo. Perguntamos qual era o assunto do novo roteiro, e ele contou que era a história de um lama tibetano altamente respeitado que, numa turnê de palestras pelos Estados Unidos, fica seduzido pelo lucrativo mundo da publicidade. Descobre-se improvisando nos anúncios em que aparece, para o deleite e o temor reverencial da infeliz equipe de criação encarregada da conta, cuja desconfiança e tédio estão a pleno vapor durante todo o tempo. Finalmente o lama encontra sua verdadeira felicidade ao renunciar a seus seguidores pela agência de publicidade recém-reerguida, tornando-se o diretor de criação executivo da equipe encarregada da Nike, da Microsoft e da BMW. Ele dorme com modelos e morre feliz lendo a revista *Time* num redemoinho em Crested Butte, Colorado.

Todos achamos que seria um grande sucesso.

— Vamos ver — disse Don.

Carl e Marilynn nos deixaram, e perdemos Janine e Harry para as exigências de sono da meia-idade. Alguns outros foram embora, e Jim virou-se para Benny.

— Quem é o cara que acabou de ir embora? Nós trabalhamos com ele?

— É o Bill Sanderson — disse Benny. — Bill Sanderson.

— Bill Sanderson?

— Você se lembra do Bill — disse Benny.

— Não me lembro desse cara.

— Claro que lembra, Jim. Você não o reconheceu sem o bigode.

Logo o próprio Jim se preparava para partir.

— Tenho aula hoje à noite — explicou.

Aula hoje à noite? Quando é que Jim Jackers tinha se tornado tão... tão... *adulto*?

— Jimmy, não vai embora! — exclamou Benny.

— Benny, você vai me ver amanhã.

— Ah, é verdade, não é? — disse Benny. — Vem cá, companheiro. — Benny estava no seu último drinque, segundo Marcia. Jim foi forçado a se curvar e abraçá-lo.

— É melhor eu ir embora também — disse Reiser.

— Você não pode ir embora, Reiser! — disse Benny. — Você não disse uma palavra sobre as pessoas com quem está trabalhando agora. Como elas são? Você está feliz?

Reiser se levantou enquanto Benny disparava sua saraivada de perguntas, dando de ombros displicentemente para cada uma delas.

— Mas você sente falta? — insistiu Benny.

— Sinto falta de quê? — perguntou Reiser.

— Vou lhe dizer de quem eu sinto falta — disse Benny. Subitamente pegou o celular. — Vamos ligar para o Joe Pope!

Observamos Reiser coxear para fora do bar, e por algum motivo era reconfortante ver que ainda mancava. Assim que ele foi embora, Benny levou o telefone ao ouvido e tentou conseguir uma resposta.

— Devo ter ligado para o ramal errado — concluiu, desligando. — Era a mesa de um tal de Brian Bayer. Alguém sabe quem é?

Ninguém sabia. Devia ter aparecido depois da nossa época. Estranho pensar que estavam contratando de novo. Tivemos um momento difícil imaginando aquele velho cenário povoado de estranhos, vozes desconhecidas falando alto por trás das divisórias de papelão de nossos velhos cubículos, homens e mulheres irreconhecíveis sentados em nossas cadeiras.

Perguntamos a Benny para que ramal estava ligando. Ele havia ligado certo; era o ramal do Joe. Ninguém poderia esquecê-lo, ligávamos para lá com tanta freqüência... Benny desligou novamente.

— Brian Bayer outra vez — disse. Então teve a idéia genial de ligar para a central telefônica. Quando veio o atendimento eletrônico, apertou "P" para Pope. — O nome dele não está aparecendo.

Don Blattner voltou do banheiro masculino e perguntou a Dan Wisdom se estava pronto para ir embora. Tinham vindo de carro juntos.

— O nome dele não apareceu — disse Benny.

— É melhor irmos também, Benny — disse Marcia. — Está ficando tarde.

Don e Dan colocaram o dinheiro em cima da mesa e nós nos despedimos deles.

— Ei, esperem! — gritou Benny.

Mas estava perturbado demais para largar o telefone, e então os outros foram embora.

— Onde ele está? — perguntou Benny, abaixando o celular e olhando em volta, para o restante de nós. — Onde está Joe Pope?

— Vamos, Benny — disse Marcia. — Vou levar você para casa.

— Ele não está na lista, Marcia. Onde é que ele está?
— Benny, meu bem, você está bêbado.
— É o Joe. Ele nunca sai da mesa dele.
— Benny...
— Onde está a Genevieve? Onde ela está? Ela deve saber onde é que o Joe está.
— A Genevieve? Benny, querido, ela foi embora há horas.
Marcia o arrancou da cadeira.
— Hank, você deve saber o que aconteceu. O que aconteceu com o Joe, Hank?
Mas se Hank sabia de algo, não disse. Observamos enquanto Benny cambaleava bebadamente para ficar em pé.
— Mas é o Joe, Marcia — disse Benny. — O Joe não vai embora.
— Benny — disse Marcia —, às vezes se perde o contato.
Logo estavam do lado de fora, seguidos pelos últimos acordes de uma das baladas de Marcia.
A maioria de nós seguiu-os até a rua pouco depois, e finalmente o toque de recolher foi anunciado no bar. As luzes se acenderam, o *jukebox* parou. Podíamos ouvir o tilintar dos copos e o silêncio exausto dos garçons quando começaram a limpeza, esfregando as superfícies brilhantes, colocando os bancos almofadados em cima do balcão. O trabalho deles logo terminaria, poderiam ter algo esperando por eles em casa — uma cama, uma refeição, um amor. Mas nós não queríamos que a noite terminasse. Continuávamos ali, esperando que chamassem o segurança que nos poria para fora com uma ordem definitiva. E no final iríamos embora. No estacionamento, algumas palavras de despedida. "Foi muito bom ver vocês de novo", diríamos. E com isso entraríamos nos nossos carros e partiríamos, dando uma última buzinada de adeus. Mas, no momento, era bom simplesmente estarmos sentados ali juntos. Éramos os únicos que tinham sobrado. Só nós dois, você e eu.

AGRADECIMENTOS

O TÍTULO DESTE LIVRO tem uma dívida de gratidão para com *Americana*, de Don DeLillo.

Um agradecimento especial aos primeiros professores: Jane Rice, Anna Keesey e Brooks Landon. Um obrigado muito especial aos co-diretores do programa de mestrado (MFA) da Universidade da Califórnia em Irvine, Michelle Latiolais e Geoffrey Wolff. Jim Shepard me fez um escritor melhor, e tão importante quanto isso, um leitor melhor. Obrigado também a Mark Richard e Michael Ryan.

Obrigado, Julie Barer, agente *extraordinaire*. Reagan Arthur, da Little, Brown, e Mary Mount, da Viking UK — editores maravilhosos. Um muito obrigado a toda equipe da Little, Brown.

Obrigado a Kathy Bucaro-Zobens, Doug Davis, Amanda Gillespie, Robert Howell, Dave e Deb Kennedy, Dan Kraus, Chris e Keeli Mickus,

Dave Morse, Barry e Jennifer Neumann, Arielle Read, Grant Rosenberg, Matthew Thomas, E-fly e Tere, e os Kennedys de Naples, Flórida.

Obrigado ao Departamento de Humanidades da UCI, a Glenn Schaeffer, ao Instituto Internacional de Letras Modernas e ao Centro Internacional para Escrita e Tradução da UCI por estabelecerem o prêmio Glenn Schaeffer, oferecendo-me fundos essenciais.

E à minha família, de Illinois à Indonésia, sem a qual não haveria um livro.

EDITORA RESPONSÁVEL
Izabel Aleixo

PRODUÇÃO EDITORIAL
Daniele Cajueiro
Gustavo Penha

REVISÃO DE TRADUÇÃO
Shahira Mahmud

REVISÃO
Ana Lúcia Kronemberger
Fernanda Machtyngier
Stephania Matousek

DIAGRAMAÇÃO
Selênia Serviços

Este livro foi impresso em São Paulo, em agosto de 2008,
pela Lis Gráfica e Editora, para a Editora Nova Fronteira.
A fonte usada no miolo é Sabon, corpo 11,5/15.
O papel do miolo é pólen soft 70g/m², e o da capa é cartão 250g/m².

Visite o site do livro: www.enoschegamosaofim.com.br